“世界尽头与冷酷仙境”

——约恩·福瑟戏剧作品中的关键意象

“进入黑夜的漫长旅程”

——从小说家，诗人到戏剧家的福瑟

“我所需要的一切，只是寥寥数语”

——约恩·福瑟的舞台世界

“世界尽头与冷酷仙境”

——约恩·福瑟戏剧作品中的关键意象

一、来自“世界尽头”的约恩·福瑟

在《当我谈跑步时，我谈些什么》中，村上春树写道：“跑步途中，下了一场短暂的雨，那是一阵让身体恰到好处地冷却下来的雨。厚厚的云层从海面上飘来，遮蔽了头顶的天空，下了一阵细细的雨，便仿佛‘俺还有急事要办’似的，就这么一去不返了，甚至来不及回眸一顾。于是那永恒的、毫无遮拦的太阳，又火辣辣地灼照大地。这简单易懂的天候中，你找不到难解之处和含混模糊，既无比喻亦无象征。”[1]——这是村上春树笔下的夏威夷，一种与挪威西海岸城市卑尔根（Bergen）[2]截然相反的天空。在村上春树这位曾以《挪威的森林》风靡一时的作家笔下（虽然那本小说与挪威并无关联），天空和风雨永远都那样坦坦荡荡、来去自如、“简单易懂”。

1《当我谈跑步时，我谈些什么》，村上春树著，施小炜译，南海出版公司，2009年1月，第8页。

2 卑尔根：挪威第一文化名城，2000年获选为“欧洲文化之都”。著名的“卑尔根国际艺术节”（Festspillene i Bergen）每年都在该地举行。笔者于2009年5—6月受邀参加了当年的“卑尔根国际艺术节Fosse 50”庆典活动，并为约恩·福瑟戏剧作品的翻译和本文的创作进行了大量的资料搜集、访问和研究工作。文化名城卑尔根孕育了著名挪威作曲家爱德华·格里格（Edvard Grieg，1843—1907）、小提琴家奥雷·布尔（Ole Bull，1810—1880），李群和李代数的创始人数学家M.S.李（Marius Sophus Lie，1842—1899）等世界学术和文化闻人，“现代戏剧之父”易卜生（Henrik Johan Ibsen，1828—1906）更曾在卑尔根民族剧院担任经理兼导演。而今天，走进人们视野的是当今世界文坛最重要、作品被搬演最多的戏剧家约恩·福瑟。

而在卑尔根，这座挪威当代戏剧家约恩·福瑟（Jon Fosse，1959— ）生活并度过其迄今为止几乎整个文学创作生涯的城市，天空，从来都是令人捉摸不定。阴霾仿佛一位满怀彷徨和疑虑的恋人，不肯轻易稍离弗洛依恩山顶（Mount Floyen）。即使偶尔阳光乍现乌云隐去，含着雨意的厚厚云层也每每在你不经意的时候瞬间聚集，与山林间的雾气缠绵一团，欲走还留……这样的天空，仿佛充满了隐喻和暗示，蕴含着无限的可能性。

在一年三百六十五天几乎有近三百天在下雨的卑尔根，无力的挫败感和抑郁好像理所当然地成了人生的基调。挪威西海岸的雨、峡湾、风、长夜，以及在这样的日子里的人们，这就是福瑟笔下的世界。在过去的十五年中，他不断地在卑尔根创作着一部又一部戏剧作品。但他所打动的，却是全世界。

挪威位于欧洲斯堪的纳维亚半岛西北部，其北部领土延伸到北极圈以内。特罗姆斯郡（Tromsø，或称特隆姆瑟，有“北极之门”之称）和芬马克郡（Finnmark）都在北极圈之内，其中芬马克郡是挪威最北的郡。挪威最北端的北角（Nordkapp，北纬 71 度 10 分 21 秒）也是欧洲大陆的最北点。挪威的最南端（北纬 58 度）比中国最北点（漠河县，北纬 53 度 33 分）还要北。福瑟，就来自这个几乎称得上是世界尽头的国度。

作为作品被搬演最多的当代戏剧家，约恩·福瑟文学创作生涯的起始点却并不是戏剧。1983 年，他以长篇小说《红与黑》（*Raudt, svart*）出道，但第一部戏剧作品却直到 1994 年才出现在大众眼前，这就是《而我们将永不分离》（*Og aldri skal vi skiljast*）。与广泛的误解不同，《而我们将永不分离》事实上只是福瑟第一部被搬上舞台的戏剧作品，他真正的戏剧处女作是《有人将至》（*Nokon kjem til å komme*）[1]，虽然这部作品历经波折，直到 1996 年才得以首演。于福瑟而言，这部作品是他对戏剧的初恋，有着其他作品所无法替代的特殊意义和地位。[2]

在福瑟以非凡的戏剧成就惊艳世界之前，他在其他文学领域的创作也早已枝蔓四逸，开花结果。他不但同时涉足小说创作，在诗歌、儿童文学、杂文、电影剧本，甚至歌词创作方面都各有成就（2009 年他出版了一部原创歌词集）。在戏剧之外，福瑟的主要文学成就包括：长篇小说《上锁的吉他》（*Stengd gitar*, 1985），诗集《含泪的天使》（*Engel med vatn i augene*, 1986），长篇小说《船屋》（*Naustet*, 1989），长篇小说《铅与水》（*Bly og vatn*, 1992），长篇小说《忧郁 I》（*Melancholia I*, 1995），长篇小说《忧郁 II》（*Melancholia II*, 1996），长篇小说《晨与夜》（*Morgon og kveld*, 2000），诗集《风之眼》（*Auge I Vind*, 2003），中篇小说《不眠》（*Andvake*, 2007）等。他最新的短篇小说《石浪》（*Waves of Stone*）已收入《2010 最佳欧洲小说》（*Best European Fiction 2010*），下周约恩·福瑟将赴伦敦出席为《石浪》举行的朗读会。[3]

2009 年是约恩·福瑟进入戏剧创作的第十五个年头。

1《有人将至》中文首译本由笔者于 2004 年完成，发表于《戏剧艺术》杂志 2005 年第 5 期。

2 笔者于 2009 年春天在卑尔根对福瑟进行访问时，曾就此问题进行求证，并聆听了作家对于在其戏剧创作生涯中具有特殊意义的作品《有人将至》的阐述，其意挚诚，所言令人难忘。详情可见笔者博士学位论文《锦瑟无端五十弦——约恩·福瑟戏剧艺术论》。

3 本文最后定稿时间为 2010 年 1 月 14 日。

这一年，他满五十周岁了。“卑尔根国际艺术节”在料峭春寒中开幕，把一场盛大的庆典献给了这位戏剧家，并对其迄今为止的戏剧生涯进行了回顾。在1994—2009这十五年的戏剧旅途中，福瑟所创作的新挪威语[1]剧本已译为英文的有二十八种（包括所有已演出和未演出、已出版和未出版的作品），其中最有代表性和享誉最高的作品是：

（以首演年份为序）

·《而我们将永不分离》*Og aldri skal vi skiljast*（*And We'll Never Be Parted*）（1994）

·《名字》*Namnet*（*The Name*）（1995）

·《有人将至》*Nokon kjem til å komme*（*Someone Is Going To Come*）（1996）

·《夜晚在歌唱》*Natta syng sine songar*（*Night Sings its Songs*）（1997）

·《吉他男》*Gitarmannen*（*The Guitar Man*）（1999）

·《一个夏日》*Ein sommars dag*（*A Summer's Day*）（1999）

·《秋之梦》*Draum om hausten*（*Dream of Autumn*）（1999）

·《冬》*Vinter*（*Winter*）（2000）

·《死亡变奏曲》*Dødsvariasjonar*（*Deathvariations*）（2001）

·《沙发上的女孩》*Jenta i sofaen*（*The Girl on the Sofa*）（2002）

---

1 挪威语有两种官方书面语言形式，一种是“书面挪威语”（或称巴克摩挪威语，Bokmål），一种是“新挪威语”（或称耐诺斯克挪威语，Nynorsk）。“书面挪威语”是根据丹麦－挪威语言在丹麦书面文字的基础上配合挪威东部方言的发音发展而来的。“新挪威语”则由语言学家伊瓦尔·奥森在十九世纪五十年代根据挪威西部各种方言编纂而成。两种语言具有平等的官方地位。从文学创作语言的角度来讲，新挪威语具有更强的节奏性和动作性，这也是约恩·福瑟选择它作为创作语言的主要原因。

·《暗影》*Skuggar*（*Shadows*）（2006）

·《我是风》*Eg er vinden*（*I am the Wind*）（2007）

在世界范围内，尤其在欧美各地，这位来自遥远北欧的剧作家的作品被反复搬演和诠释，人们赋予他各种桂冠和美称："新易卜生""新品特""新贝克特"……他历年来更是获得各类文学艺术奖项近四十种，主要奖项包括：

（以获奖年份为序；除注明获奖作品外，其他均为文学成就综合奖）

· Nynorsk litteraturpris 新挪威语文学奖（1992），获奖作品长篇小说《铅与水》

· Ibsenprisen 国际易卜生奖（1996），获奖作品剧作《名字》

· Melsom-prisen, Sunnmørsprisen 马尔瑟姆最佳新挪威语图书奖，萨莫尔最佳新挪威语图书奖（1996），获奖作品长篇小说《忧郁 I》

· Aschehougprisen 阿什豪格出版奖（1997）

· Doblougprisen 道布鲁格小说奖（1999）

· Nordisk Teaterunions Dramatiker-Pris 北欧剧协最佳戏剧家奖（2000），获奖作品剧作《一个夏日》

· Melsom-prisen 马尔瑟姆最佳新挪威语图书奖（2001），获奖作品长篇小说《晨与夜》

· Beste utenlandske forfatter, „Theater heute" 德国《今日戏剧》最佳外国戏剧奖（2002），获奖作品剧作《秋之梦》

· Skandinavisk Nationalteaterpris 北欧国家戏剧奖（2002），获奖作品剧作《死亡变奏曲》

· Norsk kulturråds ærespris 挪威文化部荣誉大奖（2003）

· Nynorsk litteraturpris 新挪威语文学奖（2003），获奖作品诗集《风之眼》

· Brageprisen 布瓦格文学奖（2005）

· Den Kongelige Norske St. Olavs Orden 挪威皇家圣奥拉夫最高荣誉骑士勋章（2005）

· Svenska Akademiens nordiska pris 瑞典文学院北欧文学大奖（2007），获奖作品儿童文学《姐妹》

· Deutscher Jugendliteraturpreis 德国少年儿童文学奖（2007），获奖作品儿童文学《姐妹》

· L' Ordre national du Mérite 法国国家荣誉骑士勋章（2007）

尽管被挪威人骄傲地称作“新易卜生”，而欧美剧评界也一致认为福瑟是继“现代戏剧之父”易卜生之后挪威对这个世界最伟大的贡献，每每在评论中将他与易卜生联系在一起，但从戏剧风格上讲，福瑟的作品却迥异于易氏标签式的社会问题剧。初读他的作品，最醒目的特点之一或许是徘徊其中的荒诞派的影子——品特式的重复与静场，以及向贝克特致敬的主题。这也是人们称他为“新品特”和“新贝克特”的原因。但在此之外，真正使福瑟作为一个戏剧家而不朽的，是他具有鲜明个人烙印的“福瑟式”美学与戏剧风格——蕴含着巨大情感张力的极简主义洗练语言，对白中强烈的节奏感与音乐感，并置的时空，交缠的现实与梦幻……最令人难忘的，是他的剧作中那无处不在的诗意的暗涌，是他对人生的倾听，是他字里行间对所有在时间荒原上相遇的人们所怀有的无限悲悯之情。

在下文中，笔者将对福瑟剧作中最重要也是最普遍存在的元素之一：剧本中的关键意象进行由外到内的分析，并以此为切入点，进入约恩·福瑟所独有的戏剧世界。

二、“冷酷仙境”：

约恩 · 福瑟戏剧作品中的关键意象

(一) 外

1. 海

挪威西海岸的乡村，是福瑟笔下的世界。在这里，最典型的地貌就是无尽的大海（峡湾）和它不断拍打着的群山。在福瑟的戏剧世界里，没有繁华的都市和喧哗的车水马龙。他笔下的人们或是逃离了城市，来到乡村试图寻求新的开始；或是本来就从未离开过乡村，一生都在这里度过。无论如何，这些戏剧人物的居处虽然远离尘嚣，却始终无法远离心的躁动。

在挪威语中，峡湾（fjord）意指深入内陆的海湾。海水日夜翻滚，无休止地冲刷和侵蚀着内陆的土地和峭壁，形成了峡湾。在挪威西海岸荒凉的乡村，福瑟剧中的人们（刻意要去）生活的世界，房屋与房屋，人与人之间的距离都是那样疏离和遥远。天雨天晴，四季穿梭，剧中人物的生命中不断上演得到和失去……在这世界尽头的“冷酷仙境”中，唯一不变的，只有永恒的大海。

《有人将至》中，一男一女买下了一幢坐落在陡峭悬崖上的、远离城市的老房子，准备抛弃过往的一切，在此开始无人打扰的新生活。可是，来到这里之后，他们才发现自己将从此面对无尽的大海——

“她
……
这条长长的路上
一个人影也看不见
我们走了这么远
一个人影也看不见
只有这条路
而现在我们就站在这房子前还有
（更紧张地。）
想想看当天黑的时候
想想看当暴风雨来临的时候
当风乍起
穿透墙壁
当你听到大海的咆哮
惊涛拍岸
白色的巨浪和黑色的大海
想想看屋子里会多么冷
当风乍起穿透墙壁
想想看这里是多么地远离人世
会多么黑暗
会多么安静
想想看当风乍起
惊涛拍岸

想想看秋天会是怎样一番景象
在黑暗中
在暴雨和黑暗中
白色的巨浪和黑色的大海
只有你和我
在这房子里
如此地远离人世”
（节选自《有人将至》第一幕）

在福瑟的笔下，大海就仿佛剧中人无法逃离的内心一样，无处不在。他（她）们日复一日地凝视着大海，就仿佛凝视着自己内心的黑暗世界：彼此无法交流的挫败感，生命中无可挽回的丧失，曾经美好的爱情的消逝……大海甚至代表着死亡：黑色的、咆哮而至的、令人无力抗拒的、在没有出路的生活面前越来越强大和不可战胜的死亡。在《我是风》中，两个男人在大海上漂泊，其中一个最后跳下了大海，消失在波涛中。在《一个夏日》中，丈夫在某一天毫无预兆地选择了死亡。他离开家走向大海，从此再也没有回来。而妻子则余生都站在窗前，日夜面对着大海，无法摆脱记忆的纠缠：

“年老女人
（转身向着台前，往房间中央走了两步。）
每当我站在窗前的时候
（回转身向窗子望了一眼。）
我就能看到他出现在我眼前
（短暂静场。）

那天就像今天一样
只不过是在秋天
我的朋友来看我
那已经是很多年以前了
到现在
可我还是能看到他出现在我眼前
当他向着下面的海边
走去的时候
我看着他向海边走去
也许他回头了
也许还挥了挥手
如果他愿意的话
或者他就只是沉浸在自己的思绪里向那儿走着
也许他没有回头
我还是能看到他出现在我眼前
当他向着下面的海边
走去的时候……”
（节选自《一个夏日》第二幕）

在另一部作品《死亡变奏曲》中，大海吞噬了他和她的女儿，迫使爱情早已死去多年的他们重新面对彼此，面对记忆和过往，为这场突如其来的悲剧困惑着，却无从寻找答案。剧中的女儿，无数次在雨中的海边堤岸上徘徊着，她在寻找什么？到底她的生命中缺失了什么，使她最终选择了自杀（跳进大海）？作者从未给出答案，就如同生命中诸多没有原因的选择一样：

“女儿

……

可是能躺在你怀里真好

当你甚至都感觉不到的时候

当你就这么躺在如此远离我的地方的

时候

不管那时候你是谁

那一刻你是多么美好

多么宁静

当你就像大海一般

让我可以想念

可以注视

那一刻你是多么美好

当你远离我的时候

（短暂静场。）

而与此同时又是如此地靠近”

（节选自《死亡变奏曲》）

在《死亡变奏曲》中，舞台上始终有一个若即若离的角色——（女儿的）“朋友”。他是真实存在于女儿的生活中，抑或只是她在极致的孤独与压抑中幻想出来的，我们无从得知。在剧中，“朋友”似乎与大海融为一体，他就是大海，大海就是他。当女儿最终投向大海的时候，也许，她投向的是内心的他：

“女儿

……

而你的手
在向我挥着
从遥远的那方
抛弃了所有的孤寂
我走到堤岸边缘
我站在那儿
望着大海
直到你的手
降落到我的身上
几乎难以察觉地
抚摸着我的头发
就仿佛那黑暗的夜晚
你的手抚摸着我的头发”
（节选自《死亡变奏曲》）

2. 雨

卑尔根以多雨闻名，年平均降雨量最高达 2 578 毫米，二十四小时最高降雨量为 192.2 毫米。卑尔根有个著名笑话——有个游客问当地一名男孩雨何时会停，男孩回答：“不知道，我只有十二岁。”

在福瑟的剧本中，风雨飘摇的外部世界往往对照着永不平静的内心世界：

“广阔的教堂墓园中的一隅。晚秋。雨才住。黑色的树们。有些叶子还残留在树上，有些已经落了。

一条砾石小径。一条油漆已经剥落的、饱经风霜的长凳。**男人**沿着砾石小径走来,继而踏下小径走向一块墓碑。他读着墓碑上镌刻的文字,伫立在那里注视了一会儿,然后走向另一块墓碑,读着碑文,也伫立了一会儿。然后他走回小径,一直走到长凳前坐了下来。他抬起头,脸上泪痕依稀。他把外套裹紧了些,低头注视着湿漉漉的石子。他站起身,张开嘴,似乎想要说些什么,却又旋即无言了。他就这么僵直地站了一会儿,然后紧紧地闭上嘴唇和双眼,一阵痛苦的表情掠过他的脸庞。他睁开双眼,冷冷斜睨着这世界。与此同时,**女人**上。她看见了他,却不想让他看见她。她站在那儿,进退维谷,犹豫不决。而他其实几乎都没有注意到她。她低下了头。他回身在长凳上坐下,有点儿为自己刚才的举动而害臊,又有点儿为了被人打扰而烦恼。然后他仔细地看了看她,认出了她是谁。"

(《秋之梦》,剧作开篇的舞台提示)

福瑟的笔下,世界在不断地下雨。这是我们内心的泪水吗?舞台上的世界,或是暴雨,或是微雨,或是雨才住,空气永恒湿润。而舞台上的人们,逶迤的人生在雨中展开。在福瑟的戏剧世界里,即使是偶尔天晴的时候,雨意也仿佛依然停留在我们心中,挥之不去。雨,好像生命的历程中所有我们曾承受过的伤痛、失望和挫折,在我们的内心留下永恒的印记:

“女儿
因为他那带着雨珠的头发
就在那里
（短暂静场。）
仿佛是来自天堂的光芒
（短暂静场。）
因为爱情就像是死亡
他挥手的样子
也永远都在那里
他的头发带着雨珠
就在那个下雨的夜晚
（朋友向她伸出双臂。她向他走去，他将她拥入怀中。他们就这么站在那儿拥抱着彼此。然后他们放开对方，她从他身边走开。而他就这么站在那儿，目光追随着她。）

年老女人
她沿着堤岸走着
在雨中在风中
在黑暗中
在伸手不见五指的黑暗中

女儿
我明白了
（短暂静场。）
一切都归于宁静

没有什么比痛苦
更明澈
就像他头发上的雨珠”
(节选自《死亡变奏曲》)

福瑟的世界是水意荡漾的世界——大海、雨,或波涛汹涌或静水流深的内心……当你身处他的戏剧世界时,你会忍不住问:他们(舞台上的人们),还有(舞台下的)我们,到底在寻找什么?是永恒不变的爱吗?是内心的宁静吗?是死亡的解脱吗?是什么让我们的心始终暗流潜动,无法安宁?是窗外的大海吗?是永不放晴的天空吗?是无法交流和沟通的困境吗?在福瑟创造出的戏剧世界里,折射出的是我们每一个人的人生。

3. 秋

在很多部剧作里,福瑟都把他舞台世界的时间设定为秋天。有时候,那会是个美好的初秋——夏日刚逝,淡淡的秋意宜人,这美丽的季节才刚开始,就像他们的人生——刚一起搬来这梦寐以求的远离尘嚣的地方,刚买下自己心爱的老房子,情投意合,百废待兴。这时候爱情伊始,生活伊始,一切都充满了希望:

“年老女人
(抬起头来,直视前方。)
这一切都是很久以前的事了
但不管怎么我还是记得

（短暂静场。）

那一天

就好像刚刚发生过一样

我还记得

那是个美好的秋日

清爽

而且既不冷也不热

我们出去看看会不会下雨

真的下雨了

不过只有一点儿

然后我们在那儿站了一会儿

在外面的细雨中

然后我们绕着房子散步

看着它

他说房子该油漆了

排水沟也该清理了

就是他通常会说的那些事儿

……”

（节选自《一个夏日》第二幕）

可是更多的时候，时间过去了，清脆透明的初秋变成了寒冷黑暗的深秋。再往下的季节和人生，都是更寒冷、更黑暗的冬天。挪威西岸的深秋和冬天，天黑得很早，下午四点左右就全黑了。而天亮，要到早晨八点左右。日照时间短，再加上雨雪不断，生命的寒冬只有咫尺之遥。日光消失之后，在无人交流、无处遣怀的黑夜里，人们再也无法回避自己的内心，被迫审视自己的生活。面对所有的挫折和问题，人们有心无力，不知如何去解决或是无力逃离。坐在自己的房子里，坐在自己的困境里，剩下的似乎只有被动的等待。在福瑟的黯淡秋日世界里，有直接命名为《秋之梦》的剧作，讲述的却是人生所有可能有的美好梦想的破碎；还有在秋天永远离去，给妻子的人生留下永远无法填补的黑洞的丈夫(《一个夏日》)；更有害怕着秋天，害怕着不可知的未来的人们：

> "她
> ……
> 但现在还是白天
> 想想看当天黑的时候
> 当秋天
> 还有冬天来临的时候
> 当这里又黑又冷的时候
> ……"
>
> （节选自《有人将至》第一幕）

(二) 外与内之间

4. 悬崖上的老房子

在由大海、雨、深秋所组成的外部环境里，人们借以栖居的是一幢坐落在峡湾边的悬崖上的老房子：

> "一所老旧，几乎有点儿摇摇欲坠的房子前的花园。房子的油漆剥落，有些窗玻璃已经碎了。它面

朝大海，寂寥凄凉地坐落在陡峭悬崖一块突出的岩石上。尽管如此，这所房子却依然有着自己独特的饱经风霜的美……”

（节选自《有人将至》第一幕舞台提示）

在福瑟的剧作中，房子是人们借以对抗外界风雨的所在。有时候，这是相爱的两个人想要共同追寻未来生活而避走城市所逃往的世外桃源：

“她
（快活地。）
很快我们就可以住在自己的房子里了

他
我们自己的房子

她
一所古老美丽的房子
远离其他的房子
和其他的人
……

她
现在我们就站在自己的房子旁边
我们自己的房子
在这里我们会一起相守

你和我单独在一起

在这房子里

你和我会

单独在一起

远离其他所有的人

在这房子里我们一起相守

单独

在一起”

（节选自《有人将至》第一幕）

这是他们千挑万选的房子，是他们耗尽所有的积蓄买下的房子，代表着他们最初的梦想、爱、希望，以及理想的生活：

“年轻女人

（微笑着对阿瑟说。）

但不管怎么说我们

买了幢好房子

是啊

而且位置也很好

就在峡湾旁边

不是吗

阿瑟

是啊　这里很好

我们很幸运

要找到这么好的房子

可不容易

而且我们也是花了很长时间

才找到的

年轻女人

是啊　我们花了很长时间

阿瑟

而最后我们终于找到了一幢好房子

（短暂静场。）

……”

（节选自《一个夏日》第二幕）

又有时候，这是他们想要寻求温暖和出路的庇护所，至少他们希望如此。在《名字》中，主人公是年轻而未谙世事的一对：怀孕的年轻女孩和男友还未结婚就面临将要出生的孩子和困窘的经济状况，男友也找不到工作，他们只好硬着头皮回到女孩父母的家，一幢坐落在悬崖上的老房子。多年以前，这里曾是女孩头也不回地离开的地方，而此刻，这是她最后的，也是唯一的避风港。她带着从未与父母谋面的男友，回到了这里：

“男孩

这儿真不错

一切都那么冰冷

所有的岩石

石楠花

还有风

还有岛屿那头无边的大海

女孩

是啊

男孩

还有你父母的房子坐落的地方真美

就在悬崖的背风处”

（节选自《名字》第一幕）

然而这伫立在悬崖上的老房子，不得不面对咆哮的海浪、凛冽的深秋寒风、无尽的雨和黑夜，日渐朽坏和破落。就像房子所处的脆弱状态一样，住在这房子里的人们，也同样脆弱，无力保护自己，易碎的梦想和寻求温暖的希望注定要遭受打击。这场与人生的对抗，他们注定要失败：

“年轻女人

……

可是现在我们已经

搬出城了

现在我们已经有了

一幢美丽的老房子

就在峡湾边

这就是你曾经那么热切渴望着的生活

你说过的

好吧　现在我们来到这儿了

而你却无论如何

也不开心了

你甚至比以前

更忧伤了

……"

（节选自《一个夏日》第二幕）

在《有人将至》中，他和她以为这未经入侵的、只属于他们的房子，其实早就"有人已至"。他们所谓"远离所有的人"的未来，瞬间就被到来的他者打破了。房子的四面墙，最终无力帮助剧中人抵挡挫败和幻灭的到来。

5. 窗

在新挪威语中，窗这个词是"vindauge"，意为"风眼"（windeye）。福瑟2003年的诗集《风之眼》以"*Auge I Vind*"（"*Eye of Wind*"）为名，其实是对"窗"（vindauge/ windeye）这个意象玩的一个文字游戏。由此也可见"窗"这一意象在福瑟文学创作中的重要性。

在福瑟的多部剧作中，窗是屋外（大海、风雨、黑夜）和屋内（照片和沙发）世界的连接。在《有人将至》中，"他"和"她"都多次走到窗前向屋外的花园张望着，恐惧着，但同时也暗暗地预期着第三者的到来，打破他们不断宣之于口的在这幢房子里"只有我们两个人单独在一起"的脆弱希望。在其他剧作中，窗更象征着主人公内心的渴望：渴望逃离枷锁般的当前人生；或是一个管道，借以不断重返无法修补的过去。在《夜晚在歌唱》中，对丈夫满怀苦涩与失望的妻子每当丈夫在追问她是否与别人有染时，总是转身望向窗外。窗好像是这个压抑的屋内世界的唯一出口。窗外的世界代表着未知的新生，代表着逃离一潭死水的生活的可能。在《一个夏日》中，失去丈夫的妻子用余生的岁月来凝视窗外，思索丈夫到底为什么会做出这样的选择，思索已经失真的现实，思索已经占据了整个现实的过去：

"年老朋友
（笑着说。）
你又要
站在那儿望着窗外吗
你就不烦吗
我得承认
每当我在心里想起你的时候
眼前总是浮现出你站在窗前
望着下面大海的样子"
（节选自《一个夏日》第一幕）

（三）内

6. 照片

进入福瑟的老房子，我们常常会看到悬挂在墙上、摆放在橱柜上的照片或是画像。在《沙发上的女孩》一剧中，女主人公一边在自言自语地叙述和与回忆纠缠着，一边不时地为舞台上的一幅女孩画像添上几笔。画像在舞台上巨大的存在,就如同过往在她当下生活中巨大的存在。

在《一个夏日》中,舞台上有着并置的时空:年老女人与年轻女人(为同一角色的年轻与年老时期)同时出现。她们时而来回踱步,时而伫立窗前,同样不断地叙述和纠缠着过往。在这个过程中,她们都反复地重复着一个动作:整理照片——肢体的动作对照着她们内心思绪的汹涌。

在《有人将至》第四幕中,"他"和"她"从前几幕的屋外花园,到进入屋内,到厨房,终于进入了起居室。两人来到这里的初衷是为了远离其他所有的人,建立只属于他们两人的、从未也永远不可以被别人侵占的空间和生活。可是这个起居室,却是一个完全被他者的过往占领的空间:墙上原来房子女主人的照片,她和丈夫的结婚照(那时他们是年轻美丽的一对),"男"(原来房子女主人的后人,也正是把这幢"远离尘嚣"的老房子卖给他们的人;很快,他将彻底打破他们为自己坚守的世界)幼时行坚信礼的照片……照片,象征着他者在主人公生活中永恒的、无论怎样也无法逃脱的存在。

出现在福瑟剧作中的照片(或是画像),无论是寓意自身还是他者的过往,都象征着过去/记忆对现在的胁迫和影响。无处不在的照片就是当下生活中无处不在弥漫的过往所带来的威胁感。

7. 沙发

这是一个剧中人(往往是男人)为逃避现实而给自己建造的堡垒,是他们在自己的内心与外界之间所树起的禁锢之墙,尽管这是面不堪一击的墙。沙发(偶尔是一把扶手椅),

是他们在万般犹豫和无奈，不愿面对希望的破灭和现实生活的挫败，或是试图避免与人进行交流，不愿暴露自己真实内心时唯一能够回归和蜷缩着躲藏起来的地方。在《夜晚在歌唱》一剧中，失败的作家遭杂志和出版社屡次退稿，事业上没有出路，毫无承担家庭生活的经济能力，作为一个男人基本已经无法面对自己失败的人生。再加上厌倦与失望的妻子想要离他而去，即使曾经的爱情也挽救不了生活已是死路一条的事实。他唯一能做的，就是终日躺在沙发上，偶尔摇摇刚出生的婴儿的摇篮，把自己的脸和心都藏在翻开的书页下，藏在沙发的庇护里。

在《有人将至》中，面对屋外不断的敲门声(象征着外部世界对剧中人物内心世界和理想的入侵)，面对“她”越来越明确地想去开门的意图，“他”无力面对这样的溃败，只有面对墙壁躺在沙发上，固执地背对着“她”，背对着敲门声，背对着将要分崩离析的人生……

除了室内的沙发或是扶手椅之外，福瑟的剧中偶尔也会出现室外的长凳：没有靠背，没有扶手，没有任何可以让人放松和依托的支撑，只能僵直地坐在上面，比如《有人将至》，比如《秋之梦》……剧中的人们或一起或单独地坐在这些长凳上，彼此交谈着，爱着，或者憎恨着。这些在室外的风雨中被岁月风霜侵蚀的长凳，就像剧中的人们在生命的风雨和海浪中浮沉、无所依凭的内心一样，只有存在，只有承受。

三、结束语

虽然福瑟来自与我们身处的国度如此遥远的“世界尽头”,但他戏剧世界里的人生也是我们每一个人的人生。他是挪威的,也是世界的。正是因为他作品中这种直指人心的力量,他打动了无数观看或阅读过他剧本的人。

福瑟作品中所关注的主题,是古往今来的戏剧舞台上的永恒命题:人类生存的困境——交流的隔阂;人与人之间,人与外部环境之间的对抗……他笔下的人物,就是我们日常生活中天天所见的普通人,甚至可能就是我们自己。但他呈现主题和人物的诗化方式和戏剧手段,又使其剧作迥然不同于平凡的生活。福瑟剧作所需要的舞台通常是质朴的,没有填充视觉的复杂布景和装置,因为他的眼光始终投向了戏剧所要呈现和刻画的终极目标——人。

谨以约恩·福瑟的一段自述文字结束本文:

“约恩·福瑟?谁是约恩·福瑟?无论从哪个角度来审视,约恩·福瑟其人都是由三个方面组成的:他既是一个普通人,也是一个公众人物和写作者。作为普通人的他与芸芸众生一样,有着自己卑微的,或快乐或不快乐的人生;作为公众人物的他,为某些人所知,但也有人从未耳闻;而写作,则只属于写作本身——与其说这是一种身份,毋宁说是一种行为。这种行为既不与作为普通人的他,也不与作为公众人物的他相重叠。可是那么,我到底是谁呢?约恩·福瑟,应该是怎么样的一个人呢?”

2010年1月,上海

“进入黑夜的漫长旅程”[1]

——从小说家,诗人到戏剧家的福瑟

1 本文标题典出尤金·奥尼尔（Eugene O’Neill）的经典剧作《进入黑夜的漫长旅程》（*Long Day’s Journey into Night*）。

“约恩·福瑟？谁是约恩·福瑟？无论从哪个角度来审视，约恩·福瑟其人都是由三个方面组成的：他既是一个普通人，也是一个公众人物和写作者。作为普通人的他与芸芸众生一样，有着自己卑微的，或快乐或不快乐的人生；作为公众人物的他，为某些人所知，但也有人从未耳闻；而写作，则只属于写作本身——与其说这是一种身份，毋宁说是一种行为。这种行为既不与作为普通人的他，也不与作为公众人物的他相重叠。可是那么，我到底是谁呢？约恩·福瑟，应该是怎么样的一个人呢？”

这是约恩·福瑟曾写下的一段自述性文字，也是笔者第一篇有关福瑟戏剧的研究文章《“世界尽头与冷酷仙境”——约恩·福瑟戏剧作品中的关键意象》的结束语。在他漫长的创作生涯中，作为一个写作者的福瑟经历了由小说家、诗人而一跃成为当代欧美剧坛最伟大的在世剧作家的奇异旅程。在这条写作的道路上，他慢慢前行，一路逶迤，踏入了一个最黑暗、遥远与不可知的世界：人类的灵魂和内心。

虽然约恩·福瑟主要以戏剧家之名享誉当世，但他文学创作生涯的起始点却并不是戏剧。他在1983年以长篇小说《红与黑》出道，但近十年之后才开始戏剧创作（《有人将至》，

1992)。如果略过福瑟在其他文学领域的创作不谈,不可能真正理清福瑟文学创作旅程的整体脉络,并最终达到进入福瑟的戏剧世界,以及透彻理解其戏剧作品奥妙的目的。因此,在本文中笔者将对福瑟包括戏剧在内的整个文学历程进行梳理,并对其最有代表性的小说和诗歌作品进行简要分析,以揭示它们与福瑟戏剧作品之间在语言风格、主题和结构等方面密不可分的联系。此刻,让我们进入福瑟的文学创作世界,随同他一起开始这场"进入黑夜的漫长旅程"。

旅程的起点,是"普通人"福瑟人生的开端——挪威当代戏剧家、诗人和小说家约恩·福瑟,1959年9月29日出生于北欧国家挪威西海岸文化名城卑尔根以南的小镇豪格松德(Haugesund),双亲为克里斯托弗·福瑟(Kristoffer Fosse)与薇格蒂斯·福瑟(Wigdis Erland Fosse)。福瑟的童年和少年时期在哈当厄尔峡湾(Hardanger fjord)[1]边广袤荒凉、群山起伏的乡村斯兰德巴姆(Strandebarm)度过。他的家族有一座已传承数百年的小小农场,世代以种植果树为生。初初走笔至此,不禁回忆起2009年春天第一次访问福瑟先生的那个春寒依然料峭的濡湿5月。访问者与被访问者一同在卑尔根连绵的雨中漫步,遍访福瑟先生在城中时常驻足的古老饭店、酒吧与剧场,一路谈论戏剧,谈论人生。当时福瑟先生絮絮诉说着家族的农场如何从上一代已传至他手中,而他身为一位职业作家却无法像先人那样专心务农,因此颇有些一筹莫展,不知该拿这块祖上传下来的田地怎么办……福瑟

---

1 哈当厄尔峡湾:位于挪威西部中心地区的霍达兰(Hordaland)郡。全长179公里,是挪威国内第二长的峡湾,也是世界第三长峡湾,其最深处达800米。

的父亲为贴补家用,同时还经营着一家小店,而他的母亲则是家庭主妇。今日福瑟的双亲依然健在,父亲已逾中寿,母亲也已近八十岁高龄了。两位老人依旧居住在他们终生都未曾离开过的农场里。福瑟是家中的长子,下有两个妹妹,不约而同都从事教书工作。当年在访问中我曾经问福瑟:如果不是当初踏上写作这条道路,在平行宇宙里另一场可能的人生中,他认为自己最可能从事的职业是什么。福瑟回答:教书。

“写作者”福瑟诞生的时间早得惊人——在他年仅十二岁的时候。那时的他甚至还未读过多少文学书籍。他曾经称自己写作生涯的开端是“早得让人害臊”。他笔下最初的文字主要是一些短诗和歌词,并很快他开始尝试写一些小故事。福瑟曾表示自己少年时初涉写作的动机主要是源于无忧无虑的童年时代戛然而止之后的迷茫和失措:他以一个少年写作者的稚嫩笔触摸索着,试图靠近,抑或是远离这个未知而难解的世界。鲜为人知的是,早在高中时期福瑟就已创作过一部短篇小说,不过除他自己之外,这部稚嫩的作品从未有过第二个读者。是否几乎所有进入写作,或是从事其他艺术创作活动的人,最初都有着借此行为逃避现实人生的动机呢?在笔者对其的访谈中,福瑟曾说道:当人生数十年的光阴过去,他已成为一个成熟的写作者时,回顾过去的时光,他意识到今时今日的他从事写作的动机与当日的少年并没有什么不同——他依然,或许也正如其他许多写作者一样,是在写作中寻求着日常生活之外的庇护所,寻求着人生在作为一个“普通人”之外的可能性……

进入迷茫和反叛的少年时期的福瑟,还曾一度尝试成为一个音乐家(那时他最主要的爱好是弹吉他),并曾加入一个摇滚乐队。除了音乐和写作方面的尝试之外,他也曾拿起画笔,但浅尝辄止。多年以后将作为戏剧家而为人所知的少年福瑟,终日游荡在斯兰德巴姆乡村的海浪声、风声和雨声中,试图通过音乐、写作或是画笔寻找自己的人生方向。即使是在那样初涉尘世的年纪,他也已经意识到了自己注定将成为一个艺术家的命运。但他没有意识到的是,虽然当时写作并非他初探艺术之路的主要活动,日后却会成为他人生最主要的基调。

随着福瑟的少年时期走到尽头,他也放弃了吉他和摇滚乐,放弃了成为一个音乐家的可能,更为专注地转向了写作。但音乐并没有消失在他的生活和艺术创作中。恰恰相反,早年的音乐经历为他日后的写作带来了独特的福瑟式色彩和风格——他笔下戏剧语言中强烈的节奏感和音乐性。这也是使得福瑟的剧作迥然不同于众人的鲜明特点之一。甚至他少年时的绘画经历,也对他成年后的文学创作产生了一定的影响。尤其是在他的戏剧作品中,人与人之间过于疏离或是过于密集(但徒劳)的交流里,真正来自内心,迫切想要传达的信息并非在本就简约的台词里,而是在言外,在那充满着舞台空间,仿佛"于无声处听惊雷"般的静场里。这就仿佛中国画中那意味深长的"留白"。所谓"不着一字,尽得风流"——如果不是早年对绘画的涉猎,这一福瑟剧作语言上的迷人特点,不知是否还会诞生?

自二十世纪七十年代后期起,福瑟一直居住在挪威第二大城市,也是该国的文化之都卑尔根。可以说,福瑟迄今为止的大部分人生时光都是在挪威西海岸度过的,而这一意象也出现在他几乎所有重要的文学作品中，包括戏剧、小说和诗歌。挪威西海岸，就是福瑟笔下逶迤展开的巨幅文学图景。

甫进入青年时期，刚满二十岁的福瑟就早早地成为父亲：他的第一个儿子在1979年出生了。第二年，他与孩子的母亲，也是他的第一任妻子结婚。在成名后几乎所有的访谈中，福瑟都未曾承认过自己戏剧和小说作品中的情节和故事与他个人生活之间的联系。但作为一个"普通人"福瑟的生活轨迹无疑在作为一个"写作者"福瑟的文学创作中留下了痕迹，或有意或无意。笔者作为一个被深深打动的观众和阅读者，同时也是与"写作者"福瑟对话的戏剧研究者和译者，绝对无意通过把作家的私人生活放在显微镜下研究来完成自己对他戏剧世界的探索。但是作为一个与"普通人"福瑟对视的灵魂，身为另一个"普通人"的笔者也深深明白：正是我们每一个人的生活经历，正是生命旅程在我们身上不断留下的烙印，才使得我们每一个人的自我得以确立，才使得"写作者"福瑟与"普通人"福瑟并存一体，更使得进入福瑟戏剧世界的我们被另一个灵魂笔下所流淌出的美好文字所深深打动。

因此，让我们的旅程继续——放弃音乐与绘画而进入文学创作的福瑟在写作的道路上不断前行。1983年，时年福瑟二十四岁，他的第一部重要文学作品问世：长篇小说《红与黑》。这是他第一部正式出版的作品，虽然小说早在1980年福瑟二十一岁的时候就已经写作完成。1987年，福瑟在卑尔根大学（University of Bergen）获得比较文学硕士学位。这一年已是他第四部重要文学作品出版的时候：中篇小说《血石》（*Blod. Steinen er*）。获得学位后，他在霍达兰郡（Hordaland）

的创意写作学院(Academy of Creative Writing)执教(1987—1991),直至二十世纪九十年代初成为自由作家。

1989年,福瑟与第一任妻子分居,同年出版他的第五部重要作品:长篇小说《船屋》。这时,他已作为一个小说家在北欧地区逐渐成名。1992年,福瑟写出了他的戏剧处女作《有人将至》,但该剧直到1996年才得以首演。在成为以著名剧作家而广为人知的"公众人物"前夕,"普通人"福瑟于1993年与第二任妻子完婚。这位有着印度血统的妻子在事业上对福瑟有所助益,他们曾共同完成了一些翻译作品。1994年,福瑟的第二个孩子出世。同年,他第一部与公众见面的剧作《而我们将永不分离》首演并出版。此后自九十年代中期起,福瑟文学创作的重心开始转向戏剧。

涉足戏剧领域之后,"写作者"福瑟获得了惊人的成功——自此,他真正开始了自己作为一个"公众人物"的生涯。这成功来得迅速而出人意料。这出人意料,不仅是对外界而言,同时也包括福瑟自己,因为在此之前他始终非常排斥甚至极端抵触戏剧这一艺术创作形式。可是一旦进入这个新的创作领域,他的能量却一发而不可收。灵感勃发的福瑟在戏剧上非常多产,并在其后数年接连以几个堪称杰作的剧本获得多项挪威国内、北欧地区,以及国际大奖。他的剧作在欧美各国不断上演。迄今为止,他已是当代欧美剧坛最富盛名,同时也是作品被搬演最多的在世剧作家,其戏剧作品被翻译成四十多种语言并在全世界各地广泛演出。与此同时,近年来福瑟也多次成为诺贝尔文学奖得主的热门人选。

时光隧道中的下一段旅程是新世纪:2000年,福瑟迎来他生命中第三个孩子，同年出版其获奖作品长篇小说《晨与夜》。2003年，福瑟的小儿子出生。同年，他的获奖作品诗集《风之眼》和剧作《紫色》（*Lilla*）出版。至今，已过知天命之年的福瑟依然继续着写作生涯。现在的福瑟已与第二任妻子分开，至今独居在卑尔根的公寓和乡间峡湾边的小屋[1]。孩子是福瑟生命中的挚爱。他喜爱的事物还包括音乐欣赏和阅读诗歌。除此之外，当然还有写作。日常生活中大约一半的时间里，福瑟会与孩子们相处。另一半的时间，福瑟则用来写作。偶尔他会离开卑尔根，去往世界各地出席他剧作的首演、艺术节和作品朗读会。他不喜欢离家旅行，但“公众人物”福瑟需要出现在世人眼前。

这就是作为“普通人”、“公众人物”和“写作者”的福瑟基本人生轨迹。接下来，让我们把目光专注地投向三个层面的福瑟中最为重要的那一个——“写作者”福瑟。我们将一路探寻他由小说与诗歌创作开始，不断前行，并最终踏上戏剧舞台的足迹。

1 本文写作于2010年，于2014年稍做增删。其间，福瑟先生已开始其作为一个“普通人”的第三次婚姻旅程——他于2011年秋再婚，并在2012年初迎来他生命中又一个瑰宝：他的小女儿。2010—2015年的福瑟生活与创作详情，请见福瑟系列研究论文之三《“秋之梦”——福瑟译介十年》。

一、启程：

踏上文学生涯的“写作者”福瑟

自十二岁初探写作起，经过十余年的笔耕不辍，福瑟于1983年出版了他的文学处女作：长篇小说《红与黑》。故事的情节并不复杂：一个沮丧抑郁的十余岁少年的心路历程。最终主人公选择了自杀，但有关他的生死，小说的结尾并未给出明确的结局。福瑟这部作品的灵感源于挪威二十世纪最重要的小说家之一，也是第二次世界大战之后挪威新诗的代表人物之一塔尔杰依·维萨斯[1]的作品。在这部作品中，作者在写作中最关注的并非故事情节的铺陈和叙述，而是对主人公外在周边环境的渲染和描摹，对他内心世界和心理活动的展示和呈现，以及作者为实现这一创作目的而在文学语言上所做出的探索和实验。很明显，自福瑟创作历程的开始，他就踏上了一条与当时挪威文学界占主流地位的社会现实主义传统相背离的道路。此外，死亡（自杀）这个福瑟日后戏剧创作的重要主题之一亦在这部作品中初现端倪。

1985年，福瑟出版第二部长篇小说《上锁的吉他》。在这部作品中，作者在小说创作上受意识流叙述传统的影响更

---

1 塔尔杰依·维萨斯（Tarjei Vesaas，1897—1970）：挪威小说家，诗人。其作品大多取材于故乡的山水和人物，具有浓郁的乡土气息和现实主义风格。第二次世界大战后，维萨斯发表了不少散文诗，是挪威战后现代新诗的代表人物之一。

加彰显，故事仿如一部缩微版的女性《尤利西斯》：丽芙，一个年轻的未婚妈妈，不慎把自己锁在了家门外，而孩子还独自躺在家中的摇篮里，无人照管。她绝望而茫然失措地在城市的街道中穿行游荡着，杂乱交错的街道就仿佛她杂乱无序的内心独白。故事的结局依然是开放而不确定的，我们不知道最终降临到她头上的命运会是什么。小说中，年轻的女主人公面对生活手足无措。自己的人生之路尚且模糊懵懂，新生命的骤然降临更使她无法逃离种种扑面而来的烦恼和挫折。关于刚出生的孩子给年轻主人公的生活带来巨变和困扰这一主题，在福瑟日后的戏剧创作中（如福瑟的首部获奖剧作《名字》）也将有所涉猎。

1986 年，福瑟的第一部诗集《含泪的天使》问世。诗集带有强烈的表现主义色彩，意象丰盈，色彩纵横，其中依稀可见挪威当代最重要的诗人奥拉夫 · H. 豪格[1]的影子。

在迄今已三十年的职业写作历程中（本文写作时间是 2010 年），福瑟始终自认为他最重要的"写作者"身份是诗人，虽然他戏剧和小说作品的数量远远超过诗歌。但的确，即便是在他的戏剧作品中，盎然的诗意也无处不在，以至于甚至有评论家将其风格独特的戏剧定义为"诗体剧"。以下是选自令福瑟声誉鹊起的诗集《含泪的天使》中几首较有代表性的诗作，从中或可一瞥自认为首先是一位诗人的"写作者"福瑟在他包括戏剧在内的文学作品中都有迹可循的蓬勃诗意之端倪。所有诗作均为中文首译。

---

1 奥拉夫 · H. 豪格（Olav H. Hauge，1908—1994）：挪威二十世纪最伟大的诗人。终其一生居住在挪威西部的乡村田园，以种植果树为生。他的创作深受中国古代诗歌的影响。同时，他也是福瑟心目中的几位文学偶像之一。

第一节　第一首

马,夜未央。汗水的味道
还有红色的雪在妈妈的大衣上。她坐着　我含着葡萄
在嘴里,是个大男人了。高高的
雪在岸上堆积着。葡萄们在黑色的袋子里。压歪了

音乐,和黑色的风。马。吉他
是一扇绿色的窗。颜色们自她的眼中滑落　妈妈问
我去了哪里。早就应该
回家了
她站起身
穿过起居室走来
你只有十二岁,她说

第一节　第二首

她肩上有黄色的草。我们走进
蓝色的山脉,葡萄们
她牵着我的手
妈妈的头发上沾惹了青苔
远远地
她叫着我的名字

第十四节　第一首

穿越心中的列车
漫长
就像风，漫长
就像黑色的树。妈妈
橙色的塑料桶里有风。她
洗地板的动作很

利落。爸爸
手臂举过了头　吹着口哨
呼唤星星
用他的眼睛。我想要回家　那里

恐惧不过是脚上踩到了青苔，那里
每个星期天早上
收音机好脾气地散发炖肉汁的味道
还有管风琴的音乐，那里
峡湾的气息透过成熟的梨子传来

第十四节　第二首

不断远去，消逝。渐行渐远
却不断靠近

第二十六节　第一首

雪
好像就在路灯下
后面是满布秘密的层云

双手的后面是深不见底的日子,还有
她笑着躲开灯泡亮光的样子

秋天的时候,冬天的时候。感觉
舌尖在嘴里。那样的年轻,紫色
还有路灯,和雪

第二十六节　第二首

灰烬穿过雪地

在雪和雨之间

穿过燃烧的纸
还有熔化的塑料桶的残骸
她瞥到天使亲吻
她的指尖

雪中熊熊的篝火

在雪和雨之间

大片大片的灰烬。黑色的

雪。白色

1987年，福瑟出版中篇小说《血石》。死亡的主题再次纠缠：主人公面对妻子的尸体悲痛欲绝，却无论如何也回忆不起来是否是自己杀死了妻子。小说的主体部分依然是支离破碎，杂乱无章，迹近癫狂的内心独白。关于到底是否主人公杀死了自己的妻子，最终读者也依然找不到明确的答案。在与本文作者的访谈中，福瑟曾表示：这一作品在他早期的小说创作中属于有着较强实验性的作品。除了语言上的特点和叙述方式之外，甚至小说的标题也是一个小小的文字实验——血（blood）与心脏紧密相连，而冰冷无情的石头（stone）则是乍看与情感充沛的内心截然相反的意象。但是，在生命中的某些时刻，尤其是在面对身边最亲密的人的时候，或许没有什么比人们的铁石心肠更接近冷酷石头的东西。

自福瑟的第五部重要作品长篇小说《船屋》开始，他踏入了文学探索之路的新领域：小说结构上的实验。这部小说有着一个类似戏剧中“戏中戏”的结构——在一个故事的叙述中还包含着另外的故事。第一人称的叙述者讲述着因为少年时代的朋友科纳特的归来而给他的生活带来的种种冲击。他反复地纠缠在现在时态的内心独白与过去时态的往昔追忆之间——当下因为科纳特的突然归来而令主人公遭受的内心忌妒之火的煎熬，年少时他们曾一起卷入的一场三角恋情,以及其间穿插叙述的他们年少时其他共同的经历和记忆。叙述不断在过去的岁月与当下的现实之间往复。与此同时,作者也以第一人称的角度叙述着当下这一写作过程的经历。令小说结构更为错综复杂的,是叙述还会不时地跳换到以科纳特的视角来进行。从这部作品过去与现在交织,当下与往昔并置的结构中,我们可以清晰地看出福瑟日后戏剧创作中时空并置类型的作品在其结构上的雏形。

《船屋》为作为小说家的福瑟带来了日隆的声誉。同年,福瑟出版了他的第一部文学论文集《由叙述经展示到写作》(*Frå telling via show til writing*,1989)。在这部作品中,福瑟阐述了他作为一个写作者的经验,探讨了在小说创作中一个作者所面对的各种可能性:从传统的全能视角式的叙述,到从个别人物的视角来做的经历展示,再到福瑟试图在写作中所探索的全新视角——写作这一视角本身。

1990年,福瑟出版诗集《狗的行动》(*Hundens bevegelsar*)。1991年,福瑟的第六部重要作品长篇小说《拾瓶子的人》(*Flaskesamlaren*)问世。这次,主人公的内心独白,甚至包括与他人的交流都以更为无章和迹近疯狂的形式出现:主人公一个接一个自相矛盾的叙述,混乱的身份和自我认知……甚至连他的名字到底叫什么,读者都找不到确定的线索。小说的主题鲜明,并带有呼之欲出的荒诞派色彩:在现代社会中个人孤独的存在,人与人之间交流的隔绝和丧失,日常生活的荒谬感与自我的迷失。至此,福瑟式的小说主人公典型已完全确立:饱受挫折和困扰,在人生中感到彷徨和迷失的无助者。个人所要面对的孤独,人与人之间交流的失败和无效——这样的主题在福瑟文学生涯前期的小说创作中不断发展，达到极致，并悄然为他数年后开始绵延蓬勃的戏剧创作之路做好了铺垫和预热。此刻的福瑟自己也一定未意识到：此时他几乎所有的文学创作经验都是在为他日后将倾心以之，而此刻还极度排斥着的戏剧创作做准备。富有强烈情感张力的内心独白，死亡和孤独等小说中反复出现的主题，甚至他在诗歌上的创作——所有这一切，都将在他日后的戏剧舞台世界中延续。

福瑟式小说主人公形象的塑造在他1992年的作品——长篇小说《铅与水》——中得以发展到极致。这部作品为他赢得了当年的新挪威语文学大奖。这是福瑟文学生涯中第一个重要奖项。至此，福瑟作为一个职业文学创作者已笔耕不辍了近十年（1983—1992）。小说的基本情节如下：一个记者离家去往另外一座城市进行采访，在这里他遇到了一个很可能是处于吸毒造成的兴奋迷乱状态中的女孩。在一个报摊前排队时她在他面前跌倒了，他把她扶了起来。旋即男子与女孩又在一条户外长凳前再次相遇，这次女孩遇到了麻烦——警察要把她带走。男子对警察谎称女孩是他的妹妹，解救了女孩，并把她带回了自己的旅馆。这一相遇令男人的生活发生了突如其来的逆转——他开始对自己的职业生涯，甚至此前的整个人生都产生了深刻的怀疑。他错过了事先安排好的采访，也没有照约定好的那样给妻子打电话，有电话打进来或是有人来敲旅馆房间的门时，他都一概拒绝回应……之后，他漫无目的地在大街小巷中游走着——福瑟笔下又一场尤利西斯式的游荡和迷失。虽然最终他还是乘上了返家的车，但却深深意识到自己对这个邂逅女郎的爱远远超过了对妻子的感情。与此同时，突如其来的写作冲动也开始在他心中萌芽……

《铅与水》不但是福瑟小说创作成熟时期的代表作之一，也与他日后的一部重要戏剧作品《冬》在情节上有着紧密的联系。同时，福瑟在小说创作中从最初开始就特点鲜明的意识流式内心独白的叙述，以及重复这一手法的运用在这部作品中也更加突出。重复和独白，正是福瑟日后在戏剧语言上的重要特征。

二、中途：

向戏剧转身的福瑟

1992 年是福瑟文学创作生涯中值得纪念的一年：这一年不但有《铅与水》的成功，也是福瑟首次涉足此前一直极力抗拒的戏剧创作的一年——这一年完成的剧本《有人将至》是他的戏剧处女作。1994 年，福瑟第一部出现在世人面前的剧作《而我们将永不分离》被搬演及出版。自此，在福瑟的文学创作生涯中，戏剧开始与小说和诗歌并行。逐渐地，戏剧在他的文学生涯中占了上风和主导。甚或，由于福瑟在戏剧创作上的非凡成就，时至今日他事实上主要是以戏剧家的身份而为世人所知。在整个 1990 年代期间，福瑟还曾与当时的妻子格蕾丝·法蒂玛·赛德（Grethe Fatima Syéd）合作完成了一些翻译作品。

在 1992 年至 1995 年间，福瑟所创作与出版的其他作品如下：诗集《天使与狗》（*Hund og engel*, 1992），诗集《诗歌新编：1986—1992》（*Dikt 1986—1992: Revident Samleutgåve*, 1995），中篇小说集《两个故事》（*To forteljingar*, 1993），短篇小说集《成长的故事》（*Prosa frå ein Oppvekst*, 1994）。

1996 年是福瑟文学旅程上最鲜明的转折点。1995 年，福瑟的剧作《名字》出版并首演。该剧于次年获易卜生文学奖。这是福瑟第一部获奖的剧作。自此福瑟的戏剧创作之

拉斯·赫特维格画像
尼尔斯·比约恩森·莫勒 作
1851 年

路一发不可收，并在其后数年中频频以戏剧作品获得各类国际大奖。也是在 1995 年，福瑟的长篇小说《忧郁 I》出版。这部作品同样于 1996 年同时获得马尔瑟姆最佳新挪威语图书奖和萨莫尔最佳新挪威语图书奖。

《忧郁》的主人公拉斯·赫特维格（Lars Hertervig，1830—1902）是挪威艺术史上最杰出的画家之一。他是浪漫派风景画家，出身贵格教派[1]家庭，童年时为逃避迫害全家迁至挪威西海岸的斯塔万格（Stavanger）。赫特维格本人虽从未入教，但其一生在生活和艺术创作精神上都深受贵格教派教义的影响。贵格派教徒信仰生命的本质，相信个人有可能通过静默与上帝达到沟通和契合。1853 年，青年赫特维格在杜塞尔多夫学画期间罹患精神病。1856 年至 1858 年，他一度住进精神病疗养院长达一年半之久。此后，赫特维格的画风发展出显著而独特的个人风格：注重光线，云彩，天空等的描摹，并带有梦境色彩。赫特维格的风景画作品绝非写实派，他始终是在描画着自己内心深处想象中的，而非现实图景中的斯塔万格。他一生贫困，颠沛流离，却在艺术上取得了惊人的成就。赫特维格可以说是挪威第一位以带有魔幻主义气质的画作

1 贵格教派（Quaker）：又称公谊会或者教友派（Religious Society of Friends），是基督教新教的一个派别。该派成立于十七世纪的英国。贵格派反对任何形式的战争和暴力，不尊敬任何人也不要求别人尊敬自己，不起誓，反对洗礼和圣餐。贵格教派主张人人生而平等，应当被平等对待；主张任何人之间要像兄弟一样；主张和平主义和宗教自由。

探索内心世界和幻觉的画家，也是公认的除爱德华·蒙克以外最伟大的挪威画家。尽管就像另一位带有魔幻气质的艺术巨匠梵高一样，他的惊才绝艳在他在生时从未充分被世人所理解和接受。

福瑟的小说巨作《忧郁 I》以令人过目难忘的文学技巧描绘了作为一个青年艺术家的拉斯·赫特维格带有强烈悲剧色彩的内心世界，描绘了个人在面对巨大人生困境时的脆弱与无助，以及个人与宏观外部世界对抗时的彷徨与挫败感，充分展现了“写作者”福瑟所创造出的那个独特，并带有难以名状的美和光芒的文学世界的魅力。

小说分三个部分。第一部分：以十九世纪挪威画家赫特维格的第一人称视角来叙述，关于青年时代的主人公在杜塞尔多夫学画期间一天内肉身与精神上的创痛经历——福瑟笔下又一场尤利西斯式的漫游。

深受精神困扰，几近崩溃的赫特维格就快要被房东驱逐出住所。在幻想中，他与房东十五岁的女儿海伦娜有着美好

《林中之湖》
拉斯·赫特维格 作
帆布油画
1865 年

的恋情。在现实中,赫特维格时而痛斥海伦娜的冷漠,时而又苦苦哀求她与他一同私奔。他不敢去工作室,因为怕听到老师批评他的画作,甚至可能断言他毫无绘画的天分,就此终结他的艺术生涯。他被海伦娜的叔叔赶出租屋,返回,又再次被赶走,如此往复。他无奈地去了平日鄙视的,在他心目中只有毫无天分的劣等画家才会涉足的酒吧。在那里,赫特维格与同学发生了争吵。接着,他拎着箱子漫无目的地在街上流浪,巧遇自己一直在躲避的老师。令他惊讶的是,老师盛赞了他的才能。可是此时已经陷入偏执狂状态的赫特维格无法理解和接受这种称赞。继而他回到酒吧,又再次受到了同僚画家的无情戏弄和嘲讽。在整个过程中,一个幻觉不时闪现他的脑海:黑白两色的衣服不断向他包围,仿佛要扼杀他直至窒息。

第二部分:时间是第一部分故事三年之后的一个圣诞前夜,赫特维格在精神病院中的一天,依然是第一人称叙述。在这里,他被禁止作画,因为治疗他的医生认为正是绘画、手淫和他对女性的极端鄙视造成了他精神上的疯狂。但赫特维格却慢慢意识到:不论疯狂与否,绘画始终是生命中他真正无法放弃的唯一。他反复幻想着逃跑。在这里,赫特维格依然受到周围人们的攻击和侵害:病友们在不断地向他投掷雪球。小说的前两个部分都延续了福瑟式的"尤利西斯"故事。但与《尤利西斯》不同的是,福瑟关注的真正焦点只有一个:他笔下人物的内心世界。

笔锋一转,故事的第三部分变成了一个当代青年作家维德米(Vidme)在1991年的叙述:这是一个虚构的人物,但有着与当时正在创作这部作品的福瑟极其相似的背景——在挪威西海岸卑尔根郊外的阿桑(Åsane)避世独居。这个年轻作家正尝试写一部关于画家拉斯·赫特维格的小说,却在创作的过程中饱受困扰。他想去访问一个牧师,不但是为了探索他想要书写的赫特维格的人生,同时也多少是为了解开自己心中一直以来对宗教的困惑。最终,虽然无论在这两个方面中的哪一个,这次小小的旅程都并未如他所预期的那样具有启示性,但至少他明白了自己在写作的道路上继续前行的内心渴望。

不论身为世人眼中的疯子还是常人,真实存在的画家和虚构出来的青年作家在福瑟笔下都同样面临着人生和艺术创作道路上的双重困境与迷惑。最终,他们也都通过不同的经历和方式坚定了在自身的艺术之旅中继续前行的决心。而人生,则是一个更为复杂难解的谜题……

在写作风格上,意识流式的叙述和重复的语句依然是《忧郁 I》最显著的特点。并且,这一风格在小说的第二部——《忧郁 II》——中得以延续。1996 年,《忧郁 II》新挪威语版出版。这次,小说中的叙述者是赫特维格的姐姐欧兰(Oline),一个虚构的人物。本书中故事的时间是 1902 年,其时赫特维格刚刚去世不久。小说的时间跨度依然只有一天。已近暮年并患有老年痴呆症的欧兰回忆着弟弟。整个叙述在欧兰对现实的混乱感知和她对弟弟的往昔记忆之间游走。我们还可以不时窥到她的内心渴望和梦想:从执着地想要煎一条鱼,到试图寻求难以言喻的内心光芒……

从《忧郁 I》与《忧郁 II》这两部作品中,我们都可以看出福瑟在几年后他戏剧创作成熟期的舞台作品中在时空结构上过去与现在、梦幻与现实交织的特点。

1996 年，继《而我们将永不分离》和《名字》被搬上舞台之后，福瑟真正的戏剧处女作《有人将至》得以首演。从此，他文学创作的重心开始明显转向戏剧。在其后几年中，他的戏剧作品有：

（以首演年份为序）

·《有人将至》（*Nokon kjem til å komme*）：1996

·《孩子》（*Barnet*）：1996

·《母与子》（*Mor og barn*）：1997

·《儿子》（*Sonen*）：1997

·《夜晚在歌唱》（*Natta syng sine songar*）：1997

这一阶段福瑟的其他文学作品还有：

· 诗集《新诗：1991—1994》（*Nye dikt 1991—1994*）：1997

· 短篇小说集《短篇小说旧作与七张卡米莉亚·沃伦斯柯约德的插图》（*Eldre kortare prosa med 7 bilete av Camilla Wærenskjold*）：1998

· 论文集《知识文集》（一译《诺斯替文集》）（*Gnostiske essay*）：1999

三、踏入新世纪：
福瑟戏剧及其他文学创作之旅的丰收期

在1999年至2000年不到两年的短短时间里，福瑟有八部新的剧作问世，这是他戏剧创作的旺盛期和丰收期：

（以首演年份为序）

·《吉他男》（*Gitarmannen*）：1999

·《一个夏日》（*Ein Sommars dag*）：1999

·《秋之梦》（*Draum om hausten*）：1999

·《当灯光熄灭世界黑暗》（*Medan lyset gar ned og alt blir svart*）：1999

·《睡吧我的孩子睡吧》（*Sov du vesle barnet mitt*）：2000

·《拜访》（*Besøk*）：2000

·《冬》（*Vinter*）：2000

·《午后》（*Ettermiddag*）：2000

这八部剧作中，剧作《一个夏日》于2000年获北欧剧协最佳戏剧家奖。剧作《秋之梦》于2002年获德国《今日戏剧》（欧洲最权威的戏剧艺术杂志之一）最佳外国戏剧奖。

2000年，福瑟获挪威政府颁发终身津贴，支持他日后的文学创作。同年，福瑟的长篇小说《晨与夜》出版。这部小说于 2001 年再次为他带来马尔瑟姆最佳新挪威语图书奖。小说的第一部分是父亲奥拉（Olai）叙述着自己儿子约翰尼斯（Johannes）的出生。像奥拉一样，约翰尼斯也将终其一生成为挪威西海岸的一名平凡渔夫。小说的第二部分，也是主体部分，是以约翰尼斯的视角来叙述的。一天早晨，年迈的约翰尼斯醒来，准备开始另外一个如常平凡的日子。可是，他慢慢地发现自己的身体起了奇妙的变化——肌肉和关节仿佛不像平日那么僵硬疼痛了，一直以来难以抑制的烟瘾似乎也开始变得容易克制了……当约翰尼斯与他死去的妻子和朋友彼特（Peter）相遇时，在阅读中随着“写作者”福瑟的笔触慢慢前行的我们终于意识到：此时的约翰尼斯事实上也已经死去了……小说的结尾是约翰尼斯的葬礼：约翰尼斯和彼特并肩伫立，注视着自己的棺木缓缓下葬。而他们，将去往另一个世界。

《晨与夜》的主题无疑是生与死。面对任何人也无法逃脱的死亡终局，生命是那样浩瀚而又渺小。死亡这一主题，也是福瑟戏剧作品中最举足轻重的主题之一，最典型的案例之一就是他在次年首演的杰出剧作《死亡变奏曲》。该剧于 2002 年获北欧国家戏剧奖。

2001 年 3 月，《忧郁》德语版（I、II 合集）由德国 Kindler Verlag 出版社出版。2006 年 11 月，《忧郁 I》英文版由著名出版社 Dalkey Archive Press 出版。《忧郁 I》是福瑟的小说中第一部被译为英文的作品，也是其所有小说类作品中最重量级的代表作。这一作品的译介，意味着福瑟作为一个文学家的声誉已覆盖到除北欧地区以外更大的范围。他开始引起了整个欧洲文学界（当然也包括戏剧界）的瞩目。法国国宝级戏剧导演克劳德·瑞吉[1]在1999年就曾为福瑟作品的独有之美所打动，复出执导其代表作，也是福瑟在全世界被搬演最多的作品《有人将至》。2001年，根据小说《忧郁》改编的舞台剧再次由瑞吉搬上舞台并获得了巨大成功，继续助推福瑟在整个欧洲文坛日隆的声誉。2003年，瑞吉又执导了福瑟的另一部代表剧作《死亡变奏曲》。瑞吉一生舞台杰作无数，但无论再杰出的剧作家，他的原则是最多只执导由同一位（剧）作家所撰写的三部作品。能被瑞吉青眼而获选三部的作家寥寥无几。而来自仿若"世界尽头与冷酷仙境"的遥远北欧的福瑟，就在此之列。

2008年6月，根据《忧郁》改编的三幕歌剧由巴黎国家歌剧院剧团首演：剧本和歌词作者约恩·福瑟，作曲乔治·弗里德里希·海斯（Georg Friedrich Haas），导演斯坦尼斯拉斯·诺蒂（Stanislas Nordey）。该剧荣获2008年劳伦斯·奥利弗奖（有着"英伦托尼奖"之称的英国戏剧及影视大奖）的最佳新歌剧桂冠（Lawrence Olivier Award 2008 for Best New Opera）。

除《死亡变奏曲》与《忧郁》之外，福瑟在2001年至2003年间所上演或出版的主要文学作品还有：

剧作（以首演年份为序）

·《美丽》（*Vakkert*）：2001

·《沙发上的女孩》（*Jenta i sofaen*）：2002

·《紫色》（*Lilla*）：2003

1 克劳德·瑞吉（Claude Regy）：法国国宝级戏剧大师，欧美剧坛曾对福瑟作品进行艺术诠释的几位大师级导演之一。

诗集

《诗集:1986—2001》(*Dikt: 1986—2001*):2001

《风之眼》(*Auge i vind*):2003

诗集《风之眼》于出版同年获新挪威语文学大奖。在迄今为止(2010)的近十年中,福瑟出版的主要文学作品还有:长篇小说《这是爱丽丝》(*Det er Ales*, 2004),中篇小说《不眠》。在2009年5月至6月的卑尔根国际艺术节上,《不眠》曾被改编为舞台剧演出。福瑟的一部短篇小说《石浪》被收入《2010最佳欧洲小说》。2010年1月,约恩·福瑟赴伦敦出席了为《石浪》举行的朗读会。

2004年至今,福瑟另有八部重要原创剧作首演。它们是:(以首演年份为序)

《苏珊娜》(*Suzannah*):2004

《死狗》(*Dei døde hundane*):2004

《Sa ka la》(*Sa ka la*):2004

《温暖》(*Varmt*):2005

《入眠》(*Svevn*):2005

《Rambuku》(*Rambuku*):2006

《暗影》(*Skuggar*):2006

《我是风》(*Eg er vinden*):2007

近年来,除原创戏剧作品之外,他还开始尝试对西方经典小说和戏剧作品进行改编。其他福瑟已创作完成,但迄今为止（2010）还未全部被出版或搬上舞台的剧作有：

（以创作年份为序）

《红蝴蝶的翅膀》（*A Red Butterfly's Wings*）：2004

《隐密生活》（*Living Secretly*）：2004

《忒勒玛科斯》（*Telemakos*）：2005

《菲德拉》（*Fedra*）：2005

《血婚》（*Blood Wedding*）：2006

《他方》（*Over There*）：2006

《自由》（*Freedom*）:2006

《海》（*Sea*, 2007）

《恶童日记》（*The Diary of the Twins*）：2007

《底比斯的葬礼》（*Death in Thebes*）：2008

《那些眼睛》（*These Eyes*）：2008

《伊拉雅丽》（*Ylajali*）：2008

《穿黄色雨衣的女孩》（*Girl in a Yellow Raincoat*）：2009

《圣诞树之歌》（*Christmas Tree Song*）：2009

在上述戏剧作品中，属于福瑟对经典文学作品进行改编创作的剧本有：《伊拉雅丽》，改编自诺贝尔奖获得者、挪威著名小说家克努特·汉姆生的成名作《饥饿》；《菲德拉》，改编自十七世纪法国剧作家拉辛的同名原作《菲德拉》；《血婚》，改编自西班牙剧作家洛卡的同名剧作；《恶童日记》，改编自匈牙利女作家雅歌塔·克里斯多夫（Agota Kristof）的同名小说；《底比斯的葬礼》，改编自古希腊悲剧作家索福克勒斯的经典作品《俄狄浦斯王》三部曲。《底比斯的葬礼》德语版于2010年8月11日在奥地利萨尔茨堡艺术节首演。

2013年5月底(本段为2014年定稿时所做增补),笔者完成了对福瑟最新创作的文学作品:歌剧剧本《为时已晚》(*Too Late*, 2013)的翻译——一个“新易卜生”福瑟笔下有关易卜生经典剧作《玩偶之家》中的诺拉出走之后的故事。本剧将于2014年底在中国进行全球首演。而在笔者正奋笔疾书的此刻,福瑟正在酝酿创作中的是一部根据北欧神话改编的诗剧,本剧在创作完成后将由欧洲剧坛巨擘路克·珀西瓦(Luk Perceval,比利时)执导。在未来几年中,我们还将在戏剧舞台上看到的福瑟作品有:他在2007年完成的重要原创作品《海》(*Sea*)——此剧已在2014年春天的卑尔根国际艺术节全球首演,执导者是挪威国内著名的舞台剧导演凯·杨森(Kai Johnsen)。杨森不但是福瑟第一部公演的戏剧作品《而我们将永不分离》(1994),以及福瑟第一部获奖剧作《名字》在1995年全球首演版本的导演,而且也是全球范围内曾执导过最多福瑟剧作的导演——在其导演生涯中,杨森迄今为止共在舞台上演绎过十二部福瑟的重要剧作。2010年秋天,杨森曾访问上海戏剧学院,并在当年的福瑟戏剧研讨会上做了以五个福瑟经典剧作为蓝本进行的工作坊,引起巨大反响。继2014年春天的《海》之后,2015年,福瑟另一部刚刚完成的改编作品《奥瑞斯忒亚》(*Oresteia*,根据埃斯库罗斯同名原作改编)也将献演。

此外,福瑟的小说和诗歌作品被改编成舞台剧而搬演的例子也屡见不鲜。其中影响较大的改编作品演出有:长篇小说《忧郁》,《上锁的吉他》,《晨与夜》;中篇小说《不眠》;诗集《狗的行动》等。

在戏剧、小说与诗歌之外，福瑟在其多彩的创作旅程中还曾涉猎过儿童文学领域。他的儿童文学作品《姐妹》(*Sister*, 2000) 于 2007 年获德国少年儿童文学奖。此外，福瑟甚至还从少年时起就不断进行着歌词创作。2009 年，他曾出版过一部原创歌词集。2010 年 4 月 18 日，三十五个男孩用优美的童声将福瑟创作的歌词献演于奥斯陆大教堂的重开盛典。2010 年 5 月 28 日，"卑尔根国际艺术节" 举行了一场向福瑟致敬的音乐会，全部演出作品均以福瑟创作的歌词为蓝本进行。

迄今为止，福瑟所出版的全部作品(以新挪威语原著出版情况为准)包括：戏剧类二十二部(包括合集与单行本)，小说类十四部，诗集九部，论文集两部，以及儿童文学作品九部。福瑟已全部创作完成的长剧有三十二部(均已译为英文)。此外，已被搬演的福瑟作品还包括八部短剧和七部改编作品。时至今日，在其整个文学生涯中，福瑟共获得各类挪威国内、北欧地区，以及世界级文学艺术奖项四十余种(详见《"世界尽头与冷酷仙境" ——约恩·福瑟戏剧作品中的关键意象》)。在最近几年中，福瑟所获得的主要重大奖项包括：2010 年 5 月 18 日的 "易卜生国际艺术大奖"。这是一个非常重量级的国际艺术大奖，旨在奖励那些为易卜生戏剧精神在艺术创作中的延续和传承而做出伟大贡献的杰出艺术家。这一奖项的评审团主席是电影大师伯格曼的缪斯丽芙·乌尔曼(Liv Ullmann)。在福瑟之前，获得这一殊荣的艺术家只有两位世界顶级戏剧艺术巨匠：彼得·布鲁克(Peter Brook, 2008) 与阿丽亚娜·姆努施金(Ariane Mnouchkine, 2009)。继 "易卜生国际艺术大奖" 之后，福瑟还曾获颁新挪威语语言贡献奖(Målprisen)等其他奖项。近年来,福瑟更不止一次成为诺贝尔文学奖得主的热门人选……

走笔至此,约恩·福瑟整个戏剧及文学创作生涯的脉络已梳理清楚。我们顺着“写作者”福瑟留下的轨迹一路前行,他自小说家、诗人而进入戏剧创作的文学旅程已如在眼前。没有此前诗歌与小说的创作经历,福瑟戏剧作品中的主题、结构,以及鲜明的语言特征就不会自他戏剧创作的最初就水到渠成。而没有这场“进入黑夜的漫长旅程”,我们就不可能真正领略福瑟戏剧的独有之美。自从踏入戏剧世界的那一刻起,福瑟对人类内心黑夜的文学探索之旅已去往一个新的方向,并渐行渐深。而正如我们对他戏剧的探索一样,这场漫长的旅程虽已开启,却还远未结束。过去二十余年的戏剧创作旅程,对于“写作者”福瑟而言,也是一个不断回归自身整体文学创作风格的旅程。在一部又一部剧作中,他不断重返自己从这场文学旅程里最初的小说及诗歌创作中就持续在探索的极简主义与诗意纵横的语言风格,反复沉吟着与人类内心的黑夜距离最近的主题:交流、挫败、爱,以及丧失……

是谁曾经说过的?——“所有的旅程,都是归程”。

2010年,上海

“我所需要的一切，只是寥寥数语”[1]

——约恩·福瑟的舞台世界

1 典出诗人露易丝·格丽克。

是谁曾经说过的？——“所有的旅程，都是归程”。这是笔者第二篇有关福瑟文章的结束语。

自2003年冬拿到福瑟的第一个剧本《有人将至》开始，自2004年完成翻译开始，自2005年在《戏剧艺术》发表开始，自2009年暮春在潮湿的挪威西海岸城市卑尔根与作家在雨中那些漫长的散步与倾谈开始，笔者译介福瑟的旅程，迄今已走了近二十年。而这趟奇异的文学与生命之旅，未来仍将继续。

一路荆棘密布也花草漫生。颠沛曲折的前行中，除了福瑟戏剧文本的译介与出版，和对其整个文学生涯的不懈研究，从戏剧院校到专业院团，笔者也始终致力于将福瑟的舞台文本在中文世界中搬演。2023年初秋，当作家获奖的消息传来，一片“喧哗与骚动”之中，被论及最多的问题之一，便是福瑟剧作的舞台呈现。那么，当我们在谈论舞台上的福瑟文本的时候，我们在谈论些什么呢？或许正如这位“以另辟蹊径的戏剧和散文体作品，赋予生命中那难以言说的一切以声音”（诺贝尔文学奖颁奖词）的作家本人所说的那样：在这样众说纷纭的时刻，我们更应该回归文学本身。因为，这首先是文学的胜利。所以，当灯光熄灭，“天使穿越舞台”（福瑟早期文章标题),嘘……让我们一起来静心聆听他笔下的文学乐章。

(一)

从某种程度上说,这位"赋予生命中那难以言说的一切以声音"的作家,他笔下那些诗意澎湃,又无比真实地再现了我们庸常人生的文学作品本身,也是"难以言说"的,尤其是他的戏剧。2010年的那个秋天,作家本人曾亲临上海,在上海戏剧学院新空间剧场的最后一排,左侧那个最高角落的位置上,观看了自己笔下创作出的第一部戏剧作品《有人将至》的中文版演出。

曾经有播客节目的听众问过这样一个有趣的问题:"这个版本是中文的吗?福瑟先生是看字幕的吗?"巴别塔巍巍而立,有一个因素在跨语言交流中始终是至关重要的:那就是几乎所有语言各自的美,都与音韵和节奏有关。福瑟戏剧中的语言,尤为如此。福瑟曾说过:于他而言,写作毋宁是一种倾听。所以,当那晚他静静坐在剧场最高角落的时候,仅凭这一点,他便可以辨别。更何况,作为写出这些戏剧语言的作者

《有人将至》
2010年

本人，对每一个文字节点的情绪展现，都是了然于心……

但的确，在福瑟作品中，在本文笔者称之为 Fosse-esque 式的他所独有而不可复制的“福瑟式”美学宇宙与体系中，在诸如极简主义、重复与静场、节奏感与音乐感等鲜明的语言特点之外，福瑟戏剧的舞台呈现所面临的挑战，首当其冲是来自它的主题——自始至终，作家的目光都凝注在那些既是日常，也是人类亘古生存的最基本的困境之上，从未稍移：交流的无效与挫败，对爱与关系的渴望，由此而生的西西弗斯式的追寻，以及，当然，所有爱与关系的死亡和丧失。作者笔下用来呈现这一切的语言，或许只是极简风格的“寥寥数语”，但对在时间荒原上踽踽独行而又偶尔相逢的我们来说，透过福瑟的舞台文本所触碰到的，却是那些蓦然出现而又直击人心的最真实、最隐秘的生命际遇和体验。或许也是最黑暗的。瑞典戏剧评论家莱弗·策恩曾说过：“福瑟是在为一个尚未到来的时代而写作。唯有在演绎者和观众共同的梦境中，这个时代才能到来。”从这个意义上说，福瑟始终是一个绝对前卫和超前的作家。只不过，在当下的时代语境中，我们仿佛更能贴近他作品中的现代性与后现代性，也离触摸他作品的脉搏更近了一点……

如果我们愿意回想起戏剧《有人将至》的开场与终局，在这个全世界被搬演最多的福瑟经典剧作中看到的很可能会是生命中关系模式的不断循环与往复：对爱与交流的渴望，一次次尝试又一次次挫败，生命中所有曾最珍贵的一切都随着时光缓缓褪色与消逝……然后，从头再来。在我们自身的生命历程里，在舞台上下所演所观的他者故事里，“将至”即是“已至”，开场即为终局。

在创作主题上，福瑟便是这样一个本质主义者。他所书写的，从来都是人生最本质的存在和状态。这些经历或者感悟，虽然是我们每个人都曾拥有过的(哪怕只是须弥芥子一刹那)，却也是我们大多数人所不愿意去面对，更遑论自我审视与剖析的。因为这样对生命深处最本真的存在状态的凝视，无论这目光所注是对自己还是对他人，对天地还是对众生，都需要太多的勇气和能量——对读者和观众来说是这样，对那些在舞台上创作和搬演福瑟戏剧的艺术家而言，就更是这样。没有读者 / 观众的福瑟文本 / 戏剧，从某种程度上来说是不存在的。只有当观演双方都全然投入和彼此交融的时刻，两维的文字与三维的舞台呈现的意义，才能真正得以达成。

(二)

另一方面，福瑟戏剧文本的开放性所带来的自由度，在艺术创作和舞台搬演中同时也是极大压力的源泉。他笔下那贝克特式的精准舞台提示，那意味深长却又未曾抑或无法宣之于口的，如潮水般暗流涌动的潜台词和言外之意，既像中国画中的留白，又像音乐：曲水流觞中有急管繁弦，更有“大象无形，大音希声”的清音袅袅。正如福瑟剧中的人物对白：常常寥寥数语，却仿若汹涌而至的峡湾浪潮，其巨大的情感张力，瞬间就能将读者与观众置身情境之中，彻底淹没……

在舞台上沉默，或许比滔滔不绝地说台词要难上一万倍。福瑟剧作中无处不在的停顿 / 静场，无论是对导演还是对演员来说，都构成了非比寻常的创作压力。很多时候，重

卑尔根
2012 年
张军 摄影

要的不是剧中人说了一句什么样的台词 / 言语，而是他（她）们为什么要这样说，或者是什么在驱使着、推动着他（她）们说出这样的台词 / 言语。与此同时，在言语的表象之下，又该如何去呈现那些剧中人竭尽全力想要表达的潜台词，那些不曾宣之于口的言外之意呢？“于无声处听惊雷”，想要达到这样的舞台效果，需要的是演员内心丰富到极致的情感支撑。否则，何来在舞台上沉默的定力与勇气？“短暂的静场”“静场”“长长的静场”“突然停下来不说了”：所有这一切，再加上那些宣之于口的言语，共同构成了福瑟台词的节奏感与音乐性，织就了一张密密又繁复的网，令剧中人深陷交流无效与挫败的困境，无法停驻却也无法离去。舞台上的世界，偶尔被言语照亮，但更多的时候则晦暗脆弱，如此迷雾重重又如此不堪一击，每每令剧中人的生活深陷泥沼，无处遁逃……

在静场之外，还有重复。那些觉得福瑟剧作难以进入的读者和观众，往往不解的便是那些重复出现，或是乍一看变

卑尔根
2012 年
张军 摄影

化很小却反复低回的台词。殊不知这正是我们真实生活中日常对话的典型状态。更何况,每一遍的重复,其实都隐含着不同的情绪。正是在这样的变与不变之中,复调般的音乐美感得以彰显。而我们日常生活的种种幽微细腻之处,也得以被生动描摹。克制与张力,极简与极致,在作家的笔下达到了完美平衡。对参与福瑟作品舞台创作的艺术家们而言,如何把这大巧若拙的一切精准呈现,始终都是巨大的挑战。

(三)

在主题和语言风格所带来的挑战之外,福瑟剧作的舞台,从视觉呈现上来看到底应该是怎样的呢?灯光、音效、整个舞台设计,对如此独特的福瑟戏剧而言,都太重要了。在浩渺的福瑟美学宇宙中,文本角度的互文与呼应之外,福瑟笔下的文字与音乐,与绘画,都能构成跨越不同艺术门类的、交相辉映的宇宙。

最广为人知的北欧现代画家之一爱德华·蒙克,他画作中的模糊感与不确定性,强烈极致的色彩,或许是福瑟舞台可以参照的视觉谱系。而爱德华·霍普的画面构图，则首先在物理意义上与福瑟剧作存在着相似性：那空旷无人的街道与房间，清晨，黄昏和午夜，都仿佛是福瑟的剧中人，也是我们自己的灵魂所踏过的每个角落，走过的每时每刻。

很多时候，霍普画笔下那炫目的静寂，犹如“震耳欲聋的沉默”，与福瑟笔下的舞台所传达出来的那种几乎令人透不过气来的孤寂感极为相似。写实的极致是抽象，抽象的极致是写实。注目这个空间，当下，过去，未来，仿佛都凝聚在此处；与此同时，却又仿佛空无一物，一无所有……福瑟笔下的舞台上往往只有屈指可数的人物：他（她）们之间有对话有言辞交流，但气氛的压抑却令人觉得他笔下的人物仿佛永远置身无人的生之旷野。不论他（她）们实际生活的物理空间如何——是悬崖边摇摇欲坠的老屋（《有人将至》），局促狭小的公寓（《夜晚在歌唱》），潮湿颓败的地下室（《死亡变奏曲》），还是人口稀疏的海边小镇（《晨与夜》）——那无人能懂的内心，都令他们终生身处空气稀薄、令人窒息的无人空间。

霍普
《早晨的太阳》

霍普
《海边的房间》

因此，单从画面感上看，霍普的作品或许是福瑟舞台世界某种程度上的具象化：就是在这样一个世界里，我们孤独着，渴望着交流却在不断挫败之后陷入沉寂与内心世界的暴烈无声……

走笔至此，虽意犹未尽，但天光熹微，或许也该告一段落。

在文章结尾前想要分享的，是2012年的卑尔根国际艺术节曾上演过的一版来自古巴的《有人将至》。这个特别的版本由作家本人在哈瓦那旅途中亲自遴选，于卑尔根当地一位艺术家的私宅中，以环境戏剧和沉浸式的方式呈现。演出者在全屋上下三层楼的室内室外空间中游走，时而置身于海风呼啸，没有护栏，一步踏下即是虚空的阳台；时而蜷缩于斗室，展开肉身与灵魂同时短兵相接的对话。而观众们，则可以选择或是一路追随演出者的脚步；或是保持距离，经由在室内多处架设的电视屏幕实时观看……

一言以蔽之：福瑟戏剧的舞台呈现，正是因为其文本所

《有人将至》
2012年
张军 摄影

散发的独特光芒与美学印记而充满难度与挑战。摄影大师保罗·罗维西(Paolo Roversi)曾说过:"光本无形,此刻却有了姿态。"从表面上看,福瑟的剧作在书写的都是生命中的裂痕。但唯有透过这些裂痕,我们才能看到那丝丝缕缕、穿透而来的光。

《有人将至》
2012年
张军 摄影

(《有人将至》
2012 年
张军 摄影

谨以加缪的一段文字结束本文：

“活着，带着世界赋予我们的裂痕去生活。用残损的手掌去抚平彼此的创痛，固执地迎向幸福。因为没有任何一种命运是对人类的惩罚，而只要我们竭尽全力就应该是幸福的。拥抱当下的光明，不寄望于空渺的乌托邦，振奋昂扬，因为生存本身就是对荒诞最有力的反抗。”

2023 年深秋，上海

编辑：张 睿
设计：韦 枫
校对：戴小娴

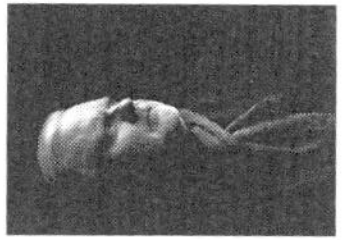

Jon Fosse

有人将至：

约恩·福瑟戏剧选

我是风

Eg er vinden

[挪威]约恩·福瑟 著
邹鲁路 译

译林出版社

Eg er vinden

《我是风》的场景发生在一艘想象中的船上，因此无须过分具象呈现。剧中戏剧行动也只存在于想象之中，因此只须呈现，无须具体执行。

人物

一个人

另一个人

一个人

我并不是想这样做

我只是就这样做了

另一个人

你只是就这样做了

一个人

是的

（短暂静场。）

另一个人

它就这样发生了

可你

是啊　是如此地害怕它会发生

（短暂静场。）

你是这么告诉我的

（极短暂的静场。）

你告诉过我

一个人

是吗

（静场。）

另一个人

它就这样发生了

（极短暂的静场。）

那件你害怕会发生的事

（极短暂的静场。）

是的　你害怕自己会这样做

（极短暂的静场。）

是啊　它就这样发生了

（短暂静场。）

一个人

是的

（静场。）

另一个人

很可怕吧

一个人

我没事

另一个人

是吗

一个人

我被带走了

我被风带走了

另一个人

你被带走了

一个人

我被带走了

（短暂静场。）

我不复存在了

（突然停下来不说了。）

另一个人

你不存在了

一个人

是啊　我不存在了

（短暂静场。）

另一个人

可是

一个人

什么

另一个人

是的

是啊

（短暂静场。）

可是活着

（极短暂的静场。）

是啊　其实也没那么糟

不是吗

（极短暂的静场。）

还有很多地方

可以去

一个人

是吗

也许

也或许

没有什么地方可以去

（极短暂的静场。）

但你一定要

（极短暂的静场。）

是啊　去到某个地方

（短暂静场。）

可我受不了那些声音

（极短暂的静场。）

那些他人的声音

那些万事万物的喧哗与骚动

（极短暂的静场。）

它把我压垮了

把我封闭起来

（极短暂的静场。）

另一个人

你想要独自一人

一个人

我无法独自一人

另一个人

你无法独自一人

你也无法身处他人之中

一个人

我受不了那些声音

另一个人

你想让它安静下来

一个人

我想让它安静下来

（极短暂的静场。）

而且我不想

一切都太清晰可见

另一个人

一切都太清晰可见吗

一个人

一切都太清晰可见

一切都太触目可及

所有那些他们想隐藏在言语之后的一切

所有那些他们自己都不甚明了的一切

这一切对我都太清晰可见

另一个人

你不想身处他人之中

一个人

不想

另一个人

可你也不想独自一人

你为什么不想独自一人

一个人

因为如果我独自一人

那我能看到的只有自己

能听到的也只有自己

而我不想看到也不想听到自己

（极短暂的静场。）

当然不想

（极短暂的静场。）

我的意思是说

（突然停下来不说了。）

另一个人

这样不好吗

一个人

不　这样不好

（极短暂的静场。）

这样更糟

另一个人

你不喜欢自己吗

一个人

不

另一个人

你不喜欢他人

你也不喜欢自己

一个人

是的

是啊　的确如此

（静场。）

另一个人

你不喜欢自己

什么

一个人

我不喜欢自己是一片虚空

另一个人

你是一片虚空

一个人

是的

（静场。）

另一个人

你怎么能这么说呢

你不会是一片虚空

你很充实

一个人

我不会是一片虚空吗

（短暂静场。）

可是如果我独自一人

（极短暂的静场。）

而且如果我

只听到自己的声音

是啊　那

（突然停下来不说了。）

另一个人

是啊　那就怎样

一个人

那就只剩下一片虚空了

（极短暂的静场。）

然后我会变得很沉重

另一个人

你会变得很沉重

一个人

是的

另一个人

沉重

一个人

我会变成一块石头

是的

（极短暂的静场。）

然后它会变得

是啊　石头

会变得越来越沉重

（极短暂的静场。）

而我也会变得如此沉重

沉重得寸步难行

（极短暂的静场。）

如此沉重以至于我

以至于我沉了下去

（极短暂的静场。）

向下沉　向下沉

向下

（极短暂的静场。）

沉到海底深处

是啊　我沉了下去

沉到最深处

然后

（极短暂的静场。）

是的　我就躺在那儿

在最深处

如此沉重

寸步难行

另一个人

而那时

是啊　当你是一块石头的时候

（极短暂的静场。）

是的　那时

是啊

那时你不言不语

一个人

我无法言语

（极短暂的静场。）

因为每一言

每一语

都是如此挣扎

（极短暂的静场。）

然后

当言语出口

当言语终于出口

它们却又如此沉重

（极短暂的静场。）

是啊　这同样也把我压垮了

（极短暂的静场。）

让我向下沉　向下沉

另一个人

是这样的吗

言语变得沉重了

一个人

是的

（短暂静场。）

另一个人

可为什么会这样呢

一个人

就是这样而已

（短暂静场。）

另一个人

你是一块石头

（极短暂的静场。）

而且你是灰色的

（极短暂的静场。）

是啊　就像一块石头

一个人

是的

（极短暂的静场。）

就像

（突然停下来不说了。）

不　不是这样的

另一个人

什么

不是这样

一个人

不是灰色的

另一个人

你在说什么

一个人

灰色

不是灰色的

另一个人

不是

一个人

不是　因为灰色是

美丽的

另一个人

美丽

一个人

是的　美丽

而又丑陋

（极短暂的静场。）

灰色是光秃秃的小岛和礁石

看

看那儿

你看到那些小岛和礁石了吗

它们都是灰色的

另一个人

美丽

（极短暂的静场。）

而又丑陋

一个人

是的

另一个人

是啊　就像雾

一个人

是的　有一点儿

是啊　就像在远方的海上你能看到的

雾

有点儿像雾

（极短暂的静场。）

不　它不是灰色的

也不像雾

（极短暂的静场。）

而是

另一个人

是什么

一个人

（接着说道。）

而是像

是啊　也许

也许是像一堵水泥墙

另一个人

就仿佛一切都是一堵水泥墙

一个人

我是一堵水泥墙

裂了

另一个人

而且受伤了

一个人

是啊　受伤了

另一个人

伤得很重

一个人

是的

另一个人

其实你只是

（极短暂的静场。）

一堵水泥墙

裂了

一个人

而且崩塌了

（极短暂的静场。）

成了碎片

另一个人

你成了碎片

一个人

不　只是裂了

不　没有碎片

另一个人

只是摇摇欲坠

一个人

是的　有一点儿

（极短暂的静场。）

也许

（极短暂的静场。）

也许我是在摇摇欲坠

另一个人

你在摇摇欲坠

一个人

是的

（极短暂的静场。）

也或许

（极短暂的静场。）

这只是言语而已

只是宣之于口而已

另一个人

你是一堵水泥墙

摇摇欲坠然后成了碎片

一个人

这只是言语而已

（静场。）

另一个人

可是

（极短暂的静场。）

是啊　你能告诉我吗

（极短暂的静场。）

这到底有什么好

为什么你喜欢

到

（极短暂的静场。）

是的　到海上去

一个人

是啊　因为我可以去啊

（短暂静场。）

另一个人

是吗　那就去吧

一个人

我

（静场。）

我

是的

是啊　你看到那边了吗

那些小岛和礁石

就在那边

（用手指着。）

那些悬崖

灰色的

只有灰色的悬崖

（极短暂的静场。）

而且你看到海滩上的石头了吗

又大

又圆

灰色的

你看到了吗

（极短暂的静场。）

那儿

就在那儿

另一个人

是的

一个人

还有你看到那个小小的港湾了吗

（极短暂的静场。）

那儿

就在那儿小岛伸展着它的双腿

（极短暂的静场。）

就在那儿小岛形成了一个港湾

（用手指着。）

就在那儿

你看到了吗

另一个人

是的

一个人

我们可以在那儿泊船

在那儿船会很安全的

（极短暂的静场。）

我们往那儿开好吗

（极短暂的静场。）

我们在那儿泊船好吗

另一个人

好的

好的　我们可以去那儿

一个人

那我们就去吧

（**一个人**转舵，船开始缓慢地向着港湾的方向滑行。）

另一个人

那儿真好

（极短暂的静场。）

而且今天大海也很平静

（极短暂的静场。）

所有的小岛和礁石

和远方的大海

（极短暂的静场。）

是的　就在那儿

（极短暂的静场。）

那片远方的大海

一个人

是啊

另一个人

还有

就在我们的前方

在我们和大海之间

在小岛的内侧

是那风平浪静的港湾

一个人

我们可以在那儿泊船而且

（极短暂的静场。）

是的　而且如果我们想的话

是啊　我们可以在那儿一直待到明天

另一个人

可是那儿安全吗

一个人

天气很好

另一个人

不会起风的

我是说只是有点儿雾而已

是啊　就在那远方的大海之上

一个人

是的

（极短暂的静场。）

是啊　我想不会起风的

另一个人

一定不会

一个人

是吗　没有什么是一定的

（静场。）

我们往那儿开吧

另一个人

好的

一个人

你想去吗

另一个人

为什么不

一个人

是啊

（静场。）

另一个人

你喜欢一切都静默无声

一个人

是的

（极短暂的静场。）

另一个人

是不是正因为如此

是的

是啊　所以你才这么喜欢

待在海上

一个人

也许

另一个人

你这么喜欢待在海上

是因为你喜欢一切都静默无声吗

一个人

我不知道这是不是我想要的

而且海上

是啊　也有声音

吱吱声

嘎嘎声

颤动声

另一个人

可你不喜欢声音

一个人

不喜欢

（极短暂的静场。）

也或许

（突然停下来不说了。）

另一个人

可海上依然是静默的

（极短暂的静场。）

即便有声音也是静默的

一个人

是的

（极短暂的静场。）

它静默着

以自己的方式

另一个人

可只要生命继续万事万物就会有喧哗与骚动

一切就都会清晰可见

就是这样

一个人

是啊

（静场。）

另一个人

而你不喜欢这样

（静场。）

你不喜欢生命这样继续

（静场。）

因为如果你喜欢的话

是啊

（突然停下来不说了。静场。）

可是你喜欢待在海上

一个人

是的

（静场。）

不

（极短暂的静场。）

不

（极短暂的静场。）

不　我

（突然停下来不说了。）

另一个人

你想说什么

一个人

是啊

（极短暂的静场。）

此刻我就在这里

是的

是啊　我有我自己的位置

每个人都有自己的位置

我有我自己的位置

万事万物都有自己的位置

（短暂静场。）

另一个人

可是你不应该待在这儿

（极短暂的静场。）

是的　不应该待在船上

我的意思是说

（突然停下来不说了。）

一个人

此刻我就在这里

另一个人

可是你不想待在这儿

一个人

我也不想待在其他地方

另一个人

你什么也不想要

（短暂静场。）

这可能吗　什么也不想要

（极短暂的静场。）

如果你冷了

会想要穿衣服

（极短暂的静场。）

是的

是啊　或者想要取暖

不管怎么说

一个人

是的

（静场。）

另一个人

而如果你饿了

或者渴了

是啊

（突然停下来不说了。）

一个人

是的　那你就会想要吃东西

想要喝水

另一个人

是啊

（短暂静场。）

而你是想要这些的

一个人

有时候

（静场。）

另一个人

所以依然有东西是你想要的

一个人

也许

（极短暂的静场。）

如果所谓想要就是这个意思的话

另一个人

难道不是吗

一个人

我想是因为我们待在这儿所以

（突然停下来不说了，极短暂的静场。）

是的　所有那些东西才

（突然停下来不说了，极短暂的静场。）

是啊　所有你说的那些东西才

（突然停下来不说了，短暂静场。）

另一个人

也许

（静场。）

而如果有人

我

是的　如果我打你呢

一个人

那我会想要保护自己

另一个人

所谓想要不就是这个意思吗

一个人

也许

（极短暂的静场。）

因为挨打很疼

（静场。）

另一个人

可是生命必须继续

一个人

生命必须继续

另一个人

而你

（极短暂的静场。）

你不喜欢这样

一个人

是啊　是的

另一个人

那怎么才能

（极短暂的静场。）

怎么才能

是啊　我

（突然停下来不说了。）

一个人

因为生命并不总是这样的

另一个人

并不总是像你说的这样

一个人

不是

（极短暂的静场。）

不是　有时候是不一样的

有时候不是这样

另一个人

不一样

在海上

一个人

是啊

另一个人

而且当你小的时候

那时候也不是这样的

一个人

不是

另一个人

那是怎样的呢

一个人

那时候一切都是流动的

（静场。**一个人**走过去举起锚。）

可是现在

（极短暂的静场。）

是的　我们到了

你看得见的

是啊　我们的港湾到了

另一个人

是吗

（**一个人**把锚抛好。）

一个人

那然后呢

（极短暂的静场。）

对了　你到甲板上去好吗

（极短暂的静场。）

到船头去

准备好泊船

（极短暂的静场。）

绳子

对了　就在船头放着

（用手指着。）

对了　就在那儿

就在那个箱子里

（用手指着。）

那赶快啊

（用手指着。）

对了

对了　到甲板上去

另一个人

那再然后呢

一个人

是的

（极短暂的静场。）

是啊　再然后

是的　再然后当我们靠岸的时候

是啊

你就跳上去

另一个人

那再然后呢

一个人

是的　再然后你就把船泊好

另一个人

好的

一个人

是啊　那赶快啊

快去

时间不多了

赶快啊

另一个人

好的

（极短暂的静场。）

好的　你没看见我已经在赶快了吗

（**另一个人**走出去到甲板上，一直往前走，找到了绳子。）

一个人

现在

现在跳起来啊

（极短暂的静场。）

该跳起来了

跳到岸上去

（**另一个人**跳起来，可是滑倒受伤了。）

你受伤了吗

另一个人

我滑倒了

（**另一个人**挣扎着站起身来，可是摔得很疼。）

一个人

你没事吧

另一个人

没事

（极短暂的静场。）

没事　我只是受了点儿伤

一个人

是吗

另一个人

不过我没事

一个人

然后你得把绳子系在那儿

（极短暂的静场。）

是的　就在那儿

（极短暂的静场。）

是啊　就系在那个锚栓上

另一个人

好的

（静场。）

一个人

疼吗

另一个人

有一点儿

是的

（短暂静场。）

一个人

可是赶快啊

求你了

另一个人

好的

（短暂静场。）

好的　你想让我做什么

一个人

你必须把绳子系在

（极短暂的静场。）

系在那个锚栓上

另一个人

再然后呢

一个人

再然后你就回到船上来

另一个人

可是我回不来

船离我太远了

一个人

那你就把船拉得离你近点儿

另一个人

好的

（极短暂的静场。）

我试试

（**另一个人**把船拉得近了一点儿。）

没法儿再近了

一个人

是吗

（短暂静场。）

那你能回得来吗

另一个人

我试试

（**另一个人**跳起来，抓住船栏杆，爬回到甲板上。）

一个人

不容易啊

另一个人

是的

（极短暂的静场。）

是啊

可是我做到了

一个人

是啊

（静场。）

另一个人

那现在

是啊

（极短暂的静场。）

是的　现在

现在船已经泊好了

是啊

（突然停下来不说了，极短暂的静场。）

那现在呢

（静场。）

一个人

是啊

另一个人

是的　现在

（极短暂的静场。）

那现在呢

一个人

是啊

（短暂静场。）

锚已经抛好了

那然后呢

（极短暂的静场。）

是的　那然后

（极短暂的静场。）

然后就该喝一杯了

另一个人

来杯抛锚酒

一个人

乐趣就在于此啊

（短暂静场。）

我来倒酒好吗

另一个人

好啊

喝一杯也好

（**一个人**走过去拿出一瓶酒和两个酒杯。）

一个人

是啊　我们都需要喝一杯

（**一个人**把两个酒杯都递给**另一个人**，倒好酒，拿起其中一杯。）这才过瘾

（短暂静场。**一个人**把酒瓶放下。）

那干杯

另一个人

干杯

（他们举起酒杯一饮而尽。）

一个人

太棒了

（静场。）

真过瘾

不是吗

（极短暂的静场。）

那些灰色的礁石

这么光秃秃的

寸草不生

（极短暂的静场。）

那些光秃秃的小岛

灰色的黑色的

还有海滩上的石头

那些圆圆的石头

（极短暂的静场。）

然后还有

那边

远方的那边

那是大海

（极短暂的静场。）

再那边

那是大海和天空交界的地方

（极短暂的静场。）

而大海是如此平静

另一个人

是啊

一个人

而这里寸草不生

（极短暂的静场。）

只有灰色的礁石

另一个人

这么多的小岛

这么多的礁石

（极短暂的静场。）

还有大海

还有天空

（长长的静场。**一个人**把酒杯倒满，他们一饮而尽。）

一个人

我喜欢喝酒

另一个人

是吗

（短暂静场。）

一个人

这里真安静

另一个人

唯一能听到的声音

只有海浪拍打着船舷

一个人

是的

是啊　而我们就这样漂浮着　轻盈又美好

（极短暂的静场。）

如此轻盈

就好像

（极短暂的静场。）

我们的身体里有风

另一个人

就好像我们在摇摆着

一个人

是的

是啊　这样真好

另一个人

而船也在摇摆着

一个人

轻轻地摇摆着

温柔地摇摆着

（极短暂的静场。）

就是这样

另一个人

我们是如此轻盈

风一般轻盈

（极短暂的静场。）

是的　几乎就像风一般轻盈

一个人

我们也在那高高的天上

摇摆着

（极短暂的静场。）

轻轻地

和我们的船一起

另一个人

是的

（静场。）

是啊

（极短暂的静场。）

是的　我们是如此轻盈

（极短暂的静场。）

是啊

（极短暂的静场。）

可是你

（极短暂的静场。）

是啊　就刚才

你还说

是的　说你有时候

会觉得如此沉重

（极短暂的静场。）

是啊　沉重得就像是一块石头

一个人

是的

（短暂静场。）

另一个人

你那样说是什么意思

一个人

不　没什么意思

另一个人

没什么意思

你一定是有什么意思的

一个人

那只是言语而已

只是宣之于口而已

我没什么意思

我只是宣之于口而已

另一个人

只是宣之于口而已

一个人

是的

(极短暂的静场。)

是啊　那只是言语而已

另一个人

那石头呢

石头这个词呢

一个人

只是宣之于口而已

另一个人

是吗

一个人

是的

（极短暂的静场。）

是的

（极短暂的静场。）

言语是不真实的

（极短暂的静场。）

你想用言语来说些什么

却总是适得其反

另一个人

因为真实

是说不出来的

一个人

是的

（极短暂的静场。）

是啊　的确如此

（短暂静场。）

另一个人

那只是言语而已

一个人

无休止的言语

（静场。）

另一个人

可是刚才你也说过

（极短暂的静场。）

是的　说什么自己是一堵水泥墙

裂了

一个人

我说得不合适

另一个人

只是个比喻

一个人

是的

（极短暂的静场。）

是啊　我想你可以说

它只是个比喻

另一个人

而比喻

（突然停下来不说了。）

一个人

是啊　我想它还是说出了一点儿意思

（极短暂的静场。）

很少的一点儿意思

（极短暂的静场。）

可大部分的意思还是适得其反

（极短暂的静场。）

可以说

并非是我真正想表达的意思

另一个人

可它

既然是个比喻

就应该能表达你真正想表达的意思

（极短暂的静场。）

因为除此之外也没有其他的表达方式了

我想的确如此

一个人

是的

是啊　我也是这么想的

另一个人

可结果却总是适得其反

一个人

我想的确如此

（极短暂的静场。）

我想所有的言语都是如此

（极短暂的静场。）

可是

可是真实

是无法宣之于口的

因为真实

原本就非言语

另一个人

真实既是言语所能说出的

（极短暂的静场。）

又绝非如此

无论宣之于口的言语是什么

真实就在那里

而言语

（突然停下来不说了。）

一个人

是的

（短暂静场。）

可是

是啊

（极短暂的静场。）

是的　所有那些我所说出的言语

都不该被宣之于口

这我知道

（短暂静场。）

而所有言语都是毫无意义的

可是

（极短暂的静场。）

可是我

（极短暂的静场。）

是的　我活着

我就必须有所言语

（极短暂的静场。）

那然后

（突然停下来不说了。）

另一个人

是啊　那然后呢

（极短暂的静场。）

那然后该怎么办

一个人

需要怎么办吗

另一个人

是的　我们不能就这么待在这儿

（极短暂的静场。）

是啊　就这么待在船上

（极短暂的静场。）

一个人

为什么不能

另一个人

也许能吧

一个人

现在一切都安静下来了

另一个人

是的

（极短暂的静场。）

是啊　现在万事万物

都安静下来了

（短暂静场。）

一个人

你不喜欢吗

另一个人

是啊

一个人

不太喜欢

另一个人

是的　是啊

（极短暂的静场。）

可我想这是因为我不太明白

（极短暂的静场。）

我想我不太明白

是啊　这到底

怎么说呢

这到底有什么好的

一个人

不明白

另一个人

你能让我明白吗

一个人

不

（极短暂的静场。）

不　还是算了吧

另一个人

就像刚才我不明白也算了一样

一个人

是的

（静场。）

是啊　我就是喜欢

我就是喜欢

万事万物都静默无声

（极短暂的静场。）

还有那轻盈的风

我也喜欢

（极短暂的静场。）

我喜欢

（极短暂的静场。）

轻盈地

轻盈地摇摆

在沉重的船上

（极短暂的静场。）

这真好

另一个人

是吗

一个人

我喜欢待在船上

另一个人

是吗

（极短暂的静场。）

我想我也是

（突然停下来不说了。）

是的　我也是

我

也喜欢大海的味道

（短暂静场。）

还有我也喜欢看着

海滩上那些圆圆的石头

（极短暂的静场。）

那些礁石

那些小岛

（极短暂的静场。）

还有我也喜欢看着

那天空

还有大海

还有我也喜欢

（极短暂的静场。）

是的　我也喜欢待在船上

是啊　我本来没想到

我也会喜欢

待在船上

可我就是喜欢

一个人

是吗

（静场。）

还有我也喜欢

远方

（极短暂的静场，用手指着。）

远方的大海

如此冰冷又如此危险

风平浪静又无边无涯

（极短暂的静场。）

可如果你停泊在那儿

是的　在那大海之中

是的　那用不了多久

是啊　那你就会

（突然停下来不说了。）

另一个人

那你就会冻死

死去

（极短暂的静场。）

永远地消失

一个人

是的

（静场。）

其实我们唯一能依靠的只有

（突然停下来不说了，极短暂的静场。）

是的

是啊　如果没有船

（短暂静场。）

只需跨出几步之遥

（短暂静场。）

我们就不复存在了

另一个人

是啊

（短暂静场。）

可你喜欢

（极短暂的静场。）

你脑海里总是有这样的想法吗

一个人

是的

（极短暂的静场。）

是啊　我想是的

另一个人

但这多可怕啊

一个人

是的

是啊　的确如此

另一个人

因为

（极短暂的静场。）

是啊　船这么小而且

（突然停下来不说了。）

一个人

什么

另一个人

而且在这大海之上

在这茫茫的大海之上

你能受得了待在这儿吗

就待在船上

是的　几天

几个星期

一个人

我能

（短暂静场。）

另一个人

而且你喜欢这样

一个人

是的

另一个人

一直都喜欢

一个人

不是一直都喜欢

（静场。）

另一个人

那你什么时候不喜欢呢

一个人

当我只有独自一人的时候

另一个人

你不喜欢独自一人待在船上

一个人

不

另一个人

为什么不

一个人

不

（短暂静场。）

没什么

另一个人

说呀

一个人

不

另一个人

是因为你害怕吗

一个人

是的

不

（极短暂的静场。）

不　确切地说不是害怕

是被带走了

（突然停下来不说了。）

另一个人

你为什么害怕

一个人

因为

（突然停下来不说了。）

另一个人

说呀

一个人

我害怕我会跳下去

另一个人

跳进大海

一个人

是的

（静场。）

另一个人

你脑海里总是有这样的想法吗

一个人

每时每刻

另一个人

你脑海里总是有这样的想法

当你独自一人待在船上的时候

一个人

是的

（极短暂的静场。）

是啊　确切地说不只是想

而是

（突然停下来不说了。）

另一个人

而且你经常独自一人

是啊　待在船上

一个人

是的

另一个人

而这个想法每时每刻都在

一个人

是的　每时每刻

另一个人

仅仅是一个想法

一个人

不仅是一个想法

（极短暂的静场。）

或者也可能就只是个想法

（极短暂的静场。）

可是

是的

是啊　是个想法

（极短暂的静场。）

还有

是的　也许更多的是恐惧

（极短暂的静场。）

不　不仅如此

另一个人

这只是言语而已

一个人

是的

另一个人

可它近在咫尺

清晰可见

触目可及

（极短暂的静场。）

不能说仅仅是想法

也不能说仅仅是恐惧

可不管是什么它近在咫尺

一个人

是的

（极短暂的静场。）

是啊　也许

另一个人

你从来都不能忘记这些想法吗

一个人

是的　是啊

（极短暂的静场。）

是的　有时它在脑海里

（极短暂的静场。）

有时不在

（静场。）

另一个人

每时每刻它都近在咫尺

一个人

是啊　的确如此

另一个人

可你不会有这些想法

是的

当有别人和你一起

待在船上的时候

一个人

不会

（极短暂的静场。）

那时不会

那时它就消失了

（静场。）

另一个人

这

（突然停下来不说了。）

一个人

这也无须多言

（**一个人**想再给**另一个人**倒点儿酒，可他握住了他的手。）

另一个人

不　谢谢

我不要了

（**一个人**给自己倒了点儿酒。）

喝一杯挺好

可是

（突然停下来不说了。）

一个人

什么

另一个人

它能让你平静下来

喝一杯能让你平静下来

一个人

是啊

（静场。）

另一个人

那

（极短暂的静场。）

是的　那我们现在

回到船上了

（短暂静场。）

那

是啊

一个人

我来给咱们弄点儿吃的好吗

就简单吃点儿

另一个人

那太好了

好啊

一个人

或者我们也可以继续航行

另一个人

然后呢

一个人

然后我们就一直航行

另一个人

再然后呢

一个人

再然后我们可以另找一个港湾

在那儿抛锚泊船

另一个人

是吗

（静场。）

就是这样

一个人

是啊

（短暂静场。）

就是这样　我想

（静场。）

另一个人

也许我们的确可以继续航行一会儿

一个人

我没问题

另一个人

我不知道这儿是不是足够安全

我是说到了晚上

可能会起风

还有大海

（极短暂的静场。）

远处的那片大海

远处的那片迷雾

大海上迷雾茫茫

而在我们前方

在我们和这茫茫大海之间

就只有一座小小的岛屿

和灰色的岩石

一个人

是啊

（极短暂的静场。）

但我想不会起风的

（极短暂的静场。）

大海风平浪静

天空晴朗澄澈

另一个人

也许不会

（极短暂的静场。）

一个人

我来给咱们弄点儿吃的

另一个人

那太好了

（**一个人**走过去点起炉子，放上一只平底锅，打开一个罐头，把罐头里的东西倒在锅里。）

我有点儿饿了

是啊

我觉得

有点儿饿了

一个人

不管什么东西在海上吃起来都更香

另一个人

我只要能有点儿吃的就行

一个人

是吗

（长长的静场。）

听着

另一个人

什么

一个人

是啊

不管什么东西在海上吃起来都更香

可是我想

（突然停下来不说了，极短暂的静场。**一个人**搅拌着锅里的东西。）

另一个人

什么

一个人

不　没什么

（极短暂的静场。）

我来摆桌子吧

（短暂静场。**一个人**拿出盘子和餐具，摆好桌子。）

另一个人

也许可以边吃边喝一杯

你有酒吗

一个人

是的

是啊　我有

（短暂静场。）

我来开瓶酒

（**一个人**走过去拿出一瓶酒，打开，给**另一个人**和自己都倒了一杯。）

另一个人

我好饿啊

我想他们说得没错

是的　一到了海上

就特别容易饿

一个人

是啊　我也饿了

另一个人

一定是海风的缘故

（极短暂的静场。）

是啊　一定是有什么原因的

一个人

是的

（**一个人**举起酒杯。）

干杯

（**另一个人**也举起酒杯。）

另一个人

干杯

（他们喝了口酒。静场。）

另一个人

可是　是啊

（极短暂的静场。）

活着

是的　其实也没那么糟

也不总是那么

（突然停下来不说了。）

一个人

是吗

另一个人

很多时候活着也

挺好

一个人

是吗

另一个人

只是有时候你才会觉得

是啊

不管你用怎样的言语宣之于口

你才会觉得自己是一块石头

或者别的什么东西

一个人

是的

（极短暂的静场。）

是啊　很多时候我不这么觉得

另一个人

是吗

（静场。）

一个人

可是

（极短暂的静场。）

对了

我想吃的应该好了

只是需要热一下而已

简单吃点儿

对了　就是这样

另一个人

就是这样

一个人

我希望

简单而又好吃

（**一个人**放下酒杯，走过去把锅拿了过来。）

至少能有点儿吃的

而且我希望

你会觉得好吃

（**一个人**给**另一个人**把吃的放到盘子里。）

吃吧

另一个人

谢谢

（**一个人**给自己也放好吃的，然后把锅放在一边。**另一个人**开始吃了起来。）

是的

好吃

太好吃了

一个人

是吗　我也希望你会觉得好吃

（**一个人**也开始吃了起来。静场。）

另一个人

是的

（短暂静场。）

活着也没那么糟

不是吗

（极短暂的静场。）

有好吃的

（极短暂的静场。）

真的很好吃

简单而又好吃

真好

（极短暂的静场。）

还有酒

酒也

很好喝

（极短暂的静场。）

还有能够交谈也很好

（极短暂的静场。）

能够在一起

（极短暂的静场。）

而且即使

是的

是啊　即使你脑海里有那样的想法

（极短暂的静场。）

是的　想要跳下去

是啊　你也依然喜欢待在船上

不是吗

一个人

是的

（极短暂的静场。）

是啊　的确如此

（极短暂的静场。）

只是有时候

是啊

是的　有时候我会

（突然停下来不说了。）

另一个人

你会觉得自己

动弹不得

（极短暂的静场。）

你会觉得自己像是

一块石头

一个人

是的

（短暂静场。）

另一个人

那就

是啊　那就喝一杯

你就会觉得好一点儿

（极短暂的静场。）

那就喝一杯

不是吗

一个人

是啊

另一个人

而且有时候凭空想象一下

（极短暂的静场。）

是的　是啊　我的意思是说

我到底在说什么

（极短暂的静场。）

是的　这样也许你也会

觉得好一点儿

一个人

而且从某种程度上说

是啊　身在大海之上

就好像是

凭空想象出来的

（极短暂的静场。）

是啊　我的意思是说

是的　即使你的确是身处大海之上

另一个人

的确如此

（短暂静场。）

万事万物都可以是

是的　凭空想象出来的

是啊　就仿佛是

凭空捏造

就仿佛是

幻想出来的

是的

（极短暂的静场。）

是啊　即使是那些实实在在发生的

仿佛也是凭空想象出来的

就仿佛是

（极短暂的静场。）

仿佛

生活在别处

（极短暂的静场。）

但它的的确确是发生了

是的

发生在言语中

或者是

（突然停下来不说了，极短暂的静场。）

是的　我的意思是说

（突然停下来不说了。）

一个人

是啊

（长长的静场。）

另一个人

东西很好吃

（**另一个人**举起酒杯。）

那

干杯

（**一个人**也举起酒杯。）

一个人

是的　干杯

（他们碰了一下酒杯。）

可是

另一个人

什么

一个人

可是　是啊

是的　我并不了解你

另一个人

不了解吗

（极短暂的静场。）

也许不

也许的确不是很了解

（极短暂的静场。）

可你多少还是了解我的

（极短暂的静场。）

至少

了解那么一点儿

（静场。）

一个人

我有些话想告诉你

（极短暂的静场。）

可我不知道该怎么说

另一个人

是吗

一个人

我有话想对你说

我有话想告诉你

另一个人

是吗

（短暂静场。）

可你说不出来

一个人

是的

（极短暂的静场。）

我只知道

我有话想对你说

我有话想告诉你

（极短暂的静场。）

因为活着

（突然停下来不说了。）

另一个人

活着

一个人

是啊　活着

（极短暂的静场。）

活着是

我的意思是说

你一定要

（突然停下来不说了。）

另一个人

什么

一个人

不　没什么

（静场。）

另一个人

那现在呢

（极短暂的静场。）

现在我们已经吃完东西了

是的

（极短暂的静场。）

是啊　那现在我们该干什么呢

一个人

现在我们可以继续航行了

另一个人

是吗

（静场。）

那我来收拾桌子

一个人

我来吧

另一个人

不　我来吧

然后我来把盘子洗了

一个人

谢谢

不过盘子可以等会儿洗

另一个人

那你可以再喝一杯

一个人

你也再喝一杯吧　好吗

另一个人

不　谢谢

（**一个人**给自己倒了杯酒。**另一个人**收拾好桌子，把盘子放在水槽里。）

那然后我们就继续航行

（极短暂的静场。）

太好了

我想也许我开始喜欢这样了

在这茫茫大海之上

是的

（静场。）

可是

（极短暂的静场。）

是啊

（静场。）

是啊　你脑海里就没有其他的想法了吗

一个人

现在我脑海里什么想法也没有

另一个人

没有

一个人

没有

另一个人

那你是觉得好一点儿了吗

一个人

是的

（静场。）

另一个人

那就好

（静场。）

一个人

那现在

（极短暂的静场。）

现在

（极短暂的静场。）

现在我们就继续航行

（极短暂的静场。）

现在

是的　现在我们必须像刚才泊船时一样

你到甲板上去

把船往岸边拉

另一个人

好的

一个人

然后你再跳到岸上去

（极短暂的静场。）

解开绳子

继续把船往岸边拉

然后再跳回到船上

把绳子盘起来

放到甲板上的

箱子里

另一个人

好的

（**另一个人**走到甲板上，把船往岸边拉，他跳起身来，可是滑了一跤，摔倒在岩石上。）

他妈的

这儿可真他妈的滑

（**另一个人**爬起来，解开绳子，把船往岸边拉。）

我怎么再跳回到船上来

我回不来了

一个人

试试看

你得跳起来

试试看

另一个人

我回不来了

一个人

试试看把船再拉近一点儿

另一个人

好的

一个人

有用吗

另一个人

有点儿用

我把船又拉近了一点儿

一个人

你抓得到船舷上缘吗

另一个人

抓不到

一个人

抓不到

另一个人

抓不到

一个人

那再拉呀

另一个人

没法再拉了

一个人

龙骨卡住了

另一个人

是的

一个人

你能行吗

另一个人

我试试看

（**另一个人**挣扎着，勉强抓住了船舷上缘，他跳起身来，

爬回到甲板上，然后站起身来。）

总算行了

一个人

我把船拉出去然后起锚

（**另一个人**把绳子盘起来，放进箱子里。**一个人**起锚。）

你做到了

另一个人

勉勉强强吧

一个人

那现在呢

另一个人

现在我们去哪儿

一个人

也许

来一次小小的海上之旅

另一个人

大海风平浪静

一个人

风平浪静

云淡风轻

另一个人

可你不能开得太远

一个人

不会的

（极短暂的静场。）

不　当然不会

另一个人

就

向前航行一点儿

一个人

好的

（静场。**一个人**站在那儿，手掌着舵。**另一个人**站在他身边，目视前方。）

另一个人

大海真是令人恐惧

一个人

是吗

另一个人

无边无涯

一个人

可它也很美

大海是很美的

另一个人

也许吧

一个人

你不觉得它美吗

另一个人

更多的是令人恐惧

（短暂静场。）

可我们用不着航行得太远

一个人

是用不着

（极短暂的静场。）

可至少要比这远点儿

是的　我们还得再勇敢地往前开一点儿

另一个人

再往前开一点儿

一个人

是的

（长长的静场。）

另一个人

你正笔直往外海开去

一个人

是的

（静场。）

另一个人

可是为什么

一个人

你应该到远方的那片大海去看看

是啊

既然你已经跟我上了船

既然你已经来到了海上

另一个人

可是如果远方的那片迷雾

弥漫开来怎么办

一个人

可是大海风平浪静

天空晴朗澄澈

（极短暂的静场。）

而且

风向也很好

另一个人

但一切都可能瞬息万变

是啊　在这茫茫大海之上

一个人

是的

（极短暂的静场。）

是啊　的确如此

另一个人

我们为什么不回头呢

一个人

现在还不能回头

（极短暂的静场。）

再往前开一点儿

（极短暂的静场。）

我们一定要再往前开一点儿

就一点儿

（长长的静场。）

另一个人

我们回头吧

求你了

（长长的静场。）

我有点儿害怕

一个人

好的

（静场。）

好的　我会回头的

（长长的静场。）

另一个人

可你还是在笔直往前开

你正笔直地

是的　往外海开去

（长长的静场。）

我害怕

（极短暂的静场。）

我害怕

一个人

真的吗

另一个人

真的

一个人

没关系

（极短暂的静场。）

船很坚固

她很安全

（极短暂的静场。）

天气很好

（极短暂的静场。）

风向也很好

（极短暂的静场。）

一切都很好

另一个人

可是我很害怕

一个人

我也是

另一个人

你也是

一个人

是的

（静场。）

另一个人

那你为什么不回头呢

（极短暂的静场。）

为什么不

一个人

是啊

（**一个人**继续笔直往外海开去。长长的静场。）

另一个人

不要再往前了

一个人

不往前了

另一个人

那回头吧

（长长的静场。）

够了

（极短暂的静场。）

别闹了

（极短暂的静场。）

回头吧

求你了

一个人

是啊

（极短暂的静场。）

很快

我很快就会回头的

另一个人

跟我说话

告诉我你在想什么

刚才你说有话想对我说

有话想告诉我

一个人

可现在我无话可说

无话可说

（长长的静场。）

另一个人

告诉我你为什么要这样做

一个人

不　我

（短暂静场。）

我

（突然停下来不说了。静场。）

另一个人

你什么

一个人

我

（突然停下来不说了。）

另一个人

是啊

（极短暂的静场。）

我什么

说呀

一个人

我

（突然停下来不说了。）

不　没什么

另一个人

说吧　说呀

（静场。）

一个人

我一直害怕它会发生

我知道它会发生的

我害怕它会发生

另一个人

是吗

一个人

然后它就发生了

另一个人

是啊

一个人

它就这样发生了

另一个人

是的

（短暂静场。）

一个人

这也无须多言

（极短暂的静场。）

此刻我已经被带走了

另一个人

是吗

（短暂静场。）

可为什么

（极短暂的静场。）

为什么它会发生

一个人

它就这样发生了

我知道它会发生的

然后它就这样发生了

（静场。）

另一个人

是吗

（短暂静场。）

可你为什么不回头呢

一个人

是啊

（极短暂的静场。）

是的　我很快就会回头的

（静场。）

另一个人

到底发生了什么

一个人

我

（突然停下来不说了。）

另一个人

不

（极短暂的静场。）

不　什么也不要说

（短暂静场。）

你

（极短暂的静场。）

是的

（极短暂的静场。）

是啊　那时我们已经远远地去到了外海之上

那时我们已经只能隐约看到

身后远处的灯塔了

那时

（极短暂的静场。）

是啊　你还记得吗

那时

（突然停下来不说了。）

一个人

是啊

（长长的静场。）

风向很好

另一个人

是的　风平浪静

（短暂静场。）

一个人

你来掌舵好吗

另一个人

不　我可不敢

一个人

没事儿

没事儿的　来吧

（另一个人掌住舵。）

把稳了就行

保持航向

（一个人走到甲板上。）

另一个人

不　别站在那儿

回来

你为什么要这样做

你为什么要站在那儿

在这茫茫大海之中

回来

回来坐下

（极短暂的静场。）

起风了

浪也越来越大了

我不敢掌舵

而且我们离那片迷雾已经很近了

快来掌舵

求你了

我害怕

回来

别站在那儿

危险

一个人

不

（极短暂的静场。）

不危险　没事

真的

另一个人

别站在那儿

回来

不　别这么做

回来

浪越来越大了

快回来

我害怕

（极短暂的静场。）

我不想掌舵

你

你来掌舵

（极短暂的静场。）

回来

小心

求你了　快回来

一个人

我会小心的

（漫长的静场。）

另一个人

然后他就这么站在甲板上

他就这么站在那儿注视着

（极短暂的静场。）

然后

（极短暂的静场。）

是啊　然后

然后他好像踉跄了一下

（极短暂的静场。）

再然后他就躺在海水之中了

（极短暂的静场。）

我抓起一件救生衣

向他扔过去

浪越来越大了

（极短暂的静场。）

可他没有伸手去拿

（极短暂的静场。）

再然后浪就把他卷走了

（极短暂的静场。）

他一会儿在浪尖

（极短暂的静场。）

一会儿在浪底

（极短暂的静场。）

他就这么躺在海水之中

浪越来越大了

（极短暂的静场。）

我抓起船钩

我想要够到他

我想要把他钩起来

可他把船钩推开了

（极短暂的静场。）

他一会儿在浪尖

（极短暂的静场。）

一会儿在浪底

（极短暂的静场。）

然和我看到他从船后的方向漂走了

（极短暂的静场。）

然后我就

（极短暂的静场。）

我以前从来没开过船

我根本不会开

船就这么漂浮着

在茫茫大海之中

船帆翕动着

我该怎么办

我试着推舵

没反应

船就这么漂浮着

然后

突然

船开始向前方滑行了

可是他在哪儿

我寻找着他

我喊着

你在哪儿

我看不到他

我一定要找到他

我一定要救他

船向着前方滑行

我试着推舵

船停住了

船帆翕动着

船就这么漂浮着

然后船又开始向着后方滑去

我寻找着

我喊着

你在哪儿

船停住了

船帆翕动着

我试着推舵

船又开始向着前方滑去

我寻找着寻找着

我喊着

你在哪儿

我再一次喊着

你在哪儿

我寻找着

船向前滑去

我寻找着寻找着

我试着推舵

船向着前方滑去

我寻找着寻找着

可我看不到他

一个人

我被带走了

另一个人

我喊着

你在哪儿

船向着前方滑去

我喊着

你在哪儿

船向着前方滑去

我等待着

我喊着

你在哪儿

一个人

我被带走了

另一个人

我等待着

船向着前方滑去

我试着推舵

船继续向着前方滑去

我一定得做点儿什么

（长长的静场。）

我向远方的水面看去

（极短暂的静场。）

我能看见的

只有无边无涯的大海

一切都是一片虚空

只有大海

只有天空

只有虚空

只有黑色

只有白色

还有海浪

浪越来越大了

（极短暂的静场。）

我向着岸边的方向看去

（极短暂的静场。）

在远远的那方

（极短暂的静场。）

在远远的那方我想我看到了灯塔

（极短暂的静场。）

而此刻海浪撞击着小船

我不能再留在这儿了

我等待着

我喊着

你在哪儿

船向着前方滑去

我等待着

我试着推舵

船继续向着前方滑去

我试着稳住舵

而海浪

海浪越来越大了

黑色和白色的海浪

天空也变成了黑色

茫茫的大海一片黑色

我喊着

你在哪儿

我喊着

我不知道该怎么办

我向着灯塔的方向看去

我调整航向向着灯塔开去

我回过头

我喊着

你在哪儿

我能看到的只有黑色的天空

黑色的大海

还有黑色和白色的海浪

船上下颠簸着

冲上浪尖

又冲了下去

我看到了灯塔

我调整航向向着灯塔开去

我试着稳住舵

船上下颠簸着

一个人

我被带走了

另一个人

我喊着

你在哪儿

一个人

我不再害怕了

不再沉重了

我既重若千钧

又轻如鸿毛

我在流动着

我被风带走了

我是风

另一个人

我向着灯塔的方向看去

我喊着

你在哪儿

一个人

我被带走了

另一个人

我喊着

你在哪儿

一个人

此刻我被带走了

另一个人

船冲上浪尖

又冲了下去

上来

下去

还有海浪

黑色的海浪

白色的海浪

（极短暂的静场。）

和雨

然后下雨了

风胀满了船帆

船冲上浪尖

一直向上向上

然后向下向下

一直向下

然后又冲了上来

（极短暂的静场。）

我向着灯塔的方向看去

我试着稳住舵

（长长的静场。）

一个人

此刻我被带走了

（长长的静场。）

另一个人

可你为什么要这样做

一个人

我只是就这样做了

另一个人

可是你害怕这样做

一个人

我是如此的害怕

正因为如此我就这样做了

我知道我会这样做的

（短暂静场。）

我太沉重了

（极短暂的静场。）

而大海太轻盈了

风太急了

另一个人

我以为你只是脑海里有这样的想法而已

我以为你只是害怕这想法而已

一个人

我也是

我也是这样以为的

另一个人

可是然后你就这样做了

一个人

我就这样做了

另一个人

你为什么要这样做

一个人

我只是就这样做了

（极短暂的静场。）

我们就在船上

而我就这样做了

（极短暂的静场。）

我这样做是因为我是如此的沉重

另一个人

你就这样做了

一个人

我被带走了

另一个人

你就这样做了

一个人

我就这样做了

另一个人

你就这样做了

是的

是啊　因为

（突然停下来不说了。）

一个人

我被带走了

我被风带走了

另一个人

此刻你被带走了

一个人

此刻我被带走了

我被风带走了

我是风

译者注：

2014 年　秋　初稿

2015 年　冬　再稿

2016 年　春　初版修订

2023 年　春　演出稿

2023 年　冬　再版修订

图书在版编目（CIP）数据

我是风 / （挪威）约恩·福瑟著 ；邹鲁路译. — 南京 ：译林出版社，2024.5
（有人将至 ：约恩·福瑟戏剧选 ；IX）
ISBN 978-7-5753-0087-2

I.①我… II.①约… ②邹… III.①剧本 — 挪威 — 现代 IV.①I533.35

中国国家版本馆 CIP 数据核字（2024）第 053301 号

著作权合同登记号　图字：10-2024-120 号

有人将至 ：约恩·福瑟戏剧选 IX
我是风［挪威］约恩·福瑟 / 著　邹鲁路 / 译

策　　划　袁　楠
责任编辑　张　睿
装帧设计　韦　枫
校　　对　王　敏
责任印制　闻媛媛

出版发行　译林出版社
地　　址　南京市湖南路 1 号 A 楼
邮　　箱　yilin@yilin.com
网　　址　www.yilin.com
市场热线　025-86633278
排　　版　南京新华丰制版有限公司
印　　刷　南京爱德印刷有限公司
开　　本　787 毫米 ×1092 毫米　1/32
印　　张　5.875
插　　页　4
版　　次　2024 年 5 月第 1 版
印　　次　2024 年 5 月第 1 次印刷
书　　号　ISBN 978-7-5753-0087-2
定　　价　298.00 元（全九册）

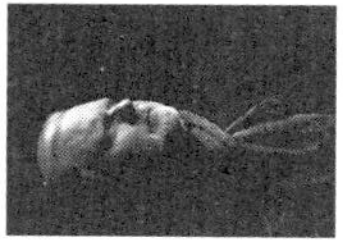

Jon Fosse

有人将至：

约恩·福瑟戏剧选

暗影

Skuggar

〔挪威〕约恩·福瑟 著

邹鲁路 译

译林出版社

Skuggar

本剧原文台词与舞台提示之间无明显分隔。除一处外，所有舞台提示均无括号。所有舞台提示为一种字体，有标点。所有台词为另一种字体，无标点。——译者注谁说出了暗影，便道出了真相。

——保罗·策兰

人物

父亲

母亲

男人

朋友

女孩

女人

父亲上，停下脚步，站在那儿，垂下头。母亲上。

母亲

是你来了吗

是吗

极短暂的静场。

我一直都在等待着你

极短暂的静场。

我已经那么久都没见到你了

然后你就这么来了

是啊　如此突然

极短暂的静场。

又见到你真好

极短暂的静场。

突然你就这么站在那儿了

极短暂的静场。

我太开心了

极短暂的静场。

你去哪儿了

这么长的时间

极短暂的静场。

我都这么长时间没见到你了

你就这样消失了

原本你在的

极短暂的静场。

然后你就消失了

就这么消失了

可是你回答我呀

说话呀

不要就这么站在那儿

我

我

你最亲爱的人

就在这儿

我在对你说话

极短暂的静场。

对我说话呀

极短暂的静场。

不要就这么站在那儿

极短暂的静场。

可是又见到你真好

我都这么长时间没见到你了

是啊　有多久了

你记得吗

男人没有回答。

是啊　你当然不记得

我们都不记得了

短暂静场。

可是又见到你真好

真的

真好

静场。

是啊　你来了

母亲走到一旁，站在那儿，垂下头。男人上，看到了父亲，疾步向他走去。

男人

原来你

是啊　太好了

真想不到会在这儿

见到你

是啊　这

突然停下来不说了，短暂静场。

不　我不知道该说什么

极短暂的静场。

都这么长时间了

极短暂的静场。

这么长时间

我都快不记得

有多长时间了

极短暂的静场。

然后你就这么站在那儿了

是啊　如此突然

母亲

可是我在哪儿

极短暂的静场。

我不知道我在哪儿

短暂静场。

父亲

对男人说。

是啊　我都不记得有多长时间了　自从

我上次见到你

极短暂的静场。

然后你就这么站在那儿了

如此突然

极短暂的静场。

都那么久了

极短暂的静场。

一切都是很久以前的事了

母亲

我害怕

我在哪儿

父亲

对男人说。

又见到你真好

极短暂的静场。

因为一切都是很久以前的事了

极短暂的静场。

是啊　是的

极短暂的静场。

那么久了

极短暂的静场。

是啊　真的

都那么久了

极短暂的静场。

时光飞逝

如此飞逝

我不明白

极短暂的静场。

时光如此飞逝

仿佛一切都凝滞不动了

短暂静场。

可是又见到你真好

极短暂的静场。

而且我真的希望

是啊　你也觉得这很好

又到你的老父亲了

极短暂的静场，带着询问的语气对男人说。

也许你不这么觉得

男人没有回答。

是啊　你怎么会这么觉得呢

极短暂的静场。

觉得又见到你的老父亲很好

我的意思是说

怎么会呢

极短暂的静场。

是啊　怎么会呢

极短暂的静场。

是啊　根本就不会

一点儿也不会

短暂静场。

可是你来了

极短暂的静场。

是啊　终于来了

男人走到一旁，站在那儿，垂下头。

母亲

可是我们在哪儿

短暂静场。

我很害怕

父亲

我不知道我们在哪儿

极短暂的静场。

可是你不要害怕

极短暂的静场。

我亲爱的

不要害怕

静场。朋友上。

母亲

我害怕

我一直都很害怕

父亲

不要害怕

极短暂的静场。

我亲爱的

求你了

不要害怕

朋友

对男人说。

原来真的是你

我都这么多年

没见到你了

太好了

极短暂的静场。

是啊

我很开心

真的

我太开心了

能见到你

真的

我感觉仿佛

快乐涌遍了全身

极短暂的静场。

太好了

极短暂的静场。

太好了

可是你怎么样

短暂静场。

一切都很好

极短暂的静场。

还是

短暂静场。

母亲

我以前从没来过这儿

极短暂的静场。

父亲

是吗

短暂静场。

母亲

你以前来过这儿吗

父亲

没有

极短暂的静场。

或者也许

极短暂的静场。

也许我来过这儿

母亲

你害怕吗

父亲

是的

静场。

朋友

对男人说。

是啊　又见到你真好

极短暂的静场。

又见到我的老朋友了

极短暂的静场。

最好的朋友

从我还是孩子的时候起

极短暂的静场。

可是你还好吗

极短暂的静场。

不　也许这很难回答

极短暂的静场。

是啊　当然很难

这只是客套话

是啊　重逢的时候说的

极短暂的静场。

是的　总得说点儿什么

不是吗

短暂静场。

而又见到你真好

是啊　真的

母亲

我害怕

父亲

我也

害怕

朋友

对男人说。

你好吗

男人没有回答。短暂静场。

都这么长时间了

朋友走到一旁，站在那儿，垂下头。女孩上。

母亲

我们得走了

父亲

是吗

极短暂的静场。

是啊　得走了

短暂静场。

女孩

对男人说，带着惊讶的语气。

可是真的是你来了吗

极短暂的静场。

想想看又见到你了

极短暂的静场。

都这么多年了

而你就这么站在那儿了

极短暂的静场。

朋友

你来了我真开心

我一直都在等待着你

女孩

对男人说。

想想看你就这么站在那儿了

极短暂的静场。

这真令人难以置信不是吗

而且你一点儿也没有变

极短暂的静场。

你还是跟以前一模一样

就像我们刚结婚开始一起生活的时候

极短暂的静场。

这真令人

难以置信

你一点儿也没有变

极短暂的静场。

是的　就像很久以前一样

极短暂的静场。

你一点儿也没有变

就像我们在一起的时候一样

你和我

你一点儿也没有变

而那是很久以前了

你一点儿也没有变

尽管感觉好像

没有那么久

极短暂的静场，带着思索的语气说。

因为那一定是很久以前了

是啊　当然

我怎么能觉得

没有那么久呢

都那么久以前了

那么久那么久

极短暂的静场。

是啊

极短暂的静场。

是啊　那当然是很久以前了

我怎么能觉得

没有那么久呢

极短暂的静场。

可是真的感觉好像

是啊　好像没有那么久

极短暂的静场。

真奇怪

感觉就好像

是啊

是啊　就好像一切都宛如昨日

女孩轻笑了一声。

你明白吗

母亲

我不知道我在哪儿

极短暂的静场。

我害怕

朋友

对女孩说。

你来了我真开心

我一直都在等待着你

父亲

我也不知道我在哪儿

极短暂的静场。

可是

突然停下来不说了。静场。

女孩

对男人说。

想想看又见到你了

极短暂的静场。

一切都宛如昨日

极短暂的静场。

一切又都仿若永恒

她笑了起来。

是啊　这种话你根本就

说不出来

极短暂的静场。

因为你根本就不会明白

朋友

你为什么不到我身边来呢

女孩

对男人说。

我怎么能

这么想呢

极短暂的静场。

不

极短暂的静场。

不　你当然不明白

我在说什么

因为你根本就

不会明白

极短暂的静场。

我也不明白自己

在说什么

极短暂的静场。

而这种话你根本就说不出来

可不管怎么我说出来了

因为你一点儿也没有变

都这么多年了

你一点儿也没有变

你还跟以前一模一样

一模一样

就跟以前一模一样

是啊　一模一样

极短暂的静场。

我太开心了

开心极了

又能够见到你

朋友

你来了我真开心

极短暂的静场。

你为什么不到我身边来呢

女孩

开心极了

真的

你还好吗

男人

是的　谢谢

一切都很好

女孩

那就好

母亲

我是如此孤单

听着

极短暂的静场。

我们为什么不离开这儿呢

父亲

是啊

是的　我们走吧

女孩

又见到你真好

极短暂的静场。女孩走到一旁，站在那儿，垂下头。

女人上。

母亲

那我们为什么不走呢

短暂静场。

父亲

我想我们得留在这儿

母亲

不

极短暂的静场。

不　我们必须走

极短暂的静场。

我们应该回自己的家

朋友

你为什么不来呢

女孩

我就在这儿

你看不到我吗

静场。

女人

对父亲说。

可是你到哪儿去了

短暂静场。

是啊　倒不是说我想念你了

极短暂的静场。

不　我一点儿也不想念你

极短暂的静场。

不是你

不

极短暂的静场。

因为我从来没有想念过你

一点儿也没有

我怎么能

这么想呢

我没有想念过你

极短暂的静场。

可是依然

极短暂的静场。

我会想起你

时不时的我会想起你

我当然会

然后

是啊　然后你就这么来了

极短暂的静场。

突然你就这么站在那儿了

极短暂的静场。

又见到你真奇怪

是啊　真的

我

我不得不这么说

可是听着

极短暂的静场。

是啊　你一切都还好吗

母亲

我不想留在这儿

短暂静场。

女孩

我在哪儿

父亲

我们必须留在这儿

朋友

我就这么来了

极短暂的静场。

突然我就这么来到这里了

静场。

女人

对父亲说。

可是你还好吗

一切都还好吗

你为什么不回答

说话呀

母亲

我不想留在这儿

女孩

我就这么来了

极短暂的静场。

感觉就好像

是啊

好像我一直就在这里

朋友

你不想到我身边来和我

说话吗

女人

对父亲说。

而你一点儿也没有变

是啊　你还跟以前一模一样

极短暂的静场。

还是

极短暂的静场。

出什么事了吗

怎么了

几乎有点儿害怕地说。

怎么回事

告诉我

怎么了

你为什么就这么站在那儿

你为什么不说话

你一定得说话

极短暂的静场。

告诉我

告诉我怎么了

极短暂的静场。

告诉我吧

好吗

是啊

是啊　这

突然停下来不说了。极短暂的静场。

那　好吧

极短暂的静场。

好吧　如果你不想回答我

那也

没关系

是啊　当然

极短暂的静场。

可是我都这么长时间没见到你了

女人走到一旁，站在那儿，目光直视前方。静场。男人向前走了一点儿，停下来，游目四顾。女孩向他走过来。他们向对方走去，拥抱彼此，就这么站了一会儿。然后，他们放开彼此。

男人

可是你来了我真开心

极短暂的静场。

我没想到你会来

不

极短暂的静场。

或者也许我想过你会来

极短暂的静场。

可是我不敢

是啊　盼望你会来

是啊　我的确这么盼望着

女孩

我当然会来

男人

是吗

女孩

我想来

男人

你想来

女孩

是啊　你为什么不相信我

男人

不　没什么

女孩

没什么

男人

没有

静场。

女孩

可我们来了

男人

是啊

女孩

那我们干点儿什么吧

男人

好啊

女孩

我们可以去散步什么的

男人

是啊

是啊　也许

女孩

你想去哪儿

男人

我无所谓

静场。

女孩

是吗

静场。

我们可以找个地方去散步

可你想念我了吗

男人

是的

是的　当然

女孩

可那你为什么不说呢

男人

不

极短暂的静场。

不　你不能

不能随便就这么说的

说我想念你

这种话

女孩

当然能说

男人

不

不　我不能

女孩

是的　你能

如果你想念我了

那当然能这么说

男人

也许

女孩

那你为什么不说呢

男人

我说不出口

女孩

说不出口

男人

是啊　这种话我说不出口

极短暂的静场。

说不出来

女孩

不　你能的

男人

不　我不能

女孩

是吗　是啊

男人

是的

短暂静场。

女孩

我来帮你

男人

怎么帮

女孩

跟着我说

男人

跟着你说

女孩

是的

我

男人

我

女孩

想念你

男人

想念你

女孩

连起来说

男人

我想念你

女孩

看

你说出来了

男人

可这不一样

女孩

是吗

极短暂的静场。

也许不一样

可是

是的　你想念我

而且你说出来了

所以　那

男人

可这感觉不对

极短暂的静场。

当我说的时候

说出来就错了

就变味了

女孩

算了

女孩吻着男人。他们手拉着手，四处走着。

父亲

可他们就在那儿

极短暂的静场。

他们两个

母亲

在哪儿

父亲

那儿

用手指着。

你看不到吗

那儿

母亲

他们也来了吗

极短暂的静场。

一切都是那么久以前的事了

而一切又仿佛才刚刚发生

如在眼前

父亲

他们在那儿

用手指着。

看

母亲

他们也

来了

静场。

我不想留在这儿

女人

我不知道我在哪儿

我就这么来了

母亲

她不能留在这儿

女人

我就这么来了

我必须来

母亲

她不能留在这儿

女人

我就这么来了

静场。父亲向女人走过去。他们相遇了，拥抱着彼此。

母亲

我不想跟她待在同一个地方

我受不了

静场。父亲和女人亲吻着彼此。

她不存在

极短暂的静场。

这只是我自己想象出来的

是的

她的存在只是我想象出来的

短暂静场。

可是我在哪儿

我不想留在这儿

我害怕

静场。父亲和女人放开彼此的怀抱，手拉着手站在那儿。

父亲

然后你和我就在一起了

女人

是啊

是的

父亲

你和我

女人

注定要在一起

父亲

一切都注定了

注定要发生

注定要在一起

短暂静场。

女人

注定要发生

没有人能够改变

母亲

我就这么来了

极短暂的静场。

我不能留在这儿

我一定得离开这儿

女人

而现在我们两人

将永远在一起

父亲

我们将永远在一起

女人

你和我

父亲

你和我

静场。

女人

可是我们在哪儿

父亲

我不知道

极短暂的静场。

你也

不知道

女人

我以前从没来过这儿

极短暂的静场。

可是依然感觉很熟悉

父亲

是啊

极短暂的静场。

就好像

是啊　就好像全然熟悉

极短暂的静场。

又全然陌生

女人

是啊　的确如此

短暂静场。

父亲

我不明白

女人

我也不明白

短暂静场。

我有点儿害怕

父亲

不　别害怕

这里没有危险

什么危险

他游目四顾。

父亲（接着刚才的话说。）

也没有

还是

有

母亲

我害怕

极短暂的静场。

就是害怕

女人

不　不是有危险

短暂静场。

而是

短暂静场。

是啊　这

突然停下来不说了。女人和父亲开始四处走着。

母亲

你不能和她在一起

你必须得过来

我们必须得走

父亲放开女人，向母亲走去。

父亲

现在我来了

母亲

可你离开过

极短暂的静场。

就这么消失了

父亲

是啊

母亲

你不能就这么从我的生命中

消失

极短暂的静场。

父亲

可最终在我身边的还是你

极短暂的静场。

现在我回来了

母亲

是啊　现在我们终于又在一起了

父亲

现在我们不用再留在这儿了

现在我们可以走了

母亲

可我们真的能走吗

父亲

能的

极短暂的静场。

难道不能吗

母亲

我不知道

父亲张开双臂环抱着母亲。他们就这么站在那儿拥抱着彼此。静场。女人向女孩和男人走去，但又停下了脚步。她注视着朋友。

女人

对朋友说。

可是我们以前见过面吗

朋友

我想没有

极短暂的静场。

或者也许见过

女人

我不知道

男人

也许我们以前见过面

女人

我想我们是见过面

男人

可是在哪儿呢

女人

我不知道

男人

我也不知道

女人

这里或者那里

此时或是彼时

男人

是啊

极短暂的静场。

是啊　我们好像见过

女人

可你不记得是在哪儿了

男人

是啊

你也不记得了

女人

是啊

男人

也不记得是什么时候

女人

是啊

静场。

母亲

可我不知道我们在哪儿

极短暂的静场。

我也不想再待在这儿了

短暂静场。

我们一定得留在这儿吗

父亲

也许我以前来过这儿

但那是很久以前的事了

极短暂的静场。

而且我想我喜欢

待在这儿

朋友

我想我以前也来过这儿

母亲

我以前可能也

来过这儿

极短暂的静场。

可是

突然停下来不说了。极短暂的静场。

女孩

这里看上去如此熟悉

又如此陌生

不知怎么

静场。

男人

是啊

女孩

可我现在知道这是哪儿了

男人

是吗

女孩

就是在这儿

是的　这就是我们第一次见面的地方

短暂静场。

男人

是啊　现在我也记起来了

极短暂的静场。

想想看我们都不记得了

女孩

就是这儿

男人

是啊

极短暂的静场。

是的　我认出来了

极短暂的静场。

我记起来了

女孩

我记得如此清晰

极短暂的静场。

我们能相遇真好

男人

就是在这儿

我们相遇了

是啊

是的　现在我记起来了

女孩

我们拥有过美好的生活

你和我

极短暂的静场。

所以我们能相遇真好

男人

是啊

是的　当然

女孩

是啊　我们拥有过

男人

现在已经很多年过去了

女孩

是啊

时光这么快就过去了

男人

快得令人难以置信

女孩

是啊

女孩松开他的手，从他身边走开。

男人

可是你要去哪儿

女孩

我哪儿也不去

男人

可你为什么要走

女孩

我没有走

男人

是的　你有

女孩

没有

男人游目四顾，看到了朋友。他们向彼此走去，然后停下脚步，就这么站在那儿，不发一言。静场。

那你们两个就这么站着吗

男人

是的

女孩

是啊　你们为什么不就这么站着呢

极短暂的静场。

我不是这个意思

男人

不是吗

女孩

你们已经认识很久了

男人

从我们还是孩子的时候起

对朋友说。

是的

是啊

是的　从我们还是孩子的时候起就认识了

朋友

是啊

是啊　我们是一起长大的

是邻居

极短暂的静场。

我们总是一起玩儿

男人

是啊

总是一起

女人

当然也跟其他的孩子玩儿

男人

是啊

是的　当然

女孩

你们都玩儿些什么

男人

对朋友说。

是啊　我们都玩儿些什么

朋友

是的

是啊　怎么说呢

我们就这么待着

是啊　就像所有的孩子那样

极短暂的静场。

朋友（接着刚才的话说。）

一起去上学

一起去干点儿别的

女孩

什么别的

男人

你还记得吗

朋友

不　是什么

女孩

那

男人

那

你想说什么

女孩

那你们长大了以后呢

男人

我们依然是朋友

女孩

你们依然是朋友

男人

是啊　我们依然是朋友

朋友

我们当然是朋友

静场。女孩走过去牵起朋友的手臂。

可是这里

极短暂的静场。

是啊　我们这是在哪儿

男人

我不知道

朋友

看上去好像是

小时候来过的地方

男人

是吗

朋友

可我不记得

到底是什么地方了

男人

看上去好像是

是啊　是

极短暂的静场。

不　我说不上来

好像是在我们一起盖的那个

小木屋里

极短暂的静场。

你还记得吗

朋友

是啊

听你这么一说

是啊

男人

是啊　是的

极短暂的静场。

那是秋天

天快黑了

正在下雨

极短暂的静场。

而我们

你和我

就坐在小木屋里

在桌边

天气还有点儿冷

朋友

可我们不觉得冷

男人

我们点了一根蜡烛

朋友

蜡烛的蜡油

正滴在桌上

男人

的确如此

朋友

是啊　是的

静场。

可是我想我要走了

女孩

是啊　我们走吧

男人

好的

朋友和女孩开始走开。他们又停下了脚步。她转向男人。母亲注视着男人。

女孩

那走吧

男人

好的

男人站着没动。

女孩

我们得走了

我们不能留在这儿

这儿不是该留下来的地方

来啊

男人

好的　我来了

静场。

女孩

那来啊

女孩走过去拉起男人的手。

你一定得来

就现在

男人

好的

女孩

是啊

是的　我们得走了

极短暂的静场。

所以你不能就这么站着

你一定得来

男人

好的

女孩

可你别就这么站着啊

来啊

男人

好的

男人依然站在原处。女孩向朋友走去，张开双臂环抱着他。他们就这么站在那儿拥抱着彼此。静场。母亲和父亲开始向着男人走去。母亲拉着父亲的手臂。

母亲

对父亲说。

他怎么了

他在干什么

父亲

干什么

母亲

你不明白我在说什么吗

父亲

不

极短暂的静场。

不明白

母亲

还有那个他老是和她在一起的姑娘

父亲

她有什么问题

母亲

不　她没什么

问题

极短暂的静场。

也许

突然停下来不说了。极短暂的静场。

父亲

没什么

短暂静场。

可我们要去哪儿

母亲

我怎么会知道

短暂静场。

父亲

我不知道这是哪儿

我们以前来过这儿吗

母亲

不　我不知道

父亲

你不知道

母亲

不

极短暂的静场。

不　我不知道我们在哪儿

短暂静场。

你知道吗

父亲

不

不　我想我以前从没来过这儿

母亲

我也没有

父亲

没有任何记忆

母亲

是啊

是的　没有

短暂静场。

我不明白

父亲

我也不明白

母亲

是吗

静场。母亲注视着男人。

可是看看谁来了

你也来了

男人

是啊

极短暂的静场。

是啊　我想是的

极短暂的静场。

而你们

是啊　你们也

来了

父亲

是的　我们也来了

是啊

极短暂的静场。

而你

极短暂的静场。

是啊　好久不见了

男人

又见到你真好

母亲

是啊

是的　的确如此

短暂静场。

父亲

可你知道我们在哪儿吗

男人

不

极短暂的静场。

不知道

极短暂的静场。

可是

突然停下来不说了。

父亲

你以前从没来过这儿

男人

不　我不记得我来过

母亲

是啊　你爸爸和我也不记得

以前来过这儿

极短暂的静场。

而你也不记得

男人

不记得

静场。

母亲

可是又见到你真好

父亲

是啊　我们又见面了真好

母亲从父亲身边走开一点儿，而他从男人身边走开一点儿。女孩和朋友放开对方，从彼此身边走开了一点儿。

女孩

我们曾经在一起过我太开心了

朋友

是吗

是啊　我也是

女孩

这多美好

我们曾经相遇过

朋友

我们很幸运

能够彼此相遇

女孩

原来可能根本就

不会发生

朋友

是啊　的确如此

女孩

这一切是

多么偶然

朋友

是啊

女孩

而现在我们已经一起生活

这么多年了

朋友

是的

极短暂的静场。

是啊　都这么多年了

极短暂的静场。

女孩

可现在我们在哪儿

朋友

我不

知道

坦白地说

女孩

我不记得

以前来过这儿

极短暂的静场。

你呢

朋友

不记得

极短暂的静场。

女孩

可这是怎么回事

极短暂的静场。

我有点儿害怕

我很害怕

朋友

不　不要害怕

女孩

是吗　可我的确很害怕

极短暂的静场。

我们是怎么到这儿来的

朋友

我想我们就这么来了

突然我们就来到这儿了

女孩

是啊

短暂静场。

朋友

可我不明白

我们是怎么到这儿来的

女孩

我也不明白

短暂静场。

这里看上去像不像

朋友

像我们相遇的地方

女孩

是的

极短暂的静场。

是啊　这里看上去像我们相遇的地方

是的

朋友

是啊

朋友游目四顾，看到了男人。

对男人说。

嗨　你好

你也来了吗

女孩想把朋友拉回来，但他挣脱开来，走向男人。他们握了握手。

又见到你真好

男人

是吗

短暂静场。

朋友

可是你知道

极短暂的静场。

是啊　你知道我们在哪儿吗

男人

不

朋友

你也不知道

男人

不

极短暂的静场。

不　我不明白

女孩走向男人，张开双臂环抱着他，依偎在他身上。

朋友

突然我就这么来了

极短暂的静场。

好像就是这样

男人

是吗

极短暂的静场。

是啊　我也是

如此突然

我就这么来了

极短暂的静场。

你也是

朋友

是啊

女孩

对男人说。

又能抚摸到你真好

男人

对朋友说。

而且我肯定我以前

从来没有来过这里

朋友

你肯定

男人

不　也许没那么肯定

朋友

我想我以前可能来过这儿

极短暂的静场。

那么熟悉

与此同时

又好像

那么陌生

男人

是啊　好像就是这样

女孩

吻着男人的脸颊。

我是这么地想念你

可我不知道我现在在哪儿

极短暂的静场。

我很害怕

男人

是啊　你说得对

极短暂的静场。

我以前好像也

来过这儿

极短暂的静场。

但又好像不记得了

女孩

放开男人。

可这儿没什么好看的

极短暂的静场。

一切都宛如昨日

男人

对朋友说。

我不明白

女孩张开双臂环抱着朋友，依偎在他身上。

女孩

我很害怕

我不知道我们在哪儿

极短暂的静场。

出什么事了

极短暂的静场。

怎么了

朋友张开双臂环抱着女孩。

朋友

不要害怕

冷静点儿

好吗

这里没有危险

女孩

你怎么知道

朋友

我就是知道

男人

不　你一定不要害怕

朋友

这里没有危险

男人

别害怕

好吗

极短暂的静场。

这里没有危险

女孩

可你怎么知道

朋友

我就是知道

男人

不　这里没有危险

你一定不要害怕

朋友

不

不　这里没有危险

女孩

可是你也

有点儿害怕

虽然现在还看得见

可是天已经黑了

这么黑这么黑

男人

是啊

是啊　这种光线其实看不清

是啊　真的

有光

可是依然很黑

朋友

这么黑

女孩

我们得走了

女孩拉起朋友的手。

朋友

对男人说。

是啊　那保重

男人

是啊　见到你真好

女孩

又见到你真好

就像从前一样

朋友

又见到你真好

短暂静场。朋友和女孩向前走去。她突然停下脚步，跑回男人身边，拉起他的手。

男人

那我们走吧

女孩

是啊

是的　那我们走吧

我们回自己的家

男人

好的

极短暂的静场。

好的　我们走吧

短暂静场。

你回来了真好

女孩

我觉得我很想家

男人

我也是

女孩

而且我真的不喜欢这儿

男人

是啊　我也不喜欢

女孩

那我们赶快回家吧

男人

好的

短暂静场。

女孩

那来啊

男人

好的　我来了

静场。

女孩

可你

极短暂的静场。

你爸爸妈妈在那儿

男人

哪儿

女孩

用手指着。

那儿

男人

我看不见他们

女孩

他们就在那儿

看

看那儿

男人

是吗

女孩

我们一定得跟他们说话

男人和女孩向着父亲和母亲走去。

你们好

短暂静场。

你们好

短暂静场。

你们好

极短暂的静场。

可是不是天太黑了

他们看不见我们

嗨

极短暂的静场。

他们为什么不回答呢

短暂静场。

是不是这里太黑了他们看不见我们

男人

其实没那么黑

光线很正常

极短暂的静场。

或者也许不是很正常

可是

突然停下来不说了。

女孩

可他们还是看不见我们

男人

是啊

女孩

可他们为什么不回答呢

男人

他们

突然停下来不说了。

女孩

他们就站在那儿

就在那儿

男人

是啊

女孩走过去，牵起母亲的手臂，而她抬起头。

女孩

嗨　你好

母亲

怎么是你

你刚来

极短暂的静场。

如此突然

我没注意到你来

突然你就这么站在那儿了

女孩

是吗

母亲

突然你就来了

女孩

我呼唤你了

极短暂的静场。

可是你没有回答

母亲

我没有回答

女孩

没有

母亲

可是我没有听到你呼唤我

女孩

你没有听到

静场。

父亲

是你来了

女孩

是啊

是的　你也来了

极短暂的静场。

好久不见

母亲

是啊　很久了

极短暂的静场。

女孩

是啊　自从我们上次见面已经

很多很多年了

母亲

实在是太久了

女孩

是啊

我们是来散步的

母亲

是吗　我们也是

父亲

天气真好

真的

男人

是啊

极短暂的静场。

是的　天气真好

女孩

我们正想回家呢

极短暂的静场。

然后就看到你们了

母亲

那你们

是啊　你们都很好吧

女孩

是的　谢谢

你呢

母亲

是啊　谢谢

是的　我们很好

女孩

偶尔出来走走真好

母亲

是啊

极短暂的静场。

我们不常出门

这些日子

女孩

是啊　我们也是老待在家里

母亲

是吗

极短暂的静场。

父亲

是啊　出门很麻烦

母亲

你们上次来看我们

已经是很久以前的事了

女孩

是吗　是啊

极短暂的静场。

我们总是这么说

说一定要来看你们

极短暂的静场。

可是

是啊　总是没来

母亲

生活就是如此

说说就算了

极短暂的静场。

是的　生活就是如此

是啊

女孩

是啊

母亲

可你们都很好吧

女孩

是的　谢谢

男人

是啊　一切都很好

静场。

母亲

是吗　见到你们真好

父亲

是啊

真太好了

母亲

你们一定要来看我们

找一天

女孩

是啊　我们会的

男人

我们会的

静场。

女孩

可这里真

是啊　我不知道我们现在是在哪儿

女孩轻笑了一声。

母亲

是吗　真的

我也不知道

我

突然停下来不说了。

父亲

你不知道我们现在是在哪儿

女孩

不

父亲

可是

突然停下来不说了。父亲游目四顾，看到女人向他走来。于是他也向她走去。

女孩

是啊　我们正要回家呢

母亲

是吗　我们也是

静场。朋友走到女孩身边。

朋友

你为什么不来呢

我在等待着你

女孩

好的　我来了

短暂静场。

好的　现在我来了

女孩牵起朋友的手臂，他们走到一边，停下脚步，站在那儿拥抱着彼此。

母亲

对男人说。

你想念她吗

极短暂的静场。

是啊　那个女孩

以前你跟她结婚的那个

男人

也许有点儿

短暂静场。

母亲

可你不生她的气

男人

不

极短暂的静场。

不　一点儿也不

母亲

也不生

你那个朋友的

气

男人

不

短暂静场。

母亲

是啊　我想你也不生气

短暂静场。

可是

是啊

是的　你知道我们现在是在哪儿吗

男人

不　我

突然停下来不说了。

母亲

你不知道

男人

不

静场。

那爸爸

母亲

不　我不知道

短暂静场。

可这

极短暂的静场。

我们在这儿

是啊

好像

很熟悉

极短暂的静场。

是啊　也许

是的

极短暂的静场。

是啊　看上去就像

她轻笑了一声。

是的　就像你小的时候

你　当你还蹒跚学步的时候

那时你那么开心

后来又那么不开心

从一个极端

走到另一个极端

是的

是啊　是的

是啊　看上去就像

你小的时候

是的

极短暂的静场。

可这不可能

看上去就像你小的时候

父亲和女人相遇了。他们拉起对方的手，站在那儿注视着彼此。

男人

不

这不可能就像

我小的时候

母亲

是啊

是的　像

极短暂的静场。

男人

那爸爸

母亲

什么

静场。

男人

你不想谈这件事

母亲

不

静场。

男人

可你生他的气吗

母亲

不　现在不生了

以前生过

是啊　当然

可是现在

在这儿

我不再生气了

不生了

我现在一点儿也不生他的气了

男人

不生了

母亲

是啊　现在不生了

在这儿不生了

极短暂的静场。

以前我生过

可我现在不生了

我现在一点儿也不生他的气了

我不明白

短暂静场。男人和母亲转头看着父亲和女人，他们依然手拉着手站在那儿。母亲和男人对视了一眼，然后从彼此身边走开一点儿。

母亲

可是能聊聊真好

男人

是啊　真好

女孩放开朋友的手，向男人走来。

母亲

不要再等那么久

才来看我

男人

不

不　我不会的

母亲

照顾好你自己

男人

你也是

父亲和女人张开双臂环抱着彼此，然后就这么站在那儿。母亲向他们走去，又停下了脚步，站在那儿注视着他们。

女孩

对男人说。

可是你要去哪儿

男人

不去哪儿

女孩

你千万别离开我

男人

不　我不会离开你

短暂静场。

女孩

既然我们已经相遇了

已经找到了彼此

你就不能离开我

男人

不　我不会离开你

女孩

真的

男人

是的

是啊　真的

女孩

我很害怕你会

离开我

男人

我不会离开你

极短暂的静场。

我永远都不会离开你

你知道的

我不会离开你

朋友向男人走去，而女孩和母亲向父亲和女人走去。

母亲

对父亲说。

可我们不是很快就要回家了吗

父亲

放开女人的怀抱。

是的

是啊　我们要回家了

母亲

我不知道这是哪儿

我有点儿害怕

我们走吧

女人

我也不知道这是哪儿

不　我也不知道

母亲

你也不知道

女人

不

不　我

极短暂的静场。

不　我想我以前从没来过这儿

母亲

你也是

好像

突然就来到这儿的吗

女人

是啊

是的　很突然

母亲

你也想走吗

女人

是的

对父亲说。

我们走吧

我不想再留在这儿了

母亲

我也不想

父亲

可我们能去哪儿呢

母亲

我们走就是了

女人

是啊

静场。

母亲

对父亲说。

我们走吧

女人

是啊　我们得走了

短暂静场。

母亲

可我真的不想见到你

女人

是吗

母亲

我不想见到你

女人

是啊

极短暂的静场。

是的　我明白

母亲

所以你为什么不走呢

女人

好的

极短暂的静场。

好的　我会走的

母亲

那就走吧

女人

我不知道能去哪儿

我没有地方

可去

对父亲说。

你为什么不来呢

母亲

对父亲说。

来吧　我们走吧

父亲

好的

母亲牵起父亲的一只手臂。女人走到父亲身边，牵起他的另一只手臂。女孩从男人身边走开。

女孩

转身向男人说。

你父亲的事我很遗憾

男人

是吗

女孩

而且发生得如此突然

男人

我不明白

极短暂的静场。

我的整个一生

他一直都在

是啊　就好像

理所当然似的

女孩

是啊　生活就是如此

男人

然后

突然

他就走了

女孩

是啊

极短暂的静场。

这真令人无可奈何

不是吗

男人

是啊

短暂静场。

女孩

那你母亲呢

男人

是啊　对她来说当然

很难

要独自生活

女孩

他当时又搬回去了

男人

是的

静场。男人转身背对着女孩，女孩也转身背对着男人。

静场。女人向父亲依偎过去，他挣脱开来，从她身边走开。

女人

可你不能就这样走了

父亲

是啊

我知道

女人

那你为什么要这样做呢

父亲

我不是真的要走

女人

是的　你就是要走

你就这样走了

静场。父亲缓步向前走去，而朋友向他走来。朋友和父亲相遇了。

父亲

可是我们

极短暂的静场。

我们已经很久没见过面了　自从

极短暂的静场。

是啊　自从你还是个

孩子的时候

极短暂的静场。

是啊　都那么久以前了

朋友

是啊　那是很多很多年以前了

父亲

然后我们在这里又见面了

极短暂的静场。

如此突然

朋友

是啊

长长的静场。朋友向女孩走去。他们注视着彼此，拥抱了。父亲站在那儿，垂下头。母亲走到他身边，抚摸着他的脸颊。然后她转过身，注视着男人。

母亲

你来了我真开心

男人

是吗　是啊　我们一定得来

极短暂的静场。

当然得来

这一切发生得如此突然

母亲

是的

是啊　如此突然

极短暂的静场。

他当时就坐在那儿

在桌边

极短暂的静场。

然后他突然趴在桌子上

极短暂的静场。

然后他就死了

静场。

见到你真好

男人

是吗

母亲

他刚才还在那儿

极短暂的静场。

然后突然就不在了

男人

是啊

短暂静场。

母亲

就像一道微光闪过

男人

一道微光

母亲

是啊　就像一道微光闪过

静场。

你妻子什么时候来

男人

什么

是啊　她很快就来

母亲

那很好

男人

是吗

母亲站在那儿，垂下头。男人向前走了几步，又停下脚步。女孩走到他身边，牵起他的手臂。他们就这么站在那儿。女人走到父亲身边，用一只手臂抱着他。母亲走到男人和女孩身边。

母亲

是的　我们该走了

父亲

我想是该走了

女孩

是啊

静场。

男人

是啊

静场。他们都站着没动。母亲转身注视着父亲，他也注视着他，从女人身边走开。母亲和父亲向彼此走去。

母亲

是啊　我们不能再留在这儿了

父亲

不能

母亲

我们必须离开

父亲

可是

极短暂的静场。

可是我们已经离开了

我们已经离开过很多次了

是吗

极短暂的静场。

母亲

不

极短暂的静场。

可是

极短暂的静场。

你和我

我们现在必须离开

你和我

静场。

男人

我不想留在这儿

短暂静场。

女人

我们就这么来了

短暂静场。

女孩

我们一定得来

短暂静场。

女人

我们不能永远留在这儿

不是吗

短暂静场。

母亲

我害怕

我们必须离开

短暂静场。

男人

也许我们必须永远留在这儿

短暂静场。

女孩

可是永远

极短暂的静场。

是啊　这意味着什么

男人

什么意味也没有

极短暂的静场。

至少在这里没有

女孩

而我们必须留在这儿

男人

我们必须留在这儿

短暂静场。

母亲

我不想留在这儿

短暂静场。

女孩

我想去别的地方

父亲

我好像已经留在这儿太久了

短暂静场。

虽然我才刚刚到这儿

朋友

可是告诉我们

极短暂的静场。

告诉我们

告诉我们这是在哪儿

父亲

对母亲说。

我们不能留在这儿

母亲

是的

是啊　这是不可能的

我们必须离开

极短暂的静场。

我害怕

女孩

我也害怕

朋友

对父亲说。

你在这儿的时间最长

父亲

这没有区别

女孩

可是

女人

我们现在必须离开

每个人都必须离开

我们不能留在这儿

女孩

走过去牵起男人的手臂。

来啊

来吧　我们走吧

男人

好的

他们站着没动。

女人

对父亲说。

我们不能留在这儿

你一定要帮助我

你为什么不帮助我

男人牵起父亲的手臂。朋友走过去牵起女孩的手臂。

女人走过去牵起母亲的手臂。

我们走吧

极短暂的静场。

现在我们所有人都走吧

男人

好的

静场。

父亲

可是我们该去哪儿呢

女孩

我们必须离开

父亲

我不能留在这儿

极短暂的静场。

而且我

是啊　我已经待在这儿很久了

母亲

我们都已经待在这儿很久了

朋友

很久很久

男人

久到没有尽头

静场。

女人

我们还得在这儿待多久

女孩

我们走吧

极短暂的静场。

我们走吧

我们所有人都走吧

母亲

我们必须一起走

静场。

朋友

可是我们无处可去

静场。

女人

我们哪儿也去不了

母亲

我们必须留在这儿

静场。

可是你看

父亲

什么

母亲

用手指着。

那儿

你看不到吗

父亲

不

短暂静场。

女孩

是的

用手指着。

是啊　那儿

极短暂的静场。

你看不到吗

看

看

男人

是的

极短暂的静场。

是啊　我看到了

女人

你看到了什么

母亲

可是你看

你自己看

静场。

朋友

是的

极短暂的静场。

是啊　现在我看到了

男人挣脱开来，而女孩拉起女人的手。男人走开几步，向上仰望，然后游目四顾，注视着他们。

男人

我看到了

短暂静场。

我看到它就在那儿

用手指向虚空。

而且我看到

是啊　它就在你的内心

它就是你

我看到了

母亲

它就在我的内心

男人

是的

母亲

是吗

极短暂的静场。

是啊　我能感觉得到

是的

极短暂的静场。

是啊

是的　它就在那儿

用手指着。

那儿

用手指着。

那儿

用手指着。

而那

是的　那就是我

不是作为我而存在

但也正是作为我而存在

作为其他所有的一切而存在

朋友

我看到它了

我就是它

我就在这里

是的

是啊

而我也在那里

用手指着。

我是

突然停下来不说了。

女孩

是啊

我既在那里

又在这里

而在那里

我就是你

她注视着女人。

而我就是

极短暂的静场。

我

父亲

是的

是啊　我看到它了

对男人说。

我看到它就在你的周围

我看到它就在你的内心

而现在我们该走了

母亲

现在我们要走了

对男人说。

来啊

来吧　我们要走了

来啊

男人走过来，牵起母亲的手。所有人一同缓步而下。

译者注：

2015 年　春　初稿

2015 年　夏　再稿

2015 年　冬　初版修订

2023 年　冬　再版修订

图书在版编目（CIP）数据

暗影 /（挪威）约恩·福瑟著 ；邹鲁路译. — 南京：译林出版社，2024.5
（有人将至 ：约恩·福瑟戏剧选 ；VIII）
ISBN 978-7-5753-0087-2

I.①暗… II.①约… ②邹… III.①剧本 — 挪威 — 现代 IV.①I533.35

中国国家版本馆 CIP 数据核字（2024）第 053288 号

有人将至 ：约恩·福瑟戏剧选 VIII
暗影 ［挪威］约恩·福瑟 / 著 邹鲁路 / 译

策　　划 袁　楠
责任编辑 张　睿
装帧设计 韦　枫
校　　对 王　敏
责任印制 闻媛媛

出版发行 译林出版社
地　　址 南京市湖南路 1 号 A 楼
邮　　箱 yilin@yilin.com
网　　址 www.yilin.com
市场热线 025-86633278
排　　版 南京新华丰制版有限公司
印　　刷 南京爱德印刷有限公司
开　　本 787 毫米 ×1092 毫米 1/32
印　　张 5.625
插　　页 4
版　　次 2024 年 5 月第 1 版
印　　次 2024 年 5 月第 1 次印刷
书　　号 ISBN 978-7-5753-0087-2
定　　价 298.00 元（全九册）

译林版图书若有印装错误可向出版社调换，质量热线：025-83658316

Jon Fosse

有人将至：

约恩·福瑟戏剧选

死亡变奏曲

Dødsvariasjonar

〔挪威〕约恩·福瑟 著
邹鲁路 译

译林出版社

Dødsvariasjonar

北欧国家戏剧奖（2002）。——译者注

人物

年老女人

年老男人

年轻女人

年轻男人

朋友

女儿

年老女人

（自言自语地说。）

仿佛一如既往

又仿佛从未发生

仿佛不为人知

又仿佛从未被

遗忘

这场生命

有种别样的宁静

是此生从不曾有

年老男人

（注视着她，询问地说。）

此生从不曾有

年老女人

（仿佛他不在场一般继续说道。）

这生命瞬间绽放

（短暂静场。）

但随之却深深地

深深地

陷入

黑夜

年老男人

你在说什么

年老女人

（仿佛他不在场一般继续说道。）

陷入黑夜

陷入接近透明的无限

戛然而止

这令你觉得

你明了了

世间所有需要明了的一切

年老男人

（询问地说。）

你明了了

年老女人

（注视着他。）

是啊　你明了了

（她走开两步，注视着他说。）

这太可怕了

我不明白

（他点点头。）

她竟然会

（突然停下来不说了。）

年老男人

（听天由命地摇摇头。）

是啊

（短暂静场。）

我不明白

年老女人

我们本来应该做点儿什么的

早就应该去做

年老男人

是啊

（静场。）

年老女人

（绝望地说。）

我们一定得做点儿什么

年老男人

我们什么也做不了

年老女人

是太晚了吗

年老男人

一切都太晚了

年老女人

她为什么要这样做

年老男人

我不明白

年老女人

我们唯一的女儿

我们唯一的

（突然停下来不说了。）

年老男人

（接下去说道。）

我们唯一的孩子

年老女人

可生命不应该是这样的

不可能是这样的

年老男人

她接受了自己死亡的命运

年老女人

别这么说

她不能就这么死了

生命不应该是这样的

（短暂静场。）

年老男人

她死了

她去了

永远地去了

年老女人

她不能就这么去了

不可能是这样的

年老男人

是啊

（静场。）

年老女人

她怎么能

年老男人

（突然说道。）

你为什么不走

我想让你走

年老女人

（惊讶地说。）

你想让我走

年老男人

是的

年老女人

可是我们

（短暂静场。）

是的　我们

是啊　现在她已经去了

只剩下我们两个人了

年老男人

你一定得走

（短暂静场。）

因为我受不了

再看见你的脸

（她从他身边走开几步。）

年老女人

我只是觉得

你知道我一定得

是啊　我一定得告诉你

年老男人

是吗

（短暂静场。）

可是

是的

是啊　你不能再待在这儿了

你一定得走

（静场。年轻女人上，她正怀着孕。她向年老女人走去，她们注视着彼此。）

年老女人

（对年老男人说。）

时间都过去那么久了

我还记得自己的样子

当时我肚子里正怀着她

（短暂静场。）

可是我觉得

是啊　仿佛

（短暂静场。）

一切都从来没有发生过一样

（短暂静场。）

难道你不这么觉得吗

（他点点头。年轻女人捧着自己的肚子，站在那儿用手抚摸着。朋友上，他看了一眼年轻女人，然后低下了头。年老女人和年老男人注视着他，害怕起来，然后他们都低下了头。）

我希望一切都从来没有发生过

（短暂静场。）

因为一切都已经消失了

（短暂静场。）

我再也没有理由希望这一切发生过了

（静场。）

这话真傻

（年轻女人转过身，看见了正在上场的年轻男人。他向她走来。他们相遇，拥抱，然后放开对方，注视着彼此。）

我已经不存在了

我再也没有理由希望这一切发生过了

年轻男人

（对年轻女人说。）

是啊　我们总算到了

跟那个神经病房东浪费了这么长时间

（短暂静场。）

不过现在

（开心地拿出一串钥匙。）

现在

是的　现在我们终于有地方住了

这太棒了不是吗

年轻女人

是啊　太棒了

（短暂静场。）

年轻男人

我们搬过

我们搬过多少个

地方了

可真不少呢

是啊

年轻女人

是啊　我们搬过太多个地方了

（年轻男人看了一眼年老男人，两人都低下了头。然后年轻男人注视着年轻女人，她正站在那儿四处打量着。）

年轻男人

这儿还不算太糟

（短暂静场。）

我们肯定能在这儿将就下来的

至少能住上一阵子

是的　就算这只是个地下室

而且肯定又冷又潮

不过

是啊

（短暂静场。）

我们也只能找到这样的地方了

年轻女人

我觉得不是很喜欢这个地方

是啊　也许还过得去

至少当你陪伴在我身边的时候

还过得去

是的

（她对他微笑着。）

不过那个可怕的房东

我希望他不会老是来敲门

或者有别的什么事儿

来烦我们

年轻男人

是啊　没事的

年轻女人

他就这么站在那儿瞪着我们

什么话也不说

就这么站在那儿

（短暂静场。）

而且这儿很贵

对我们来说不是个小数目

就为了找个落脚的地方

付了房租以后

我们也没剩什么钱了

我们也就只是勉强付得起房租而已

（短暂静场。）

那人差不多把我们的每一分钱都拿走了

就只让我们

住在他的地下室里

年轻男人

这是我唯一能找到的地方

我实在是没办法去

（突然停下来不说了。）

年轻女人

我不是在责怪你

你已经尽力了

我知道你已经尽力了

你应经想尽一切办法了

而且　是啊

最终你真的为我们找到了

（突然停下来不说了。）

年轻男人

我们不用在这儿住太久的

再说我们总得找个地方住呀

（短暂静场。）

而且这儿

也不算太糟

（短暂静场。）

我们至少能

在这儿将就一阵子

年轻女人

（把手放在肚子上。）

我的肚子好像大得很快

年轻男人

是吗

年轻女人

快得吓人

年轻男人

现在就有了孩子

我们实在是太年轻了

年轻女人

实在是太年轻了

（短暂静场。）

不过谁让我们那么傻

不够小心呢

是吧

（带着点儿抚慰的神色看着他说。）

是的

（带着点儿指责的语气说。）

是啊　当你都不知道该怎么小心的时候

是吧

（短暂静场。）

我祖母一定

会对这事儿来句充满人生智慧的评语

她以前是怎么说的来着

什么不值得之类的

一句成语

年轻男人

不过你记不起来了

年轻女人

是啊　都忘了

年轻男人

什么罪有应得之类的

年轻女人

可能吧

是的　差不多是这么说的

年轻男人

一切都会好起来的

你就看着吧

（静场。）

年轻女人

可我们几乎一分钱都没有了

年轻男人

是啊　那个傻房东

非要让我们预付房租

还有他说的那些乱七八糟的费用

可现在

年轻女人

（接下去说道。）

可现在我们几乎一分钱都没有了

年轻男人

只剩一点儿了

年轻女人

差不多全没了

年轻男人

差不多全没了

年轻女人

那我们怎么办

年轻男人

我得去找工作

年轻女人

我也可以

试试

年轻男人

你

年轻女人

是啊

年轻男人

你

现在这个样子

年轻女人

是的

年轻男人

别傻了

（静场。）

年轻女人

那就是说我得一个人待在这儿了

就待在那个房东脚下的地下室里

一个小时又一个小时

而你却出门了

去

去干什么工作去了

年轻男人

我肯定找不着工作的

年轻女人

那我们就弄不到钱了

年轻男人

是啊

年轻女人

不过我们还剩了一点儿

年轻男人

只剩一点儿了

不多

我们就只有

这么一点儿钱了

（短暂静场。）

不过我们会好起来的

年轻女人

你怎么能这么肯定

我们几乎什么也没有

身无分文

一无所有

年轻男人

可是我们还有彼此啊

而且我们还年轻

年轻女人

这些又算得了什么呢

年轻男人

这些就足够了

年轻女人

你怎么知道

年轻男人

我就是知道

（短暂静场。）

我们会好起来的

年轻女人

就算会吧

（短暂静场。）

可我很担心

年轻男人

我们还年轻身强力壮

年轻女人

别傻了

年轻男人

这是事实

年轻女人

一切都是那么不可预知

年轻男人

是啊　生活就是如此

年轻女人

我很害怕很担心

年轻男人

别害怕

求你了

（他用双臂环抱着她。）

年老男人

（对年老女人说。）

不可能是这样的

生命不应该是这样的

年老女人

是啊

（短暂静场。）

她不可能就这么去了

朋友

她去了

年老女人

（对年老男人说。）

我们唯一的孩子

她

（短暂静场。）

不　她

我唯一的孩子

不　她不能就这么去了

年老男人

不可能是这样的

朋友

她已经不再和你们在一起了

现在她和我在一起

年老女人

（对年老男人说。）

可生命就是如此

（短暂静场。）

我看着她就这么躺在那儿

（短暂静场。）

他们打电话来了

让我去

让我去认她

年老男人

生命不应该是这样的

年老女人

我看着她

她就这么躺在那儿

我不得不去认她

年老男人

当我看到你的脸的时候

（突然停下来不说了。）

年老女人

怎么了

年老男人

你的脸

（短暂静场。）

我受不了

再看见你的脸

年老女人

我不得不去

他们打电话来了

年老男人

你的眼睛

年老女人

而她就这么躺在那儿

年老男人

（低低地说。）

你的脸

年老女人

她就这么躺在那儿

（静场。）

不过现在我要走了

我要

（突然停下来不说了。）

是的

是啊　我想

我要走了

（短暂静场。）

不过我一定得

（短暂静场。）

是的　我一定得来

一定得告诉你

一定得让你知道

是啊

不过现在我要走了

年老男人

她就这么躺在那儿

年老女人

还有她的头发

还有她的面容

她的面容

那已经不再是她了

那已经不再是她的面容了

年老男人

她的面容空无一物

（静场。）

你为什么不走

朋友

快走吧

年老男人

（接下去说道。）

你知道我受不了

（突然停下来不说了。）

走吧

求你了走吧

年老女人

你觉得她想这么做吗

朋友

她想跟我在一起

她就在这儿

跟我在一起

现在她跟我在一起了

年老男人

不

（短暂静场。）

她只是就这么做了

事情只是就这么发生了

年老女人

她只是就这么做了

她不知道自己都做了些什么

年老男人

这有什么区别呢

事情已经发生了

朋友

现在她跟我在一起了

年老男人

（对年老女人说。）

求你了　你就不能

这就好像

不　我再也受不了了

（突然停下来不说了。他注视着年轻男人。）

年轻男人

（对年轻女人说。）

不要

害怕

（短暂静场。）

因为

是啊

你看起来这么担心

可你千万别害怕

我会照顾你的

我会的

我会是你的朋友

永远

我会的

这你知道不是吗

年老男人

（自言自语地说。）

一切都结束了

年老女人

现在我已经告诉你了

年轻男人

我会永远是

你的朋友

年复一年

日复一日

我都会在你身边

每一个夜晚

每一个白天

（短暂静场。）

我真高兴

能与你相遇

年老女人

（自言自语地说。）

它就这么出现

然后又消失了

而

（突然停下来不说了。）

年轻男人

现在

我终于与你相遇了

现在

我终于可以休憩了

我终于可以安睡了

是的

现在一切都好起来了

所以什么也别担心

求你了

别害怕

年轻女人

（询问地说。）

再也不会有什么不好的事情发生了吗

年轻男人

不会的

再也不会了

年轻女人

你肯定吗

年轻男人

是啊　我肯定

年轻女人

（开心地笑了起来。）

那好吧

年轻男人

（带着询问的语气揶揄地说。）

那

好了

年轻女人

是啊　好了

（静场。）

现在没多少

年轻男人

（接下去说道。）

没多少日子孩子就要出生了

对吗

这就是你想说的话

对吗

（她点点头。）

还有多久

几个星期

年轻女人

是啊　离出生

还有

（思索着。）

还有

是的　还有七天

年轻男人

（惊讶地说。）

七天

年轻女人

难道你忘了吗

年轻男人

我真是不会记日子

（短暂静场。）

我记不住数字

我只记得住

自己的生日

可其他的数字就

（突然停下来不说了。）

年轻女人

（有点儿失望地说。）

是吗　可至少这个

你应该记得住

年轻男人

我记得的

我只是没有

我的意思是说

不记得确切的日子

（短暂静场。）

你知道我要

操心的事很多

不是吗

年轻女人

是啊　我知道

年轻男人

所以别生我的气

年轻女人

我没有生你的气

（静场。）

你父母

真好

肯借给我们一点儿钱

年轻男人

是的

年轻女人

他们自己也没有

多少

闲钱的

年轻男人

是啊

（短暂静场。）

要不是我跟他们借了

一点儿钱

我真不知道

年轻女人

是啊　那我们可怎么办呢

年轻男人

我不知道

（短暂静场。）

我们别想这个了

现在我们已经在一起了

而且我们也有自己的地方住

我们甚至还剩了

一点儿钱

年轻女人

是啊

年轻男人

一切都很好

年轻女人

是的

是啊

听

我的肚子

觉得好胀

这儿

（她摸着肚子，注视着他。）

年轻男人

觉得好胀

年轻女人

（疼得脸色都变了。）

现在更厉害了

更胀了

是的

我想

（突然停下来不说了。）

年轻男人

是孩子吗

是孩子要出生了吗

朋友

孩子要出生了

年轻女人

我想是

（突然停下来不说了，疼得脸色都变了。）

年轻男人

我们应该

我们是不是应该

是的　我们应该

（突然停下来不说了。）

年轻女人

我想是开始宫缩了

而这

这

（突然停下来不说了。）

年轻男人

我们得到医院去

年轻女人

是啊

年轻男人

可是

年轻女人

你得找辆车

年轻男人

是啊

年轻女人

（疼得腰都弯下来了。）

你得打电话

年轻男人

是啊

年轻女人

（呻吟着说。）

是啊

（短暂静场。）

实在是太疼了

年轻男人

疼吗

现在真的很疼吗

（静场。）

年轻女人

这会儿不了

这会儿我什么感觉也没有

什么也没有

没有

（短暂静场。）

一阵儿一阵儿的

年轻男人

是吗

（短暂静场。）

年轻女人

可我肯定是已经开始宫缩了

我想孩子就要出生了

年轻男人

我们一定得

（突然停下来不说了。）

年轻女人

是的　我想你得去找辆车

我没法儿乘公车

你知道

（不安地笑了一声。）

年轻男人

是吗

是啊　当然不能

（短暂静场。）

也许我

是的

是啊　也许我可以

是的　也许我可以去找他

去找房东

我可以去借他的电话用

年轻女人

要是你敢去的话

年轻男人

是啊

（他依然站着没动。而她的宫缩又开始了，疼得脸色都变了。）

那我去了

年轻女人

快点儿

年轻男人

好的　我会快点儿的

年轻女人

快

求你了

（他开始往外走。）

不　等一等

我跟你一起去

我就不能

（突然停下来不说了。）

年轻男人

好的

如果你想去的话

当然了

年轻女人

跟你

（又开始疼了。）

一起去吗

（他用一只手臂搂住她的肩膀。）

年老男人

是啊

这

（突然停下来不说了。静场。）

而现在她已经去了

（短暂静场。）

永远地去了

（年轻男人和年轻女人下。）

年老女人

别说了

刚才

我感觉很好

我在脑海里看见她了

我正把她抱在怀里

轻轻地摇着

（短暂静场。）

我还看见她

（用手指着。）

在地上摇摇晃晃地走着

她的黑头发

她又黑又长的头发

我看到了我生下的孩子

穿着雨衣

在暴雨中

走着

年老男人

在泥里跺着她的小脚

年老女人

用尽全力地跺着

她喜欢那样

年老男人

她小时候那么可爱

那么美好

（短暂静场。）

一开始她一根头发也没有

后来她长出了

那么又黑又长的头发

年老女人

而且她心肠也那么好

年老男人

一直都是

她总是那么温顺

从来不要求任何东西

不管我们给她什么她总是那么开心

（短暂静场。）

而且她那么喜欢

吃东西

她小的时候

不管我们给她什么

她总是那么开心

吃啊　笑啊

然后再接着吃

（短暂静场。）

等她长大了一点儿的时候她总是习惯

盘腿坐着

坐在那儿看书

（短暂静场。）

一个小时又一个小时

她就这么坐在那儿看书

年老女人

这是她最喜欢做的事

她会一直看啊看啊

（静场。）

可你不能就这么站在那儿啊

年老男人

是啊

（静场。）

年老女人

我一定得来

我一定得告诉你

年老男人

是吗

（静场。年轻女人上，她的肚子已经不再隆起了，看上去好像苍老了一些。她站在那儿游目四顾，朋友注视着她。）

朋友

见到你

很高兴

（年轻女人游目四顾。）

年老男人

她不喜欢和别的小孩儿

一起玩儿

年老女人

她总是很容易害怕

一有小孩儿打起架来

她就想回家

年轻女人

（喊道。）

你在吗

女儿

（自后台。）

在的　怎么了

年轻女人

过来一下

好吗

（女儿上。）

你不能就这么

总是一个人在房间里待着

女儿

好的

年轻女人

我是说真的

女儿

好的

年轻女人

我真不知道

该怎么跟你说

你得找点儿事儿干呀

女儿

好的

（静场。）

年轻女人

你不能就这么一直在家里待着

女儿

好的

年轻女人

我不是想伤害你

我这都是为你好

（短暂静场。）

你也是有未来的

你知道

而这意味着

是啊　你得去上学

就像其他人一样

（朋友走近几步。）

女儿

是的

是啊　你说得对

年轻女人

可你不喜欢去上学

女儿

是的

年轻女人

为什么不喜欢

女儿

我也不知道

年轻女人

是因为人太多太吵了吗

还是别的什么

女儿

是吧

年轻女人

是啊　可能是太吵了

女儿

（尴尬地用脚在地上划来划去。）

是的

朋友

（对女儿说。）

见到你很高兴

女儿

（对朋友说。）

是吗

（开心地说。）

见到你我也很高兴

朋友

不过我们认识吗

我们以前见过面吗

女儿

我们见过面不是吗

年老女人

（焦急地对女儿说。）

不　不可以

难道你不明白吗

你要小心

你不应该

（短暂静场。）

你不应该和他说话

女儿

（对朋友说。）

是啊

见到你很高兴

朋友

也许

是啊　也许我们认识

也许我们已经认识很久了

女儿

我想是的

朋友

是啊

没错

也许

我们认识

是啊　也许是的

女儿

是的　我想是的

朋友

是啊　我们认识

（静场。）

我希望你一切都好

女儿

很好

谢谢

（静场。）

朋友

你的头发真可爱

又黑又长

女儿

你真这么想

朋友

是的

非常可爱

（静场。）

可我们以前是在哪儿

是啊　是在哪儿见过面呢

女儿

我也不知道

朋友

或者也许我们本来就

认识

也许就是这样

女儿

是啊　也许是的

朋友

我想我们本来就认识

女儿

也许是的

（短暂静场。）

朋友

现在我得走了

女儿

可你还会回来的对吗

朋友

是啊

女儿

你会回来吗

朋友

是啊

是的　我可以再回来

女儿

你保证

朋友

是的

（他开始下场。）

女儿

（跟着他。）

你保证会回来

朋友

是的

（他下，女儿随后下。静场。）

年老男人

她真是个好孩子

年老女人

而且又那么温顺

年老男人

那么美好那么温顺

（短暂静场。）

年老女人

我们一直住在那儿

日子一天天过去了

一年年过去了

（短暂静场。）

后来她就搬出去了

后来我就很少见得到她了

（静场。）

她一定就在这儿

她不能就这么消失了

年老男人

是啊

她就在这儿

她一定还在这儿

（静场。年老女人从年老男人身边走开几步，转过身注视着他。）

年老女人

现在我要走了

（短暂静场。）

你说过你再也不想看见我了

我可以现在就走

（短暂静场。）

你说过你再也不想看见我的脸了

（年轻男人上，他看上去也苍老了一些。他停住脚步，低下头。年轻女人注视着他。）

年老男人

你的脸

我不知道是怎么回事

（短暂静场。）

我受不了再看到它

（短暂静场。）

你的脸

已经不再是你的脸了

你的眼睛

也不再是你的眼睛了

它们

（突然停下来不说了。）

年老女人

它们只是就这样改变了而已

（年轻男人就这么站在那儿，仿佛已完全迷失在自己的思绪里。）

年轻女人

（对年轻男人说。）

你怎么了

年轻男人

不

没什么

（静场。）

年轻女人

那一切正常

年轻男人

是啊

你干吗这么问

年轻女人

你有点儿不对劲

年轻男人

有点儿不对劲

年轻女人

你

（短暂静场。）

好像魂不守舍似的

年轻男人

别傻了

年轻女人

是吗

我只是觉得

是啊　要是有什么事的话

你知道你可以向我倾诉的

就是这样

年轻男人

不　没什么事儿

（静场。）

年轻女人

你肯定

年轻男人

是的

（静场。）

年轻女人

是吗　那我就不问了

年轻男人

没什么事儿

你干吗老是这样问

年轻女人

我不知道

你只是有点儿

太安静了

你什么话都不说

就好像

沉浸在自己的世界里

年轻男人

没什么事儿

你干吗老是这样问

年轻女人

听着　我知道肯定是有什么事儿

年轻男人

不

我告诉你什么事儿也没有

年轻女人

你不再爱我了吗

年轻男人

（有点儿恼怒地说。）

不是的

（静场。）

年轻女人

听着　我知道肯定是有什么事儿

（他从她身边走开两步。）

年轻女人

（冲着他的背影说。）

你要去哪儿

年轻男人

只是出去散会儿步

年轻女人

你就不能留下来吗

你现在已经很少在家了

你非得这样总是出去吗

年轻男人

（转过身说。）

好吧　我可以留在家里

年轻女人

可是

你就不能告诉我

（短暂静场。）

是啊　你到底怎么了

年轻男人

没什么

年轻女人

别骗我

我知道的

到底怎么了

年轻男人

你就不能别再问了吗

（他又走得更远一点儿。）

年轻女人

（跟在他身后。）

你要去哪儿

年轻男人

我要去睡了

年轻女人

你不想跟我一起

待一会儿吗

年轻男人

想

可我累了

年轻女人

你不再想和我在一起了吗

你总是不在家

你不喜欢我吗

你不再爱我了吗

年轻男人

不是因为这个

年轻女人

那

是因为什么

年轻男人

只是因为我累了

我得去睡一会儿

年轻女人

告诉我到底怎么了

年轻男人

没什么

（静场。）

年轻女人

不　一定是有什么

（她拉住他的手臂。）

我感觉得到

告诉我到底是怎么了

她叫什么名字

告诉我

年轻男人

你确定你想知道吗

年轻女人

是的

（她放开他的手臂。静场。）

告诉我她的名字

年轻男人

不是这样的

别傻了

年轻女人

是啊　我明白了

告诉我她的名字就行

年轻男人

不是这样的

年轻女人

别骗我了

我明白了

我不是傻瓜

我都明白了

年轻男人

不

不是这样的

年轻女人

我都明白了

年轻男人

那

好吧

（她看上去好像崩溃了。短暂静场。）

是

（突然停下来不说了。）

是的

是啊　既然现在你已经知道了

我可以去睡了吗

年轻女人

（点点头。）

是的

年轻男人

那好

年轻女人

是的　现在你可以去睡了

不　不要走

（他下场。）

年老女人

（自言自语地说。）

而且

是的　它在发着光

（短暂静场。）

虽已消失

却依然

存在

（对年老男人说。）

真的是这样不是吗

年老男人

是啊

年老女人

一切都消失了

什么也没留下

可依然

是啊

（短暂静场。）

是的　在某种意义上

它依然作为别的东西

存在着

年老男人

它是

（突然停下来不说了。）

年老女人

你不能就这么站在那儿啊

年老男人

是吗

（静场。）

年老女人

我也做不到

就这么

走

（静场。）

年轻女人

（喊道。）

你在哪儿

过来一下

好吗

（她来回踱着步。）

女儿

（自后台。）

什么事

年轻女人

过来一下好吗

女儿

（自后台。）

好的

来了

年轻女人

是吗　你怎么

还不来

女儿

（上。）

我来了

（她停下脚步。）

我刚才正要去

（突然停下来不说了。）

年轻女人

你总是正要去

（短暂静场。）

干点儿什么

过来

女儿

现在我来了

（静场。）

年轻女人

你总是说你就来

然后总也不来

女儿

我来了

（她和年轻女人走向彼此，拥抱了一下，又放开。）

可你怎么了

你在伤心吗

怎么了

年轻女人

没什么

女儿

别傻了

我看得出来

我看得出来肯定是有什么事儿

你很伤心

年轻女人

没什么

女儿

不　告诉我

告诉我怎么了

年轻女人

没什么

（静场。）

你去哪儿了

女儿

我只是出去

散了会儿步

然后就

是啊　就待在房间里

可这你是知道的啊

（静场。）

爸爸到哪儿去了

年轻女人

你出去的时候都干什么了

女儿

我只是去散了会儿步

就是这样

年轻女人

不是的

女儿

是的　就像平常一样

（静场。）

可到底是怎么了

年轻女人

没什么

女儿

那

好吧

（好像有点儿难以启齿。）

爸爸到哪儿去了

爸爸为什么不在

年轻女人

他会回来的

他很快就会回来的

女儿

他出远门了吗

他到哪儿去了

他都离开这么久了

他到哪儿去了

年轻女人

他很快就会回来的

女儿

你为什么不告诉我呢

他到哪儿去了

年轻女人

你应该去写家庭作业了

女儿

我已经写完了

年轻女人

那

很好

（静场。）

女儿

怎么了

你到底怎么了

你为什么伤心

你为什么不告诉我

年轻女人

没什么

（静场。）

女儿

我想我要去睡了

年轻女人

不　不要走

留下来

留在我身边

女儿

我不能就这么待在这儿

反正

你什么都不告诉我

年轻女人

是吗

（对她微笑了。）

是啊　我想我是什么都没告诉你

我想我所做的一切就只是待在这儿

（朋友上。他停下脚步，注视着女儿。）

女儿

可是那

是啊

（注视着朋友。）

年老女人

（对年老男人说。）

为什么

是的

为什么你就只是这么站在那儿

（短暂静场。）

别就只是这么站在那儿啊

这么一动不动

就好像你快要

在那儿生根了似的

别就只是这么站在那儿啊

（年轻男人上。）

年老男人

是吗

（静场。）

年老女人

现在我要走了

可我一定得

（突然停下来不说了。）

女儿

（看到年轻男人正向她走来，就向他飞奔过去。）

嗨

你来了

（静场。）

是啊

你到哪儿去了

你离开了这么久

你到哪儿去了

年轻男人

是吗

（短暂静场。）

哪儿也没去

女儿

求你告诉我吧

你到哪儿去了

（短暂静场。）

你给我带

礼物了吗

带了吗

（短暂静场。）

就像以前那样

当我还小的时候

年轻男人

没有

也许我应该

（突然停下来不说了。）

女儿

可是告诉我

告诉我你到哪儿去了

我一直在等你

年轻男人

不　我

（迟疑了。）

不

我只是

（突然停下来不说了。）

年轻女人

她一直在等你　等啊等啊

女儿

你到哪儿去了

告诉我

你一定得告诉我

年轻女人

你是来拿东西的吗

女儿

（困惑地说。）

东西

拿东西

为什么

朋友

他是来拿东西的

年轻女人

他要搬出去住了

你爸爸要搬出去住了

朋友

他要搬出去住了

女儿

你要搬出去住

不

你是和我开玩笑的

年轻女人

说话啊

应该你自己来告诉她

年轻男人

是的　我

（突然停下来不说了。）

是啊　你妈妈和我

（突然停下来不说了。）

女儿

你不能搬出去住

你要留在这里

和我在一起

和我们在一起

年轻女人

告诉她

告诉她是怎么回事

年轻男人

是的

（短暂静场。）

我要

是的

是啊　我

我

至少是一段时间

是啊　我要自己一个人

住一段时间

你妈妈和我已经

年轻女人

（打断他的话。）

你妈妈和我

告诉她真话

女儿

不

年轻男人

（对女儿说。）

但你可以来看我啊

什么时候都行

只要你愿意

年轻女人

（打断他的话。）

她得跟我一起住

年轻男人

是啊　你应该

这样最好

也许

女儿

不

我们要一起

住在这儿

我们所有的人

朋友

（对女儿说。）

我是你的朋友

年轻女人

这不可能

（短暂静场。）

因为爸爸

是啊　他爱上别人了

女儿

别人

年轻女人

你爸爸不能再和我们一起

住在这儿了

（静场。）

女儿

我可以帮你收拾行李

年轻男人

谢谢你

你真好

那

我们为什么不现在就开始呢

你和我一起

女儿

好吧　开始吧

年轻男人

你真好

你是全世界最美好的

女儿

可是你要搬出去住了

年轻男人

恐怕是的

不过你真好愿意帮我

女儿

我可以帮你整理衬衫

年轻男人

是吗　那太好了

（年轻女人下。朋友跟在她身后走了两步，然后停下脚步注视着她离去。他伫立在那儿，低下了头。）

女儿

还有你的袜子

年轻男人

你真是个好姑娘

你是我最好的朋友

女儿

还有你的书

我想你一定想带上几本书

年轻男人

是啊　要是能带上几本书

那可太好了

女儿

我来把它们装好

年轻男人

可我不需要带这么多东西

因为也许

（突然停下来不说了。）

女儿

（接着他的话说。）

也许你不会离开太久的

年轻男人

也许

（静场。）

女儿

是的　你很快就会

回来的

（短暂静场。）

不过你还是得带上

几本书

几件衣服

还有几样其他的东西

我会帮你的

我会帮你整理行李

（短暂静场。）

你只要告诉我

告诉我你想让我装什么就行了

年轻男人

（突然说。）

听着

女儿

什么

年轻男人

为什么不等等再说呢

反正也不着急

（短暂静场。）

我得走了

女儿

是吗

年轻男人

是啊　该走了

女儿

可你要快点儿回来

朋友

（对女儿说。）

我会在你身边的

年轻男人

好的

（他下。）

女儿

等等

（她紧跟着他下。）

年老女人

（对年老男人说。）

我不想再见到你了

我再也不想见到你了

年老男人

她是多么地

可爱呀

年老女人

现在我们要离开对方了

而且我们永远也

不会再见到对方了

朋友

就这么从彼此的生命中

消失

年老男人

（对年老女人说。）

是啊

（静场。）

它消失了

又回来了

年老女人

（询问地说。）

消失了又回来了

年老男人

我们一定得离开对方

（静场。）

可我是这么地想念她

我总是在

想着她

我会一直想着她

年老女人

她一直都在这儿

朋友

现在她跟我在一起了

年老男人

即使她已经去了

她也依然在这儿

年老女人

她在这儿

（静场。）

而我只有独自一人

（短暂静场。）

我将永远只有独自一人

年老男人

你不需要独自一人

年老女人

我想要独自一人

年老男人

这对你不好

独自一人

年老女人

我想这样

我想要独自一人

年老男人

这对你不好

年老女人

我想要独自一人

既然她已经

（突然停下来不说了。短暂静场。）

她也一样就这么消失了

年老男人

（几乎是在自言自语地说。）

我受不了了

年老女人

你在说什么

年老男人

不

没什么

年老女人

我一定得来

我一定得告诉你

年老男人

是吗

（静场。女儿上，年纪已经大多了。）

年老女人

（对年老男人说。）

现在我要走了

（静场。）

我一定得

是的

是啊　你一定得知道

（突然停下来不说了。）

他们

他们打电话来了

让我去看看

是的　看看是不是她

女儿

（看见了朋友。）

你来了

又见到你很高兴

我常常想起你

朋友

我们认识吗

女儿

（仿佛开玩笑一般说。）

是啊

我们当然认识

我们本来就认识

不是吗

朋友

也许

女儿

现在我们认识了

至少现在我们认识了

朋友

也许

而且也许我们

女儿

（接着他的话说。）

本来就认识

朋友

不过你不应该和我在一起

这对你不好

女儿

为什么不好

朋友

这不好

（短暂静场。）

现在我得走了

女儿

（失望地说。）

为什么

能相遇真好

不是吗

朋友

是的

女儿

我们的确是认识的

你和我

朋友

是啊

不过

（短暂静场。）

你不应该

你绝对不可以

喜欢我

女儿

为什么不可以

朋友

（迟疑着。）

嗯

女儿

（有点儿开心地说。）

在我活着的这些年里

（短暂静场。）

我这么说是什么意思

活着的这些年里

（短暂静场。）

也许是说时间很长吧

朋友

你不了解我

你了解我吗

女儿

我了解你

朋友

也许你的确了解我

女儿

是啊

我一定是了解你的

因为当我躺在那儿的时候

在床上

在我活着的这些年里

（短暂静场。）

那是在晚上

在黑夜里

有时候

你也会躺在那儿

是的　仿佛你也躺在那儿

在我身边

（短暂静场。）

我们就这么躺着

休憩着

我们躺在那儿

安宁地

平静地

几乎是庄严地

我们就这么躺着

朋友

你不了解我

这不是我

女儿

而那是多么地

宁静

宁静的休憩

就像坐在那儿望着大海

就这么坐在那儿

望着大海

我们如此宁静地

躺在那儿

在彼此身边

在床上

这就是在黑夜里

当我躺在那儿的时候

所想着的事情

朋友

你不应该喜欢我

女儿

是吗

（短暂静场。）

难道你不喜欢我吗

朋友

喜欢

女儿

你能感觉到我躺在你身边吗

朋友

是的

（惊讶地问。）

只是这样就可以吗

女儿

在我活着的这些年里

我这么说到底是什么意思呢

朋友

我们甚至不认识对方

女儿

我们是如此靠近

又是如此远离

彼此

朋友

我们是如此远离

又是如此靠近

是啊　就是这样

（年轻女人上。）

女儿

是啊

朋友

而这其中荡漾着一种宁静

一种莫大的宁静

不是吗

女儿

是的

朋友

你是个善良的好姑娘

女儿

知道你就躺在我身边

真好

你一直都在那儿

就这么躺在那儿

年老女人

（对女儿说。）

你千万不能这样

这很危险

难道你不明白吗

女儿

（对朋友说。）

我还想告诉你

我不想了解你

你也不想了解我

可是

（突然停下来不说了。）

朋友

你真可爱

女儿

我不想要不和谐

我想要和谐

年老女人

（对女儿说。）

你千万不能这样

求求你别听他的

你千万得小心

朋友

也许我是

是啊

喜欢

你的

（短暂静场。）

也许吧

不管怎么说

女儿

因为我也需要有人在我身边啊

每个人都有自己不为人知的

幻想中的宁静

当他们休憩的时候

就这么在彼此的怀中

休憩的时候

（静场。）

可我想要独自一人

永远只有独自一人

年老女人

（对女儿说。）

你千万不能这样

难道你不明白吗

女儿

（对朋友说。）

我们只在对彼此的爱中存在着

（短暂静场。）

可我无法永远只活在这份爱中

这是不可能的

（年轻男人上，注视着年轻女人。她转开了头。）

朋友

这是可能的

一切都是可能的

女儿

这是不可能的

我不敢

我做不到

这不是我

（短暂静场。）

可是能躺在你怀里真好

当你甚至都感觉不到的时候

当你就这么躺在如此远离我的地方的

时候

不管那时候你是谁

那一刻你是多么美好

多么宁静

当你就像大海一般

让我可以想念

可以注视

那一刻你是多么美好

当你远离我的时候

（短暂静场。）

而与此同时却又如此地靠近

朋友

也许我是在想念你

年轻男人

（向年轻女人走过去。）

我们得谈谈

（短暂静场。）

她不想再和你住在一起了

年轻女人

是啊

她说她想搬出去

自己一个人住

年轻男人

她当然可以这样做

（短暂静场。）

可她还这么小

年轻女人

我阻止不了她

她有权做自己想做的事

（短暂静场。）

可是

是的

是啊　我不太明白

她

（突然停下来不说了。）

年轻男人

你想说什么

年轻女人

我只是想说

是啊　她是这么孤单

她一个朋友也没有

至少我觉得她没有

不管怎么说

一个朋友也没有

没有女性朋友

也没有男性朋友

一个也没有

年轻男人

她总是活在自己的世界里

年轻女人

她实在是太羞怯了

或者是其他什么原因

年轻男人

可是那么

如果她自己一个人住的话

她不是会更孤单吗

不是吗

年轻女人

我阻止不了她

如果她想这样做的话我也阻止不了她

年轻男人

是啊　的确如此

（静场。）

女儿

（向年轻男人和年轻女人走去。）

你们站在那儿说话呢

我看到了

年轻男人

是吗

好像是这样

（短暂静场。）

是啊　你确定

你想自己一个人住吗

女儿

是的

是啊　我已经决定了

年轻男人

那你找到住的地方了吗

女儿

是的

（静场。）

年轻女人

是吗　如果你已经决定了

那我也没什么好说的了

（短暂静场。）

不过如果你愿意跟我住的话

欢迎你

继续留在这儿

年轻男人

是啊

你也可以跟我一起住

如果你愿意的话

女儿

跟你还有那个女人一起住

不　我不想这样

我受不了

年轻男人

可如果你愿意的话

你可以这样做

女儿

不　我想

我想自己一个人住

年轻女人

是吗　这样也好

女儿

是的　我想这样做

（静场。她从他们身边走开，看到了朋友。）

女儿

又见到你很高兴

朋友

是吗

女儿

我一直在想念你

朋友

你不应该想念我

女儿

依偎在你怀里真好

那么宁静

你就像

大海一般宁静

是啊　你就是这样

朋友

也许吧

女儿

是的　而且很多时候

（短暂静场。）

是啊　就好像我的心

在围绕着你飞翔

或者是

是啊　就好像

（短暂静场。）

好像我的心变得

丰盈起来

而在这丰盈的中心

就是你

或者也许不是你

当然了

可那依然是你

你就在那里

（短暂静场。她和朋友走向彼此。）

那你呢

你是怎么感觉的

朋友

你不应该想念我

女儿

你不是这样感觉的

（静场。）

跟我说点儿什么吧

朋友

我不知道该说什么

女儿

说什么都行

朋友

我没什么可说的

（他开始从她身边走开。女儿继续对他说着话，他转过身，注视着她。）

女儿

不

不要走

（他停下脚步，她对他微笑着。这微笑仿佛是在说他们终于都不得不承认了，仿佛他们终于心意相通了，仿佛就这么心有灵犀一点通了。）

可是

（突然停下来不说了。）

那我来问你吧

告诉我你的名字

朋友

（迷惑地说。）

告诉你我的名字

女儿

是的

是啊　告诉我你的名字

（短暂静场。）

朋友

我不知道该说什么

（他开始从她身边走开，又转身注视着她。）

是啊

那

我走了

女儿

（跟在他身后。）

不　听我说

（他停下脚步，他们就这么站在那儿注视着彼此。然后他们开始从彼此身边走开，他再次转身注视着她。）

你为什么离我那么远

朋友

我不得不离你这么远

而且我要走了

女儿

不　不要走

朋友

而且我们再也不可以

（突然停下来不说了。静场。）

因为爱总是躲着我们

女儿

是啊　它总是躲着我们

然后突如其来地

又重新出现了

朋友

是啊

（静场。）

朋友

现在我得走了

女儿

（失望地说。）

不　不要走

（静场。）

我很害怕

朋友

别害怕

女儿

我真的不明白

朋友

我得走了

女儿

不

不要消失不见

朋友

我得走了

女儿

不　不要走

年老女人

（对女儿说。）

你千万不能这样

朋友

我想最好

（突然停下来不说了。）

年老女人

（对女儿说。）

你一定要小心啊

难道你不明白吗

你千万不能这样

求求你别这么做

朋友

（对女儿说。）

也许我该走了

女儿

我已经开始想念你了

（静场。她游目四顾，然后向年老女人走去。）

年老女人

（对女儿说。）

真是个惊喜

你能来看看真好

你都很久没

（短暂静场。）

不过我想你一定很忙吧

我已经那么久

没见到你了

你还好吗

女儿

很好　谢谢

年老女人

很好

那很好

女儿

是啊

一切都很好

年老女人

我已经那么久没见到你了

听我说

是的

也许你可以

是啊

偶尔

来看看我

来看看你的老母亲

是啊　那该多好

你知道我

女儿

（打断她的话。）

是吗

我想我应该来看看

就待一会儿

就是来

问个好

（短暂静场。）

是啊　我时间不多

我马上就得走

年老女人

你现在就要走了吗

你才刚来

你就不能

（突然停下来不说了。）

能见到你真好

而且

是啊

女儿

是的

我只是想我应该来看看

就是这样

可我马上

就得走了

年老女人

是吗

是啊　那就

好好照顾自己吧

我们很快就能再见面

我希望

（短暂静场。）

可是听我说

我已经那么久没见到你了

又见到你真是太好了

（她和女儿从彼此身边走开。

冲她喊道。）

不　不要走

你千万不能这样

（朋友上，向女儿走去。他们停下脚步，她注视着他，

然后又把目光转开了。）

女儿

他就在那里

当时我不认识他

（短暂静场。）

可是然后他就向我走过来

站在我的面前了

他向我走过来

从很远的地方

向我走过来走过来

他来了

他的头发

他的头发上带着雨珠

（短暂静场。）

还有他眼中的光芒

（短暂静场。）

越来越近

他走过来了

而我无法

（突然停下来不说了。）

然后他就站在我的面前了

朋友

你一定不可以与我相遇

不能这样

一定不可以

（女儿注视着年老男人，然后她向他走去。）

年老男人

（对女儿说。）

是啊　你好

这真是太好了

我已经这么久没见到你了

（极短的静场。）

你能来看看真好

女儿

我想我应该

来看看

年老男人

你还好吗

女儿

很好　谢谢

一切都很好

年老男人

那太好了

（短暂静场。）

这真是太好了

（短暂静场。）

那

一切都很好

女儿

（有点儿迟疑地说。）

是的

（静场。）

年老男人

是的　我很高兴你来了

真的很高兴

女儿

是吗

我想我应该来看看

年老男人

你可

真好

（静场。）

那

你还好吗

女儿

还好

年老男人

那太好了

因为你知道

是啊　我在担心你

你知道

是的

当然我经常想着你

因为年轻

是啊　年轻真的

不容易

女儿

我已经不怎么年轻了

年老男人

是啊　不怎么年轻了

女儿

是的　我不可能还年轻

（有点儿揶揄地说。）

尤其是当我看着自己的爸爸

看到他有多老的时候

年老男人

是吗　老啦

不过还没老到

（突然停下来不说了。）

女儿

你的意思是说

还没老到

还没老到不能给自己找一个

新女朋友的地步

年老男人

是啊

（试着假装没听见这话。）

是啊　那

（静场。）

女儿

你们经常见面吗

年老男人

是的　我们

（想告诉她点儿什么，却又迟疑了。）

是的　我们

我们

是啊

（短暂静场。）

是的

我们正在考虑

也许我们应该

是啊　也许我们应该搬到一起住

女儿

可你不打算跟她结婚对吗

年老男人

（迟疑地说。）

是的

女儿

再结第三次婚

（短暂静场。）

第一次是我妈妈

（短暂静场。）

然后是那个女人

年老男人

你从来就没喜欢过她

女儿

是的

（静场。）

现在是第三个了

（静场。）

你要跟她结婚吗

年老男人

是啊　我们可能最终

会结婚的

女儿

你要搬到她那儿

去住吗

年老男人

可能会

我们还要再看看

当然了

什么也没最终决定

我想住在这儿

跟你住在一个镇上

女儿

是吗

（静场。）

可是

是的

（短暂静场。然后很快地说。）

是啊　我该走了

年老男人

你有事儿

女儿

我约了人

年老男人

今天晚上　现在

女儿

是的

是啊　我只是想来看看

问个好

我是碰巧

到镇这头来的

年老男人

是吗

我明白了

（短暂静场。）

是啊　你能来看看真好

我已经那么久没见到你了

要早点儿再来啊

女儿

我会的

年老男人

是吗

（静场。）

一定要早点儿再来啊

女儿

她很快就要来了吗

你的女朋友

年老男人

是的

（短暂静场。）

是啊　现在她跟我住在一起

刚出去买东西了

女儿

她不想见到我

年老男人

不　不是这样的

（短暂静场。）

要是你能再待一会儿的话

你们就能见到对方了

（短暂静场。）

可事情也没这么

简单

她觉得

也许

是啊　也许这事儿还可以等一等

反正也不着急

女儿

是吗

（短暂静场。）

我想我还是

（突然停下来不说了。）

年老男人

或者你们可以以后再见面

这样也许

更好

不过

你当然可以留下来

你们

当然也该见见面了

女儿

我约了人

年老男人

你要走了

女儿

是的

（静场。）

年老男人

我明白了

那

（突然停下来不说了。）

女儿

什么

年老男人

不　没什么

（女儿转身离去。他跟在她身后。）

听我说

我一直在想

当你小的时候

有没有什么是你

是你比别的事情都记得

更清楚的

是你一直都忘不了的

（她继续往外走。）

是啊

（短暂静场。）

是一直没有消失

一直都在你心里的

是已经变成了你的一部分

已经变成了你生命的一部分的

（她依然没有转回身。）

是的　某种美好的东西

让你内心充满了

欢乐

或者如果不是

这样的话

至少是某种

是啊　某种让你开心的东西

让生命值得去活着的东西

是某种

（突然停下来不说了。）

你为什么不再留一会儿呢

你现在就要走了吗

你才刚来

你为什么不留下来呢

就一会儿

不要马上走

我们就不能在一起待一会儿吗

（他转过身，向朋友看去。然后他羞怯地低下了头。）

女儿

不

（她转身背对着年老男人。长长的静场。）

而他就这么向我走过来

头发上带着雨珠

有一个黑夜

他就这么向我走过来

（短暂静场。）

他走过来

带着光芒

（短暂静场。）

他走过来

带着只属于他的

音乐

还有他头发上的雨珠

会永远停留在那里

在雨中的他的头发

有一个黑夜

就在那里

就在那一刻

年老女人

她在黑夜中走着

在雨中

在风中

女儿

很多东西都变了

消逝了

变成了别的什么

可有一样东西永远也不会改变

那就是他头发上的雨珠

就在那个黑夜

就在那里

就在那一刻

（短暂静场。年老男人和年老女人注视着彼此。他们一动不动地站在那儿，然后低下了头。）

他就这么向我走过来

挥着手

年老女人

她一定是到港口去了

沿着堤岸走着

女儿

因为他那带着雨珠的头发

就在那里

（短暂静场。）

仿佛是来自天堂的光芒

（短暂静场。）

因为爱情就像是死亡

他挥手的样子

也永远都在那里

他的头发带着雨珠

就在那个下雨的夜晚

（朋友向她伸出双臂。她向他走去，他将她拥入怀中。他们就这么站在那儿拥抱着彼此。然后他们放开对方，她从他身边走开。而他就这么站在那儿，目光追随着她。）

年老女人

她沿着堤岸走着

在雨中在风中

在黑暗中

在伸手不见五指的黑暗中

女儿

我明白了

（短暂静场。）

一切都归于宁静

没有什么比痛苦

更明澈

就像他头发上的雨珠

年老女人

她一直沿着堤岸走着

在黑暗中

独自一人

在黑夜中

女儿

从遥远的那方

他向着我走过来

带着他独有的光芒

（长长的静场。她和朋友从彼此身边走开。）

在那里

在那光芒万丈的沉睡里

在那黑暗里

在那光芒万丈的黑暗里

我们找到了

（短暂静场。）

我们找到了无限的欢愉

永恒的沉睡的欢愉

年老女人

她在黑夜中走着

沿着堤岸

在黑暗中

在风中

她独自一人走着

在雨中

朋友

（对女儿说。）

我可以到你身边来

年老男人

（对女儿说。）

你为什么不到我身边来呢

和我在一起

向我倾诉

年老女人

（对女儿说。）

到我身边来吧

如果你愿意的话

你可以跟我一起住

我在这里

我需要你

年老男人

（对女儿说。）

有任何

我能帮你的事吗

我能为你做些什么吗

（短暂静场。）

来吧

向我倾诉

到我身边来

年老女人

（对女儿说。）

到我身边来吧

求求你

我是多么爱你呀

朋友

（对女儿说。）

我可以到你身边来

我就在你身边

我们应该在一起

女儿

我一定要独自一人

年老女人

（对女儿说。）

你一定要到我身边来

向我倾诉

女儿

（对朋友说。）

可我想念你

（朋友向她走去，她恐惧地注视着他。）

朋友

你千万不能这样

女儿

你

又一次

来到我的心中

你就在那里

年老女人

在那个黑暗的夜晚

她沿着堤岸走着

独自一人

在黑暗中

朋友

你千万不要来

年老女人

而海浪

一遍又一遍地拍打着堤岸

（女儿和朋友注视着彼此，然后他们都低下了头。）

女儿

你将永远站在那里

在雨中

你的头发上带着雨珠

你的手在挥着

（静场。）

而这一切是如此地令人恐惧

这一切是如此

巨大的一片虚无

朋友

可生命就是如此

我们无法选择

我们就是彼此

我们一起站在雨中

年老女人

她沿着堤岸走着

独自一人

在黑夜中

女儿

可生命就是如此

我们就在那里

我们一起站在

雨中

朋友

我们始终都站在那里

而我们又从未站在那里

那是多么美好

又多么痛苦

女儿

（点点头。）

是的

（静场。）

为什么会是这样

朋友

也许

生命就是如此

（长长的静场。）

一切都早已消逝

而一切又都刚刚发生

我们做什么

不做什么

都无关紧要

女儿

因为你的头发上

带着雨珠

而我们将永不分离

生命就是如此

（短暂静场。）

而你的手

在向我挥着

从遥远的那方

抛弃了所有的孤寂

我走到堤岸边缘

我站在那儿

望着大海

直到你的手

降落到我的身上

几乎难以察觉地

抚摸着我的头发

就仿佛那黑暗的夜晚

你的手抚摸着我的头发

年老女人

然后

是的

是啊　然后就再也没有人知道发生了些什么了

女儿

你的手从未抚摸过我的头发

然而它又那么多次地

抚摸过

我感觉到你的手在我的头发上

我就这么站在堤岸的边缘

我看到了你的手

我看到了你的手

我看到黑暗的天空

和雨

那就是你的手

（朋友向她伸出手，而她就这么站在那儿，依然远离着他。他看看自己的手，然后又看看她。然后他们向彼此走去，伸出双臂，就这么站在那儿，紧握着彼此的双手。他们的手指彼此抚摸着，那是他们在用手指向彼此诉说着心声。然后，他们拥抱了。他们就这么站在那儿拥抱着彼此，紧紧地，宁静地。他们放开彼此。然后又拥抱了，吻着彼此。长长的静场。）

年老女人

他们是在早晨发现她的

漂在海上

（短暂静场。）

她就这么漂在海上

（长长的静场。）

年轻男人

（对年轻女人说。）

我们会有办法的

一切都会好起来的

你就看着吧

（静场。）

年轻女人

是吗

（静场。）

朋友

我将永远不再回来

我一定会再回来

（静场。）

年老男人

（对年老女人说。）

现在你该走了

我不想看见你

我再也不想看见你了

（长长的静场。）

女儿

（自远方说。）

我不该这样做

我想活着

我想看到大海

我想看到大海中的波涛

我想走在雨中

在风中

在黑暗中

我想跟你在一起

我不想这样做

可一切都是这么黑暗

这么潮湿

他是如此地黑暗潮湿

而又光芒万丈

（短暂静场。）

然后还有水

还有波涛

波涛在咆哮着

（短暂静场。）

咆哮着

而他是如此美好

如此宁静

就像爱情般美好的宁静

就像大海般安详的宁静

而天空

就是他的手

（短暂静场。）

可我不想这样做

年老女人

（对年老男人说。）

我要走了

年老男人

我受不了

再看见你的脸

女儿

我后悔了

我想回来

我想再次独自一人

我不应该

（突然停下来不说了。）

（暗场。）

译者注：

2009 年 12 月 31 日　初稿

2014 年　初版修订

2020 年 11 月 19 日　演出稿

2021 年 2 月 22 日　再稿

2021 年 7 月 10 日　小暑初至，蝉声渺渺

2024 年　再版修订

图书在版编目（CIP）数据

死亡变奏曲 /（挪威）约恩·福瑟著；邹鲁路译.
—南京：译林出版社，2024.5
（有人将至：约恩·福瑟戏剧选；VII）
ISBN 978-7-5753-0087-2

I.①死… II.①约… ②邹… III.①剧本—挪威—
现代 IV.①I533.35

中国国家版本馆 CIP 数据核字（2024）第 053282 号

著作权合同登记号　图字：10-2024-120 号

Cover Portrait © Tom Gundersen

有人将至：约恩·福瑟戏剧选 VII
死亡变奏曲 ［挪威］约恩·福瑟 / 著　邹鲁路 / 译

策　　划　袁　楠
责任编辑　张　睿
装帧设计　韦　枫
校　　对　戴小娥
责任印制　闻媛媛

出版发行　译林出版社
地　　址　南京市湖南路 1 号 A 楼
邮　　箱　yilin@yilin.com
网　　址　www.yilin.com
市场热线　025-86633278
排　　版　南京新华丰制版有限公司
印　　刷　南京爱德印刷有限公司
开　　本　787 毫米 × 1092 毫米　1/32
印　　张　6.625
插　　页　4
版　　次　2024 年 5 月第 1 版
印　　次　2024 年 5 月第 1 次印刷
书　　号　ISBN 978-7-5753-0087-2
定　　价　298.00 元（全九册）

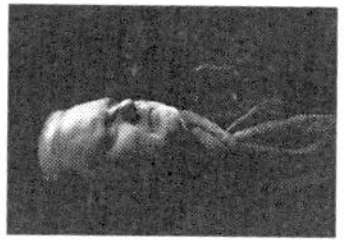

Jon Fosse

有人将至：

约恩·福瑟戏剧选

秋之梦

Draum om hausten

[挪威]约恩·福瑟 著
邹鲁路 译

译林出版社

Draum om hausten

德国《今日戏剧》最佳外国剧作家奖（2002）。《今日戏剧》是欧洲最权威的戏剧艺术杂志之一。——译者注

人物

男人

女人

母亲

父亲

格蕾

广阔的教堂墓园中的一隅。晚秋。雨才住。黑色的树们。有些叶子还残留在树上，有些已经落了。一条砾石小径。一条油漆已经剥落的、饱经风霜的长凳。**男人**沿着砾石小径走来，继而踏下小径走向一块墓碑。他读着墓碑上镌刻的文字，伫立在那里注视了一会儿，然后走向另一块墓碑，读着碑文，也伫立了一会儿。然后他走回小径，一直走到长凳前坐了下来。他抬起头，脸上泪痕依稀。他把外套裹紧了些，低头注视着湿漉漉的石子。他站起身，张开嘴，似乎想要说些什么，却又旋即无言了。他就这么僵直地站了一会儿，然后紧紧闭上嘴唇和双眼，一阵痛苦的表情掠过他的脸庞。他睁开双眼，冷冷斜睨着这世界。与此同时，**女人**上。她看见了他，却不想让他看见她。她站在那儿，进退维谷，犹豫不决。而他其实几乎都没有注意到她。她低下了头。他回转身在长凳上坐下，有点儿为自己刚才的举动而害臊，又有点儿为了被人打扰而烦恼。然后他仔细地看了看她，认出了她是谁。

男人

（带着真诚的讶异。）

真的是你吗

女人

（羞怯地。）

是啊

好像是我

（她低下头，用一只脚踢着碎石子。）

男人

（站起身来，注视着她。）

你居然会在这儿

我居然会碰见你

在这儿

这时候

我真不敢相信

（她依然低着头站在那儿。）

这太好了

我们已经很久

没见面了

女人

（矜持地说。）

是啊

（长长的静场。）

男人

我不知道你

到镇上来了

女人

（轻笑着。）

我只是顺道来的

男人

这太好了

女人

只待几天

男人

是吗　真没想到

女人

是啊

（短暂静场。）

男人

真奇怪

我们会是

这样见面的

是啊

在教堂的墓地里

我的意思是说

因为我们从来没

（突然停下来不说了，低下了头。他们两人都低着头站在那儿。静场。）

女人

（抬起头注视他，轻笑着。）

是啊　可我们就这样见面了

男人

（轻笑着。）

真奇怪

（他低头看看长凳。）

我只是坐在这儿

我

你看见了

就我一个人

在黑色的秋天里

女人

坐在这儿想着

男人

想啊想啊

我只是坐在这儿哀悼

也许

女人

你是在感受这一切

男人

（突兀地说。）

是的　我想是的

（长长的静场。他在长凳的一头坐了下来，注视着依然低头站在那里的她。她又开始用一只脚小心翼翼地踢着碎石子。）

你为什么不坐下呢

就一会儿

你有时间吗

（赶紧又说。）

或者也许你没时间

也许你还有事儿

也许你在赶时间

不管怎么说又见到你真好

我都这么久

没见到你了

真没想到

突然你就出现了

我本来就只是一个人坐在这儿

怎么想得到

突然

你就出现了

女人

我坐一会儿吧

（她走过来在长凳的另一头坐下。他们羞怯地彼此对视了一眼，然后又都低下了头。静场。）

男人

（羞怯地注视着她。）

真没想到

女人

是啊

其实我到镇上来的路上

还想到过你呢

不过

（突然停下来不说了。短暂静场。）

因为我们一直都

没怎么

联系

我们都这么久

没见面了

（静场。）

你也经常

这么游荡吗

（轻笑着。）

在教堂的墓地里

（短暂静场。）

夏天的时候

会有很多人来

但是现在

是秋天

人很少

这么黑

又下着雨

男人

是啊　现在几乎没什么人

是秋天

又下着雨

女人

（注视着他，微笑了。）

你知道

（拖着长音说，低下了头。）

你知道

（拖着长音说，注视着他。）

你知道

我到镇上来的时候

昨天

在飞机上

有一个

是啊　有一个小孩儿说

就在飞机上

在我们高高地飞在天上的时候

“我们看不到鸟了”

这话可真奇怪你不觉得吗

（他点点头。

她赶紧又说。）

还有一次

我正跟一个小女孩儿说话

她大概才两岁

她给我看她的洋娃娃

我说这洋娃娃真好看

我问她洋娃娃叫什么名字

她说洋娃娃叫艾米丽

我说这名字真好听

你知道她说什么吗

她说所有好听的名字都是悲伤的

（她边说边深深地低下了头。然后她又抬起头，歪头看看他，正好他也很快地瞥了她一眼。然后，他们对彼此微笑了。）

男人

说得真好

（短暂静场。）

女人

他们话真多

小孩子们

他们总是能

轻而易举地

说出真相

（静场。）

男人

你还没有孩子

（**女人**摇摇头，低下了头。）

你还是一个人住吗

（她点点头。）

女人

那你还是跟

你太太

和儿子一起住

男人

是的

（静场。他们彼此对视了一眼，又都低下了头。）

女人

可你为什么坐在这儿呢

男人

我就只是坐在这儿而已

女人

你经常来这儿吗

男人

也不那么经常

其实很少

只是偶尔来

女人

你不是住得离这儿

很远吗

男人

是有点儿远

不过也还好

（静场。）

你是路过

还是特意到这儿来的

女人

我只是想散散步

走着走着就走到这儿来了

男人

是吗

（短暂静场。）

我想有时候是会这样

我也是

女人

那你不是经常到这儿来了

男人

有时候会来

因为这地方我以前来过

不过也不经常来

女人

真奇怪不是吗

我们会在这儿见面

（他点点头。静场。）

男人

你还好吗

女人

很好　谢谢

男人

我是说真的

女人

还好

我还好

一切都还好

（带着点儿绝望说。）

我不知道

你呢

男人

一切都还好

（**女人**坐立不安，似乎想站起来。

男人略显焦急地问。）

你要走了吗

女人

不　不是

男人

你没别的事儿

（她摇摇头。）

女人

（注视着他。）

你知道

男人

（期盼地说。）

什么

女人

不　没什么

男人

告诉我

女人

你知道

我在想什么吗

我在想也许我来到这儿

来到这个墓地

就是为了来与你相遇的

我的意思是说

也许就是如此

（他们注视着彼此，不由自主地相互吸引，却又竭力压抑着。终于，他们敞开心扉对彼此微笑了，却又旋即变回原来那个羞怯的自己。）

也许

那

你是为什么到这儿来的呢

男人

也许就是为了与你相遇的

也许就是如此

（他轻笑着，注视着她。）

谁知道呢

（突然停下来不说了。）

我不知道

（真诚地注视着她说。）

也许这就是为什么

我

（他注视着她。）

我其实还想到了你呢

到这儿来之前

真的

可是

（低下了头。）

以前

我也来过

你却没有来

女人

（有点开心地问。）

真的吗

男人

（拖长着声音说。）

真的

（两个人都低下了头，然后稍稍侧头避开对方，躲藏在自己小小的秘密世界里。

然后他注视着她说。）

你来之前觉得我可能会在这儿吗

（她摇摇头。）

没有

（她再次摇摇头。）

女人

或者

也许　是的

我想从某种程度上说是的

我没有想得

那么清楚

不过

从某种程度上说

我想我是

（轻笑着。）

不管怎么说

是的　想去一个我知道你可能会在的地方

男人

但是你没想到

我真的会在这儿

女人

没有

男人

我也

一样

偶尔

不是经常如此

可是偶尔

我会想你

真的

女人

我也

想你

（静场。突然他向她伸出手，她也向他伸出手。他们快速而轻柔地爱抚了一下彼此的手指，旋即又都把手收了回去。他们就这么心事重重地低头坐在那里。**男人**站起身来，转身背对着她，环视着四周的墓碑。然后他走到先前看过的一块墓碑前，站在那儿注视着它。她注视着他说。）

你在看

墓碑上写的字吗

男人

（转身向着她，有点儿犹疑地说。）

是啊

（短暂静场。）

每个来

墓地的人都会看

不是吗

女人

我正想

这么说呢

我想每个人都会看

反正我会

（**男人**点点头。她站起身来，注视着他。）

也许这就是为什么

要有墓碑吧

也许

这样我们就可以走走看看

它们上面都写了些什么

想想那些去世了的人

都是什么样

男人

我想墓碑是为了

让上帝

记住是谁躺在那儿

女人

你知道

（他注视着她。他们向彼此走近些。）

你知道

是啊　所有那些死去的人们

是的　那些数不尽的

死去的人们

（她注视着他。）

你知道

是啊　每当我去到一座城市

每当我站在高处眺望着整座城市

是啊

每当我看着一幢又一幢的房子

我想着那些正生活在房子里的人们

那些正在那里生活着

在那里工作着的人们

是啊　也许再过几年

他们就都不复存在了

很快他们就都会消失了

然后就会有新的人们来生活在那里

在那些房子里

在那些街道上

一点一点地所有的人都会被其他的人

所取代

所有的人都会被取代

我就是这么想的

想想看

一个世纪以前

也许甚至还没那么久

那时候是完全不一样的人们

生活在这座城市里

走在那些街道上

可城市始终在那儿

房子们也始终在那儿

男人

是啊

这就是为什么

我想

我这么的

喜欢老房子

从某种程度上说

不管怎样

它们都在呵护着那些曾经在这里生活过

而此刻已不复存在的人们

（注视着她，笑着说。）

生活就是如此

（急促地说。）

你知道我

以前有过几幢老房子

女人

（询问地说。）

是吗

男人

是啊

可是我不会打理

我跟我的这些老房子相处得

不太好

我没把它们打理好

所以我就搬家了

把它们卖了

女人

是你把它们卖了

男人

是的

好吧　是我和太太一起把它们卖了

（静场。）

女人

（穿过舞台走到他身边，也读了读他面前墓碑上的文字。注视着他说。）

多尔特·冯·奥伯斯特菲尔德

1876—1903

（他走到下一块墓碑前，她跟过去，念道。）

克努特·耶尔默兰

1959—1982

（他们彼此对视，然后低下了头。她注视着他说。）

你认识他吗

（他摇摇头。）

躺在这墓地里的人们

有你认识的吗

男人

是的

女人

（询问地说。）

有好几个

男人

是的

（短暂静场。）

是啊　有好几个

可是

（突然停下来不说了。）

女人

不想说就不要说

（他摇摇头。她走到他身边，把双手插到他的臂弯下。

他们对彼此微笑了。）

男人

（几乎是开玩笑地说。）

我们应该找个地方

单独待会儿吗

女人

（佯作讶异，轻笑着说。）

单独待会儿

是啊

也许

可以去我酒店房间

很荣幸

（他们彼此注视着，微笑着。静场。她斜睨着他说。）

是啊　也许可以

男人

啊

我怎么能说这种话呢

女人

（抬起头注视着他，有点儿开心地。

带着点儿挑逗的意味说。）

那你想去吗

（静场。）

男人

是的　也许是的

女人

不　说真的

男人

（带着点儿挑逗的意味说。）

我一直都想的

不是吗

女人

那你那时候

为什么没告诉过我

以前

我是说

男人

我怎么能说这种话呢

不是吗

女人

可是现在你想吗

（她把手臂抽了回来。）

男人

（真诚地说。）

我想你

经常想你

真的

女人

是吗

（短暂静场。）

你知道

是啊　我真的想过

也许会遇见你

当我出门的时候

真的

我非常清楚地

这么想过

我知道我会遇见你的

真奇妙不是吗

（男人点点头。）

太奇妙了

男人

我可以告诉你一个秘密吗

（他直视着她的眼睛，她点点头。）

当我站在那儿看着那些墓碑的时候

你来之前

就是那块写着

什么

冯·奥伯斯特菲尔德的

那时我在想你

真是太奇妙了

我就这么站在那儿想念着你

（饱含激情地说。）

我们已经很久很久

没有见面了

然后我们就在这里相遇了

在这黑色的秋天里

在教堂的墓地里

而刚刚我才

站在那儿想着你

思念着你

（女人从他身边走开一点儿，又停下了脚步。）

很多时候

在黑夜里

当我躺在床上

或者沙发上的时候

我感觉得到你就在那儿

这听上去像是疯了

可是真的是这样

也许

不是经常如此

不是此刻

可是有时候

真的好像你就躺在我的身边

而我紧紧地拥抱着你

是真的

我常常会想

你是不是也感觉得到

好像就躺在我的身边

我的意思是说

（她点点头。）

你也一样

女人

是的

（静场。）

男人

（向她走近一点儿。）

但这很可能只是感觉吧

是我们幻想出来的

如果我们

（注视着她。）

你和我

真的在一起了

这一切也就消失了

剩下的只有

烦恼和争吵

几年以后

我们也就不会再在一起了

我们会渐行渐远

不管怎么说

我们　也像其他人一样

生活就是

如此

女人

也许是的

男人

是啊

女人

（有点儿悲伤地说。）

生活就是

如此

的确如此

男人

也许是的

女人

我可以摸摸你吗

（他点点头。她走过来，小心翼翼地触摸着他的手。

他们注视着彼此。）

真好

真的

（他点点头。）

我仿佛感到一种冲动

从身体里流过

男人

我也是

（她继续小心翼翼地爱抚着他的手。）

可是我想我们不能

（突然停下来不说了。她把手拿开。他伸出手去拉住了她的手，就这么握着她的手站在那儿。）

可是

（短暂静场。）

我想我们不能

而且很快我们还会

想要

和对方上床

这很重要吗

上床

女人

从某种程度上说

是的

男人

我可以跟任何人上床

我

可以只是为了性而上床

女人

可那不一样

男人

是啊　当然不一样

女人

因为爱的确是存在的

男人

（几乎是绝望地说。）

也许是的

（短暂静场。）

可是爱

从某种程度上说

只关注

自身

爱里没有悲悯

没有

所以

我不知道我是不是想去爱

我想我抗拒爱

爱

会让父亲抛弃孩子

我抗拒它

女人

（游目四顾。他们此时依然握着彼此的手站在那儿。）

而我们终将死去　不是吗

（他们拥抱了，小心翼翼地把彼此紧拥在怀里，越来越紧。他们就这么站了一会儿。然后他们放开彼此，拉开一点距离。他注视着她。）

我没有孩子

我没有丈夫

我只有孤单一人

男人

你知道我

（突然停下来不说了。）

女人

（羞怯地看着他。）

我们一定要在一起

我们都深知这一点

很久很久了

一定不可以让时光虚度

我们已经彼此想念很久了

可我们谁也不敢

承认

（静场。她无法压抑自己，继续说下去。）

这太危险了

也许

可我们的感觉是一样的

我也经常

觉得

好像你就躺在我的身边

或者我就躺在你的身边

即使当时你并不在那里

你也依然在那里

我感觉得到你

我知道你就在那里

所以

真的是这样

真的

男人

也许是的

（他走过去在长凳上坐了下来。**女人**在原地伫立了一会儿，然后沿着砾石小径开始走远。静场。他坐在那里低头注视着地面，然后抬起头注视着她说。）

突然之间我觉得如此空虚

好像对一切都厌倦了

那么空虚

那么麻木

这就是我的感觉

（静场。她开始在砾石小径上徘徊。）

女人

（回转身对他说。）

可是刚才你就这么坐在这儿

哭泣着

我看见了

我看见你在哭泣

独自一人

男人

这什么也说明不了

生活就是如此

这又有什么好担心的呢

（他站起身来，向她走过去。）

我想告诉你

我无法

（咄咄逼人地。）

承受

这些感觉

感觉

感觉

他妈的感觉

我痛恨感觉

女人

而且当然你还有

家庭

妻子

孩子

男人

是的　是啊

女人

所以你就坐在这儿

哭泣

独自一人

男人

（无奈地。）

不

（短暂静场。）

不　我没有坐在这儿哭泣

女人

（自顾自继续说道。）

你和你所谓的

爱

坐在这儿哭泣

男人

我和我所谓的

爱

坐在这儿哭泣

是啊　的确如此

（短暂静场。

嘲讽地说。）

爱与死

唯有爱与死

女人

所以生活会继续

那些城市里的房子和街道

可能会挤满了人

人们可能会死去

带着恐惧痛苦和绝望

人们可能会

紧紧依偎

带着恐惧痛苦和欢乐

而新生的小小人儿们

谈论着

好听的名字总是悲伤的

他们会诞生

带着恐惧痛苦和绝望

而每一个角落

那个我们

称之为爱的东西

会

如此令人愤怒地莫名难解

难以言说

可是它就在那儿

是啊　我们是如此清晰地感觉到它

因为它是爱

我们就在

这里　我们是如此的

孤独

而又紧紧地在一起

我们知道

我们都知道

也许这就是爱

也许

就是它拯救了

那些死去的人们

男人

上帝的爱

女人

我不知道什么是上帝的爱

可是或者也许

也许就是上帝的爱

也许的确如此

男人

可的确是我们心中的上帝

如果可以这么说的话

拯救了那些死去的人们

女人

也许的确如此

（想了一想。）

还是或许

是那些新生的孩子们

拯救了那些死去的人们

男人

可当然这只是言语而已

只是宣之于口而已

所有这些言语

都只是宣之于口而已

的确如此

女人

是啊　的确如此

（短暂静场。）

可是那些死去的人们

是的　他们就在这儿

他们就躺在这儿而且

男人

（手指着墓碑自顾自地继续说道。）

但这不只是言语而已

他们曾经生活过

而此刻他们就躺在这儿

此刻他们已经死去了

此刻他们大部分人

已经什么也没剩下了

（短暂静场。）

他们什么也不是

什么也不是

后来来了两个人

他们

不管是带着怎样的心情来到这里

悲伤或是骄傲

当然会是如此

是啊　这两个人

（突然停下来不说了，注视着墓碑。）

也许曾经有一个男人占有了

那个女人的母亲

在墓地里

甚至

她也许就是在这个墓地里

被怀上的

女人

在墓地里

是吗

男人

是啊　也许就是在一个墓地里

一个漆黑的夜里

在一个墓地里

就像这个墓地一样

她的母亲被占有了

也许他就紧紧地压在她身上

绝望地

拉开她的双臂

她尖叫着

带着恐惧

带着欢乐

当他紧紧地压在她身上的时候

他把她放倒在地上

他紧紧地压在她身上

他把她的裙子掀起来

也许她就是这么

被怀上的

那个现在躺在这里的女人

（他指着墓碑。）

而现在她什么也没

剩下

看她的墓碑

而曾经一度

她呻吟过尖叫过

你能听到她是怎么

呻吟过尖叫过的吗

占有我吧

紧紧地占有我吧

占有我吧

她尖叫着

（短暂静场。）

女人

也许

（微笑了。）

你是对的

男人

而他

（注视着另一块墓碑，指着它说。）

他也许是

一对从家里出逃的

年轻男女

所孕育的

女人

（咯咯笑着。）

从家里出逃的

是吗

男人

是啊　从家里

逃到一个幼儿园

就在一幢老房子里

离这儿不远

他们可能

就是逃到了这里

女人

可这是

男人

（自顾自继续说道。）

以前才会

有的事吧

你是不是想这么说

女人

我想是的

男人

也许

也是也不是

（静场。他又指着另一块墓碑说。）

也或许

也或许他是这么被孕育的

来回搞了半天之后

（她大笑起来。）

是啊

已经搞了很久了

他们一直想有孩子

亲爱的父亲和亲爱的母亲

亲爱的父亲累得要命

亲爱的母亲又害怕又僵硬

但不知怎么的

他们终于搞成了

在努力了这么久之后

他就是这么被孕育的

阿姨们叔叔们祖父母们

还有不管其他什么人

眼看着亲爱的母亲开始

肚子越来越大

他们高兴极了

高兴极了

但是大家也都有点儿不好意思

因为他们知道亲爱的母亲都搞了些什么

才能怀孕的

他们想过的

他们想过这事儿

在他们心里最秘密的地方

想了好多次

他们想过亲爱的可敬的母亲是怎么

和亲爱的可敬的父亲

搞了些

羞于启齿的事儿

而且既然也许亲爱的可敬的父亲

其实根本就

一点儿也不可敬

要是真说起来的话

也许裤子都是他自己脱的呢

每次当他占有亲爱的可敬的母亲的时候

都是自己

脱的裤子

然后掏出自己那个硬硬的家伙

想让她吮吸

女人

不　现在越说越不堪了

是的

你不应该什么都说出来

还有什么比这更可怕的

当人们

如此

口无遮拦

什么都说出来的时候

男人

的确如此

这很可怕

也很不堪

谈论性

总是这么可怕

这么不性感

女人

这么不性感

是啊

男人

是啊

性

多么不同寻常的词

上帝这个词

也一样

女人

（大笑起来。）

不　别说了

求你了

男人

我是说真的

或者尽可能说真的

可是关于性你说得

越多

也就是说

是啊　关于上帝你说得

越多

它就越是会消失不见　其实不管你说什么

最终剩下的

都只有言语而已

女人

你又来了

所有你的

这些爱啊死啊

（静场。）

男人

（注视着她说。）

我想念你

真的

女人

（注视着他说。）

我也想念你

我也是

（静场。）

男人

可是这真奇妙

（短暂静场。）

我们几乎都不了解彼此

或者说我们只是以自己的方式

是啊

在了解着彼此

我们的确了解彼此

是的

是啊

女人

是啊

男人

可是那么

就常理来说

我们还是不了解彼此

而这

（突然停下来不说了。）

女人

我从来没敢想过

你会喜欢我

没有真的想过

不管怎么说

而你很可能

也没有想过

男人

我

我想念你

就是这样

我感觉得到你

当你不在我身边的时候

我感觉得到你

几乎就在我的身体里

就在我里面

从某种程度上说

经常如此

女人

可是我们从来没有说过

对彼此

说我们喜欢彼此

我们从来没有说过

男人

但是我们知道

至少我知道

不管怎么说

我也

从来没敢想过

你会喜欢我

因为我想

你有这么多男人

而我又没什么特别的

我的意思是说

我不值得你这样

女人

她　就是你刚才提到的

那个母亲

是不是叫冯·奥伯斯特菲尔德的

那个

是的　那个尖叫的女人

还有裙子什么的

再多说点儿

（她大笑起来。）

男人

好吧

（想了想。）

我说到哪儿了

她就是在这个墓地里

被占有的

也许

女人

（带着点挑逗的意味说。）

再多说点儿

说呀

男人

好吧　你可想好了

现在说不听还来得及

女人

（做出热切的样子。）

快点儿

说呀

男人

不

女人

快点儿

求你了

男人

（接着她的话说。）

对我做

那些那个男人对那个女人做的事吧

（她咯咯笑起来。他摇摇头。）

女人

你不想吗

男人

你想吗

（她摇摇头。）

那为什么要做呢

女人

这种事总是要做的

我想

它们彰显了

一种归属感

是的

多少是这样

我想

男人

我不想对妻子不忠实

女人

（有点儿受伤地说。）

那你想要什么

男人

我不知道

女人

你不知道

男人

是的　我不知道

（静场。）

女人

也许我想

跟你在一起

男人

是吗

女人

（点点头。）

也许

（他羞怯地低下头。静场。）

那

（突然停下来不说了。）

男人

你什么也不用说

女人

是吗　我不知道

男人

我们用不着说出来

一切就是

如此

女人

是啊

（静场。）

男人

但是你想要

我们两人

在一起

女人

你不想吗

男人

（拖长了声音说。）

想啊

女人

想吗

男人

那其他的一切

就都不重要了

女人

是的

男人

你的工作

所有的一切

都不重要了

女人

是的　我想是这样

是啊　就是这样

（**男人**叹了口气。他走到另一块墓碑前，站在那里注视着它。他稍稍整理了一下墓碑前的花束，拂去了几片叶子。）

所有好听的名字都是悲伤的

（**男人**又走到另外一块墓碑前，轻抚了一下墓碑，然后低头注视着脚下的地面。）

我们看不到鸟了

在这里

高高地

在天上

男人

（看着碑文，念道。）

我最亲爱的你

女人

我很孤单

孤单一人

男人

（走到一个坟堆的白色十字架前，念道。）

艾达·葛琴托夫特

女人

我很孤单

男人

（注视着**女人**。）

而我就是

你的爱

女人

我不知道

男人

你想死去吗

女人

很多时候

（她注视着他。）

我可以告诉你

很多时候

我会想死去

我想到你

有时候我会觉得你就在那儿

有时候我会什么也

感觉不到

然后你就不在那儿了

可是很多时候你就在那儿

而我越是感觉到你就在那儿就越想死去

比感觉不到你的时候更想

男人

（走到砾石小径上，徘徊了一会儿。）

可这

（他注视着女人。）

实在是疯了

我们就在这里相遇了

纯属偶然

我们以前也相遇过

而后来就

是啊

（他注视着她。）

我已经结婚了

我很忠实

我有一个孩子

我想好好照顾他

女人

是的　我知道

这些我都知道

男人

我喜欢我的妻子

（短暂静场。）

我爱过她

是啊

就像此刻我爱你一样

女人

我很孤独

我想念你

男人

每个人都是孤独的

女人

你不是

男人

我很孤独

每个人都是孤独的

女人

每个人都是孤独的

（她开始沿着砾石小径走去，向着远离他的方向。）

男人

你要走了吗

不　不要走

女人

（回转身看着他。）

来

（他向她走去，他们站在那里注视着彼此。然后他们依偎在彼此的怀里，紧紧地拥抱着对方。继而他们转过身，手拉着手背对着观众下。从背影看上去，他们两人好像都忍不住要咯咯笑起来了。紧接着他们的退场，一位年长女子上。她走进墓园，身穿丧服。这是**母亲**。她手持花环，脚步细碎。她停了一下，注视着**男人**和**女人**退场的方向。）

母亲

（冲他们说。）

回来啊

你不能走

不能就这样消失了

（一位年长男子身穿丧服上，这是**父亲**。他随着**母亲**走上砾石小径。）

想想我

想想你的父亲

回来

你不能就这么走了

你不能

又一次把我们忘记了

回来

回来啊

你不能走

（她开始全身颤抖起来，直愣愣地瞪着前方。**父亲**走到她身边，用一只手臂搂住她的肩膀。）

父亲

好了好了

别这么想

不是这样的

（静场。）

母亲

（注视着**父亲**。）

可是他

他就这么头也不回地走向了死亡

你没看到吗

你没看到发生了什么吗

他就这么走向了死亡

他就这么走向了死亡

就在我们眼前

他什么都抛弃了

抛弃了他的妻子

什么都抛弃了

他就这么头也不回地走向了死亡

他不想活了

他只想消失

他

父亲

（打断她的话。）

不　不是这样的

母亲

（不知所措地说。）

不是这样的

父亲

不　不是这样的

母亲

你看不到吗

我看得一清二楚

发生了什么一清二楚

你一定要明白

你也要看清楚

他无法面对这一切

父亲

我不明白你在说些什么

我们到这儿来是给我母亲下葬的

她死了

所以我们才到这儿来的

母亲

可是难道你什么都不明白吗

我眼看着他走的

你的儿子

我们的儿子

他就这么走了

（她用手指着。）

从那儿走了

头也不回

（做丈夫的慢慢地牵着她走到长凳前，他们坐了下来。他把花环拿过来，就这么把花环放在膝上坐在那里。她用双手捂住眼睛。）

父亲

不是这样的

母亲

我看见他了

（注视着**父亲**，问道。）

你没看见他吗

（她指着**男人**和**女人**消失的方向。）

我看见他朝那儿走了

我看见他消失了

你没看见他吗

父亲

不　我没看见他

（短暂静场。）

你冷静点好吗

不是这样的

你看见的那个不是他

母亲

（绝望地看着**父亲**。）

可他不是也该来了吗

这是他自己祖母的葬礼

他一定得来

父亲

我肯定他会来的

是我们来得有点儿早了

他会来的

（短暂静场。）

母亲

你觉得她也会来吗

父亲

谁

母亲

他的女朋友

他的死亡

她也会来吗

父亲

我不明白你在说些什么

母亲

我想她会来的

父亲

是的　是啊

（**父亲**站起身来，把花环留在长凳上，走到一块墓碑前站在那里注视着，就是**男人**一开始看的那一块。**母亲**转向他说。）

母亲

你一定得过来

你一定得坐在我的身边

你一定不能站在那儿

（**父亲**走了回来。）

父亲

墓碑上什么也没说

关于冯·奥伯斯特菲尔德

母亲

你不害怕吗

父亲

（摇摇头。）

不

母亲

一点儿也不

父亲

不　我不害怕

母亲

我看见他了

他跟一个女人在一起

父亲

我谁也没看见

（短暂静场。）

别害怕

他很快就会来的

他和他妻子会来的

他当然会来的

这是他自己祖母的葬礼

母亲

我看见他跟一个女人在一起

不是他妻子

父亲

是吗　是啊

（短暂静场。）

母亲

（直愣愣地看着**父亲**。）

你不害怕吗

父亲

不

母亲

一点儿也不

父亲

不

（他叹了口气。）

母亲

（站起身来，向着**男人**和**女人**退场的方向几乎是用喊的说。）

你不来

坐下吗

就在这儿在我的身边

求你了

父亲

（抓住她的手臂。）

坐下

别害怕

母亲

（注视着**父亲**。）

转身　快

看

他就在那儿

他和那个女人

父亲

（没有转身。）

快坐下

母亲

（对**父亲**说。）

你看呀

父亲

（转身看了一眼，然后回转身注视着坐在长凳上的**母亲**。）

别害怕

母亲

（急促地问道。）

可是他说过

他会来的

当你给他

打电话的时候

父亲

他会来的

这是他自己祖母的

葬礼

母亲

（自我安慰着。）

他会来的

父亲

是啊　是我们来得有点儿早了

母亲

我很害怕

父亲

别害怕

好吗

母亲

我们都老了

我们

父亲

是啊

母亲

我害怕你也会

离我而去

（静场。）

我很害怕孤独

我也替他害怕

害怕那些即将

发生在他身上的事

（绝望地说。）

我知道他要

死去了

父亲

我们都要死去的

母亲

可时光这么快就过去了

我觉得自从我们相遇以来

好像还没过多久

（静场。）

那些时光都到哪儿去了

时光就这么过去了

一天一天

一星期一星期

一个月一个月

一年一年

它们就这样消失了

变成了一片虚空

只有虚空是不变的

而其他一切都是变幻不定的

就像云

生命就像布满云的天空

在黑暗到来之前

是的　我很害怕

他在哪儿

父亲

别害怕

等葬礼结束

你就会好的

母亲

我想这很可能是因为

我对于生活的真相想的

太少

因为

通常

一切就这样过去了

从未停留

从未经意

可是一直

其实我一直都很害怕

在内心深处

我很害怕

父亲

（无奈地说。）

是吗

（静场。）

可我们又能怎么样呢

（静场。）

你刚才看见他了

母亲

是的

父亲

肯定

母亲

肯定

（她用手指着。）

就在那儿

而且他就是跟她在一起

他的新女朋友

或者不管他把那女人叫什么

父亲

是吗

母亲

但那女人很可能不会到葬礼上来的

她不想见我们

她也从来没见过

祖母

所以为什么

她会想到

葬礼上来呢

父亲

是啊　她很可能不会来

（询问地说。）

但是他会来

他说过他会来

当我给他打电话的时候

母亲

是吗

父亲

他会来的

母亲

但是那女人很可能不会来

（静场。）

她从来也没到我们家来过

那他祖母的葬礼

她很可能也

不会来

（静场。）

但是格蕾和高特

他们会来

我跟格蕾说过

父亲

她怎么说

母亲

是啊　她说她和高特

会来的

父亲

而他也说过他会来的

（短暂静场。）

是啊　他和母亲

一直都像是好朋友

他们两个

（短暂静场。）

他会来的

母亲

他说是这么说

可是不能肯定

我觉得

（静场。）

父亲

（看看表。）

是我们来得有点儿早了

母亲

是吗

（静场。

低头看着**父亲**。）

我很害怕

父亲

别害怕

母亲

好的　我试试

（静场。似乎是自言自语地说。）

是啊　也许这样

最好

父亲

你是指祖母死了

是啊

母亲

是啊

（**母亲**拿起花环，放在膝上，**父亲**低下了头。远远地，**男人**和**女人**上，没穿丧服，手拉着手。）

父亲

（对**母亲**说。）

她活了很久

母亲

是啊

父亲

而我们在一起

也很久了

母亲

可时光这么快就过去了

快得令人难以置信

（**男人**和**女人**停下了脚步，站在那儿注视着彼此。然后他们紧紧地拥抱着对方。**父亲**走到一块墓碑前，站在那里注视着它。母亲注视着**男人**和**女人**。

对**父亲**说。）

可是你看不见吗

（**父亲**没有反应，只是站在那里注视着墓碑。**母亲**站起身来，一手拿着花环。她站在那里注视着彼此拥抱的**男人**和**女人**。然后她转身向着**父亲**说。）

可是你看不见吗

他就站在那儿

站在那儿的就是他

他正拥抱着那个女人

（**父亲**没有抬起头。**母亲**穿过舞台走向**男人**和**女人**。她把一只手放在他肩上，摇摇他。他注视着**母亲**，惊讶地说。）

男人

怎么会是你

（**男人**和**女人**放开彼此的怀抱。）

母亲

是的

是我

（静场。）

我就在那边长凳上坐着

跟父亲一起

你没看见我们吗

（他摇摇头。）

父亲

（她朝**父亲**指指。）

就在那儿

你看见他了吗

（他点点头。）

你能抽空

来参加祖母的葬礼

太好了

男人

是的　当然

我当然得来

（短暂静场。）

毕竟这是我自己祖母的

葬礼

母亲

我们一直坐在这儿

在长凳上

已经好一会儿了　父亲和我

我看到你站在那儿

我就想

（突然停下来不说了。）

男人

是吗

（短暂静场。）

你也

早就来了

（静场。）

是啊

（静场。）

可是你们

（他看看**女人**。）

以前没见过面　是吗

（**母亲**摇摇头，**女人**依然站在那儿，低着头。）

母亲

所以你不是一个人来的

男人

不　她也

一起来了

（**母亲**低下了头。短暂静场。）

你们以前没见过面

可是现在你们终于见面了

（短暂静场。）

当然你们应该早点儿见面的

可是

是啊　就是没能见着

（注视着不看他的**母亲**。）

你们本来早就该见面的

也许应该在一个开心点儿的场合

可是　是啊

母亲

不管怎么说你来了就好

（短暂静场。）

你和你祖母

你还小的时候你们多好啊

（静场。）

我们为什么不坐下呢

男人

是啊

母亲

（接着刚才的话说，用手指着。）

坐在长凳上

（**男人**看了**女人**一眼。他们对彼此微笑了。）

坐在长凳上有什么不好吗

男人

不　没有

（**母亲**穿过舞台走向长凳，在她先前坐过的地方坐下，

花环放在膝上。**男人**和**女人**依然站在那儿。

对**女人**说。）

我们得坐下

女人

我想是的

母亲

（对他们说。）

是啊　快来

来吧

男人

（对**女人**说，试图说服她。）

我们得过去

母亲

请过来吧

来坐下

男人

（站在那儿注视着**女人**。）

你不来吗

你不跟我一起来吗

我们可以坐下

你可以坐在

我的身边

（**女人**犹豫着。）

来吧

母亲

是的　来吧

求你了

你不想来吗

女人

（对**男人**说。）

我不知道我是不是该来

男人

来吧

女人

我不知道

男人

来吧

母亲

是的　来吧

男人

（开始穿过舞台向长凳走去。**女人**依然站在那儿，他停下脚步，注视着她。）

你一定要跟我一起来

（**女人**缓缓地向他走去，他拉起她的手。他们一起走向长凳，坐了下来。他紧挨着**母亲**坐着，她则依偎在他怀里。）

母亲

（直愣愣地瞪着前方。）

所以现在祖母已经去世了

（静场。）

男人

是啊　真令人难过

母亲

而且她今天就要下葬了

男人

（注视着**母亲**。）

她中风了

（**母亲**点点头。）

没有任何办法

（**母亲**摇摇头。

询问地说。）

没有

母亲

在医院他们

是啊　她被送到医院去了

觉得最好

什么也不要做

就让她这么去吧

男人

是吗

母亲

他们很可能是对的

男人

中风很严重

母亲

非常严重

（短暂静场。）

是的　就是这样

（短暂静场。）

这太可怕了

当然

（静场。）

可是

（静场。）

可是她已经很长寿了

而且她一辈子都

很健康

只是最近这几年

她的身体才渐渐不行了

所以这也是意料之中的

男人

是啊

她去世的时候

你在她身边吗

母亲

是的　我们接到了电话

那个晚上

在家里

那时候他们已经把她送到医院去了

我们马上就去了

那个晚上她就去世了

（静场。）

我们都在

你父亲和我

（当名字被提到的时候，**父亲**转过身，向长凳看去。）

一切都很突然

男人

她害怕吗

母亲

是的

我想是的

（短暂静场。）

她的意识不是很清醒

但她有感觉

她说不了话

但我肯定所有我们说的话她都听得见

我从她的眼睛里看得出来

但一切都很突然

（**父亲**又回转身开始看着那些墓碑，并且继续往前走，去看更多的墓碑。）

男人

我

（突然停下来不说了。静场。）

母亲

好几年前

她也

中过一次风

男人

那是很久以前的事了

母亲

好几年了

是啊

男人

可是那次

她好了

那次中风后她甚至自己又能

说话了

母亲

是啊

真叫人难以置信

一开始她什么话也说不了

可是练了几次之后她就

慢慢地能说了

一开始只是简单的几个词

然后就能说完整的句子了

（短暂静场。）

然后她就

几乎能

像以前一样说话了

几乎跟以前没什么两样

（注视着他。）

想想看她能恢复得这么好

即使那时候

她都

这么大年纪了

男人

（询问地说。）

但她第一次中风之后

是不能马上说话的

母亲

是啊　一个字都说不出来

只能哼哼

什么也听不懂的哼哼

男人

可是然后她就慢慢地能说话了

母亲

是啊　真叫人难以置信不是吗

（短暂静场。**母亲**摇了摇头。静场。然后她短促地笑了两声。继而故作指责地说。）

所以那你

的确是

记得的

（然后语气里多了一点歉意，对他说。）

我知道你也有自己的事

我不是为了这个

可是偶尔

（突然停下来不说了。轻笑了一声。）

是啊　我是说

（突然停下来不说了。静场。）

男人

是啊　可是她的葬礼我来了

不是吗

母亲

（微笑了。）

是的　当然

（短暂静场。）

可是你也该来看看我们啊

你已经很多年

没有回家了

就好像

我们还不如

死了

男人

不　我一直都想着我们应该

来看看你们的

不是为了这个

母亲

我很高兴

我们终于见到了

（讽刺地。）

你的新

妻子

男人

是的

（静场。）

母亲

格蕾怎么样　顺便问一下

男人

（有点儿吃惊地。）

格蕾

母亲

是啊

男人

我想她很好吧

我不知道

我跟她已经

不联系了

母亲

你已经很久没跟她

联系了

男人

是的

母亲

是啊　我想生活就是如此

男人

她一切都很好

据我所知

母亲

不久以前她

来看过我们

男人

她还是会来看你们

母亲

是的

男人

偶尔

母亲

（点点头。）

她和高特

他们会来看我们

偶尔

他们为什么不能来呢

男人

是啊　为什么不能来呢

母亲

有人聊聊天

总是好的

就像他们说的

男人

是吗

母亲

其实不久以前

她和高特

还来看过我们

是的　不久以前

男人

不久以前

母亲

是啊　就在半个月前的一个周末

（他点了点头。）

当然我也给她打电话了

告诉她祖母去世了

她说她会来参加葬礼的

男人

（有点吃惊地。）

她会来参加葬礼

母亲

是的　她是这么说的

男人

是吗　是啊　她要是想来当然可以来

母亲

她说过她会来的

她说过

男人

那

她看起来

还好吗　既然你跟她见过面

我的意思是说

母亲

我想她一切还好

（突然悲伤起来。）

是啊

你有没有

（突然停下来不说了。）

男人

是的　她当然可以来看你

只要她想

这是她的事

也是

你的事

母亲

是啊　她偶尔会来看我们

不是很经常

（静场。）

可是你早就知道

你知道她

会来看我们

偶尔

当然她一直都是这么做的

自从你们离婚以后

可是你早就知道

（静场。）

而且我很高兴

她会来看我们

（**女人**注视着开始向他们走近的**父亲**。**父亲**和**女人**彼此对视了一眼，旋即都低下了头。）

男人

当然如此

（长长的静场。）

我不反对

我肯定这是件好事

你好像觉得我

不喜欢这样

我不反对

恰恰相反

我觉得这很好

她能来看你们

母亲

她当然能来看我们

男人

（接着刚才的话说。）

比我来得多

母亲

是啊　的确如此

就是这样

你已经很久

没来看我们了

不是吗

我们从来没见到过

你的新妻子

你从来也不来看我们

我的意思是说

我们的前儿媳会来看我们

比我们自己的儿子

都经常得多

而且她

男人

（接着她的话说。）

电话也比我打得多

（短暂静场。）

我本来只是想来

参加祖母的葬礼

（**父亲**走到长凳前。他站在长凳边，低着头。）

母亲

（对**男人**说。）

是吗　这很好

这

（静场。**母亲**叹了口气，然后笑了起来。）

我们一直都很喜欢她

可这你早就知道

对我们来说这真是晴天霹雳

当你决定

要离婚的时候

的确是晴天霹雳

这

（静场。）

这太可怕了

这

男人

（打断她的话。带着点儿绝望说。）

今天是

祖母的葬礼啊

母亲

是啊　那我们谈点儿别的吧

男人

祖母

的确已经很长寿了

可是她去世了

这依然让人

很难过

（短暂静场。）

母亲

是啊　她已经很长寿了

男人

是的

母亲

是啊

男人

（带着点儿抚慰的语气说。）

她已经

很长寿了

母亲

很长寿了

（短暂静场。

她注视着**男人**。）

可是你知道更令人难以置信的是什么吗

（带着点儿微笑说。）

那就是

你已经四十岁了

这真令人难以置信

男人

是啊　的确

如此

（静场。）

母亲

可是这太好了

终于能又见到你了

已经这么久了

真的好久了

自从我上次见到你

男人

但是格蕾经常来

看你们

母亲

不　也不是很经常

但是她的确会来

开着她那辆破车

她和高特

（短暂静场。）

那辆车还是你买的

很久以前

不是吗

（他点点头。）

还能开呢

那辆车

（他再次点点头。静场。

她注视着**父亲**。）

所以这就是

（突然停下来不说了。她倾身向前，看看**女人**，又看看**父亲**。）

他们一定得打个招呼

这就是

他的新妻子

（**父亲**向**女人**伸出手。她站起身来。他们握握手。然后两人就这么并肩站着。然后**母亲**向**女人**伸出手，并未站起身。她们也握了握手。）

母亲

（对**女人**说。）

我们也该见见你了

女人

（谦恭地说。）

是的

母亲

我已经告诉过他了

欢迎你来看我们

偶尔

女人

是的　当然

男人

好几次我们都想来的

可就是没来

女人

是啊

（对**母亲**说。）

这太令人难过了

这

（短暂静场。）

母亲

是吗

女人

可是她已经很长寿了

是啊　也不是说这就没关系了

可是

母亲

是啊　真令人难以置信

我们

（注视着**父亲**。）

刚才还在说呢

说时光如何飞逝

（对**女人**说。）

现在高特都快长成大人了

（短暂静场。）

是的　我们见过高特

是啊　他来看过我们

不久以前

他已经长大到都快能

讨老婆了

就像老话说的

高特已经

他已经快二十岁了

真令人难以置信

（对**女人**说。）

是啊　高特和他母亲

来看过我们

不久以前

可是在那之前

我们也已经很久没见过他了

（对**男人**说。）

他还好吗

高特

男人

据我所知

是的

母亲

他也

一直

都

不容易

（**女人**低下了头。静场。）

他看上去有点儿疲惫

有点儿颓废

看上去

上次我见到他的时候

高特

（注视着**男人**。）

我有点儿担心

他毕业以后都干了些什么呢

男人

其实也没干什么

母亲

这也不

（突然停下来不说了。然后转向站在那儿小心翼翼地用脚踢着石子的**女人**。）

工作还顺利吗

（**男人**站起身来。）

男人

谢谢你　是的

她工作很顺利

（**男人**走到**女人**身边，用手搂住她的肩膀。对**母亲**说。）

一切都很顺利

母亲

那你的工作也很顺利

男人

是的

母亲

那太好了

女人

（对**母亲**说。）

是的　一切都很顺利

母亲

我也很顺利

只除了今天是个难过的日子

所以

（短暂静场。

直愣愣地瞪着前方。）

我不知道

（对**男人**和**女人**说。）

可是她已经很长寿了

（短暂静场。）

而时光就这样消失了

那么多年的时光就这样消逝不见了

真令人难以置信

时光就这样消逝了

女人

是啊

母亲

（对**女人**说。）

我们的孙子　你知道

高特

他很快就要准备讨老婆了

他

（轻笑了两声。）

女人

应该没那么糟吧

他应该很理智

不会

那么早就结婚

不是吗

（她局促地笑起来。）

母亲

是吗　也许你会这么觉得

但是他

（冲**男人**点点头。）

当时就没那么理智

女人

是啊　他当父亲的时候还很年轻

母亲

非常年轻

女人

但是那场婚姻也没有持续

多久

（话一出口就后悔了。静场。）

母亲

（拖长着声音说。）

是没有

是啊　他当父亲的时候还很年轻

（静场。她站起身来，把花环留在长凳上，走到**男人**和**女人**身边。）

我还记得他们第一次回家来看我们的时候

他和她

是的　他的第一个妻子

格蕾

当时她肚子已经很大了

看上去还是个小女孩

但是挺着个大肚子

他看上去也

不大

说老实话

还只是个孩子

他看上去就是这样

实际上也是这样

现在想起来真奇怪

已经是那么久以前的事了

我有张照片

（准备从口袋里往外掏可是又停下了，注视着**女人**。）

你想看吗

（她摇摇头。）

不　当然不想

（短暂静场。）

我不该问的

（静场。）

我真是考虑不周

是啊　他当父亲的时候还很年轻

非常年轻

还只是个孩子

（**女人**点点头。）

但是你以前没结过婚

女人

没有

母亲

你也没有孩子

女人

没有

母亲

是啊　她那时真年轻

格蕾

他也很年轻

当她怀孕的时候

可是后来一切都很顺利

（注视着**男人**。）

难道

不是吗

（他点点头。）

一切最终都会

顺利的

女人

可是我想这不好

这么年轻就有了孩子

母亲

是啊　这不好

我想说的也不是

这个意思

（短暂静场。）

但是她很有智慧

格蕾

把高特照顾得很好

（她注视着**女人**。）

这是毫无疑问的

女人

是吗

（静场。）

母亲

他们过得很好

（她注视着**女人**。）

女人

是吗

（短暂静场。）

母亲

是的

的确如此

（静场。）

女人

（注视着**男人**。）

我不知道是不是该

母亲

（打断她的话。）

不　再待一会儿吧

跟我聊聊天

女人

好吧

母亲

那告诉我

（突然停下来不说了。）

是啊

（好像突然想起来什么似的。）

过来

我们可以

（指着长凳。）

坐下来聊聊天

彼此

熟悉一下

女人

好吧

（**女人**羞怯地走过去在长凳上坐下。**母亲**也坐了下来，

花环放在膝上。

她犹疑地看着**母亲**。）

好吧

母亲

（看了她一眼。）

你人真好

（**母亲**注视着**女人**。）

现在你和我终于可以

好好聊聊天了

我们一定要好好了解对方

我们本来应该在

一个更开心点儿的场合见面的

可生活就是如此

（短暂静场。）

不过终于能见到你

这太好了

男人

（向**父亲**走去。）

你也

早就来了

父亲

（点点头。）

是啊

男人

是吗　我们也是

（静场。）

女人

（对**母亲**说。）

是啊　我们想过要来看你们

可就是没来

父亲

（对**男人**说。）

可是你没换衣服

你没穿丧服

男人

是啊　没穿

母亲

（对**女人**说。）

很高兴见到你

女人

是吗

（静场。）

母亲

你人真好

你

愿意来

参加祖母的葬礼

（她注视着她。）

我想你以前没见过她吧

（**女人**摇摇头。）

男人

（对**父亲**说。）

我已经很久没见过你了

父亲

是啊

已经很久了

（**男人**往墓园的深处走去。**父亲**对他说。）

你为什么没换衣服

（极短暂的静场。）

可不管怎么说

你能来参加葬礼

真好

（静场。）

但是你一定要回家来

你一定要来看我们

（**父亲**低着头站在那儿，然后他抬起头注视着正在读着一块墓碑的**男人**。然后，他也向着墓园的深处走去。**男人**和**父亲**都四处游荡着，读着墓碑上的文字。）

女人

（对**母亲**说。）

我们经常说起

要来看你们

可就是没来

母亲

生活就是如此　我想

（静场。）

可不管怎么说谢谢你寄来的

卡片

就是上面有罗马的那张

是啊　我看得出不是

他的笔迹

我当然看得出

我想是你写的吧

（**女人**点点头。）

那非常感谢你

（短暂静场。）

你们去了意大利

是吗

（**女人**带着询问的神色看着**母亲**。）

是啊　你当然应该还记得

因为卡片是你写的

你不记得了吗

（**女人**点点头。）

是啊　没有人能记住

所有的一切

（静场。）

那现在

（突然停下来不说了。静场。）

女人

你也

早就来了

母亲

是的

（短暂静场。）

是啊　你一定得来看我们

也许我们可以一块儿出去玩儿

我们有一只船

你可以到峡湾上去钓鱼

如果你喜欢的话

（静场。）

让我们先把

葬礼办完吧

（轻笑了两声，摇摇头。）

这样说

太可怕了

可是

是啊

（解释地说。）

她年纪已经很大了又生病

他祖母

她也该

死了

我当然

知道

（长长的静场。）

是啊　时光这么快就消逝了真可怕

（静场。）

不久以前

他还只是个小男孩

我们的儿子

一个在沙滩上乱跑的

小男孩

沙滩卵石男孩

我们都这么叫他

是啊　他可喜欢钓鱼了

是的

他小的时候

他和他父亲经常去钓鱼

整个傍晚

直到天全都黑下来

他们一直都待在峡湾上

女人

是的　他跟我说起过

母亲

而且现在我们也还是有一只船

不过整年都放在

船屋里

可以拖出来

如果想的话

这两年都没拖出来过

我们开始变老了

他父亲和我

（短暂静场。）

或者也许

（短暂静场。）

当我想起

（突然停下来不说了。）

不　没什么

（静场。）

我不

知道

（对**女人**说。）

你喜欢待在海上吗

女人

不是太喜欢

母亲

是吗　我也不喜欢

（**母亲**缓缓站起身来，一手拿着花环。**男人**转身面对着她。）

女人

是啊　能跟你聊聊天很高兴

母亲

是吗

（静场。**母亲**面对着**男人**。他们注视着彼此，然后他低下头，转过身去。**父亲**先是看了看彼此对视的**母亲**和**男人**，然后悄然退场。）

女人

是啊　那就这样了

母亲

（低头看看手表。）

我们实在来得太早了

女人

是的

（静场。）

母亲

那你父母呢

他们都还

好吗

女人

谢谢你　是的

他们还好

母亲

当然我们以前没见过面

（短暂静场。）

不过也许他们年纪没我们那么大

你的父母

他们都还好吗

女人

是的

（短暂静场。）

我母亲请过一段时间病假

不过现在她已经回去上班了

她已经好了

现在

母亲

是吗

（**母亲**重新在长凳上坐下，花环放在膝上。静场。她注视着**女人**。**男人**向**母亲**和**女人**走来。）

是啊　我得说我很高兴我们终于能

见面了

当然要是一个开心点儿的场合就更好了

但我还是很高兴

你也

（注视着她。）

想来参加他祖母的

葬礼

（短暂静场。）

女人

是吗

（长长的静场。**男人**走到她们身边。）

男人

这里可真安静

（短暂静场。）

母亲

（注视着**男人**。）

我们一直在聊天

是的

（注视着**女人**。）

不是吗

女人

是的

（静场。）

母亲

我已经

（冲**女人**挤挤眼。）

跟她说了很多

关于你的事了

现在

这些事说不定对她很有用呢

（她注视着**女人**。）

不是吗

女人

是啊　是的

男人

太好了

（短暂静场。）

母亲

是啊　我告诉她

终于能跟她见面了

这太好了

（注视着**女人**。）

尽管场合

不是很开心

男人

是吗

母亲

（对**女人**说。）

刚才我告诉他

他的第一个妻子

现在还经常来看我们

男人

是啊　是的

女人

（想要站起身来。

对**男人**说。）

我想我得

母亲

（把一只手放在她大腿上，打断她。）

不　再待一会儿

男人

父亲到哪儿去了

母亲

问得好

（静场。

对**男人**说。）

那高特还好吗

男人

是的

据我所知

我当时才跟他现在一样大　你知道

我

当他出生的时候

母亲

是啊　天哪　我要做曾祖母了

（笑了起来。）

天哪　是啊　天哪

天哪　不

（注视着**女人**。）

我还没那么老

不是吗

男人

不　我想他不至于

像我这么傻

高特

母亲

（戏谑地说。）

别这么说

（短暂静场。）

男人

他才十九岁

母亲

十九岁

是啊

（静场。

然后转向**女人**说。）

我终于能

跟你见面了

太好了

而且既然现在我们已经

见面了

是啊　那我们就可以多聊聊天了

你一定要来看我们

夏天一定要来

（她看看他，又看看她。）

是的　终于能跟你见面了

这太好了

（对**女人**说。）

能跟你见面

我经常想到你

这你大概知道吧

（短暂静场。**男人**有点儿不安起来。**女人**站起身来。）

女人

我想我得

（突然停下来不说了，有点儿绝望地看着**男人**。）

母亲

你得

（突然停下来不说了。）

女人

（对**男人**说。）

我想我得

（突然停下来不说了。）

母亲

是啊

（对**女人**说。）

不过等葬礼结束了

我们一定得再聊聊天

女人

好的

男人

（对**女人**说。）

你要走了吗

女人

（非常坚决地说。）

是的

（静场。

对**男人**说。）

我们能散散步吗

（**男人**点点头。短暂静场。）

母亲

是啊　终于能跟你见面了

太好了

（短暂静场。）

不管怎么说你一定要来看我们

夏天的时候

而且如果你

（对**女人**说。）

喜欢游泳的话

还有一个美丽的海滩

从我们的房子就可以俯瞰那里

夏天的时候

你可以在那儿游泳

我的意思是说

女人

（点点头。）

好的

母亲

（笑了起来。）

你喜欢游泳

不是吗

女人

是啊

不管怎么说

以前也算游过

（笑了起来。）

母亲

而且你还可以到山上去徒步

如果你喜欢的话

男人

这我们也说起过

（静场。）

母亲

（对**男人**说。）

以前你和高特经常一起到山上去徒步

（**男人**点点头。）

长时间的徒步

他们两个一起

男人

是啊

母亲

（对**女人**说。）

每个夏天

那时候高特还小

他们会一起到山上去徒步

是啊

早晨很早就起来

比我们都早

然后就出发了

男人

是啊　是的

母亲

（依然面对着**女人**，接着刚才的话说道。）

而且直到晚上很晚才回来

（她注视着**男人**。）

或者他们会在山上露营

不是吗

男人

是的

母亲

而格蕾和我

男人

（打断她，接着她的话说下去。）

总是很担心我们

就这么坐在家里等待着担心着

母亲

（对**女人**说。）

是的　的确如此

（静场。）

高特一切都还好吗

男人

（耸耸肩。）

他很好

我已经告诉过你了

我不知道

我想他很好

母亲

他很不开心

这几年在学校里

男人

是啊　是不怎么开心

不过

他还是挺过来了

女人

（挽起**男人**的手臂。）

我们走吗

母亲

不　留在我身边　求你了

（短暂静场。）

我总是想起高特

女人

我想去看看墓碑

（她退场。**男人**伫立在那儿注视着她离去的方向，而

母亲则一直斜睨着他。）

男人

（对**母亲**说。）

你说的这些话

好像你一直都在指责我

或者是指责她

为了

（突然停下来不说了。）

是啊

你就不能别这样吗

这真让人受不了

她以前从没跟你见过面

今天是第一次

她一直很害怕

现在你又这样

这太可怕了

这

我们都是成年人了

高特也是成年人了

我知道

每次你都这么说

我给你打电话的时候

你觉得我跟格蕾离婚

你觉得我这么做太可怕了

（**父亲**上，步履缓慢。他停下脚步，注视着**母亲**和**男人**，然后低下头站在那儿。）

我真的知道

我知道

可你就不能

看在她的分儿上

别再说了

（短暂静场。）

还是你真的不明白

你这样没用的

你不喜欢她也没关系

真的没关系

没关系

没关系

但我们真的该像你希望的那样

见面吗

还是不该

我真的该参加

祖母的葬礼吗

还是不该

我们现在真的该走吗

还是你真的不明白

母亲

（很吃惊，辩解地说，很紧张。）

我可一句脏话都

没说

男人

没说

也许的确

没说

但其实你

一直都在说

母亲

你又来了

又来了

男人

我想接下来你就要开始说父亲了

说他怎么一早起来就哭得像个孩子

说他怎么觉得这很可怕

就是我们离婚的事儿

你说的每一个字

都是在指责我

母亲

我不明白

我不是有意的

我只是很高兴终于能够又见到你了

（短暂静场。）

而且你离婚了我当然不高兴

不过这你早就知道

男人

我明白了

（他游目四顾，然后疾步穿过墓园，自**女人**退场的方向下。**母亲**站起身来，双手紧握花环，就这么站在那儿注视着他离去。）

母亲

（对**父亲**说。）

你过来好吗

到我身边来

（**父亲**开始向她走过去，她也向着**父亲**走过去。他们相遇了。她向他伸出一只手，他握住了它。）

父亲

（对**母亲**说。）

是啊　我想时间到了

母亲

（对**父亲**说。）

他们走了

他和她一起走了

父亲

不

他们也许只是去散散步

他想来参加他祖母的

葬礼的

不是吗

他当然想来

母亲

（害怕起来，对**父亲**说。）

他就要死了

我知道

他就要死了

他走了

我知道他走了就是去死的

他和那个女人一起

就是死亡

她就是死亡

我知道

我看见了

父亲

不

别害怕

（短暂静场。）

她只是个普通的女人

母亲

也许

可是他就要死了

我想的不多

懂的也不多

可是我知道他走了

就是去死的

难道你不明白吗

父亲

不

别害怕

好了

母亲

他走了

我再也见不到他了

我知道

父亲

(看看手表。)

我想我们该走了

时间到了

该走了

母亲

（站在那儿注视着**男人**消失的方向，放开**父亲**的手。

对**父亲**说。）

是吗　那就去找他们吧

让他们回来

他们一定也要

参加葬礼的

你明白吗

（**父亲**低下了头。）

那快去啊

快点儿

难道你

什么也不明白吗

父亲

别害怕

他们

会来的

他们也会来

参加葬礼的

要不然他们为什么到这儿来呢

母亲

他只是到这儿来了而已

他不是来参加葬礼的

他只是偶然到这儿来的

跟她一起

是的

他们连丧服

都没换

他们只是到这儿来了而已

纯属偶然

父亲

（大吃一惊，怀疑地问。）

是吗

不　不是这样的

母亲

就是这样

现在去吧

快点儿

去把他们找回来

父亲

不

不是这样的

来

挽着我的手

我们走吧

我们该走了

时间到了

（**母亲**挽起**父亲**的手臂，他接过她手中的花环，举在胸前。他们沿着砾石小径缓步走着。）

男人

（上，喊道。）

你们要走了吗

父亲

是啊

你一定得来了

时间到了

母亲

（对**男人**说。）

原来你在这儿

你一定得来了

男人

好的　我们来了

（**父亲**和**母亲**停下脚步，**男人**跑下。）

父亲

你看

他就在这儿

他来了

（**男人**和**女人**上，牵着手。她低着头，看上去好像哭过。

对他们说。）

是的　你们一定得来了

我们没时间了

（他们犹豫着。

几乎有点儿生气地说。）

快点儿啊

这是我母亲的葬礼

快点儿

（**男人**和**女人**低下头，向着**父亲**和**母亲**走去。**父亲**和**母亲**转过身，开始笔直地向前走去，**男人**和**女人**跟在他们身后。**格蕾**，身穿丧服上，沿着砾石小径笔直向他们走去。

对**母亲**说。）

是啊　你看

是格蕾来了

母亲

（抬起头。）

原来是格蕾来了

（对**父亲**说。）

是啊　这太好了

（**格蕾**停下脚步，站在那儿驻足等待着他们。

父亲和**母亲**走到她身边，停下脚步。）

你能来真太好了

格蕾

（看上去有点儿烦躁，对**母亲**说。）

是的　我来得太晚了

我知道

母亲

（对**格蕾**说。）

是高特出事了吗

格蕾

我们先不说这个

男人

出什么事了

格蕾

（带着恳求的语气。）

先不说这个

男人

告诉我

出什么事了

母亲

高特没出什么事吧

是吗

父亲

我们该走了

时间到了

格蕾

（对**母亲**说。）

他在医院里

男人

告诉我

你就不能告诉我出什么事了吗

格蕾

（对**母亲**说。）

他是昨天晚上被送进医院的

男人

严重吗

格蕾

（快哭出来了。）

好像是的

母亲

不严重吧

是吗

格蕾

是的

（**父亲**和**母亲**开始向前走去。**男人**用手臂搂住女人，她则依偎在他怀里。**格蕾**走到他们面前，停下脚步，然后几乎直接说到**男人**脸上。）

他可能会死的

男人

（低下头，然后抬起头注视着依然站在那里的**格蕾**。绝望地说。）

你为什么不走呢

走吧

这又不是你的祖母

这是我的祖母

走开

走吧

走开

母亲

（转过身来，带着恳求的语气对**格蕾**说。）

不　不要走

留下来

你一定要跟我们在一起

（**格蕾**向**父亲**和**母亲**走去。）

男人

（对**格蕾**说。）

你为什么不告诉我

高特出什么事了

告诉我

出什么事了

母亲

（对**男人**说。）

先不说这个

我们一定得走了

去参加葬礼

父亲

是的　来吧

我们该走了

（**父亲**、**母亲**和**格蕾**开始向前走去。**男人**和**女人**依然站在那里，彼此对视着。然后她从他的怀里挣脱开来，轻轻地向后退了一步。）

女人

（带着恳求的语气对**男人**说。）

来吧

我们该走了

我们不能留在这儿

我们刚刚才相遇

可是感觉就好像我们一直都在这儿

好像我们彼此已经认识很久了

怎么了

我们在哪儿

（害怕地。）

你不会死的

你还活着

我们刚刚才找到彼此

你还活着

来吧

男人

（无奈地。）

我还活着

我们只是来参加

我祖母的葬礼的

来吧

（**父亲**、**母亲**和**格蕾**停下了脚步。）

母亲

（对**男人**说。）

现在你一定得来了

父亲

是的　来吧

格蕾

（对**男人**说。）

高特在医院里

我得去陪着他

我不能留在这儿

母亲

（对**格蕾**说。）

是吗　如果你觉得需要这样做的话

那你就去吧

去陪着他

格蕾

我想是的

（**女人**向着长凳走去，**男人**站在那儿注视着她。）

父亲

（对**母亲**说。）

我们该走了

（**母亲**和**父亲**沿着砾石小径走去。）

男人

（对**女人**说。）

你不能走

女人

我不能留在这儿

格蕾

（对**男人**说。）

你什么也不在乎

高特在医院里

而你根本不在乎

你什么也不在乎

你不在乎

（她转过身，奔向**父亲**和**母亲**，想与他们一同退场。她追上了他们，**母亲**挽起**格蕾**的手臂。他们缓缓退场。**女人**在长凳上坐下。长长的静场。**男人**穿过舞台走向她，站在长凳旁。）

男人

（羞怯地，对**女人**说。）

我可以坐在你身边吗

女人

（快活地。）

是的　当然可以

男人

可以吗

女人

（向他伸出手。）

当然可以

（**男人**坐了下来，**女人**用一只手臂搂住他的肩膀。

她注视着他。）

所以现在我们又坐在一起了

坐在我们的长凳上

你和我

男人

是的

（短暂静场。）

但那是很久以前的事了

女人

这里是我们相遇的地方

我们开始在一起的

地方

男人

是啊

我想是的

母亲

（上，喊道。）

现在你一定得来了

（**女人**把手臂抽了回来。）

来吧

不要再坐在那儿了

父亲

（上，挽起**母亲**的手臂。

向着他们喊道。）

我们不能再等了

时间到了

母亲

（喊道。）

来吧

求你了

来吧

（**父亲**牵着**母亲**的手下。）

女人

你不想去参加葬礼吗

男人

那是很久以前的事了

（他用一只手臂搂住她的肩膀，把她拉到怀里。）

那是很久以前的事了

那么久那么久以前

一切都是很久以前的事了

那么久那么久以前

女人

一切都是很久以前的事了

那么久那么久以前

（短暂静场。）

发生了那么多事

男人

（把手臂抽了回来。）

一切都发生了

一切也都没有发生

女人

发生了那么多事

男人

是啊　我们一起经历了很多事

你和我

女人

而且我们一直都在一起

不管发生了什么事

我们一直都在一起

男人

你和我

女人

你和我

谁能想到呢

反正

我没想到

男人

发生了那么多事

女人

（站起身来。）

我们曾分享一切共同旅行四处漂泊

我们曾一起生活彼此争吵

我们曾水乳交融针锋相对

但是我们一直都在一起

你和我

男人

我们一直都在一起

女人

而且发生了那么多事

男人

但是一切却又都无法宣之于口

一切都发生了

可如果你试图将它们宣之于口

一切就又都消失了

女人

但是我们一直都在一起

男人

就像风

和海浪

女人

就像风和海浪

是啊

（她脱下外套放在长凳上，厚颜又调皮地看着他。）

我

（她把套头毛衣也脱了下来。）

我想和你

男人

不　现在不行

女人

是的　现在

就现在

就在这里

就现在

男人

现在

不　不要　求你了

女人

不

男人

不要

女人

不

男人

你为什么一定要

女人

我想要

（她歪着头，恳求地看着他。）

男人

现在不行

女人

不　我想要

男人

我不想要

你一定要吗

不　现在不行

女人

别说话

男人

我不想要

我想一个人待着

女人

来嘛

你想的

（短暂静场。）

因为我想做你的小狗狗

男人

走开

我不想要

快走开

女人

我想舔你

（恳求地。）

我可以做你的小狗狗吗

我可以舔你吗

男人

我不想要

女人

不　你想的

（她注视着他。）

我想做你的小狗狗

（她在他脚边跪了下来，开始蹭着他的大腿。）

我想

男人

（试图把她推开。）

我想一个人待着

女人

我想让你占有我

男人

不

女人

别说假话

我了解你

太了解了

男人

不

我不想要你

（他站起身来。）

女人

别说假话

我了解你

太了解了

（她抓住他的裤角。）

我想要你

你就不能占有我吗

占有我

男人

现在不行

我不想占有你

我不想要你

我从来就没喜欢过你

我受不了你

女人

（越来越紧地依偎着他。）

占有我

侵犯我

占有我

侵犯我

男人

（抓住她的头发，把她的头往后扯。她张开嘴，伸出舌头。）

我才不想占有你呢

女人

占有我

（她抓住他的腰带，把脸埋在他的裆部。）

男人

（再次试图推开她。）

我不想要你

女人

占有我

男人

我不想再跟你在一起了

我想一个人待着

女人

（放开腰带，坐倒在地。她注视着他，把一只手放在自己的两腿之间，开始上下摩擦。他站在那儿，低头斜睨着她。)

来吧

你一定要占有我

来吧

来占有我

占有我

男人

我再也不想要你了

女人

别说假话

你一定要占有我

你一定要占有我

(**男人**弯下身，把她推倒在地，压在她身上。

她却从他身下挣脱开去，站起身来。)

不　你不能这样

不能在这里

我不是这个意思

我只是闹着玩儿的

你不能这样

不能在这里

你不能这样

（他站起身来。静场。）

我们为什么总是这样

男人

我们到底想要什么

女人

为什么总是这样

男人

我不明白

（静场。）

我们在这里干什么

我们为什么会在这里

女人

永远都不要离开我

男人

我永远都不会离开你

女人

你一定要跟我在一起

我们要永远在一起

你和我永远在一起

（短暂静场。她把手放在他的裆部，放在那儿不动。）

男人

（把她的手拿开。）

我们坐下好吗

（**女人**点点头。他们在长凳上坐下。她拿起他的手放在自己的裆部，然后把自己的手放在他的裆部。他注视着她。）

你不冷吗

女人

不　不冷

不是太冷

男人

你一定得把毛衣穿上

还有外套

女人

好的

男人

我们该回家了

女人

我们没有家

男人

没有

女人

我们可以到我酒店的房间去

（她注视着他，微笑着。）

男人

（故作大吃一惊地说。）

可以吗

女人

（戏谑地。）

可你不是要回到你妻子身边去吗

格蕾

她是叫这个名字不是吗

是啊　格蕾

是的

男人

不

我无处可去

我要跟你在一起

你和我

女人

（接着他的话说。）

会在一起

（有点儿开心地。）

当然我们会在一起

（急促地。）

也许你可以住在我的酒店房间里

男人

或者我们可以订一间双人房

女人

我们先试试看你能不能住在

我的房间里

如果我们能够偷偷

溜进去的话

男人

我们可以先试试

（**男人**把手抽了回来。）

女人

（有点儿开心地。）

那我们就试试吧

然后

当我们在房间里的时候

我们就可以把衣服全都脱掉了

我就可以在你面前把衣服全都脱掉了

男人

不　不要全都脱掉

女人

只留一点儿

男人

只留一点儿

女人

然后你要占有我

男人

我不知道我是不是想占有你

（短暂静场。）

你是我见过最可爱的人

所以我不能占有你

女人

（故作无奈地说。）

那你更要占有我呀

男人

不

我不想

女人

（急促地答道。）

或者我们可以只是把衣服脱了

然后紧紧地暖暖地躺在一起

就在彼此身边

男人

是的

（他们一同站起身来。）

然后如果我们想做的话

就做

如果不想做的话

就什么也不做

女人

可是

男人

是啊　如果你不想做的话

（轻笑了两声。）

那就不要做

就这么简单

女人

是吗

男人

这只是一场游戏而已

女人

但是很严肃

男人

一场严肃的游戏

女人

你可真够聪明的呀

男人

一场严肃的游戏

女人

（语气有点儿严肃起来了。）

可是那时候

那时候

男人

那时候什么也没有

是啊　连光也没有

女人

光

是啊

可是

是的　是啊

连光

也没有

在这场严肃的游戏里

我的意思是说

（**男人**耸耸肩。）

可是

男人

可是什么

女人

可是

你不想占有我吗

我会想要被占有

可是然后你就会说

我不值得被占有

男人

也许晚点儿再说吧

现在不行

这里不行

女人

你不再

爱我了吗

男人

我恨你

也许我恨你

女人

为什么

男人

没有为什么

女人

你既爱我又恨我

男人

是的

女人

你是一只

小狗狗

你是我的男人

男人

不止如此

女人

你是一只小狗狗

男人

我是一只小狗狗

女人

我也是一只小狗狗

男人

死

爱与死

女人

那是不一样的

（她笑了起来。）

男人

是啊

一切都不一样了

女人

但一切也都依然故我

这就是

你想说的吗

男人

我想是的

（她突然在他脸颊上吻了一下，穿上了套头毛衣。）

你冷吗

（她点点头。）

是啊　这里是很冷

女人

（穿上外套。）

我有点儿冷　是的

（两人又都在长凳上坐了下来，这一次彼此离得很远。静场。）

我觉得你不再喜欢我了

男人

我喜欢你

我只是累了

女人

刚在一起的那些年

那时候你是喜欢我的

男人

可生活不就是如此吗

女人

我想

是的

男人

而且我现在也还是喜欢你的

尽管也许不像当初那么

喜欢你了

女人

（接着刚才的话说。）

当我们到我的酒店房间里

去睡觉的时候

（快活地。）

你还记得吗

你还记得吗

他们不让你进去

前台在我们身后追着跑

喊着

“是的　是啊

你们骗不了我的”

然后你就只好在大堂等着

我去拿我的东西

然后我们又找了一家酒店

要了一间双人房

你还记得吗

男人

（微笑着。）

是的　是啊

女人

然后我们就在那儿

住了一段日子

然后你就跟我一起走了

搬进我的公寓

你还记得吗

男人

是的　是啊

女人

（笑了起来。）

但是你不想住在那儿

你就是不能住在

就像你说的

那些女里女气的印花棉布和瓷器里

你就是这么说的

那些女里女气的印花棉布和瓷器

所以我们只好搬家

然后我们就买了一幢老房子

（她笑了起来。）

你和你的那些老房子们

然后我就失去了我所有的老朋友

男人

然后我也失去了

我所有的老朋友

女人

然后我们就一起住在

我们的老房子里

男人

而且我们现在也依然住在那儿

不是吗

女人

是啊　好像的确如此

男人

你还记得

你第一次

跟我父母见面的时候吗

女人

什么时候

男人

在我祖母的葬礼上

女人

是的　别让我再回忆起来了

（短暂静场。）

是啊　那次可真可怕

男人

最后我们谁也没去成葬礼

（他无奈地笑了。）

跟母亲吵了起来

然后我们就走了

而从那以后你和我都再也没见过

我的父母

女人

而现在你的父亲也去世了

男人

想起来真难过

女人

我们本来应该去参加他的葬礼的

男人

是的

（短暂静场。）

但是现在已经太晚了

女人

想想看我们就这么走了

连你祖母的葬礼也

没参加

男人

她本来会很高兴我们能去参加的

祖母

女人

真遗憾我没跟她见过面

男人

然后你还

见到了我的第一个妻子

女人

是的　是啊

（静场。）

我们为什么不走呢

我们不能再留在这儿了

我很冷

我们该走了

男人

你不能坐得离我近一点儿吗

（她坐到他身边来，他用一只手臂搂住她的肩膀。

静场。）

女人

（对他说。）

发生了那么多事

男人

但是我们一直都在一起

女人

谁能想到会是

这样呢

男人

是啊　你很可能没想到我会跟你

在一起

女人

很可能没有

又或许

当我仔细想的时候

我是知道你会跟我

在一起的

男人

但是所有那些其他的女人呢

女人

你并没有对我忠实

男人

是的

可如果我有呢

女人

其实你对我依然还是忠实的

从某种程度上说

男人

我想是的

是啊

女人

忠贞不渝直至死亡

男人

这话可能比听上去

要真实得多

（他把手臂抽了回来。）

女人

是的　是啊

（她站起身来。）

来吧

我们回家吧

回我们的老房子里去

男人

那是幢可爱的房子

女人

又可爱又寒冷

来吧

老头儿

男人

好的

（他坐着没动。）

女人

你已经老得

站都站不起来了吗

男人

我不知道

（他注视着她。）

我不想要

那幢老房子了

我们得把房子卖了

女人

先不说这个

不是现在

因为只要我们住在这幢老房子里

你就总是这么说

买老房子

卖老房子

你心里

就没有别的事了吗

是啊

你和你的那些老房子

男人

老房子

总是老房子

女人

是的

（突然说道。）

我害怕

我不知道为什么

可是我突然

很害怕

有什么事要发生

是什么呢

（绝望地。）

你一定不能消失

你一定要跟我在一起

既然你和我

已经

找到了彼此

你一定不能从我的生活里

消失

是什么呢

我很害怕

男人

什么事也没有

没有

别害怕

女人

有什么事要发生

而我不知道

是什么

我好害怕

男人

什么事也没有

来吧　我们走吧

（**男人**坐在那儿没动。）

女人

我们能走了吗

男人

我想去看一眼祖母的墓

我想去给她扫墓

女人

不要　走吧

男人

为什么不要呢

女人

下次再来

不是现在

我很害怕

你一定不能从我的生活里消失

既然我已经

终于

找到了你

男人

我们就不能去看看祖母的

墓吗

我好想

看一眼

女人

我们就不能以后再去吗

下次

不是今天

又不是不能等

男人

不　就现在

我想现在就去

女人

不　我不想去

我很害怕

我不想孤单一人

我经常很孤独

我一直都

很孤独

男人

我们没有孩子

女人

我们不想要孩子

男人

我们没有孩子

女人

是的　是啊

男人

而现在我们很孤独

女人

是的　是啊

来吧

男人

我们

女人

是的　我们没有孩子

可是来吧

我们走吧

男人

好的

女人

一切都发生了

一切也都没有发生

（**母亲**和**格蕾**上，依然身穿丧服。**女人**朝她们的方向走了两步，又停了下来，然后转身对**男人**说。）

来吧

（**男人**依然坐在那儿没动。

恐惧地说。）

我们不能留在这儿

她们来了

你看那儿

（她用手指着。）

她们来了

来吧

快点儿

我们该走了

来吧

我们不能留在这儿

来吧

母亲

（冲着**男人**和**女人**喊道。）

现在都结束了

你一直没有来

格蕾

高特死了

女人

（对**男人**说。）

一切都是很久以前的事了

我们不能留在这儿

我们该走了

（**男人**站起身来。）

男人

（对**格蕾**说。）

高特很久以前就死了

格蕾

一切都如在眼前

男人

（绝望地。）

很久以前

很久很久以前

自从

（突然停下来不说了。）

格蕾

一切都如在眼前

女人

（抓住**男人**的手臂。）

我们该走了

（他依然站在那儿没动。）

母亲

（对**男人**说，绝望地。）

不　你不能走

如果你走了

就会死的

你不能跟她一起走

你不能

（**女人**依然站在那儿抓着**男人**的手臂。）

你本来应该是

来参加你自己祖母的

葬礼的

格蕾

高特死了

可你不在乎

我早就知道

你一点儿也不在乎

（**格蕾**哭了起来。）

母亲

（对**男人**说。）

我再也无法忍受你了

我再也不想见到你了

你甚至连你

自己祖母的葬礼

也不来

男人

我们当时

母亲

（打断他的话。）

不要找理由了

我再也不想见到你了

男人

我也不想见到你

格蕾

高特的葬礼

你也

不来

我早就知道

母亲

（对**男人**说。）

我再也不想见到你了

永远

（**母亲**走开去，注视着一块墓碑。**格蕾**站在那里，注视着**男人**和**女人**。）

母亲

（转身对**男人**说。）

你要杀死我了

你就是我的死亡

格蕾

看看你的母亲

你都干了些什么

你要杀死她了

你所做的这一切

女人

（拉着他的手臂。）

来吧　我们该走了

我们不能再留在这儿了

我们该走了

格蕾

（对**女人**说。）

放他走

你以为你是谁

女人

（对**格蕾**说。）

你才应该放他走

不是我

是你

格蕾

放他走

（**男人**走到一块墓碑前，站在那里注视着它。**女人**在长凳上坐了下来，**格蕾**坐在她身边。

静场。

对**女人**说。小心翼翼地。）

你知道

（短暂静场。）

你知道

女人

什么

格蕾

我没有生你的气

（**男人**缓步走开。当她们两人坐在长凳上说话的时候，他退场。）

母亲

（对**男人**说。）

你不能走

我刚才说的不是真心话

不要走

你不能也这样

消失

（她缓步走开，低头俯首，跟随在**男人**身后退场。）

格蕾

（对**女人**说。）

这不是你的错

生活就是如此

女人

但是我真的爱他

格蕾

我也一样

女人

而现在他去了

永远地去了

格蕾

现在他永远地去了

（静场。

带着询问的语气说。）

很突然吗

女人

是的

格蕾

他就这么死了

（静场。）

女人

是的

（静场。）

他站起身来

然后他就这么死了

（静场。）

我不明白他怎么就这么死了

就这么

永远地

去了

格蕾

生活就是如此

（长长的静场。）

女人

还有他的母亲

（静场。）

她会来吗

格蕾

是的

她说她会来的

女人

他已经很久没跟她见过面了

格蕾

她会来的

（**母亲**自她最初上场时的同一地点上，沿着砾石小径走着。她低着头，捧着一束花。她看到坐在长凳上的**格蕾**和**女人**，停下了脚步。）

母亲

（对她们说。）

我们该走了

时间到了

（**母亲**沿着砾石小径缓步走去。**格蕾**站起身来，挽住**母亲**的手臂。她们回转身，站在那儿注视着**女人**。**母亲**伸出一只手。**女人**站起身来，穿过舞台走到**母亲**身边，挽起**母亲**的手臂。手挽着手，三个女人一同缓步退场。）

译者注：

2010 年　初稿

2014 年　再稿

2015 年　初版修订

2024 年　再版修订

图书在版编目（CIP）数据

秋之梦 /（挪威）约恩·福瑟著 ；邹鲁路译. — 南京 ：译林出版社，2024.5
（有人将至 ：约恩·福瑟戏剧选 ；VI）
ISBN 978-7-5753-0087-2

I.①秋… II.①约… ②邹… III.①剧本 — 挪威 — 现代 IV.①I533.35

中国国家版本馆 CIP 数据核字（2024）第 053751 号

著作权合同登记号 图字：10-2024-120 号

有人将至 ：约恩·福瑟戏剧选 VI
秋之梦 ［挪威］约恩·福瑟 / 著 邹鲁路 / 译

策　　划 袁　楠
责任编辑 张　睿
装帧设计 韦　枫
校　　对 戴小娥
责任印制 闻媛媛

出版发行 译林出版社
地　　址 南京市湖南路 1 号 A 楼
邮　　箱 yilin@yilin.com
网　　址 www.yilin.com
市场热线 025-86633278
排　　版 南京新华丰制版有限公司
印　　刷 南京爱德印刷有限公司
开　　本 787 毫米 ×1092 毫米 1/32
印　　张 9.375
插　　页 4
版　　次 2024 年 5 月第 1 版
印　　次 2024 年 5 月第 1 次印刷
书　　号 ISBN 978-7-5753-0087-2
定　　价 298.00 元（全九册）

Jon Fosse

有人将至：

约恩·福瑟戏剧选

一个夏日

Ein sommars dag

[挪威] 约恩·福瑟 著
邹鲁路 译

译林出版社

Ein sommars dag

人物

年老女人

年老朋友（女性）

年轻女人

阿瑟

年轻朋友（女性）

（年轻朋友的）丈夫

I

暗场。灯光起。峡湾边的山上，一幢古老的大房子里，起居室。一个年老女人站在窗前，凝视着窗外。她转身看着另外一个年老女人，她的朋友。朋友这时正从沙发上站起身来，往房间中央（与窗子相反的方向）走了两步。

年老女人

（对朋友说。）

你要走了吗

年老朋友

是啊　我想到海边去

散散步

下面海边

感觉真好

而且今天是这么美好的

一个夏日

而且他还要有一会儿

才来接我呢

他要

到城里办点事儿

年老女人

我知道

年老朋友

你要跟我一起去吗

年老女人

不　我想我就待在这儿吧

（短暂静场。她又回转身凝视着窗外。）

年老朋友

（笑着说。）

你又要

站在那儿望着窗外吗

你就不烦吗

我得承认

每当我在心里想起你的时候

眼前总是浮现出你站在窗前

望着下面大海的样子

年老女人

是啊　我总是这样

年老朋友

真的

这就是我眼前浮现的你的样子

你就不烦吗

年老女人

我倒是不烦

年老朋友

是吗

（短暂静场。）

那

好吧　我去散步了

（年老朋友向台右的门走去，又停下脚步，注视着年老女人。）

我到下面海边去了

今天天气真的很好

年老女人

（看着她的朋友。）

好啊　去吧

年老朋友

你不一起去吗

年老女人

不　我想不了

年老朋友

是啊　我知道

你不太喜欢

到下面的海边去

年老女人

是啊

年老朋友

那

好吧　我去了

年老女人

好啊

去吧

（年老朋友自台右下。年老女人又一次转身望着窗外。她站在那儿，就这么凝视着。静场。）

II

年老女人

（转身向着台前，往房间中央走了两步。）

每当我站在窗前的时候

（回转身向窗子望了一眼。）

我就能看到他出现在我眼前

（短暂静场。）

那天就像今天一样

只不过是在秋天

我的朋友来看我

那已经是很多年以前了

到现在

可我还是能看到他出现在我眼前

当他向着下面的海边

走去的时候

我看着他向海边走去

也许他回头了

也许还挥了挥手

如果他愿意的话

或者他就只是沉浸在自己的思绪里向那儿走着

也许他没有回头

我还是能看到他出现在我眼前

当他向着下面的海边

走去的时候

我还是能看到他出现在我眼前

当他顺着下面的路走上来的时候

也许他会提着一桶鱼

如果他运气好

钓得到鱼的话

要么他就会拎着一条鲑鱼

或者是三文鱼

然后我会看到他是多么的自豪

（她笑了。）

他就是这样

不过那已经是很多年以前了

到现在

一切都过去了

现在

（短暂静场。）

而很快一切都将消失不见

很快

一切都会过去

等我不在了　一切就都过去了

他的样子是那么

到现在已经这么久了

都过去了

起初他在这儿

然后突然他就不见了

（她环顾着房间。）

而这就是我们曾经住过的地方

我和他

我们一起住在这儿

（短暂静场。）

我们曾经住在这儿

一起

我们买下了这房子

然后搬出了城

然后我们就在这儿住了下来

我和他

我们两个人

（她微笑了。）

而这房子现在还是

跟当初一模一样

是我让它保持这样的

一切几乎都跟以前一模一样

（她环顾房间，四处走动着，整理着照片和其他的东西。）

是的　是啊

（她抬起头来。）

一切几乎都跟以前

一模一样

因为我不喜欢有太多改变

不过虽然

这么多年过去了

我还是不明白当时他到底

发生了什么

那个秋日

那个我的朋友

来看我的日子

就像今天一样

尽管我想了又想

还是不明白当时到底发生了什么

（短暂静场。）

也许可以说这件事一直折磨着我

或者也不能说它一直折磨着我

尽管可能事实就是这样

是啊　我不知道

我想它就是这样存在着

始终在我的生活里

就像一个没有答案的问题

就像一声无人回应的呼唤

因为我们就这样找到了彼此　你知道

然后

就像找到彼此一样突如其来毫无预兆地

我们又失去了彼此

可生活就是这样

人就是这样活着

生活

就是这样

（脚步声传来。年老女人注视着一个年轻女人静静地自台右上。走进房间后，她游目四顾，然后四处走动着整理照片和其他的东西，就像刚才年老女人做的那样。年轻女人的行为就仿佛没有意识到年老女人的存在一般。与此同时，年老女人站在那儿注视着她，温柔微笑着。然后，年老女人静静自台左下。与此同时，年轻女人走过去站在窗前向外望着，就像刚才年老女人做的那样。然后她转过身，在房间里来回踱着步。脚步声传来，阿瑟自台右上。年轻女人和阿瑟冲彼此点点头。）

年轻女人

你能来看看可真好

阿瑟

你干吗要这样说

年轻女人

我都不怎么见得到你

阿瑟

我一直在这儿呀

你知道的

年轻女人

是吗　就算是吧

是啊

（阿瑟注视着她。

静场。

她注视着阿瑟。）

你看上去坐立不安的

出什么事儿了吗

阿瑟

没有

（短暂静场。）

没有　没什么

年轻女人

你不舒服吗

阿瑟

我没事儿

（拉长着声音。）

年轻女人

你有什么烦心事儿吗

阿瑟

一点儿也没有

年轻女人

你在这儿不开心吗

我们不应该搬到这儿来吗

你不再喜欢

和我在一起了吗

阿瑟

我当然喜欢了

不是这样的

可是这里太安静了

这里太悠闲了

以至于我在这里待得都

坐立不安了

我想我是可以这么说吧

（他笑了一声。）

是啊　我也不知道

年轻女人

是啊　这里是有点儿太安静了

这倒是真的

可这不正是我们想要的吗

我们不想再住在

城里了

阿瑟

是啊

可有时候这里实在是

太死气沉沉了

一个人也看不见

也没什么车

只是偶尔才有一辆

从下面的路上经过

年轻女人

（笑着说。）

可这不正是我们想要的吗

我们不想再住在城里了

那么多人

那么多车

阿瑟

我知道

年轻女人

而且当初是你

那么热切地

想要搬出城的

阿瑟

你也一样

年轻女人

是啊　我也一样

别误会我的意思

（短暂静场。）

可是现在我们已经

搬出城了

现在我们已经有了

一幢美丽的老房子

就在峡湾边

这就是你曾经那么热切渴望着的生活

你说过的

好吧　现在我们已经来到这儿了

而你却无论如何

也不开心了

你甚至比以前

更忧伤了

难道在这儿的生活

跟你想象的不一样

阿瑟

没有　是一样的

也许

可这里实在是

太死气沉沉了

年轻女人

是啊我感觉得到你是有点儿坐立不安

可你就不能

试着开心起来吗

为了我们美丽的房子

为了这儿是如此的宁静

你就不能

平静下来

不要总是

自寻烦恼

你总得找到

能让你放松的东西

我想

阿瑟

是啊

年轻女人

（接着自己的话往下说。）

不管你去了哪里

不管你住在哪里

你总是这样

在城里你不开心

在这里你也不开心

不管你住在哪里

你都不开心

你总是想

搬到别的什么地方去

你总是这样

阿瑟

也许是吧

（短暂静场。）

可你是开心的

（她点点头。）

好吧　那我也是开心的　我想

不是为了这个

可我就是觉得坐立不安

或者管它是什么情绪

是啊　我也不知道

年轻女人

我感觉得到

是我

让你厌烦吗

难道你

不再爱我了吗

阿瑟

我当然爱你

不是为了这个

别这么想

你

对我很好

你知道的

（短暂静场。）

年轻女人

可我很担心

我感觉得到你不再觉得

我重要了

每当你这样的时候

我就会觉得

觉得

你不喜欢的其实是我

阿瑟

不是这样的

千万别这么想

年轻女人

是啊　我知道

可是

阿瑟

我想今天

你的朋友要来

她

（突然停下来不说了。）

不是吗

年轻女人

是啊　她说过要来

她应该会开车过来

阿瑟

我知道了

年轻女人

（笑了一声。）

你害怕

她来吗

阿瑟

不

（拉长着声音。）

不是的

（短暂静场。）

她丈夫

会和她一起来吗

年轻女人

我也不知道

不过我想不会

（短促地笑了一声。）

你也

千万别

到了这里

就什么人都躲着不见了

阿瑟

住在这儿

很容易就会变成这样

年轻女人

是吗　你可千万别这样

（她走到窗前，向外望着。然后转身对他说。）

就算今天天气不太好

不是晴天

可这样的天气

也

没那么糟

已经入秋了

这就算是最好的天气了

阿瑟

（走到窗前，向外望着。）

会有小雨

不是吗

（短暂静场。）

不过这依然是个美丽的秋日

清爽萧瑟

年轻女人

不过会有小雨

阿瑟

是啊　我想是的

不过也很难说

也许会有小雨

年轻女人

我想会的

不过我不能肯定

（短暂静场。）

我们出去看看好吗

阿瑟

好啊

年轻女人

（走到台右的门边，转身注视着阿瑟，他依然站在那儿，茫然地凝视着前方。）

好啊　那走吧

别站在那儿胡思乱想了

阿瑟

（抬起头来。）

好啊　我来了

（他走到年轻女人身边，他们一起自台右下。与此同时，年老女人静静地自台左上。她站在那儿，目光追随着他们，悲伤地微笑着。然后她在房间里来回踱着步，看着照片和房间里其他的东西。）

年老女人

（抬起头来，直视前方。）

这一切都是很久以前的事了

但不管怎样我还是记得

（短暂静场。）

那一天

就好像刚刚发生过一样

我还记得

那是个美好的秋日

清爽

而且既不冷也不热

我们出去看看会不会下雨

真的下雨了

不过只有一点儿

然后我们就在那儿站了一会儿

在外面的细雨中

然后我们开始绕着房子散步

看着它

他说房子该油漆了

排水沟也该清理了

就是他通常会说的那些事儿

他就这么说着

我们俩都觉得

这是幢美丽的房子

那么宽敞　那么美丽

那么洁白　那么美丽

可要是我们不想淋湿的话

我们就得

进屋来了

而且得赶快

所以我们就赶快进来了

（脚步声传来。年老女人走过去站在窗前，向外望着。

年轻女人小跑着自台右上，她跑进房间就停了下来，站在那儿看着门。过了一会儿阿瑟走了进来。）

年轻女人

（微笑着对阿瑟说。）

但不管怎么说我们

买了幢好房子

是啊

而且位置也很好

就在峡湾旁边

不是吗

阿瑟

是啊　这里很好

我们很幸运

要找到这么好的房子

可不容易

而且我们也是花了很长时间

才找到的

年轻女人

是啊　我们花了很长时间

阿瑟

而最后我们终于找到了一幢好房子

（短暂静场。）

可我刚才看到了好多早就应该做的事情

这个夏天

我早就应该做点儿什么的

可现在

年轻女人

（笑着说。）

是啊　现在很可能

已经有点儿晚了

不过也没什么

好着急的　我觉得

（阿瑟走过去在沙发上坐下来。

静场。）

那

今天

你想干点儿什么呢

阿瑟

我想到峡湾边去转转

年轻女人

现在　又去

阿瑟

是啊　我想是的

年轻女人

你几乎从来都不在家

阿瑟

我当然都在家

年轻女人

你几乎总是

在海上待着

从来都不在家

几乎从来不在

阿瑟

这儿也没什么其他

好做的

除了到峡湾边去

年轻女人

可你到海上去的时间几乎比

在家的时间还要多

至少看起来是这样

阿瑟

是啊　也许看起来是这样

可其实我在家里

跟你在一起的时间要更多

而且

（短暂静场。）

我很喜欢到海上去

年轻女人

我从来就没明白过

待在那片海上

待在一艘小船里

到底有什么好的

一个小时又一个小时地

待在一艘小船里

天哪　你能就这么坐在那儿

就在峡湾中央

连续坐上几个小时

一整天

一整个晚上

直到天都黑了

你就这么坐在那儿

就在峡湾中央

在你那艘小船里

这到底

有什么好的

而且外面一定

很冷

很潮湿

至少现在秋天了会是这样的

而且一定也

无聊透了

阿瑟

是啊　也许是很无聊吧

我也不知道

可我喜欢这样

年轻女人

这到底有什么

让你那么喜欢的

阿瑟

我想　我也不知道

年轻女人

可你肯定知道

肯定是有什么让你这么喜欢

阿瑟

是吗

是啊　我也不知道

年轻女人

说呀　到底是什么

阿瑟

我也不知道

也许我喜欢这样就只是因为

是啊　我也不知道

年轻女人

你知道的

阿瑟

是吗　我想是海浪吧

也许

我想是的

年轻女人

（询问地。）

海浪

阿瑟

是啊

我就是喜欢坐在那儿

感觉着海浪

咆哮着咆哮着

也许

还有我也喜欢

船在水中

上下飘摇着

（他笑了起来。短暂静场。）

还有我喜欢看着大海

还有我也喜欢想着

海底有多么多么地深

你知道这个峡湾是很深的

这个峡湾

是全国

最深的峡湾之一

我坐在峡湾水面上的小船里

海浪在咆哮着

离陆地那么远

船那么小

在我和那片大海之间

在我和那无尽的深渊之间

只有这薄薄的小船

而小船就在水中上下飘摇着

一上一下

而风撕扯着我的头发

而我只有独自一人

（注视着她。）

因为你很少愿意一起来

所以我就坐在那儿

还有海浪在咆哮着

还有小船在水中上下飘摇着

还有时间过去

还有

（短暂静场。）

你有时候也应该

一起来的

年轻女人

不

你知道的

我不是很喜欢

到海上去

我会害怕

还会觉得无聊

阿瑟

是啊　这我知道

我知道你是这么觉得的

我一直什么都没说

你一直都是这样的

我知道

年轻女人

是啊　我一直都是这样的

我从来就不是很喜欢

到海上去

（短暂静场。）

可是

（注视着他。）

不会是因为她

我的朋友要来了

你今天才

这么急着

要到峡湾上去吧

阿瑟

不

我本来

也要到峡湾上去的

不过

（笑了一声。）

就像你说的

我已经变得

不想见人了

或者

我本来就是这样的

不过说实话

自从我们搬到这儿来以后

就更不想了

年轻女人

你想到峡湾上去就是因为这个吗

因为她要来了

阿瑟

不

不只是因为这个

不过也是因为这个

我想到海上去是因为我喜欢到海上去

也是因为你的朋友

就要来了

两个原因都有

我想

年轻女人

（带着点儿询问的语气说。）

可你认识她

比认识我的时间还长吧

阿瑟

这能说明什么呢

年轻女人

是啊　我不知道

（短暂静场。）

不我从来就不喜欢

到海上去

我会害怕

我会觉得毛骨悚然

我不知道

可是

阿瑟

也许只有到海上去

我想我才会觉得安全

是啊　安全

也许

正是因为会有点儿

如果不是太过于

危险

不知怎么

反而会觉得安全了

年轻女人

不管怎么说你还可以穿

救生衣

阿瑟

（笑了起来。）

是吗　这就算了吧

要是这样我还不如就在岸上待着算了

不是吗

年轻女人

是吗　我不知道

所以我也不

（短暂静场。）

阿瑟

你的朋友要在这儿待多久

年轻女人

只是来看看

几个小时

也许

阿瑟

你知道她什么时候来吗

年轻女人

她说她今天下午来

不过她没说她

几点来

只说是今天下午

阿瑟

（笑着说。）

好吧　那我得赶紧走了

年轻女人

可你是认识她的呀

阿瑟

是啊

不是因为这个

（短暂静场。）

不过我要加件衣服

再出去

年轻女人

要是你这么想出去

那

我也阻止不了你

阿瑟

没那么危险的

我肯定

年轻女人

好吧　去吧

走吧

（阿瑟自台右下。年轻女人走到窗前，向外望着。她和年老女人肩并肩站着，但看不到她们以任何方式与彼此产生联系。过了一会儿，年老女人往房间中央走了两步，然后站在稍靠台左的地方，面朝房间的后墙，注视着年轻女人。与此同时，年轻女人从窗边走开，站在房间几乎最中央的位置，注视着台右的门。年老女人的目光也转向那扇门。与此同时阿瑟上，身穿雨衣。）

阿瑟

（对年轻女人说。）

我准备好了

年轻女人

好吧　如果你这么想

到海上去的话

去吧

可是当然你心里清楚

你几乎从来都不在家

是啊　我是说真的

你永远都待在外面的海上

阿瑟

我还以为这事儿我们已经说清楚了呢

这儿

也

没什么其他的事好做

年轻女人

好吧　是啊

你知道当初是你

这么想搬到这儿来的

而且你今天早晨已经

出过海了

而且你昨天下午也去过了

你到底怎么了

你好像无法安静下来似的

好吧　你最好还是去吧

可我真的认为你本来可以

在家里多待一些时间的

阿瑟

（走过去在沙发上坐下来，带着点儿漫不经心的态度说。）

是吗　好吧

那我就待在家里

年轻女人

不　我不是这个意思

如果你想去的话

好吧　那你最好还是去吧

我不该阻止你

去吧

快去吧

难道你不明白吗

阿瑟

（半真半假地说。）

不　我就待在家里吧

就这么决定了

年轻女人

不

你最好还是去吧

我不该说什么的

如果你想去的话

那你最好还是

去吧

我不该阻止你

去吧

快去吧

走吧

阿瑟

（站起身来，脱下雨衣，漫不经心地说。）

不　我还是待在家里吧

年轻女人

不　快去吧

（静场。）

是的　我是说真的

快去吧

（静场。）

可难道你在这里不开心吗

是我的问题吗

难道你不喜欢

和我在一起吗

到底怎么了

你到底怎么了

你总是这么坐立不安

永远也安静不下来

总是想到外面海上去

阿瑟

而你从来也不想和我一起

到海上去

好吧　当然了

今天不行

因为你的朋友就要来了

可有些时候你本来可以

和我一起去的

我想

年轻女人

可你知道我不喜欢

到海上去

我会很害怕

船那么小

而且即使我们是在峡湾里

有时候也会浪很大

你还记得那次吗

阿瑟

当时并不危险

年轻女人

是啊　也许是这样

可浪都从边上打进来了

阿瑟

有那么一两次

是啊

年轻女人

不　我不是很喜欢到海上去

阿瑟

是啊　我知道

（静场。）

年轻女人

不过好吧　快去吧

快去吧

阿瑟

（站起身来，再次把雨衣穿上。）

好吧　那我去了

年轻女人

好的　去吧

（短暂静场。）

你要去很久吗

阿瑟

不　不会很久

（他冲年轻女人点点头，自台右下。但又转身回来，给了她一个拥抱。他再次自台右下。与此同时，年轻女人站在那儿，目光追随着他离去。然后她走过去在他刚才坐过的沙发上坐下来，从地板上捡起一本书，看了两眼。与此同时，年老女人走到窗前，站在那儿向外望着。年轻女人又把书放回到地板上，走到窗前，与年老女人肩并肩站着。但她的行动依然仿佛年老女人并不存在一般。然后年轻女人打开了窗子。）

年轻女人

（冲窗外喊着。）

要小心啊

别待太久

阿瑟

（自屋外答道。）

好咪

年轻女人

别待太久

阿瑟

不会的

就去一会儿

年轻女人

你要待多久

阿瑟

好吧　我不会待太久的

我不知道什么时候回来

但我不会待太久的

（年轻女人把手臂伸出窗外，挥着手。然后她关上窗，定定地站在那儿向外望着。与此同时，年老女人静静地往房间中央走了几步。）

年老女人

所以我就站在那儿

（回转身向年轻女人看了一眼。）

目光追随着他

看着他沿着路边

向大海走去

可他没有回头

突然我觉得有点儿不安

一种奇怪的不安涌了上来

（年轻女人开始在房间里来回踱步。）

可我当时以为没什么

以为那突如其来的不安

其实没什么

不重要

只是突然的一种感觉罢了

可接着我又觉得我一定得去追他

求他回来

（年轻女人又一次走到窗前，站在那儿向外望着。）

我一定得求他

不要到外面海上去

可接着我又想起我的朋友就要到了

随时都可能到

而她到的时候

我得在家

我想

而且既然我的朋友要来

既然这样

那也许他还是不在家的好

那样我就可以和我的朋友单独聊聊了

我想

而且这要比他也在家里

肯定要愉快得多

要是我能单独和她聊聊

我想

所以当时我想我的这种不安

多半没什么要紧的

也多半没什么奇怪的

我也用不着心烦

这种不安多半只是

我想象出来的

毫无来由

我想

所以我就走过去

（年轻女人走到沙发前，坐了下来，捡起书。）

坐下来想看点儿书

（年轻女人开始看书。）

可这种不安是那么强烈以至于我

看不下去书

我定不下心来

（年轻女人又把书放回到地板上。）

所以我就只是坐在那儿直愣愣地瞪着前面

（年轻女人坐在那儿瞪着前面。）

什么也不做

可我还是觉得非常不安

所以我

（年轻女人站起身来，又一次走到窗前，站在那儿向外望着。）

走到窗前

站在那儿　这样我的目光就可以追随着远方的他

可我既没看到他也没看到他的船

接着我想　好吧　现在

现在我绝对不能再继续这样下去了

因为我的样子看上去一定像是要发疯了

我想

（年老女人转过身，看着正凝视着窗外的年轻女人。然后她再次回转身向着前方。）

可他到底是怎么了

我就这么站在那儿想着

因为一定是有什么

他不喜欢的是我吗

我想着

他跟我在一起不开心吗

因为他有烦心事儿

这很明显

他从来都不在家里待着

他总是想到外面海上去

所以一定是有什么

可到底是什么呢

他自己知道是什么吗

他一待在家里就安静不下来

就想到下面的大海上去

永远都是

现在

当我们终于得到这

梦寐以求的房子时

他却突然感到

不安了

一种黑暗

到底是什么我不太明白

他自己也

不太明白

突然淹没了他

当他穿着雨衣

拿着钓鱼竿

走来走去的时候

当他想着早就该把房顶的排水管

换了的时候

或者是想着房子该重新油漆了

想着要顺着梯子爬到房梁上

该有多困难的时候

他走来走去地想着这些事情

自己也不明白是怎么了

我突然意识到

站在那儿望着窗外

望着下面的峡湾

到底是什么让他烦心

可一定是有什么突然淹没了他

这是肯定的

一定是有什么

我就这么站在那儿

感受着心中巨大的不安

然后我断定没什么

好不安的

因为严格说起来

其实他

只不过是老样子

他一直就是这样

他也没说什么

或者做什么

来告诉我他不再是老样子了

可他就是有点儿不对劲

一定是有什么

而且我觉得越来越不安了

然后我突然想到

（年轻女人注视着台右的门。）

我应该上楼到卧室去

我突然就想到了

接着我就上楼到了卧室

（年轻女人自台右下。）

然后

当我到那儿的时候

我看到他把衣服都叠得整整齐齐

它们那么整齐地躺在那儿

我以前很少看到它们这么整齐

然后我拿起一件他的衬衫

看着

闻着

然后我又把它整整齐齐地叠好

放回到他原来放的

那堆衣服上

跟其他的衬衫一起

他把衬衫叠得

这么整齐

那一瞬间我觉得无比悲伤

我不明白是为什么

可我就这么悲伤着

然后我在床上坐了下来

我就这么坐在那儿看着他叠好的

一堆堆衣服

然后我想我大概从来也没有

看到我们的卧室这么整齐干净过

一切都好好地放着

这意味着什么呢

我想

然后我觉得更加不安了

现在他到底想要怎么样呢

我想

他为什么要把衣服叠得这么整齐呢

我想

而我却感觉到如此无法言说的悲伤

可接着我又想

他只不过还是老样子罢了

他没有什么不对劲

不　他一点儿也

没有什么不对劲

他一直就是

这样的

这些日子

有点儿不安

仅此而已

可他肯定是有点儿不对劲

我试着想弄明白是怎么回事

可我没能

弄明白

他住在这儿不开心吗

他跟我一起住在这儿不开心吗

他到底是怎么了

可当时是他想搬到这儿来的呀

离开城里

而且一开始的时候一切也都

好好的呀

可是后来

是啊　是有什么东西把他淹没了

我不知道那是什么

可他越来越经常到峡湾上去了

有时候他一天要

到峡湾上去好几次

可他总是只在那儿待

一两个小时

然后他就会回家

然后他会在这儿待一小会儿

然后他又会说

他要到海上去了

（年老女人走到窗前，凝视着窗外。然后她又回转身往房间中央走了几步。）

我感觉到如此巨大的不安

如此难以言说的悲伤

以至于我当时就想到海边去找他

（年轻女人上，身穿雨衣。她环顾着房间，然后快步下。）

是啊　当时就是这样

然后我就走到海边

去找他

然后我就站在我们的码头上看着

一遍又一遍地看着大海

海浪拍打着码头

因为现在风已经起来了

而且雨也下得更大了

我站在那儿倾听着

海浪一遍又一遍地拍打着码头

然后我转过身

看到了船屋

然后我走进船屋

然后我看到那里的一切也都整齐干净

然后我从半明半暗的船屋里

走了出来

然后我就站在码头上放眼望着大海

我一艘船也看不到

然后我想我不能一直就这么站在那儿

因为我的朋友也许已经到了

所以我多半是该回去了

但是我不想回去

我只想站在那儿

我觉得

但是我不得不回去

当然那时也很冷

我冻僵了

而且现在雨下得很大

所以我是该回去了

我想

所以我就回去了

当我走在路上的时候我意识到风开始

越来越猛烈了

雨也开始越来越大了

我往回走着

试着告诉自己

没有什么好不安的

我想

这一切只是我自己想象出来的

我想

他以前那么多次在这样的天气里

到海上去

我想

所以我往回走着

当我快走到房子的时候

我们那幢洁白美丽的房子

我看到我的朋友

站在房前的院子里

原来她已经到了

我冲她喊着

挥着手

她也冲我喊着

挥着手

然后她问我去哪儿了

然后我说我只是出去散了一小会儿步

然后她说我回来了太好了

因为她现在都快冻僵了

她说

又是雨又是风

她已经淋得湿透了

她说

所以我们就进房子里来了

（年老女人把目光转向台右的门。年轻女人上，头发有点儿湿漉漉的。接着年轻朋友上，她的头发也湿漉漉的。两个女郎注视着彼此，抖抖身上的水珠。与此同时，年老女人快步自台左下。年轻朋友走到沙发前坐了下来。年轻女人走到窗前，站在那儿向外望着。）

年轻朋友

（转身看着年轻女人。）

你们的房子真不错

年轻女人

（转身对年轻朋友说。）

是啊　不错

年轻朋友

你们真幸运

能找到这样的房子

年轻女人

是啊　我们也这么想

不过　到这儿来

看看风景

（年轻朋友站起身来，向年轻女人走去。他们肩并肩站在那儿，凝视着窗外。）

年轻朋友

（看着年轻女人。）

真的很不错

即使现在雨下得这么大

还是能看到远处的峡湾

那么远的地方

我想我看到海浪里

漂着一艘小船

年轻女人

（看着年轻朋友。）

那可能是阿瑟

年轻朋友

（有点儿惊讶。）

这么说你们有艘船

年轻女人

（朝沙发走去。）

是啊　而且阿瑟

（她笑了一声。）

几乎总是

待在海上

年轻朋友

（跟她一起走了过来。她们坐下来。）

我以前不知道

他原来对这些事

这么感兴趣

年轻女人

（笑了一声。）

是啊

我也不知道

他

是不是对这些事感兴趣

不过反正现在

他经常待在外面海上

我也不知道为什么

年轻朋友

不管什么天气

年轻女人

是啊

几乎不管什么天气

今天

是啊　早晨他已经出过海了

现在他又出去了

昨天下午他也出过海

年轻朋友

应该不会太好玩吧

在这样的天气里

不过他的船大吗

（年轻女人摇摇头。

询问地说。）

只是一艘用桨划的小船吗

年轻女人

是啊

一艘旧的小木船

年轻朋友

是吗　这种天气

出海

可不太好

雨正下着

风正吹着

而且

年轻女人

是啊

是啊　我不知道他为什么

总是想到外面海上去

他无论如何也不愿意

待在家里

（笑了一声。）

他几乎总是

在外面海上

我不知道是怎么回事

也许他不愿意

跟我在一起

不管怎么说我是这么想的

年轻朋友

不　我肯定他是愿意跟你在一起的

不过我猜他大概只是

喜欢到海上去

他以前在城里

住了这么多年

所以现在他大概喜欢

（突然停下来不说了。）

是啊

他是在峡湾边长大的你知道

年轻女人

可他是这么的

（突然停下来不说了。）

年轻朋友

是出什么事了吗

年轻女人

是啊　我不知道

可他看上去好像无法平静下来

只能在家里待上一小会儿

然后他就会坐立不安

年轻朋友

你是在替他担心吗

你听上去很

年轻女人

（打断她的话。）

不　也不只是

为了这个

可是

是啊也许是我的问题

是他觉得跟我在一起

不再开心了

年轻朋友

绝对不会

不是这样的

年轻女人

是他厌倦了

跟我在一起

因为当我们住在城里的时候

他想搬出城来

然后当我们搬出城来了

找到了一幢好房子

他却在这里也

依然不能找到平静

这

（突然停下来不说了。）

年轻朋友

是吗

年轻女人

不　我真的不明白

年轻朋友

可他不是一直

都是这个样子的吗

我的意思是说

（突然停下来不说了。）

年轻女人

（询问地说。）

一直

年轻朋友

是啊　我的意思是说

我记得他总是

独自坐在那儿

不知怎么

总是沉浸在自己的思绪里

年轻女人

是啊　你认识他的时间比我长

年轻朋友

是啊

他总是就这么坐在那儿

在他自己的世界里

（她笑了起来。）

年轻女人

是啊　这都是你的错　你知道

是你

把我们撮合到一起的

是啊　你可真该良心不安呢

（笑了起来。）

不过不管怎么说

他就这么坐在那儿

不知怎么

沉浸在自己的世界里

这就是你记得他的样子

年轻朋友

是啊　是这样

年轻女人

（笑着说。）

是啊　他经常这样

总是跟人有点儿

疏离

这一定跟他的童年

有关

年轻朋友

是啊　一般都是这样

年轻女人

可这还是

年轻朋友

因为他和他母亲

是啊　他们的关系

不是很亲密

年轻女人

他是在

外祖父母家里长大的

年轻朋友

我知道

在他那个信教非常虔诚的外祖母家里

不过我想他们相处得很好

他和他的外祖母

你见过她吗

年轻女人

不　她死了

她几年前就死了

他的外祖父也死了

年轻朋友

他不会是因为我要来了

才到峡湾上去的吧

我希望

年轻女人

大概也有一点儿是因为

这个原因吧

也许

可不管怎么说

他总是要到海上去的

所以

年轻朋友

（笑着说。）

大概也是因为

我要来了

我很了解他

年轻女人

他就是这样

我真的搞不懂他

年轻朋友

是吗

是啊　他只是害羞

有点儿没自信

觉得自己没什么特别的

觉得自己会讨人厌

年轻女人

是这样没错

年轻朋友

他这样真有点儿可惜

年轻女人

是啊

年轻朋友

你见过她母亲吗

年轻女人

不　从来没有

他跟她几乎没什么联系

几年前

是啊　已经是很久以前了

我都不记得是多久以前了

他去看过她

然后她打过一两次电话

就这么多了

他们彼此几乎

没什么联系

这真有点儿叫人伤心

她毕竟是他的母亲

不管怎么说

我不知道他们最后一次

见面的时候

到底发生了什么事

不过他是在她外祖父母的家里长大的

在他妈妈父母的家里

年轻朋友

那他父亲呢

年轻女人

（推心置腹地说。）

他从来就没见过他父亲

年轻朋友

从来没有

年轻女人

从来没有

年轻朋友

关于他父亲他什么也不知道

年轻女人

（摇摇头。）

不过他说过

（笑了起来。）

不　什么也不知道

年轻朋友

关于他父亲他什么也不知道

年轻女人

不

什么也不知道

我想

他母亲什么也没告诉他

或者是她也什么都不知道

不管怎么说肯定知道得很少

也许她甚至都不知道

谁是他父亲

年轻朋友

是啊　这种事儿也难免

有时候

（她笑了起来。）

不过应该也没那么糟

年轻女人

我想是因为他是在

他外祖父母的家里长大的

在峡湾边

所以他现在才这么想住在峡湾边

年轻朋友

很可能是这个原因

（短暂静场。）

不过你过得怎么样

年轻女人

我过得很好

我很好

可我有点儿担心

除此之外都很好

你呢

年轻朋友

是啊　我也

一切都很好

我们过得很好

我丈夫

和我

年轻女人

是他开车送你过来的吗

年轻朋友

（点点头。）

而且等会儿他还要上来

来接我

再过几个小时

他开车到城里去了

去办点儿事儿

年轻女人

我明白了

（短暂静场。）

可我一定得带你看看房子

年轻朋友

是啊　你一定得带我看看

（她们站起身来，往房间中央走了几步。）

年轻女人

是啊　我们可以先看阁楼

（她们自台右下。与此同时，年老女人自台左上。她走到房间中央，站定。）

年老女人

然后当然我就

（看向台右的门。）

带着我的朋友在房子里

转着

我们买下的

这幢美丽的老房子

可整个过程中我一直都觉得

非常不安

然后当我们走到卧室的时候

我看到他的衣服

这么整齐可爱地堆放在那里

我的心中突然再次充满了悲伤

这沉重而永无休止的悲伤

我的朋友一定是注意到了

因为她问我怎么了

然后我说没什么

然后我们就一个房间接一个房间地走着

然后她说我们真是找到了一幢好房子

一幢美丽的老房子

而当我们这么走着的时候

我感觉到那种不安越来越强烈

我内心深深地感觉到我必须到海边去

然后我就告诉了我的朋友

说我想到海边去

我说我可以带她看看船屋

当时跟房子一起买的

我说我可以带她看看我们的码头

一开始她不是很想去

说雨下得太大了

风吹得太猛了

天都开始黑下来了

可我拿出了雨具

然后我们就向着船屋走去

向着码头走去

然后我们就站在码头上

放眼望着峡湾

望着大雨和海浪

海浪一遍又一遍地咆哮着

可我们在峡湾上一艘船也看不到

那里只有海浪在一遍又一遍地

咆哮着

而我们就这样站在雨中

在雨中

在风中

然后我的朋友问道

我们是不是可以回房子里去了

实在是太冷了

她说

而即使我不愿意回家

当她想回家的时候

我也不能说我们就这么站着吧

所以我们就走了回来

而当我们往回走着的时候我注意到天已经开始

有点儿黑下来了

我们走了回来

回到了房子里

（年轻女人和年轻朋友自台右上。）

刚一进门

我就感到内心再次充满了巨大的不安

我快步走到窗前

（年轻女人快步走到窗前，站在那儿向外望着。）

年轻朋友

（停下脚步注视着年轻女人。）

你怎么了

年轻女人

（转身对她说。）

没什么

（短暂静场。）

是啊

我想他真的

出去得太久了

而且天气

又变得这么糟

（短暂静场。）

天黑下来了

他一定很快就要回来了

年轻朋友

是啊　他可能很快就要回来了

好了

不要再

不安了

很可能只是钓鱼的收获太丰富了

很快你就会知道了

年轻女人

可我是这么不安

天黑下来了

你看

（她指着窗子。）

而且还在下雨

风又这么大

他一定很快就要回来了

最近这段日子

他一直这么奇怪

我担心

年轻朋友

我看得出来

你一定是担心了

不　别再不安了

求你了

不会有什么事儿的

很快你就会知道了

年轻女人

是啊　也许不会有什么事儿的

（她们走到沙发前坐下来，注视着彼此。）

年轻朋友

也许不会有什么事儿的

他很快就会回来的

年轻女人

可天很快就要黑了

而且风又吹得这么猛

年轻朋友

现在他也

可能很快就要回来了

我的丈夫

年轻女人

（害怕了，点点头。）

那

你要走了吗

年轻朋友

我们可以等一会儿

等他回家

如果你想的话

（笑了一声。）

可他不想见人

所以也许我们

最好还是走吧

年轻女人

不　你们一定要等一会儿

你们千万别走

不要走

（年老女人静静地向台左走去，但又停下了脚步。）

年轻朋友

好吧　你知道

我们可以等

如果你想的话

我们也没什么急事儿

（脚步声传来。）

也许现在就是他回来了

你听到了吗

（年轻女人点点头。）

有人来了

年轻女人

是啊

（敲门声响起。

失望地说。）

那人在敲门

所以应该是你的

丈夫来了

我肯定

（年轻朋友点点头。）

你要去开门吗

年轻朋友

是啊　肯定是

他来了

（注视着年轻女人。）

如果

那不是阿瑟故意捣乱

所以在敲门的话

（敲门声再次响起。）

年轻女人

去开门吧

快去吧

（年轻朋友站起身来走了出去。年老女人和年轻女人注视着彼此，仿佛她们虽然不能看见对方却感受到了彼此的存在。然后年老女人自台左下。年轻女人走到窗前，站在那儿凝视着窗外。然后年轻朋友上。）

年轻朋友

是他

（年轻女人带着询问的神色看着她。）

是的　是我丈夫

（年轻女人点点头。然后丈夫自台右上，他对年轻女人微笑着说。）

丈夫

哦　好久不见

有一年了吧

年轻女人

（向他走过去。）

是啊　好久不见

有好几年了

我想

丈夫

是啊　自从你跟阿瑟

在一起

（短暂静场。）

搬到这儿来住以后

我们就很少见到你了

你在这儿过得开心吗

（年轻女人点点头。）

是啊　我看到你们找到了一幢

这么美的房子

宽敞洁白美丽

不错

你们也有船吗

年轻朋友

（插进来说。）

是啊　他们有一艘船

还有一个船屋

他们甚至还有

自己的码头

丈夫

是吗　那他们一定是

很有钱

年轻女人

可是这儿

不算贵

这儿什么都比较便宜

丈夫

是啊　这儿不是很

靠近市中心

可住在这儿不会觉得无聊吗

当然肯定是很好

这没什么可说的

不过

是啊

这里实在是太安静了

我得说

年轻女人

一切都很好

丈夫

那当然

（短暂静场。）

他在哪儿

你的那位丈夫

年轻女人

他到峡湾上去了

丈夫

（惊讶地说。）

现在

可是天都黑了

而且还在下雨

又刮着风

年轻朋友

（插进来说。）

是啊　他非常喜欢

到峡湾上去　我想

几乎

总是在那儿待着

不是吗

（她看着年轻女人。）

年轻女人

是啊　他就是这样

他

（紧张地笑了起来。）

待在那儿的时间几乎比在家里

还要多

丈夫

那

他一定是有艘好船了

带船灯的

如果是叫这名字的话

也许是叫航灯

我也不是很清楚

我可算不上是什么水手

年轻朋友

这倒是真的

是啊

年轻女人

他管自己叫水手

我是个水手

他说

丈夫

那他的船一定很大喽

年轻女人

不大

丈夫

不大

年轻女人

不　只是一艘小木船

一艘用桨划的小船

年轻朋友

（看着年轻女人说。）

现在

他一定很快就会回来了

丈夫

但是舷外发动机

他总有吧

年轻女人

是啊

丈夫

没有船灯

像现在天这么黑

（他摇了摇头。）

年轻女人

我不知道

丈夫

可你不替他担心吗

毕竟在下雨

风又这么猛

天也黑下来了

这可是深秋的黑夜

不是夏日明亮的傍晚

风平浪静

（长长的静场。年轻女人走到沙发前坐了下来。年轻朋友和丈夫看看彼此。年轻朋友走过去在年轻女人身边坐下来。)

年轻朋友

(抚慰地看着她说。)

现在他一定

很快就会回来的

毕竟他只能回来

夜深了

他也不能一直待在外面海上

他一定很快就会回来的

(年轻女人点点头。)

是啊　一定是这样的

现在他很快就会回来的

(丈夫走到窗前,向外望着。)

别害怕

现在

我们很快就会看到他了

一定的

他经常乘船出海的

所以他不会

有什么事儿的

绝对不会

年轻女人

是啊

可是

年轻朋友

他很快就会回来的

我知道

（丈夫走过来，站在沙发旁。年轻朋友注视着他说。）

不是吗

丈夫

是吗　我得说

这时候出海可

不太好

天这么黑

暴风雨这么猛烈

而且现在外面也

很冷

我都淋湿了

（用手摸着有点儿湿漉漉的头发。）

而且冷得要命

就从车子走到房子的那么一会儿工夫

真他妈的

冷得厉害

是啊

（短暂静场。看看表，然后看着年轻朋友说。）

不过时候不早了

也许我们该走了

（他看着年轻女人说。）

是啊　你知道我们也住得离市中心

很远

为了找到能住得起的房子

我们不得不

住得离城很远

年轻女人

当然

丈夫

生活就是

这样

（看着年轻朋友，带着点儿询问的语气说。）

那

年轻朋友

哦　我们还可以再待一会儿

（年轻女人看着年轻朋友。）

丈夫

好吧　那就

再待一会儿

（年轻朋友低着头坐在那儿。与此同时，丈夫走到窗前，站在那儿凝视着窗外。静场。年老女人自台左上，站在丈夫身旁，同样也凝视着窗外。但他既未看到她，也未意识到她的存在。）

年轻朋友

（突然抬起头，对年轻女人说。）

也许

年轻女人

（害怕地说。）

什么

年轻朋友

哦

（短暂静场。）

我的意思是说

可他平时会在这样的暴风雨里

在外面待这么长时间吗

（年轻女人摇摇头。）

他不会

（她又摇摇头。）

不会

（静场。年老女人往房间中央走去。与此同时，丈夫依然一动不动地站在窗前，而另外两个女人也几乎一动不动地坐在沙发上。然后年老女人停下脚步，注视着沙发上的两个女人，温柔地微笑着。随后她注视着丈夫。然后垂下头，又再次小心翼翼地抬起头。）

可是

（短暂静场。）

也许我们应该

（年轻朋友看着丈夫。）

毕竟可能会

（然后看着年轻女人。）

也许我们应该去找找他

（丈夫转身看着年轻朋友。与此同时，年轻女人和年老女人都垂下了头。）

丈夫

（有点儿惊讶地说。）

好吧

年轻朋友

（看着年轻女人说。）

你说呢

（年轻女人只是看着她。

年轻朋友转身向丈夫说。）

我觉得有可能

（他点点头。）

也许你可以

（突然停下来不说了。）

丈夫

可是上哪儿找呢

年轻朋友

你就往下面那条路走就行

我们已经去过了

然后

（看看低着头坐在那儿的年轻女人。）

是啊　然后向右转

（看看年轻女人，可是她一动不动。）

然后在第一个路口向右转

走到海边

那儿有个船屋

一个码头

（他点点头，但是站着没动。）

你会看到的

丈夫

好的

可是

年轻朋友

我就待在这儿

丈夫

是啊　那当然

年轻朋友

穿件雨衣

年轻女人

（看着他说。）

你可以穿

我的雨衣

就挂在门厅里

（他点点头，自台右下。静场。年轻朋友站起身来，走到窗前。年轻女人也站起身来，往房间中央走了两步。这样她、年轻朋友和年老女人之间的角度就构成了一个三角形。她们就这样一动不动地站了一会儿。然后年轻女人走到窗前，站在年轻朋友身旁。）

年轻朋友

（直愣愣地瞪着前面说。）

他们一定会回来的

很快

年轻女人

是的

（静场。）

年老女人

（注视着她们两人，然后回转身向着前方说。）

而我就这么站在那儿

（看看年轻女人，然后又转身向前。）

觉得自己变得越来越空虚

（手放在腹部。）

我觉得自己变得空虚

就像雨和黑暗

就像风和树林

就像远处的大海

现在我不再觉得不安了

现在我觉得空虚而又宁静

现在我是一片黑暗

一片漆黑的黑暗

现在我什么也不是

而与此同时我又觉得

是的　不知怎么我好像在向外发着光

从我的内心深处

从那空虚的黑暗中

我感觉到那空虚的黑暗静默地

向外发着光

毫无意义

静默不语

黑暗就这么从我的内心向外发着光

而我就这么站在那儿

在窗前

而我的朋友就站在我身边

她不知道该说什么

她只是就这么站在那儿

无能为力

而时间就这么过去了

可我却没有注意到

我就这么站在那儿看着窗外的黑暗和雨

然后

（年轻朋友走到沙发前坐了下来。）

我的朋友走过去坐了下来

可我还是一直站着

我看着窗外的

风和雨和黑暗

我觉得黑暗就是我的面容

我不知道自己在那儿站了多久

可我就这么站在那儿看着窗外空虚的黑暗

看着雨

我觉得自己和黑暗难舍难离

然后

（年轻女人打开了窗。）

我打开了窗

然后我就听到了风声和雨声

如此的清晰

然后我感觉到了黑暗

如此的清晰

然后我听到了海浪

听到海浪在咆哮着

海浪在一遍又一遍地咆哮着

而我就这么站在那儿

听着海浪一遍又一遍地咆哮

我感觉到海浪是怎样地

穿透雨和黑暗咆哮着

此刻我就是海浪

此刻我就将成为海浪

我将永远成为海浪

此刻我就在发光的黑暗中

在咆哮的海浪中

我就这么站在那儿感觉着

然后听到我的朋友说

一定不要再站在那儿冻着了

一定要过来坐下

一定要把窗子关上

实在是太冷了

她说

年轻朋友

（站起身来。）

你这样会冷的

我也

有点儿冷

（她笑了一声。）

年老女人

然后我就转身看着我的朋友

（年轻女人转身看着年轻朋友。）

我问她是不是想让我

把窗子关上

年轻女人

你想让我把窗子关上吗

年轻朋友

是有点儿冷

如果你不介意的话

那

年轻女人

如果你想的话我可以把它关上

年老朋友

所以我就关上了窗子

（年轻女人关上了窗子。）

然后我就继续站在那儿

站在黑色的窗玻璃前

看着外面的黑暗

听着雨声

听着海浪声

年轻朋友

（对年轻女人说。）

他也去了很久了

也许我

（突然停下来不说了。）

年轻女人

你想去找他吗

我想

你还是去吧

年轻朋友

是啊　我想我得去

年轻女人

是啊　去吧

快去吧

年老女人

然后她就去了

（年轻朋友自台右下。）

而我就这么继续在窗前站着

当她走了以后

（年轻女人又把窗子打开了。）

我又把窗子打开了

我继续站在那儿

听着海浪声

我听到海浪一遍又一遍地咆哮着

我听到海浪一遍又一遍地拍打着

海浪在拍打着什么

我现在可以感觉到了

是我自己

海浪拍打的将永远是我自己

我不知道自己在那儿站了多久

但我就这么站在那儿

我站着站着

感觉到此刻我是如此的空虚

此刻我是如此的空虚

就像海浪

和黑暗

而我就这么站在那儿

然后我听到了脚步声

然后我看到我的朋友

走了进来

（年轻朋友自台右上。）

年轻朋友

（注视着年轻女人。）

不　我们没有找到他

可是也没有船停泊在

你们的码头上

所以他

（突然停下来不说了。）

年轻女人

（注视着她。）

是啊　他很可能

还是

在外面海上

年轻朋友

而且

（突然停下来不说了。

丈夫上。）

丈夫

（对年轻女人说。）

是啊　我找不到他

我们沿着那条路走

往峡湾上望着

可是什么也没找到

不过天毕竟太黑了

所以找不到也没什么奇怪的

可是我也什么都

没听到

没有舷外发动机的声音

至少

年轻朋友

所以也许

（突然停下来不说了。）

丈夫

是啊　我们商量过了

也许

也许应该

（短暂静场。）

是啊　报告

我不知道

毕竟天已经

很晚了

又这么黑

浪又这么大

这实在不是

乘船出海的好天气

更何况是一艘小船

（短暂静场。）

船上的人

可能

是啊　我不知道

（年轻朋友点点头。）

我的意思是说

这只是为了安全起见

当然

可能什么事儿也没有

我想

不过

（突然停下来不说了。）

年轻朋友

（看着年轻女人。）

是啊　我想最好是

不管怎么说

可能什么事儿也

不过

（突然停下来不说了。

看看手表。）

时间也

太晚了

你觉得呢

（看着年轻女人，而她依然站在那儿凝视着打开的窗外。）

你会冷的

你就站在风口上

（年轻朋友走过去把窗关上，然后搂着年轻女人，把她带到沙发前，让她坐下，接着在她身边坐下来。）

丈夫

那我

（突然停下来不说了。

看着年轻朋友。）

年轻朋友

是啊　我想应该这么做

（看着年轻女人。）

你觉得呢

（她没有反应。然后年轻朋友看着丈夫说。）

好的　去吧

（短暂静场。）

门厅里有个电话

去打吧

去吧

（他点点头，自台右下。静场。她注视着年轻女人说。）

当然可能什么事儿也没有

不过反正这么做也没什么坏处

也许他的发动机坏了

他又没有船桨

可能会很麻烦

年轻女人

（点点头。）

是啊

年轻朋友

可能

什么事儿也没有

也许他就是喜欢

在坏天气里到海上去

也许我们不该打电话

年轻女人

我不知道

年轻朋友

肯定什么事儿也没有

不过还是要以防万一

年轻女人

是啊

（静场。丈夫上，看着坐在沙发上的两人。）

丈夫

他们会来的

他们有艘船

不过

（注视着年轻女人。）

他们想先跟你谈谈

了解点儿情况

他们正在电话上等着

（她没有反应。）

在门厅里

他们在等着你呢

年轻朋友

（对年轻女人说。）

你一定得

（年轻女人站起身来，走进门厅。丈夫和年轻朋友注视着彼此。）

丈夫

（摇摇头，叹了口气。然后压低声音说。）

你怎么想

年轻朋友

（也压低声音说。）

是啊　不管怎么说

事情是很奇怪

而且她

（冲门厅的方向点点头。）

什么也不说

她就这么坐着

就这么在窗前

站着

窗子开着

向外望着

丈夫

是啊　我不知道

（短暂静场。）

而且当然我们也不能

（突然停下来不说了。）

年轻朋友

不　我们现在不能走

丈夫

可我明天一早

还要上班

年轻朋友

你可以走

我得留下

我现在不能走

绝对不能

丈夫

那我也

再留一会儿吧

（看看手表。）

可是现在都

半夜了

我可以明天天亮再走

我不知道

（长长的静场。年轻女人上，她走到窗前，打开窗，站在那儿向外望着。年轻朋友和丈夫看看彼此。静场。）

年轻朋友

（站起身来，往房间中央走了两步。

对年轻女人说。）

他们说什么

（静场。）

丈夫

（打断她的话。

对年轻朋友说。）

他们会开船出去

找他

年轻女人

（依然站在那儿看着窗外。）

是吗

年轻朋友

（对年轻女人说。）

那太好了

可能什么事儿也没有

不过要是出什么事儿了

（突然停下来不说了。

对丈夫说。）

可能就只是他的发动机坏了

丈夫

是啊

年轻女人

（转身看着他们。）

我们就不能出去吗

到那条路上去

他们肯定很快就会开船过来了

我们得去找他们

年轻朋友

好吧

（有点儿拖长着声音说。）

丈夫

好吧　我们去吧

（年轻女人自台右下。）

年轻朋友

（压低声音对丈夫说。）

我们一定得跟着她

（他点点头。他们随她自台右下。）

年老女人

（目光追随着他们，在房间里来回走了两步。）

所以我们就去了

然后

（短暂静场。

环顾四周。）

我们就走到

外面的风中

雨中

走到那条路上

我们沿着路走着

往峡湾上望着

可是什么也没看到

我们就这么走着

等待着

然后继续走着

谁也不说话

可接着我们听到有船来了

接着我们就看到了船灯

那些巨大的船灯扫射着海面

大片大片地

可灯光离岸边却不远

灯光大片大片地

扫射着

黄色的灯光撕裂了

漆黑的黑暗

和大雨

我们看到那些黄色的灯光

在海浪中间

就在离岸边不远的地方

一路扫射着

然后我们看到灯光

往峡湾的深处扫去

然后灯光就沿着峡湾深处的水面

扫射着

还有海浪一直在

咆哮着咆哮着

海浪咆哮着咆哮着

还有风在不停地吹着

还有雨在下啊下啊

还有远处那些黄色的灯光

在漆黑的黑暗中

还有那艘船的声音

然后远处还有一个声音在喊着什么

让人无论如何也听不懂的事情

然后灯光就安静下来了

静静地发着黄色的光

在所有那些漆黑的黑暗中间

然后灯光又开始在峡湾的深处移动起来

现在灯光在移动着

然后又停下了

我们也停下了

然后灯光又开始移动起来

我们也沿着路走着

而雨在下啊下啊

我们谁也不说话

我们看到在那漆黑的黑暗中的

黄色灯光

灯光在移动着

它们一直在移动着

然后灯光又一次穿过整个峡湾

向我们的方向扫过来

停下了

然后我们就看到灯光里有什么东西

一个灰色的东西

几乎有点儿像是淡紫色

就在那儿

在灯光中间

我想那是一艘船

就在那些灯光中间

我看不太清楚

可我觉得那就是一艘船

（电话响了起来，但年老女人没有流露出听到电话铃声的迹象。她等待着，直到电话不再响了，接着说道。）

然后灯光继续

在峡湾的

海浪中间扫射着

然后我的朋友问

我们是不是可以回房子里去了

她实在是太冷了

她说

我说那她一定得回去

我想留下来

我说

然后她的丈夫说

那她一定得上去

而他可以陪我

留下来

他说

可她说她不愿意一个人上去把我留下来

所以我们就留了下来

我们留了下来

在雨中

在风中

我们留了下来看着黄色的灯光

在黑色的海浪中

扫射着

接着我们看到灯光转了过来

接着我们看到

（电话又响了起来，可是她依然没有流露出听到电话铃声的迹象，只是等着它响完。）

是啊　我们看到灯光继续向峡湾的深处扫射着

那么深那么深的峡湾深处

直到我们完全看不到灯光了

我们就这么一直待在那儿

然后我的朋友说

我们现在一定得上去了

现在我们不能再待在这儿了

所以我们走上山坡

她一直挽着我的手

她的丈夫在我们前面一点儿走着

而我们谁也

（电话又一次响了起来，这次时间很短。她依然没有流露出听到电话铃声的迹象。）

谁也

不说话

我们走回房子

我们进了门

我进了

（年轻女人自台右上，全身都湿透了。）

门

（年轻朋友和丈夫随后上，也湿透了。）

而我已经彻底茫然了　我想

因为此刻什么都不存在了

此刻

（突然停下来不说了。

年轻女人走过去站在窗前，向外望着。年老女人走过去站在窗子的左边，她垂下了头。）

年轻朋友

（看着窗子说。）

窗子一直开着

这屋子里可真冷

丈夫

是啊　真冷

（他走过去把窗子关上。年轻朋友拉起年轻女人的手臂，把她带到沙发前。她们两人都坐下了。电话响了起来。）

年轻朋友

（吓了一跳，对年轻女人说。）

你一定得去接

（她坐着没动。）

你一定得去接

可能是

（突然停下来不说了。

短暂静场。）

丈夫

我去接吧

（他匆匆自台右下。电话不响了。静场。年轻朋友和年轻女人都垂着头坐在那儿。他重新上。）

他们找到了一艘小木船

一艘用桨划的小船

带舷外发动机的

船上没有人

就在离岸不远的地方

漂着

船上没有人

他们猜想会不会是

（突然停下来不说了。）

年轻朋友

（注视着他。）

我明白了

一艘小木船

（丈夫再次下。静场。他又一次上，垂头站在那儿。长长的静场。灯光渐暗的同时，年老女人走过来，站在沙发旁，注视着坐在那儿的年轻女人和年轻朋友。

然后她注视着丈夫，打了个手势让他离开。他自台右下。然后她注视着年轻朋友，她也站了起来。年老女人也向她打了个手势让她离开，她便随丈夫下。然后年老女人走到沙发前坐了下来。她和年轻女人一起坐在那儿，就这么久久地凝视着彼此。然后年轻女人站起身来，也自台右下。

年老女人站起身来，走到窗前，打开了窗。然后她转过身，环顾了一下房间，开始把照片和其他的东西都收起来。她往旁边退了两步，注视着自己收起来的东西。然后她又一次走到窗前，站在那儿向外望着。）

III

（脚步声传来。年老朋友自台右的门上，先是看了看站在窗前的年老女人，然后看了看她收起来的东西。）

年老朋友

（有点儿惊讶地说。）

你是要把东西

都收起来吗

年老女人

（看着她说。）

是啊　我想是的

只是收起来而已　没什么特别的

（她笑了一声。）

年老朋友

今天海边可真美

年老女人

一定很美

年老朋友

（看看手表。）

可他现在应该就快来了

年老女人

是啊　应该是的

年老朋友

其实他现在这时候应该已经到了

（短暂静场。）

年老女人

他到城里

办事儿去了

我知道

年老朋友

是啊

（短暂静场。笑了一声。）

一般都是这样

每次我来看你的时候

他就开车送我过来

然后等他在城里

办完

该办的事儿以后

再来接我

年老女人

我的意思是说

你没想过要

搬回城里去住吗

年老朋友

没有

我们很开心

当然我们住的地方只是个小村子

可是我们过得很好

我们已经自己在那儿买了块地

还自己造了幢房子

就是我们自己想要的样子

是啊　你知道是怎样的

可是你一直一个人

住在这儿

年老女人

是啊　我自己也

不大明白

年老朋友

在这么老的一幢房子里

年老女人

是啊　很老

而且冬天的时候会很冷

不过等到最冷的时候

我就在起居室里待着

睡觉也在这儿

在壁炉里生个火

有时候实在是太冷了

我就只好上好闹钟

半夜里起来再生一次火

年老朋友

你没想过再搬回城里住吗

年老女人

是啊　是啊　经常想

（短暂静场。）

我似乎经常在想

现在我一定得离开这儿

年老朋友

可是你没有走

年老女人

没有

所以

是啊　我已经在这儿住了很久了

那么多的回忆

年老朋友

（垂下了头。）

是啊

（短暂静场。）

可你为什么要把东西收起来呢

年老女人

我不知道

（短暂静场。）

是啊　我想我会继续住在这儿

（短暂静场。）

年老朋友

可你不孤单吗

年老女人

是啊　有时候会很孤单

年老朋友

而且无聊

年老女人

是啊　有时候

也会

无聊

不过大部分时候还好

年老朋友

你应该有个男人

年老女人

不用

年老朋友

（垂下了头。）

是啊　你一个人过得很好

你说过

年老女人

是啊

年老朋友

那可真是

太好了

年老女人

所以大部分时候都

还好

年老朋友

当然

（静场。

年老朋友看看手表。）

是啊　他现在应该到了

（她走到窗前，向外望着。然后看着年老女人说。）

我觉得有点儿冷

可以把窗关上吗

年老女人

好吧　关上吧

年老朋友

好

（她关上了窗子，又向窗外望了一会儿，然后看着年老女人说。）

可那应该是他来了我想

是的

我答应过要下去接他的

我

是啊

（短暂静场。）

我想

是啊　他应该很快就来了

我想我该下去接他了

年老女人

当然

年老朋友

我想我该

你一定要照顾好自己

我们保持联系

（年老朋友向台右走去。年老女人站起身来走到窗前，站在那儿向外望着。年老朋友停下脚步，注视着她。）

天哪　你怎么又在那儿站着了

年老女人

（看着她。）

是啊　亲爱的我就是这样啊

（笑了起来。）

是啊　我也不是有意想这样做

可不知不觉就这样做了

年老朋友

你一定要照顾好自己

年老女人

好的　谢谢你来看我

年老朋友

别在窗前

站得太久

（她笑了。年老女人摇摇头。年老朋友自台右下。年老女人依然站在窗前向外望着。然后她打开了窗。长长的静场。灯灭。暗场。）

译者注：

2009年12月　暖冬　上海

2014年　上海　初版修订

2019年　立夏　上海　演出稿

2019年7月7日　小暑　上海

2023年12月　上海　再版修订

图书在版编目（CIP）数据

一个夏日 /（挪威）约恩·福瑟著 ；邹鲁路译. —
南京：译林出版社，2024.5
（有人将至 ：约恩·福瑟戏剧选 ；V）
ISBN 978-7-5753-0087-2

I.①一… II.①约… ②邹… III.①剧本 — 挪威 —
现代 IV.①I533.35

中国国家版本馆 CIP 数据核字（2024）第 053754 号

著作权合同登记号　图字：10-2024-120 号

有人将至 ：约恩·福瑟戏剧选 V
一个夏日 ［挪威］约恩·福瑟 / 著　邹鲁路 / 译

策　　划　袁　楠
责任编辑　张　睿
装帧设计　韦　枫
校　　对　王　敏
责任印制　闻媛媛

出版发行　译林出版社
地　　址　南京市湖南路 1 号 A 楼
邮　　箱　yilin@yilin.com
网　　址　www.yilin.com
市场热线　025-86633278
排　　版　南京新华丰制版有限公司
印　　刷　南京爱德印刷有限公司
开　　本　787 毫米 × 1092 毫米　1/32
印　　张　5.875
插　　页　4
版　　次　2024 年 5 月第 1 版
印　　次　2024 年 5 月第 1 次印刷
书　　号　ISBN 978-7-5753-0087-2
定　　价　298.00 元（全九册）

Jon Fosse

有人将至：

约恩·福瑟戏剧选

吉他男

Gitarmannen

[挪威]约恩·福瑟 著
邹鲁路 译

译林出版社

Gitarmannen

人物

男
带着吉他

一个身穿旧外套的中年男子缓步走上舞台，走得摇摇晃晃的。他的头发零乱又潮湿，手上戴着一副灰色的羊毛无指手套。他一手拎着只破旧的吉他盒，用另一只手捋了捋头发，游目四顾。

男

是啊　天哪

总算进屋了

是的　今天可真冷

太冷了

（他来回踱了两步。）

可是这儿真暖和

真好真暖和

（他停下脚步，把吉他盒放在地板上，身子倚在上面。

静场。）

这儿真好真暖和

（他游目四顾。）

可我想对我来说

哪儿都一样

只要别太冷

因为要是

（他摇摇头。）

实在太冷的话就不好了

否则当然也就

没什么区别

对我来说

一切都是老样子

一天又一天

我站在我的地铁里

弹着我的吉他

唱着我的歌

一遍又一遍地唱着同样的歌

而人们就从我身边走过

整整一天人们就这么从我身边走过

有些人往城里走

有些人往城外走

整整一天人们就这么从我身边走过

（他用那只空着的手来回比画着整整一天人们从他身边走过的样子。）

冲着我走过来

从我身边经过

整整一天人们就这么从我身边走过

在我的地铁里

他们全都从我身边走过

他们就这么从我身边走过

而从头到尾我就站在那儿弹着吉他

人们冲着我走过来

人们经过我身边然后走远

每一天他们都从我身边走过

而且很多时候都是同样一些人从我身边走过

每一天

而我也每一天都为他们唱歌

他们通常都低着头

当他们从我身边走过的时候

就好像他们觉得羞愧一样

总是从我身边走过

一边听着我唱歌

而现在冬天到了他们就这么看着我

站在那儿挨冻

总是在吉他上弹着一首又一首曲子

唱着同样的歌

一天又一天他们看着我站在那儿唱歌

而一天又一天我也给他们唱着同样的歌

当他们

像平常一样

从我身边走过的时候

冲着我走过来

从我身边经过

而他们觉得羞愧

当他们从我身边走过的时候

因为那些每天都从我身边走过的人

他们几乎从来没给过我一分钱

除非他们走过我身边的时候是个什么特别的日子

国庆节

比如说

或者是哪天他们刚喝了一杯

他们就会给我几个零钱

这样的日子也会有人

给我很多钱

可平常的日子他们就只是从我身边走过

低着头

他们从我身边走过　觉得羞愧

他们低着头从我身边走过

而我就这么站在那儿唱着歌

在我的吉他上

弹着那些最有名的曲子

他们从我身边走过　觉得羞愧

（询问地。）

他们是为我感到羞愧吗

还是为他们自己

他们为什么这么羞愧

排着长队

每天他们都从我身边走过

而他们都听得到我唱歌

男人

女人

小孩

老人

当我站在我的地铁里

弹着我的吉他

他们从我身边走过

而在我的脚下

我的吉他盒敞开着

有些人会丢几枚硬币

到我吉他盒里

但是大部分人都不会

我站在那儿唱着歌

我能站在那儿唱上一个小时

不是因为我会的歌多

而且说实在的我觉得我不喜欢唱歌

一点也不

而且说实在的我觉得

我也不喜欢音乐

（静场。）

不再喜欢了

不过以前我想我还是喜欢音乐的

那时候什么也比不上音乐

这么让我喜欢

（有点沮丧地笑了笑。）

而现在我想我不再喜欢音乐了

没什么特别喜欢的了

现在没了

再也没了

（充满热情地。）

但是我每天都唱歌

也能赚几个小钱

就靠着这些

我能继续唱我的歌

我为那些愿意听的人唱歌

（笑了笑。）

但也会为了那些不愿意听的人

而且我会很感激

如果有谁能给我

几个小钱

从他的口袋里掏几个零钱出来

如果有谁能把手伸进口袋

掏几个零钱出来

把它们扔进

我的吉他盒里

那我就会很感激

我是为钱唱歌

这就是我

（短暂静场。）

当然啦我本来可能不会变成这样

现在我要在这个小镇里

了此一生了

在这么遥远的北方

以前我哪能想到人生会是这样啊

可人生就是这样

（他笑了。）

我是为了一个女人来到这里的

我是为了一个儿子留在这里的

（他笑了，摇摇头。）

所以这样也挺好

我想没什么不好

因为人生就是这样

你为了一个女人而来

你为了一个孩子留下

（仔细思索着。）

当然还为了一种恐惧

我说不清

（静场。）

但不知怎么这听上去很重要

很

这听上去几乎很美

（他笑了笑。）

其实没有一句话是真的

这样的歌词怎么可能是真的

（再次静场。）

所以我就是个街头音乐家

街头歌手

他们说

就是个吉他男

我想他们一般都这么叫我

我妈以前就这么叫我

不管她

这么叫是什么意思

（短暂静场。）

不管怎么说是我妈先开始

这么叫我的

吉他男

我猜是因为我年轻的时候总是在

弹吉他

我上学前弹

放学回家后

也弹

我弹啊弹啊

但即使我这么练啊练啊到底

吉他是不是就能弹得好了呢

其实也没练到哪儿去

（他笑了。有点沮丧地摇了摇头。）

其实我什么事也没干好过

我弹了这么久吉他

但我想我从来就没有

弹好过

我是个很烂的吉他男

（笑了笑。）

做歌手我更烂

小孩都冲我喊

吉他男

破锣嗓

他们喊

哪里来

滚哪去

一遍又一遍

他们就这么冲我

喊

孩子们就是这么喊的

冬天的时候他们可能就

冲我

扔雪球

我想他们既是冲着我

也是冲着我的吉他

扔雪球

他们冲我喊

他们还可能会来偷

我的钱

（他拍拍外套口袋，零钱叮当作响。）

我从来就不是什么大音乐家

也从来没有自己写过什么歌

我只是弹着吉他唱着

别人写的歌

我站在地铁里

弹着吉他

就用这副破锣嗓唱着歌

（他点点头，笑了笑，把吉他盒拎起来，在屋里来回踱着步，依旧走得很慢，摇摇晃晃地。）

我从来就不是什么大师

我是而且永远都只是个吉他男

一个带着吉他的男人

一个唱歌的男人

（他走到吧台边，把吉他盒靠在上面。他抬手到嘴边，呵了口气暖暖手，然后在一张吧台凳上坐了下来。一杯啤酒已经放在吧台上了。他从外套口袋里抓出一把零钱，放在吧台上。他摸了摸口袋看还有没有剩下的零钱，又找到了两个，便把它们也放在了吧台上。）

当然每天还是能赚到几个小钱的

如果天气暖和阳光明亮

钱就多

如果天气寒冷阴云密布

钱就没那么多

而今天

可真他妈的冷啊

（他又呵了口气暖暖手，开始数钱。）

四镑

（他继续数。）

五

（他继续数。）

六镑五十便士

还不错

这样的天气算是还不错

因为今天

实在是太冷了

但不管怎么说我也弹了几个小时

即使天这么冷

今天有个人给了我三镑

是啊偶尔也会有这样的事

他总是从我身边经过

每天都是

好多年了

从来没给过我一分钱

他以前从来就没给过我一分钱

但是今天他停下来站在那儿盯着我

用他又圆又大又明亮的眼睛

我老伴火化的时候我就在旁边看着

他说

我点点头

只是继续唱着歌

继续在吉他上弹着平常那些曲子

我看着我的老伴被放进

焚化炉里

他说

然后他冲我点点头

就这么放进去

他一边说着一边张开双臂比画着

（他张开自己的双臂比画着。）

他盯着我

用他大大的潮湿的蓝眼睛

只是当时目光有点黯淡

我看着她

就这么被放进焚化炉里

他说

然后出来一些骨灰

就这些

我老伴剩下的就只有这些

她的生命剩下的就只有这些

他说

然后他张开双臂比画着

（他张开自己的双臂比画着。）

就只有这些

那人说

这么多年来

我一直听你唱歌

这些钱给你

他说

然后他拿出钱

给了我三镑

一点儿不多

一点儿不少

三镑

不多也不少

拿去

他说

把钱扔到我吉他盒里

我唱完了歌

今天我把老伴火化了

然后我喝了点酒

所以我现在有点醉了

那人说

我点点头

又开始唱另外一首歌

我看着那人在我的地铁里走过

以前我已经太多次看着他在我的地铁里

走过了

很多时候我看到他

是一个人走着

也有很多时候是跟他妻子一起

（他喝了口啤酒。）

是啊就是这样

人生就是这样

（他开始唱了起来，小心翼翼地。）

也许

从前他来到

这镇上

是为了

他的妻子

然后他留了下来

为了她

现在他的妻子去世了

现在她已化成了灰烬

而从前

我也来到这镇上

为了一个女人

就是这样

（他停下来不唱了。）

但是

（突然停下来不说了。）

我还没老

只是快老了而已

（他笑了笑。）

是的先生

我想我快老了

绝对不年轻了

不管怎么说

从前我来到这镇上

是为了一个女人

很久以前

但现在那些早就都过去了

（他从吧台凳上下来，弯腰打开吉他盒，拿出吉他。然后他回身在吧台凳上坐下来，弹了几个和弦，小心翼翼地唱道。）

我为了一个女人来到这里

很久以前我来到这个镇上

很久以前

我来到

这个镇上

在这么遥远的北方

我们一起生活着

我和她

在这么遥远的北方

上帝赐给我们一个儿子

我们的主赐给我们一个儿子

（他停下来不唱了，继续在吉他上弹着和弦。然后他拨了几下空弦，笑了笑。）

是的先生

就是这样

其实很可能也没什么

好说的

没什么

（拉着长腔说。）

没什么好大惊小怪的

（静场。他把手放在吧台上，轻轻拨弄了一下那堆零钱。）

还有点钱可赚

今天也是

尽管天这么冷

不太多

但还是有一点

（他继续拨弄着那堆零钱。然后在吉他上弹了几个和弦，又拨了几下空弦。）

该发生的一切都发生了

一切都有时

就像他说的

《圣经》里

那个智者

（他点点头。）

是啊就是这样

（静场。）

天下万物

一切都有定时

相聚有时

孤独有时

生命有时

舍弃有时

（短暂静场。）

而有的时候人就得舍弃你知道

没有什么会永远持续下去

人必须开始

人必须舍弃

（他又开始拨弄那堆零钱。）

啤酒一杯卖两镑十五便士

（他举起杯子，喝了口酒。他用手捋了捋头发，微微摇了摇头，然后数出两镑十五便士，从吧台桌面上推过去。零钱从吧台另一边掉了下来，他用另一只手接住，然后放进外套口袋里。他又喝了口酒。）

今天赚的钱还不错

尽管天这么冷

可是大冷天弹琴真难受

今天就真他妈的冷

（他站起身来，来回踱了几步，一只手拎着吉他。）

对站在外面弹琴的人来说

冬天太冷了

但毕竟我是靠这些钱

生活的

我靠弹琴为生

所以就算天冷

当然我也得弹

倒不是说非弹

不可

但是

（他突然抬起头，仿佛想到了什么。他就这么站在那儿抬头望了一会儿，脸微微有些扭曲。）

是啊

我想人生就是这样

一起都必须

（突然停下来不说了。他冲自己笑笑，拿起吉他，弹了几个和弦，开始欢快地唱道。）

我为了一个女人来到这里

从说着另外一种语言的另外一片土地

我为了一个儿子留在这里

（他停下来不弹了，短暂静场，继续唱道。）

一个说着另外一种语言的儿子

我听到音乐降临

我听到音乐远去

我为了我的孩子生活在这里

我生活在这里弹着吉他心中相信着

每天我站在外面弹着吉他

我站在外面弹着我最古老的那首歌

用它赚点零钱

我住在一间小破屋里

日子也就这么过去

我唱歌能赚点钱

我很满足

（他停下来不唱了，开始来回踱步，一手拎着吉他。

他冲自己笑了笑。）

日子过得不怎么好

可是日子

就是这样

日子本来可能过得很好

可是它

现在

就是这样

（他走到吧台边，又喝了口啤酒。然后他再次开始拎着吉他来回踱步。他把吉他抱起来摆好姿势准备开始弹，但旋即又改变了主意。）

不我不弹了

我一直在重复那几个和弦

太多次了

（他看着吉他，摇摇头。）

不

是啊不弹了

那然后呢

（再次重复着自己刚刚说过的话。）

那然后呢

那然后呢

（他开始唱了起来。）

一切就是这样继续着

该发生的都发生了

没什么好说的

是啊我现在也不太好

就是你看到的这副样子

头发只剩一点

几件旧衣服

一张沧桑的脸

头发很快就会变得更加花白稀疏

一个疲惫的人

我想这就是你平常看见我的样子

我想我是个疲惫的人

我想我也就仅仅是

你看到的这副样子

（他停下来不唱了。静场。他开始说道。）

我也没什么特别的东西

几件衣服

一把吉他

还有那么点儿勇气

可能没什么了不起的

但我想我是有点儿勇气

当我给那些愿意听的人

唱我的歌的时候

（短暂静场，又带着微笑补充道。）

当然也会给那些不愿意听的人唱

（他再次开始唱道。）

我就是你看到的这副样子

我会唱几首歌

但是不多

很多我曾经会唱的歌都已经忘了

我就是你看到的这副样子

我就只是你能看到的这副样子

我就只是慢慢行走

我就只是风和雨

我就只是深深地绝望和

（突然停下来不唱了。）

不我没有深深地绝望

这只是个

（短暂静场。）

只是个好听的词而已

（短暂静场。他再次开始唱道。）

而我是一首老歌

一首我从未唱过的老歌

我深陷在自己的绝望中

我行经的地方我都唱歌

我歌唱那些忧伤的日子

我歌唱那些疲惫的日子

我歌唱那些美好的日子

我歌唱那些最深切的欢乐

我歌唱那些最微小的渴望

我歌唱心中的悲伤

我歌唱将至的时光

（他停下来不唱了，开始说道。）

当有一天我终于能

让自己尽情沉醉在别人的歌里

当有一天我终于能

找到可以诉说我生命的语言

那首我们会一起倾听的歌

你和我和其他所有的人

（他走到角落里坐了下来，吉他搁在腿上。他就这么坐了一会儿，然后站起身来，来回踱了几步。他再次走到吧台前，把吉他斜靠在吧台上。然后他脱下外套，口袋里的零钱叮当作响。他把外套放在吧台上，然后又站起身来来回踱了几步。）

我想人生就是这样

（短暂静场。他冲自己点点头。）

但是一切都有时

就像《圣经》里说的

《圣经》里的

《传道书》说的

一切都有时

一个人

或是一首歌

（他走过去把吉他拎起来，拨了一下空弦，然后把一根弦拧松，一边用大拇指校着音。他把这根弦完全松下来，继续校着音。弦打在吉他的琴身上。）

不我想我不能待在那儿

我想我不能一直站在

我的地铁里

唱着那些老歌

年复一年

我来到这里

（想了想。）

是啊

那是很久以前的事了

我从另外一个国家来到这里

我留了下来

我和一个女人

生活在一起

但是后来

（他笑了。）

她不想再和我有什么关系了

（他又笑了，摇着头。）

那时候我们已经有了一个儿子

还有了

一幢小房子

就在海岸尽头的

树林边上

可是她不想

再和我有什么关系了

（他摇着头，笑着。）

不想再和我有什么关系

（他开始唱道，试着去弹吉他，一根弦还松在外面。）

她不想再和我有什么关系了

她说我只会整天坐在那儿

抱着吉他

我多半会

一事无成

我也就只会整天坐在那儿

抱着吉他

我永远也不会

赚到足够的钱

来养家

（他停下来不弹了，也不唱了。静场。他说道。）

她是个老师

（解释地。）

她本来想画画

但那时候一张画也

卖不出去

所以她就开始做老师

赚得不多

但是也够过日子的

（他又开始唱道，有点苦涩地。）

但是也够过日子的

过日子

过日子

她每天都去工作

她每天都

下班回家

我待在家里

和儿子一起

我想我就只会抱着吉他坐在那儿

她走了

她来了

她走了

她来了

她每天都

去上班

然后回家

回到我和我的吉他

还有我们的儿子身边

（再次开始说道，解释地。）

她不再画画了

画不画也没什么关系了

（他笑了。）

不我不该这么说

但是她画得

也不是特别出色

她会画画

她的确会

她在学校学过

在这么遥远的

北方

也就是国内学校的水平

但画得好吗

（他摇摇头。）

她的画很

清晰

但是也就这样了

她的画清晰简单纯粹

但是要说艺术

那的确谈不上

（短暂静场。）

说到这个

也从来没有人说过那是艺术

（他笑了笑。静场。他低下头来，又松了松弦，直到弦完全脱离了琴把，在半空中晃悠着。）

她以前是个

（纠正自己的说法。）

她现在还是个

失败的艺术家

就是这样

但是我想我们也需要

这样的人

（询问地。）

如果有人要成功

那也有人要失败

我想就是这样

也许

也许就是这样

（他开始唱歌，试着去弹吉他，一根弦就这么晃悠着。）

我想就是这样

如果有人注定成功

别的人也同样努力

但就是成功不了

她以前是个失败的艺术家

有一天她和我分手了

我卖唱糊口

我是个孤独的人

我是个非常孤独的人

带着吉他

（他停下来不弹了也不唱了。）

但人总有一天会放弃

我想我会

很高兴地放弃

我想我会很高兴地放弃

我想我用不着再留在这里了

（他注视着吉他，笑了。）

我宁愿

（突然说不下去了。）

是啊我宁愿

怎么样呢

说呀

我宁愿

（他拨了一下另外一根弦，然后开始把这根弦也拧松。

有点神秘地说。）

我想我儿子

已经开始有点为有我这样一个父亲

而感到害臊了

想想看这个父亲就只会站在

地铁里

弹着

他的吉他

（他把那根弦拧得很松，随手拨弄了几下。）

是啊我想我必须放弃了

（他把弦松到脱离琴把，也悬在那儿晃悠着。）

我不得不放弃

我想我已经

没用了

而现在我想我不得不放弃了

（他站在那儿注视着吉他，试着用只剩四根弦的吉他弹着。开始唱道。)

我想我不得不放弃

我想我本来就不应该

来到这个国家

在这么遥远的北方

但是我来了你知道

然后我有了儿子

然后我留了下来

而现在我的儿子如此

为我而羞愧

（他停下来不弹了也不唱了。他摇摇头，笑了，说道。）

我是个失败的人

是啊的确如此

（他把吉他放了下来，走开几步，看着吉他。他就这么站在那儿注视着吉他。然后他又走回到吉他旁，把它拎了起来，拨着那几根空弦，然后把其中一根弦拧得更松，又拨了几下空弦，最后把那根弦完全从琴栓上拧了下来。他又扯着另外一根弦，扯呀扯呀，直到把它扯断。他开始笑了起来，把吉他靠着吧台放好，在方凳上坐下来，拿起啤酒，喝了一点。他把头埋在手里，就这么坐着。然后他抬起头，用抚慰的语气说。）

是啊肯定会有办法的

我用不着在这个小镇上

一直留下来

在这么遥远的北方

（静场。）

而上帝

会帮助我的

是啊

（他笑了笑，然后突然走开几步，开始来回踱步。他开口唱道。）

现在我把我谦卑的信任

放在天堂里的上帝身上

如果上帝弃我不顾

那我就

（他突然停下来不唱了。短暂静场。然后他继续唱道。）

我知道在天堂的国度里

有一个城堡

就像太阳那样金光灿灿

那里的人无分贵贱

（他停下来不唱了，放声笑了起来。）

很好

是啊那可真是太好了

好极了

也许

我跟主的关系好得不得了

是啊也许没那么好不过

我想我

我想我相信我和主的关系

好得不得了

我不知道

（静场。推心置腹地说。）

我经常向主祷告

而我相信我蒙受了他的恩典

（静场。）

当我站在那儿唱着歌的时候

我想我相信这也是主的安排

（笑了起来。）

人生就是

这样

我想我和主的关系

好得不得了

（他走到吧台前，拿起啤酒，喝了一点。他从裤子后袋里摸出一个装烟草的盒子，卷了只烟，点着了。）

是啊是的我想我会继续流浪

我想一切都会好的

（他注视着吉他。）

我已经努力得太久了

（他掐灭香烟，站起身来，走开几步。他站在那儿低头看着自己的鞋子。）

是啊是的

就这样了

就像老话说的

受够了就是受够了

（他叹了口气。静场。然后他开始来回踱步。他开口唱道。）

我在人世的土地上流浪

寻找着停驻的地方

我在这人世的土地上

在他人的轨迹上流浪

在无数的城镇和地方

我寻找着他人和宁静

我寻找着友谊

住所和休憩

在无数的城镇和地方

此刻我如此疲倦

渴望着一个陌生的地方

在那里我可以

找到内心的宁静

一场可以承受的人生

我的脚步不停

我的歌声不停

我敞开我的

心扉

我看到自己的忧伤

我看到你的忧伤

我看到我们不得不远离

去往陌生的地方

我看到我们不得不流浪

去往那永恒的地方

（他停下来不唱了，面带愧色游目四顾。静场。然后他再次开口唱道。）

我的人生是场失败

我也追求过美好的生活

我的人生是场失败

充满了难言的忧伤

我是一个吉他男

在漫漫

长夜中

受冻歌唱

我是一个男人

而我仅有的一切

都不值得记忆

我行走着也休憩着

我站立着也注视着

不久我将要流浪

此刻我将要流浪

去往另一个地方

在那里你不再需要金钱

我向上帝祷告

知道他会

赐给我永恒的安眠

（他笑了起来，摇着头。他继续唱道。）

上帝啊我在向你祷告

请指引我

指引我去往你的国度

我在向你祷告

上帝啊

请让我在那里停留

在你伟大的恩典中

请让我在那里停留

如此沉重又如此自由

在被你注定的冥冥中

请让我在那里停留

就像曾经的我那样

外表空虚内心丰盈

请让我化为

虚空

当歌声响起

请让我化为

一个无名的记号

让世人去思索

请让我化为

一首星空的歌

让天使去吟唱

这次请让我安息

请让我再次与他们相遇

我的朋友

我走失的小狗

请让我游目四顾

而一无所见

（他停下来不唱了，沮丧地摇摇头。带着讽刺的语气说。）

一无所见

在蓝天之上

双脚代替翅膀

（他走过去喝了点酒，拎起吉他，把最后两根弦从琴栓上松掉。琴弦就这么在空中晃悠着。他把吉他放在吧台上，拿起外套穿上，戴上手套。他拎起吉他盒，来回踱了几步。他镇定了一下，倚在吉他盒上。）

人生就是这样

（他开始唱道。）

我什么都没有失去

我什么都没有得到

我一无所有

也没有未来

但我就是我自己的夜晚

我想我是一种

无人能懂的语言

（他停下来不唱了，摇了摇头。）

想想看这话说的

一种无人能懂的语言

（对自己感到气馁。）

为什么会有任何人

需要懂

这种语言呢

也许我就只能这样了

（他叹了口气。）

不

不我想这一切都没什么区别

我想没有

（突然停下来不说了。）

但是钱

今天我肯定是赚到钱了

（他把手伸进外套口袋里，把硬币拨弄得叮当作响。）

但是钱不多

对一个要谋生的成年人来说

我只赚了几镑

还有点零钱

（他手里握着一把硬币从口袋里掏出来，扔了几个在地板上。)

就一点零钱

都不够买两杯啤酒的

只够买点吃的

(他又往地上扔了几个硬币。)

不我想这样不行

(他跪了下来,捡起硬币,又放回到口袋里。他抬起头。)

只能就这样结束

其他一切都毫无意义

(他冲自己微笑了一下。)

但也许那些像我一样的人

会继承上帝的国度

（他笑了起来，摇摇头。）

我姑且这么相信吧

很可能不是些什么出色的人

很可能只是些像我一样的人

也许会

也许不会

（他再次笑了起来，摇了摇头。他站起身来，开始来回踱步。然后他开口唱道。）

而我一直在行走

穿过城镇和街道

我注视着人们来来往往

他们总是从我的地铁里

经过

他们来来往往

他们注视着我

他们总是这样走过

他们走着自己的路

他们来来往往

他们总是这样走过

他们

（突然停下来，不唱了。）

他们

（他游目四顾，走过去坐在角落里，把吉他盒夹在两膝之间。静场。他注视着吉他盒。）

我该怎么办呢我真想知道

我现在没有吉他了

所以我想我也

不再需要吉他盒了

（静场。）

可这是一个很好的吉他盒

古老又美丽

也许我应该

（他站起身来，把吉他盒靠墙放好。）

不我不需要它了

（他来回踱了几步。）

不我该拿一个吉他盒怎么办呢

我连吉他都没有了

（他笑了。）

一切都有时

吉他盒也是

就是这样

（他走着，缓慢地，摇摇晃晃地穿过房间。他看到地上还有一个硬币，就跪下去把它捡了起来，放进外套口袋里。他站起身来，看到杯子里还剩一点啤酒，就走过去把它喝掉了。他笔直地站着，从裤子后袋里摸出烟草盒，卷了根烟，点着，然后缓步而下。幕落。）

译者注：

2009 年　初秋　上海　初稿

2014 年　上海　初版修订

2022 年　盛夏　上海　再稿

2023 年　深冬　上海　再版修订

图书在版编目（CIP）数据

吉他男 /（挪威）约恩·福瑟著；邹鲁路译. — 南京：译林出版社，2024.5
（有人将至：约恩·福瑟戏剧选；IV）
ISBN 978-7-5753-0087-2

I.①吉… II.①约… ②邹… III.①剧本 — 挪威 — 现代 IV.①I533.35

中国国家版本馆 CIP 数据核字（2024）第 053286 号

著作权合同登记号　图字：10-2024-120 号

有人将至：约恩·福瑟戏剧选 IV
吉他男［挪威］约恩·福瑟 / 著　邹鲁路 / 译

策　　划　袁　楠
责任编辑　张　睿
装帧设计　韦　枫
校　　对　戴小娥
责任印制　闻媛媛

出版发行　译林出版社
地　　址　南京市湖南路 1 号 A 楼
邮　　箱　yilin@yilin.com
网　　址　www.yilin.com
市场热线　025-86633278
排　　版　南京新华丰制版有限公司
印　　刷　南京爱德印刷有限公司
开　　本　787 毫米 × 1092 毫米　1/32
印　　张　3.375
插　　页　4
版　　次　2024 年 5 月第 1 版
印　　次　2024 年 5 月第 1 次印刷
书　　号　ISBN 978-7-5753-0087-2
定　　价　298.00 元（全九册）

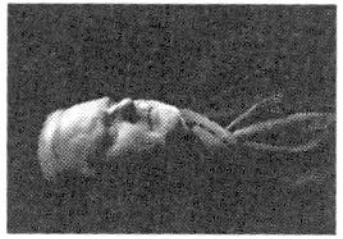

Jon Fosse

有人将至：

约恩·福瑟戏剧选

有人将至

Nokon kjem til å komme

［挪威］约恩·福瑟 著
邹鲁路 译

译林出版社

Nokon kjem til å komme

人物

她

他

男

I

一所老旧，几乎有点儿摇摇欲坠的房子前的花园。房子的油漆剥落，有些窗玻璃已经碎了。它面朝大海，寂寥凄凉地坐落在陡峭悬崖一块突出的岩石上。尽管如此，这所房子却依然有着自己独特的饱经风霜的美。一男一女自房子的右手转角走进花园。**他**年约五十，身材稍显矮胖。头发花白，有点过长。眼神游移，行动迟缓。**她**年约三十，身材高大笨重。中等长度的头发，大眼睛，行动有点孩子气。这对男女沿着房子的边缘走着，手拉着手，久久地凝视着房子。

她

（快活地。）

很快我们就可以住在自己的房子里了

他

我们自己的房子

她

一所古老美丽的房子

远离其他的房子

和其他的人

他

你和我孤零零的两个人

她

不是孤零零的

是我们两个人单独在一起

（**她**抬起头注视着他的面庞。）

我们自己的房子

在这房子里我们会一起相守

你和我

单独在一起

他

而且没有人会来

（他们停下脚步，站在那里注视着房子。）

她

现在我们就站在自己的房子旁边

他

而且是多么可爱的房子

她

现在我们就站在自己的房子旁边

我们自己的房子

在这里我们会一起相守

你和我单独在一起

在这房子里

你和我会

单独在一起

远离其他所有的人

在这房子里我们会一起相守

单独

在一起

他

我们自己的房子

她

属于我们自己的房子

他

属于我们自己的房子

没有人会来的房子

现在我们就站在自己的房子旁边

在这房子里我们会一起相守

单独在一起

（他们继续沿着房子走着。）

她

（有点烦恼地。）

但这和我想的有点不一样

我真的

没想到

会是这样的

（突然有点害怕。）

因为有人会来的

这里是如此与世隔绝

一定有人会来的

（**他**依旧注视着房子，仿佛迷失在自己的思绪里。）

这条长长的路上

一个人影也看不见

我们走了这么远

一个人影也看不见

只有这条路

而现在我们就站在这房子前还有

（更紧张地。）

想想看当天黑的时候

想想看当暴风雨来临的时候

当风乍起

穿透墙壁

当你听到大海的咆哮

惊涛拍岸

白色的巨浪和黑色的大海

想想看屋子里会多么冷

当风乍起穿透墙壁

想想看这里是多么地远离人世

会多么黑暗

会多么安静

想想看当风乍起

惊涛拍岸

想想看秋天会是怎样一番景象

在黑暗中

在暴雨和黑暗中

白色的巨浪和黑色的大海

只有你和我

在这房子里

如此地远离人世

他

是啊如此地远离

人世

（静场。）

现在我们终于单独在一起了

她

（有点烦恼地。）

但我们并没能远离

所有的人

不是

所有的人

只是有些人而已

不是吗

他

（站在那里注视着她。）

我们会远离他们所有的人

远离其他所有的人

她

（站在那里注视着他。询问地说。）

其他所有的人

我们会远离其他所有的人吗

他

是的远离其他所有的人

她

但是我们能吗

其他的人会不会

终究还是要来呢

我们能远离其他所有的人吗

这不危险吗

他

但是我们想单独在一起

不正是其他的人

其他所有的人

把我们分开了吗

其他所有的人

（更加强调地说。）

我们只想

找个地方

单独

在一起

我们只想

找个地方单独在一起

在那里我们可以生活

在那里你和我可以

单独在一起

彼此相守

这就是我们想去的地方

我们只想

单独在一起

彼此相守

她

但是我们能单独在一起吗

这里好像已经有人来过了

（绝望地。）

有人在这里

有人会来的

他

（冷静地。）

这里只有我们

（**他**转身从她身边走开，穿过花园，一直走到房子的左手转角，站在那里俯瞰着大海。）

这里没有人

而那里

（指点着。）

是大海

没有人会来

（她走过来站在他身边，同样俯瞰着大海。有点激动地。）

还有看这大海多么美

房子多么古老

还有大海多么美

我们单独在一起

没有人会来的

没有人会来

还有那里是如此美丽的大海

看那波涛

看那波涛是怎样

在岸边

翻滚着冲上圆圆的礁石

一浪接着一浪

还有大海

就在那里

放眼望去

只有大海

还有远方的

几座小岛

黑色的岛屿映衬着白色的浪花和蓝色的大海

还有那里

（静场。）

是吗

（**他**注视着她。**她**低下头，看上去弱小恐惧。有点惊讶地。）

是吗

（有点烦恼地。）

没有人会来的

她

但是我能感觉得到

有人会来的

他

不这里只有我们

我们谁也不认识

这里只有这所房子

和大海

她

但是我肯定有人

在这里

（更加强调地说。）

是的

有人在这里

有人会来的

我知道有人

将至

他

不这里只有我们

（静场。）

终于我们能单独在一起了

现在只有我们

单独在一起了

（坚决地。）

我们再也不能待在

原来的地方了

我们必须离开

我们本来就想去别的地方

而最终我们来到了这里

这所房子

而现在这房子是我们的了

（不知怎么就高兴一点了。）

现在我们要住在这房子里了

（**他**再次转身看着房子。）

我们决定搬到这里来

（越发高兴地。）

我们已经决定了

然后我们就这么做了

现在我们来到这里了

现在是我们要住在这所房子里了

我们已经决定

要搬到这儿来

在这所房子里我们要住下来

我们已经这么说了

现在我们来到这里了

现在我们要住在这所房子里了

（**他**又放眼望着大海。）

还有那里

（指点着。）

是大海

这么大这么美

她

（放眼望着大海。）

但是我没想到

来到这里

会是这样的

不是这么

该怎么说呢

（**她**低下头。静场。）

海这么大

我没想到

会是这样的

我想我原来想象的完全是另外一番样子

他

但是我们受不了

待在有其他人的地方

我们受不了

和其他人待在一起

我们只想在一起

我们想要

单独在一起

我们不想待在有其他人的地方不是吗

我们一定得住在没有任何其他人的地方

只有我们的

地方

我们要生活在

只有你和我

（更大声地。）

单独在一起的地方

走得远远的

远离

那些

其他所有的人

远离

这才是我们真正

想要生活的地方

她

可这里是如此地

与世隔绝

虽然好像这里

什么人也没有

但又好像

有人已经来过了

它好像同时

既与世隔绝又不与世隔绝

它是

（突然停下来不说了。）

他

老房子就是这样的

她

是啊我想是这样

（**他**走过去坐在紧靠房子墙边的一张老旧朽坏的长凳上。**她**注视着他。）

但现在还是白天

想想看当天黑的时候

当秋天

还有冬天来临的时候

当这里又黑又冷的时候

不过反正也不是只有我们两个人

因为还是有人在这里

（烦恼地。）

有人在这里

我知道有人在这里

而且有人会来的

我知道有人会来的

他

我们可以两个人在一起了

现在我们终于可以

彼此相守了

我们单独在一起

而不是

待在有其他人的地方

是我们两个人在一起

单独在一起

现在我们终于能

单独在一起了

彼此相守

单独

在一起

这里不会有其他人

只有你和我

单独在一起

（带着点恳求的语气。）

过来坐在我身边

（询问地。）

难道你不想坐下来吗

（**她**点点头。）

她

但是还有其他人在这里

有人会来的

（绝望地。）

我们永远也不能

单独在一起

我们永远也不可能单独在一起

他

过来

坐下来

我们才刚到呢

（**她**走过来坐在他身边。）

她

但是有人会来的

我知道

我感觉得到

有人会来的

有人不想让我们

单独在一起

有人会来的

他

这里没有人

没有人会来

她

（大声地。）

我知道有人

会来的

他

没有

她

他们永远不会让我们

在一起

他

别这么想

她

但是有人会来的

我感觉得到

（**她**站起身来，就这么站在他面前低头注视着他。绝望地。）

有人会来的

他

但是我们已经来到这里了

为的是我们

能够单独

在一起

没有人会来的

我们已经

（**他**突然停下来不说了，绝望地看着她。静场。害怕起来。询问地说。）

有谁会来

她

我只知道

有人会来的

你也希望有人

会来

你宁可和其他人

而不是和我在一起

你宁可和其他人在一起

有人会来的

只要我们走进房子就有人会来的

敲着门

敲门敲门

有人会来敲门

会敲门敲门

一直不停地

敲门

只要我们走进房子

就有人会来的

他

（反驳地。）

不会的

（恳求地。）

你不能坐下来吗

就在这儿在我身边

（抚慰地。）

没有人会来

她

我知道有人会来的

我感觉得到

这里是如此与世隔绝

一定有人会来的

有人会来的

我知道有人会来的

他

没有人会来

无人将至

她

总有人会来的

有人会来的

她会来

她会来

来这里坐下

就在那儿

凝视着你的眼睛

我知道

有人会来的

她会来坐在这里

还有她的眼睛

她会来坐在那儿

不声不响地凝视着

你的眼睛

我知道

有人会来的

她会来

我受不了

我受不了

有人会来的

她会来的

他

你不能坐下来吗

坐在我身边

(**她**在他身边坐下来。**他**搂着她的肩膀。)

没有人会来的

她不会

任何其他人也不会

现在只有我们

我们在一起

单独

在一起

彼此相守

（**她**把头靠在他肩上。）

现在只有你和我

她

你和我

他

你和我

她

但是我受不了

我感觉得到

有人会来的

要不就是已经

有人在这里了

（询问地。）

也许有人在房子里

（焦急地。）

那儿

你没听到吗

（**她**看着他，害怕起来，在长凳上直起身。询问地说。）

那不是脚步声吗

（**他**注视着她。倾听着。）

有什么声音

是脚步声吗

我听到了

（**他**点点头。询问地。）

你也听到了吗

（**他**点点头。）

你也听到了

（**他**看上去有点害怕。）

他

是的

她

有人在这里

有人会来的

他

我想我的确听到了脚步声

她

现在还听得见吗

（**他**摇摇头。）

但是刚才的确有什么声音

（**她**游目四顾，然后注视着他。）

又来了

（**他**站起来，低头注视着她。）

他

有人来了

（**他**再次走到房子的左手转角，向屋后扫了一眼，转过身来注视着坐在长凳上的她，摇摇头。）

她

（询问地。）

没有人

（**他**又摇摇头，再次转身看看房子的转角后面，然后又一次注视着她。）

他

我到房子周围看看

（**她**点点头。**他**小心翼翼地走过房子的转角，消失了。**她**依旧在长凳上坐着，游目四顾。然后**她**站起身来，走到他消失的那个转角。**她**注视着房后的他。）

她

（很大声地。询问地。）

什么也没有

你什么也没看见

什么也没有

他

（自转角后。）

没有

（**她**转身，穿过花园。）

II

她穿过花园，然后看到一个男人自房子的右手转角走出来。**男**年约三十，相貌平凡。**她**朝他看了看，然后低下头。然后**她**抬起头，冲他点点头。**男**也冲她点点头，然后沿着房子向她走过来，一边走一边注视着她。**她**也注视着他。**男**走过来，站在她面前。

男

（傲慢地，带着点夸耀地。）

这么说你就是那个买房子的人

（**她**注视着男。）

我听说有人

买下了这房子

我正好在散步

这房子已经空置了那么久

已经完全荒废了

然后突然就有人

想买这房子

我就是把这房子卖给你的人

我只是想看看

谁是买房子的人

（她垂头看着地面。）

这房子是我继承的

我的家人一直住在这里

但是几年前

祖母去世了

她是最后一个住在这房子里的人

从那以后房子就空置着

房子位置有点偏远

又这么老旧

很难卖掉

但是居然卖掉了

我从来没想到

能把它卖掉

她

这么说你就是那个卖房子的人

（**男**点点头。静场。询问地。）

你自己在这儿住过吗

男

没有只有我父亲

和我的祖父母在这儿住过

在这所

（双手叉腰。）

房子里

她

真是所古老的房子

男

是啊

我不知道这房子到底

古老到什么程度

但的确是

很古老了

她

一所古老美丽的房子

男

但我自己可不想

住在这儿

她

你不想吗

男

不这房子太老旧了

她

（询问地。）

很难卖掉

男

是啊很难

（**她**走过去在长凳上坐下。**男**站在那里，目光追随着她，然后也走过去在她身边坐下来。**她**看着男。）

她

你住在这附近吗

男

是啊离这儿不远

（静场。他注视着她，询问地。）

现在你要住在这儿了

（**她**点点头。）

住在这儿会很孤独的

（**她**又点点头。）

这附近很少有人住

几乎没有人

她

是啊这儿人很少

男

几乎没有人住在这儿

（静场。**她**和**男**坐在那儿，目光呆滞地瞪着前方。**他**出现在房子的左手转角，游目四顾。就在此时**她**抬起头来，注视着男。**他**缩回身子，靠墙站在那里，就在转角后。**他**低头站着，没有刻意去听，但他们的谈话还是钻进了耳朵。）

不过反正我就住在这附近

离得不远

这真是太

（**男**笑了起来。）

她

是吗

男

是啊我就住在这附近

（**男**注视着她。有点儿意味深长地说。）

也许我们可以彼此做个伴儿

（**她**注视着男，摇摇头。）

是吗别这样

这附近没什么别的人

而且我也没那么糟

听我说

（**她**直愣愣地瞪着前方。静场。**他**在房子转角后站着，焦急起来，想站出来，又忍住了。）

不我只是想看看是不是已经有人

到房子里来了

她

是吗

（**男**注视着她。**她**也抬起头来注视着男。）

男

我只是想知道

谁买了这房子

她

是啊我明白

男

我并不是每天

都能卖掉一所房子的

（夸耀地。）

现在我有钱了

她

我想是的

男

是的现在我有很多钱

她

（有点害怕地。）

你说你住得离这儿不远

（**她**注视着男的眼睛。）

男

是啊

不是太远

（挑逗地。）

你想不想

她

（打断他。）

不

不

（**他**在房子转角后站着，越来越焦急。然后好像逼着自己似的，**他**站了出来，自转角走进花园，一边走一边注视着坐在长凳上的两人。**他**停下脚步，低头看着他们。**她**注视着他。）

她

（紧张地。）

这是房子以前的主人

我们就是从他那儿买到这所房子的

（**男**站起身来，走向他。急促地。）

他说他祖父在这儿住过

（**她**犹豫了一下，转向男问道。）

是这样吗

男

是啊是的我祖父也住过

不过他很多年前

就去世了

我已经不记得祖父是什么样了

但我的祖母一直住在这儿

直到几年前

她去世的时候

（**男**站在他面前。）

我只是想来看看

（**他**站在那里，低下了头。）

他

我们刚到

男

要是那样的话我肯定

你们一定想

先安顿下来

（**男**看着他。）

不过我可以过一会儿

再来

那样我就可以带你们在房子里转转了

她

（急促地。）

还有没有其他人住在

这附近

我想知道

（**男**走到她身边，摇摇头，站在长凳前。）

男

不附近没有人

不等一等

（犹豫了一下。）

是啊我

只有我

（**她**低下头。静场。**男**向花园走去。）

我过一会儿再来

这样我

也许今天晚上能请你们喝一杯

因为我现在有钱了

（**男**短促地笑了一声。**她**和**他**朝男点点头，**男**朝他们挥挥手，然后自房子的右手转角下。**他**走开去在长凳尽头坐下，尽可能地离她远一点。**他**先是目光呆滞地瞪着前方，然后低下了头。**她**小心翼翼地观察着他。长长的静场。）

他

（声音有点颤抖地。）

是你让他坐下的吗

在长凳上

就在你身边

她

不不

他

那他就这么来了

还坐下了

（有点嘲讽地。）

他就这么来了

还坐下了

在长凳上就在你身边

（**她**僵硬地垂头看着地面。）

这么说是你释放出了

一种隐秘的欲望

来坐在这儿

就在我身边

这就是你暗示的意思

虽然你没说出口

你一贯如此

她

不别说了

这太可怕了

他

是啊你什么都没做

你甚至从来也没有凝视着他的眼睛

（残忍地。）

你到底是一直在凝视着他的眼睛呢

还是凑巧

我走过来的时候

你正好在这么做

（**他**沮丧地摇摇头。）

她

不别说了

这太可怕了

他

（更激动地。）

是不是凑巧我走过来的时候

你正好

依偎在他怀里

她

我没有依偎在他怀里

他

但是我看见了

亲眼看见了

我看见你依偎在他怀里

（带着点儿和解的语气说。）

我看见了

她

（有点沮丧地。）

我没有

他

你喜欢他吗

她

我没有喜欢也没有不喜欢

他

他

你喜欢他

她

是啊我想我是有点儿喜欢他

（**他**站起身来，穿过院子。）

他

我看见你坐在那儿

目送秋波

而且他一定是等我走到房子后面

他才

来的

走进花园

和你

单独谈话

（**他**绝望地摇摇头。）

而现在

他还会再来的

（**他**深深地，绝望地叹了口气。）

他会一直来

（**他**又走回去坐在长凳上，离她近了点。）

他一个人住在这儿

该死的杂种

他永远也不会让

你和我

单独在一起的

（**他**注视着她。）

而他就是把房子卖给我们的人

（**他**站起身来。）

真他妈见鬼

想想看这家伙全家

都曾经住在这所

我们要住的房子里

（**他**绝望地看着她。）

住在我们不得不去住的房子里

（冷静了一点。）

而你就坐在那儿凝视着

他的眼睛

凝视着凝视着凝视着

他的眼睛

（更残忍地。）

依偎着他坐在长凳上

（**她**直愣愣地瞪着前方。静场。）

而且这家伙还会回来

他会回来

他会来的

（**他**开始在院子里来回踱步。静场。**他**冷静地说。）

你当然知道一定有人会来的

我想其实我也有点儿意识到了

但我根本不想知道

而你一直都是知道的

（**他**停下来，看着她。残忍地说。）

你想让他来不是吗

你只是嘴上说你不想

让任何人到这儿来

可其实

你想的就是这个

（**他**沮丧地摇摇头。）

她

（镇定自若地。）

冷静点儿

（**他**继续在花园里来回踱步。）

够了

你冷静点儿

（静场。**她**带着夸张的乐观说。）

我们得进去看看房子了

（**他**依旧在花园里来回走着。**她**站起身来，恳求地说。）

我们

进房子去好吗

他

一定有人会来的

（**她**走到他身边，挽起他的手臂。）

她

来吧我们

进房子去

（**他**注视着她。）

他

我不想住在这儿

（绝望地。）

我不想待在这儿

她

（抚慰地，有点害怕地。）

来吧我们进去

他

你一定要凝视着他的眼睛吗

（**他**甩开她的手，走过去在长凳上坐下，双肘撑在膝上，

把脸埋在手里。彻底绝望地说。）

不不不

（**她**走过来坐在他身边。）

她

（带着夸张的乐观。）

一切都会好起来的

（**他**注视着她。静场。）

他

（非常坦诚地。）

我是如此地

爱你

（**他**用双臂环抱着她，紧紧地拥抱着，凝视着她的眼睛。**她**也环抱着他，开始轻轻地摇晃他。）

她

你和我

（**她**亲亲他的额头。）

他

你和我

她

你和我

（**他**看着她。沮丧地说。）

他

总有人会来的

她

（抚慰地。）

冷静点儿

你和我

你知道的

他

是啊冷静点儿

她

现在我们可以进自己的房子去看看了

（**他**坐直身体。）

他

我们进去吧

（**他**从长凳上站起身，**她**也站了起来。他们拉起彼此的手，向房子的前门走去。）

她

（注视着他。）

钥匙在你那儿

（**他**停住脚步，在口袋里摸索着，然后点点头，把钥匙从口袋里拿出来。他们走到房门前，**他**开了锁，打开门让她先进。**她**走了进去。**他**随后也走进去，关上了身后的门。我们听到**他**锁上了门，并拉了拉看门是否锁好了。）

III

她自厨房门上，这是一间老式的长方形结构的厨房。**他**跟着她上，并关上了身后的门。

她

（热切地看着他。）

瞧这可爱的大餐桌

（指着一张长长的老旧的白木餐桌，桌子抵着房间那头的窄墙，几乎有整个房间那么长。）

我们可以就坐在这儿吃饭

面对着面

我们可以坐在这儿吃饭

（**她**看着他。）

我们坐下好吗

（餐桌的一边摆着一排老旧的白木椅子，**她**走过去在其中一张椅子上坐下。**他**跟着过去，坐在她对面靠墙的一张老旧的白木餐凳上。）

以后很多个早晨我们都可以坐在这里

因为现在我们是在自己的房子里了

这里会只有我们在一起

在这里我们会在一起

单独在一起

彼此相守

而且没有人会来

他

是啊只有我们在一起

她

你和我

他

你和我

（**他**站起身来，走到厨房的窗边。窗子开在墙的正中，面对着花园。**他**朝窗外看着，游目四顾。静场。）

她

你看见什么了吗

他

没有

（**他**朝她转过身。）

我想没有

（突然停下来不说了。）

她

怎么了

他

不没什么

她

（鼓舞地。）

瞧这老火炉

（**她**指着火炉。**他**点点头。）

还有这老冰箱

（**她**指着冰箱。）

我想我以前从没见过

这么老的冰箱

不过看上去还能用

还有这些窗帘

还有这种老旧的味道

（**她**环顾着房间。）

这就是我们要生活的地方

我们已经买下了这房子

买下了所有这一切

现在我们可以在一起了

只有我们

彼此相守

而且没有人会来

（**他**再次朝窗外望着。**她**注视着他，不怎么有信心地说。）

我们会在一起

（有信心了一点。）

只有你和我

（更有信心了。）

没有其他人

（信心十足地。）

没有人会来

（**他**依旧看着窗外。）

他

（垂头丧气地。）

他又来了

她

不你在开玩笑

（**他**焦急地看着窗外。）

他

我想我看见他了

她

可他刚走

（**他**注视着她。）

他

是啊可是我几乎可以肯定

我看见的就是他

就在花园里

就在那边

（突然停下来不说了。）

她

但不可能是他

（**他**再次朝窗外望着。）

他

可我想

就是他

（**她**走到窗前，站在他身边，从身后环抱着他，向窗外望去。）

刚才我看见了

一定是他

（**她**歪头瞥了他一眼。）

她

你想让我出去看看吗

看看他是不是在那儿

（**他**绝望地看着她，眼中满是恐惧。）

他

不

（**她**低下头。沮丧地。）

你只想见他吗

难道你不想

和我

在一起吗

你只想见他吗

她

（有点害怕地。）

别说了

好吗

（静场。）

你知道不是这样的

（静场。）

你可以自己出去看看

（静场。带着夸张的乐观说。）

要不我们再转转看

看看这些老家具

在我们自己的房子里

我们可以去转转不是吗

他

可我肯定我看见他了

嘘

（**他**站在那里倾听着。**他**注视着她。悄声地，询问地说。）

你听到什么了吗

（**她**摇摇头。稍微大点儿声说。）

什么也没有

（**她**又摇摇头。**他**再次朝窗外望着。这时响起了敲门声。**他**注视着她，眼中满是恐惧。**她**也注视着他，大大的眼中同样满是恐惧。**他**摇摇头，走回去在餐凳上坐下。**她**也走回去在椅子上坐下。又响起了一声敲门声，这次更响了。他们一动不动地坐在那里，注视着彼此。）

她

（悄声地。）

我们别开门

（**他**摇摇头。热切地。）

我们就让他在那儿站着

（**他**点点头。又响起了一声敲门声。）

就让他在那儿站着

敲吧

我们不用开门

这是我们的房子

我们只给想见的人开门

（**他**双肘撑在餐桌上，把脸埋在手里。）

我们不用开门对吗

（静场。）

我们只给想见的人开门

（**他**把手从捂着的双眼上拿下来，放在桌子上，注视着她。）

他

我们永远也没法单独在一起

而且你早就知道

有人会来的

（又响起了一声敲门声。）

她

（询问地。）

我们一定得开门吗

他

你巴不得开门吧

其实你很想

（突然停下来不说了。）

她

我们不是一定要开门

（他们坐在那儿注视着彼此。）

你觉得他走了吗

他

也许吧

（静场。）

或者也许他正站在外面等着

就站在花园里

也许他就站在

门外

她

我觉得他已经走了

（热切地。）

而且他不会

回来了

以后好几天

他都不会回来了

然后他就再也不会

到这儿来了

他

（快乐地。）

你这么觉得吗

（**她**点点头。）

她

（有点高兴起来。）

来吧我们去别的房间看看

因为现在他已经走了

他敲了门

但是我们没有开

现在他走了

他走了

他

也许他是走了

她

我知道他已经走了

我们可以到别的房间去看看了

（**她**挽起他的手臂。**他**站起身来。**她**拉着他向通往另外一个房间的门走去。）

IV

她拉着他的手臂，一同走进一间老旧的起居室，墙上的木镶板已经褪色了。

她

现在我们可以转转了

看看房子里

所有的一切

他

（有点沮丧地。）

可是他还站在那儿呢

就在门外

站在那儿等着

一会儿他就会再来敲门的

她

我觉得他已经走了

他

（勇敢地。）

不过就让他在那儿站着好了

因为门是锁上的

她

就让他在那儿站着好了

（**她**环顾着房间。）

而且这儿真不错

这房间不错

还有墙上挂的这些照片

（他们一同环顾着房间。）

这里几乎所有的一切

一定很多很多年来

都是这个样子

（她饶有兴味地环顾着，注意力被对面比较宽的那面墙上挂着的一幅年轻女人的照片吸引了。）

那幅照片

就在那边墙上

（指点着。）

这一定是那个女人

在我们之前住在这里的

那个祖母的照片

（忽然停下来不说了，看着他，然后急促地说。）

那儿就在那儿

（指点着。）

在那儿

就是她你看得到的就在那边墙上

那个年轻女人

就在那幅照片上

一定是她

那个祖母

是她年轻的时候

（**她**放开他的手臂，走到照片前，站住。**他**站在原地没动。**她**注视着照片。静场。）

她以前一定很美

他

（有点沮丧地。）

而现在他很可能就在门外站着

他会敲门的

（绝望地。）

而且你原来为什么不说

有人会来呢

（**她**朝他转过身。）

她

就让他在那儿站着好了

（**他**低下头。）

他

我想你觉得

他也很美吧

我想他长得像他祖母吧

她

他长得不像她

不怎么像

（**他**笑了起来。**她**再次转身注视着照片。）

他

我想你记得很清楚

他长什么样

（**他**走到照片前，注视着它。**他**看着她。嘲讽地说。）

我想也许他的确很像

他祖母年轻的时候

（静场。）

而现在他就在花园里走来走去

（**她**走回房间中央，**他**转身跟在她身后。）

你觉得呢

他长得像她吗

她

我不知道

他

刚才你那么靠近地看着他的脸

（**她**假装没听到他的话，依旧环顾着房间。）

她

那儿

（看着一幅挂在左边窄墙上的结婚照。）

那是结婚照

（用手指着。）

那儿

那一定是结婚照

（不由自主地说。）

而且她丈夫也很英俊

（**她**走到结婚照前，凑近了，仔细看着。然后**她**朝他转过身，似乎要进一步确定一下似的说。）

他们两个都长得很好看

（**他**点点头，走过去站在她身边。）

他们是漂亮的一对

而且结婚的时候还很年轻

他

（有点感兴趣地说。）

我想他长得

既有点儿像他祖父又有点儿像他祖母

不过在照片里

他们俩看上去都更年轻

她

是啊他们很年轻

（有点犹豫地。）

也许还不到二十岁

他

可能女的还要更年轻一点

她

他们俩

跟我们可不一样

他

你也没那么老

她

可也没那么

年轻了

（**她**用手环抱着他，紧紧地依偎着他。静场。**她**抬起头来注视着他。）

但是我真高兴

我们

能够彼此相遇

我找了很久才找到

一个我可以

与之相守的人

（静场。）

可以彼此依靠

单独在一起

彼此相守

这正是

这正是我们想要的

我们想要彼此

依靠

他

而我们也的确是

彼此依靠呀

（**她**点点头。静场。**他**放开她，走到那面宽墙边。女子照片的旁边挂着一幅一个男孩行坚信礼的照片。**他**在照片前停下脚步。**他**看看她。有点儿嘲讽地说。）

这儿有一幅他的照片

穿着西装打着领带

（静场。犹豫地。）

真奇怪卖房子前

他都没把

这些照片拿下来

至少是他自己的照片

她

是啊真奇怪

（**他**走过去打开右边窄墙上的一扇门，很快地朝里看了一眼。）

他

（注视着她。）

这就是她

（犹豫了一下。）

就是

那个老女人睡觉的地方

闻上去很老旧

有股尿臊味儿

又闷又臭

而且油漆都剥落了

床也没铺

（**他**走进那个房间。**她**走过去站在男孩的坚信礼照片前。自房间内喊道。）

而且床底下还有个夜壶

盛着半壶发臭的尿

这可不行

（**她**依旧看着那幅坚信礼照片。震惊地。）

是啊要是床底下没有

盛着半壶发臭的尿的

夜壶

那才奇怪呢

她

（有点走神地。）

盛着半壶发臭的尿的

夜壶

他

（自房间内说。）

我们得把它倒了

她

这里

这房子里

有太多需要整理的了

他

（自房间内说。）

我们真不该

买这房子

她

是啊我不知道

（**他**走回房间，关上身后卧室的门，注视着她。**她**依旧站在那里看着那张坚信礼的照片。**她**把目光从照片上移开，看了看他，又转回头去看着照片。心不在焉地说。）

床底下有个盛了半壶发臭的尿的夜壶

（**他**点点头，走到左手窄墙边的一张沙发旁。沙发就放在结婚照的下方。**他**在沙发上平躺下来，直愣愣地瞪着前方。**她**走过去打开卧室的门，走了进去。**她**自卧室内说。）

噢是啊

不

这可不行

闻上去真是放了太久了

而且床也没铺

看上去好像床单

也没换过

自从

（犹豫了一下。）

她上次睡过以后

他

很可能她就是死在

那张床上的

就在那堆床单中间

（**她**走回房间，关上身后卧室的门。）

她

你觉得是这样吗

他

你早就知道有人

会来的

你早就知道

（**她**走到窗前，窗户就开在宽墙上，在坚信礼照片的右边。**她**站在那里面朝窗外，放眼望着大海。）

她

（似乎**她**已经厌烦了似的。）

那边我们能看得到海

只有大海

而且这儿一个人也没有

我能看到的只有大海

别的什么也没有

他

你一个人也没看见吗

她

只有大海

他

是啊只有大海

（有点肃穆地说。）

这太好了

只要看看大海

你就会觉得安全了

你和我

还有大海在那儿

就应该是这样的

你和我还有大海

而且没有其他的人

只有你和我还有大海

没有其他的人

她

可是海这么大

而且一个人也看不见

一所房子也没有

只有大海

（**他**在沙发上翻了个身，背对着她。**他**躺在那儿盯着墙。

静场。）

别难过

我来安慰你

（**她**走到沙发旁，在他身后躺下。**她**用双臂环抱着他，紧紧地贴着他的后背。带着安慰的语气说。）

只有你和我

还有大海

你和我还有大海

而且你一定不会难过的

因为我会在你身边

你一定不会害怕的

因为你会看到一切

都会好的

什么坏事

都不会发生

你和我会在一起

现在我们可以永远

在一起了

你和我

在一起

当然没有人会来

只有你和我

还有这房子这么古老

而又美丽

而且我们已经远离了其他所有的人

现在我们可以在一起了

我们可以

单独在一起不是吗

你和我

单独在一起

我们可以彼此依靠

现在我们可以在一起了

只有你和我

你和我

单独在一起

（静场。**他**在沙发上翻过身，面对着她，注视着她。）

他

（害怕地说。）

你听到什么了吗

我听得到有人在外面

他就在外面

他就在那儿

窗户外面

她

（冷静地。）

我什么也没听到

我只听到你心跳的

声音

我还听得出来你刚才害怕了

他

我听得到

脚步声是如此清晰

我听得到有人

在外面

看起来他没有走

没有

他就在外面围着房子走来走去

（他们两人一起躺在那儿倾听着。）

她

（有点听天由命地。）

外面是有人

这么说他没走

而且现在他正围着房子走来走去呢

走来走去走来走去

（静场。）

不过这也没关系

这也不是那么

可怕

就算他在外面

就算他在围着房子走来走去

（固执地说。）

这也不是那么可怕

（轻柔地说。）

因为现在你和我

单独在一起

（绝望地。）

现在我们单独

在一起了

彼此相守

他

（害怕地。）

他正围着房子走来走去走来走去

我听得到他在不停地走

而且一会儿他就会回到花园里

他不会离开的

他还会再回来

一次又一次

他还会回来的

（**他**直起身来坐在沙发边缘上。**她**也起身坐在他身边。**她**害怕地看着他。）

她

（绝望地。）

他真的会

一直来吗

他会一直来

你怎么能说出这么可怕的话呢

他

他说他会走的

可他没走

他还是留在这儿

他会一直来的

她

但这可不行

他说过他会

让我们先安顿下来的

他会走的

要过一会儿

才会再回来

我们本来要先安顿下来的

他

是啊可是他现在回来了

（故作勇敢地。）

不过门是锁上的

她

你肯定有人

在那儿

在房子外面吗

（**他**点点头。）

他

（故作勇敢地。）

我可以出去看看

（**他**站起身来，走进厨房，然后又走了回来。**他**沮丧地看着她。）

（悄声说。）

他就站在外面花园里

我看见他了

从厨房的窗子里

她

他说过他会走的

（**她**害怕地看着他。静场。）

你肯定

有人在那儿吗

（**他**点点头，走到沙发旁，在她身边坐下来，注视着她。）

他

（指责地。）

现在他又来了

我们才刚刚

到这儿

你就给自己找了个朋友

你可真行

我都看见了不是吗

（绝望地。）

我都看见了不是吗

你凝视着他的眼睛

当你以为

我没看见你的时候

你凝视着

他的眼睛

而且我也听到了不是吗

你问他住得

离这儿远不远

我听到了

她

他在哪儿

他

我说过了

他就站在外面花园里

她

（急促地说。）

就让他在那儿站着好了

就让他这么

在那儿站着好了不是吗

就让他在那儿站着好了

他

是你让他再回来

找我们的

她

不

是他自己说

他会回来的

我什么也没说

他自己说他过一会儿

还会

再回来的

他说过的

他

而现在他已经回来了

（响起了一声敲门声。**他**站起身来，害怕地看着她。**她**也看着他。苍白而又绝望地。）

我不能见到他

我要走

（**他**看着通往卧室的门。）

我要到卧室去

（指着卧室的门。）

看见他我受不了

（**他**恳求地看着她。）

如果有人要去开门的话

那也得是你

她

（犹豫地。）

你肯定

你肯定我们应该开门吗

而且要我去开

（**他**点点头。）

他

我受不了

现在让我见人我受不了

我受不了

谁来也不行

（短暂静场。）

但是我们得开门

你得去开门

她

（询问地。）

我应该去开门吗

（又响起了一声敲门声。）

他

如果有人要去开门的话

那也得是你

去开门吧

我受不了去开门

我受不了再见到他

我就知道有人会来的

（又响起了一声敲门声，这次更响了。）

她

（询问地。）

我们一定得开门吗

（**他**耸耸肩。响起了一声更响的敲门声。**她**注视着他。）

你真的觉得

我们应该开门吗

我们一定得开门吗

（又响起了一声敲门声。）

他

他敲个不停

所以我们只能开门

她

（询问地。）

而我得去给他开门

（又响起了一声敲门声。**她**走进厨房，没有关上身后厨房的门。**他**走进卧室，关上了身后的门，然后又打开，走回到房间里。**他**在沙发上躺下来，脸冲着墙，双手紧握在颈后，双膝蜷曲冲着墙壁。）

V

男站在门口往厨房里看着，**她**站在那里替他开着厨房的门。

男

我想我不如

现在就

带你们在房子里转转

所以我带了

（**男**举起一个厚纸袋，里面有瓶子叮当作响。）

一点儿东西

你知道的我现在有钱了

（**男**笑了两声。微笑着说。）

我想我从来没有过这么多钱

（**男**大笑了起来。）

是啊现在我有钱了

多亏了你

（**男**走进厨房，注视着她。**她**关上了门。**男**从她身边走过，在餐凳上坐下来。静场。）

你知道

这房子

对我来说很熟悉

我对这儿熟悉极了

每个隐蔽的角落都了如指掌

（静场。**男**把纸袋放在桌子上。**她**走过去站在厨房窗前，身体的重量都放在右脚上，这样她的臀部就冲着他的方向以柔和的曲线突出着。**她**朝窗外望着。他则盯着她的臀部。）

你知道我以前经常

到这房子里来

是啊

我小的时候

经常到这儿来

（静场。）

你能给我

拿个杯子吗

（**她**看着他。）

她

我不知道

杯子在哪儿

（他指了指一个有拉门的柜子，柜子就在那排餐椅后面靠墙放着。**她**看着他。）

在哪儿

男

就在那个柜子里

（继续用手指着。她走过去推开拉门，看到柜子里整齐地堆放着酒杯、茶杯和其他一些陶瓷器皿。）

是啊最好还是

把这些东西

跟房子一起卖掉

反正

我也不知道该

拿它们怎么办

我的老祖母

大概

不会高兴的

（他笑了起来。）

不过生活就是这样

这辈子

你不断地积攒东西

然后你死了

而别人都有自己的东西

你的东西

就变得几乎一文不值了

生活就是这样

她

（询问地。）

一个杯子

（他点点头。）

男

给你自己也拿一个

因为你

也想

喝一杯吧

不是吗

（**她**摇摇头。）

这么说你什么也不想喝

（他从纸袋里拿出一瓶啤酒，放在面前的餐桌上。他意味深长地看着她。）

什么也不喝

（**她**摇摇头。他旋开瓶盖，放在桌子上。**她**从柜子里拿出一只酒杯，放在他面前。**她**又走过去站在窗前，向外望着。他看着她。）

你不来点儿吗

（**她**瞥了他一眼，摇摇头。他往杯子里倒了点啤酒，泡沫冒了上来。他看着她。）

你可以坐下呀

你可以坐下吗

和我聊一会儿

（他喝了口啤酒。啤酒在他嘴边留下一圈白沫。他依旧注视着她。）

你不想来点儿吗

你不想坐下吗

（他把杯子放下。静场。然后充满感情地说。）

是啊我祖母就在这儿坐过

每一个早晨

很少有

她不在这儿

不在这房子里的日子

而且她几乎总是独自一人

现在她去了

（静场。）

啊是啊

（静场。他盯着她的臀部。她站在那里看着窗外。）

有很多很多年

祖母

她独自一人

待在这房子里

我祖父已经去世

很久了

她一定非常孤独

但她从没抱怨过

没有

一定很孤独

因为这里根本

没有什么人

（他抿嘴轻声笑着。静场。）

你跟你丈夫都干什么了

（**她**看着他。）

她

我和我丈夫都干什么了

男

你过来坐下呀

喝杯啤酒

来和我聊一会儿

（**她**走过去坐在他对面的餐椅上。他把啤酒瓶放在她面前。**她**摇摇头。他陷入沉思。悄声说。）

是啊祖母

（伤感地。）

她人很好

她总是对我很好

（他喝了一大口啤酒。）

是啊我的祖母

（静场。他看着她。）

这房子你们买得很便宜

真的很便宜

这辈子她所拥有过的一切

就是这房子

还有房子里的东西

而我继承了这房子

你们得好好感谢我

（他微笑了。静场。）

或者也许你们

这房子买贵了

这里很偏僻

而且当然这房子已经荒废了

也许你们这房子买得太贵了

（他抿嘴轻声笑着。）

不我想你们买得很便宜

实在是太便宜了

你们真该感谢我

我只是说说

你们真该感谢我

（**她**站起身来。）

你就不能坐一会儿吗

跟我聊聊

就一会儿

（**她**站在餐桌边看着他。）

不是现在

也许别的什么时候

也许我们还能找个地方碰面

我真的住得很近

我们很容易就能相遇

或者

（他笑了起来。）

我想我们总会见面的

在这儿你们也不可能见到

其他的什么人

但是你可以见到我啊

所以如果你想找个伴儿的话

（他喝了一大口酒。）

所以如果你想找个伴儿的话

是啊那你来就行了

你什么时候想来都行

到我家来

而且你还可以打电话

因为这房子里有电话

我也有电话

这儿

（他从外套口袋里掏出一支钢笔和一张小纸条。）

这儿

我把号码写下来

就打这个号码

打好了

你想打就打

什么时候打都行

（他把纸条放在桌上，身体前倾，伏在桌上，煞有介事地写下他的号码。**她**站在餐桌对面，低头注视着他。他抬起头看着她，拿起纸条递给她。**她**接了过来，从外套口袋里拿出一只皮夹，打开皮夹把纸条放了进去。他朝她微笑着，点点头。）

是啊你打电话就行

而且现在你有号码了

而且你得把它放在一个安全的地方

就像你现在做的那样

（他对她微笑着，然后低头看着桌面。**她**又走到厨房窗前，双手撑在窗玻璃上，向外望着。他拿起杯子，一饮而尽，然后把杯子放在桌上。他拿起啤酒瓶，把瓶盖拧紧，又把酒瓶放回纸袋里。他站起身来。）

是啊你打电话就行

什么时候都行

你可以打电话

而且你知道

我还真没那么糟呢

（他穿过房间，站在她身边。**她**依旧站在那里望着窗外，直愣愣地。静场。）

不刚才我只是想

顺便来拜访一下

你们俩一定有很多事要做

我可以今天晚点儿再来

或者改天再来

而且你也可以打电话

现在你知道怎么找到我了

而且你很可能会打电话的

（他向厨房门走去。**她**转过身，目光追随着他。他转过身，注视着她。）

那我走了

以后

再来

（**她**冲他点点头。他打开厨房门走了出去，并关上了身后的门。**她**依旧站在那里，注视着窗外。）

VI

她走进起居室。**他**躺在沙发上，依旧面朝里双膝蜷曲冲着墙壁。**她**走过去坐在沙发边缘上。**他**依旧躺在那儿盯着墙。长长的静场。

她

（冷静地。）

现在他走了

（静场。声音大了点儿。）

你没听到吗

现在他走了

（静场。悄声说。）

你睡着了吗

（**她**把手放在他肩膀上，摇晃着他。）

他走了

现在他走了

（**他**看着她，眼神阴郁。害怕地。）

你怎么了

（**他**再次转身盯着墙。）

你怎么了

现在他走了

你和我单独在一起了

现在

（**她**又摇了摇他的肩膀。）

说话啊

怎么了

（**她**朝他弯下身，用双臂环抱着他。）

你怎么了

我亲爱的朋友

你怎么了

他

（冲着墙说。）

你满意了吧

现在

你满意了吧

她

（绝望地。）

你这是什么意思

你吓着我了

他

现在

你如愿以偿了

（静场。**她**把手臂抽出来，站起身来走开几步。**他**注视着她。嘲讽地。)

你可真聪明

聪明极了

当然这里是太孤独太与世隔绝了

我懂了

我明白了

她

别这样

你吓着我了

他

我懂了

我彻底明白了

她

怎么了

他

你是不是要

她

（有点生气地。）

什么

他

你什么时候给他打电话

她

我不会给他打电话

他

那你刚才为什么要

拿他的电话号码

她

我不得不拿

我还能怎么办呢

是他给我的

他

当然是这样了

而你也很高兴地拿了

我懂了

她

你这是什么意思

他

你为什么把那张写了电话号码的纸条

放进你皮夹里

她

我没有

他

不肯定有

她

你怎么知道

我放进去了

他

我就是知道

我从你声音里听得出来

我就是知道

（**她**自通往厨房的门下，没有关上身后的门。静场。）

（**他**直挺挺地坐在沙发边缘上，低头看着地板。十分冷静地说。）

我早就知道

有人会来的

（**他**站起身来，走到窗前，俯瞰着大海。）

而那儿就是大海

波涛汹涌

大海

白色的巨浪和黑色的海水

波涛汹涌

温柔的黑暗的深深的

大海

（**他**冲自己笑了笑。）

而我们只想

彼此相守

（**他**纵声大笑。静场。**他**穿过房间，自通往厨房的门下。）

VII

他从前门走出来，走到房子的右手转角边，寻找着她。又走到房子的左手转角边，寻找着她。然后**他**在花园里来回踱着步。

他

不她不会打电话的

她很快就会回来的

然后我们就可以单独在一起了

我们就可以永远

单独在一起了

单独

彼此

相守

（**他**走到长凳前坐下。双肘撑在膝上，把脸埋在手里。然后**他**直愣愣地瞪着前方。）

单独在一起

彼此相守

（**他**声音嘶哑地笑了起来。长长的静场。**她**自房子的左手转角上，温柔地注视着他。**他**看看她，然后低下了头。**她**走过来坐在他身边。长长的静场。幕落。）

译者注：

2004 年　上海　初稿

2009 年　上海　再稿

2014 年　上海　初版修订

2023 年　上海　再版修订

图书在版编目（CIP）数据

有人将至 /（挪威）约恩·福瑟著；邹鲁路译. —
南京：译林出版社，2024.5
（有人将至：约恩·福瑟戏剧选；III）
ISBN 978-7-5753-0087-2

I.①有… II.①约… ②邹… III.①剧本 — 挪威 —
现代 IV.①I533.35

中国国家版本馆 CIP 数据核字（2024）第 053759 号

著作权合同登记号 图字：10-2024-120 号

有人将至：约恩·福瑟戏剧选 III
有人将至［挪威］约恩·福瑟 / 著 邹鲁路 / 译

策　　划　袁　楠
责任编辑　张　睿
装帧设计　韦　枫
校　　对　戴小娥
责任印制　闻媛媛

出版发行　译林出版社
地　　址　南京市湖南路 1 号 A 楼
邮　　箱　yilin@yilin.com
网　　址　www.yilin.com
市场热线　025-86633278
排　　版　南京新华丰制版有限公司
印　　刷　南京爱德印刷有限公司
开　　本　787 毫米 × 1092 毫米 1/32
印　　张　4.5
插　　页　4
版　　次　2024 年 5 月第 1 版
印　　次　2024 年 5 月第 1 次印刷
书　　号　ISBN 978-7-5753-0087-2
定　　价　298.00 元（全九册）

Jon Fosse

有人将至：
约恩·福瑟戏剧选

名字

Nammet

[挪威]约恩·福瑟 著
邹鲁路 译

译林出版社

Namnet

国际易卜生奖（1996）。——译者注

人物

女孩

男孩

妹妹

母亲

父亲

比杨恩

I

灯光起。一个**女孩**，非常年轻，怀有身孕，坐在沙发上。

女孩

他就不能和我一起

到这儿来吗

不　他不能费这个心

我可能会

（突然停下来不说了。她躺下来，想找个舒服的姿势，但怎么躺也不舒服，她只好又坐了起来。）

他不能费这个心

（她站起身来，走到窗前，望着窗外半明半暗的暮色。）

不管怎么说他现在应该也快到了

（短暂静场。）

我们就不能

一起来吗

我只好自己一个人坐大巴来

就因为他

（突然停下来不说了。短暂静场。）

而妈妈就这么一直说呀说呀

什么都说

睡不着

她说

那现在我要当外婆了

她说

（**女孩**在房间里游目四顾。她走到一个壁橱前，拿起一张照片，注视着。）

我小时候

长得不好看

（短促地笑了一声。）

这些傻照片

（她把照片放回去，走过去站在窗前，向外望着。静场。敲门声响起。她把双手放在肚子上。）

我想一定是他来了

（静场。敲门声再次响起。）

而他当然是不想让人看见

跟我在一起

（短暂静场。**女孩**依旧站在窗前向外望着。敲门声再次响起，这次更响了一些。然后她从台右通往门厅的一扇门下。我们听到从门厅传来前门打开的声音。她再次上场，走过去在沙发上坐下。只有她一个人。一个**男孩**上，年龄与女孩相仿。他拿着一只旅行袋和一个行李箱。他把旅行袋和行李箱放在地上，脱下外套，搭在一张扶手椅的靠背上。他注视着她。）

男孩

（小心翼翼地、紧张地。）

我没找到这房子

（短暂静场。）

最后我终于

找到了

敲门

可没人开

（短促地笑了一声。）

我都准备

女孩

（打断他的话。）

是吗

（静场。）

男孩

（点点头，在房间里来回踱了几步，游目四顾。静场。）

原来这就是你长大的地方

女孩

是啊　是的

（静场。**男孩**走过去在扶手椅上坐下。又一次静场。）

男孩

这儿不错

女孩

是吗

（再次静场。）

可你本来可以和我一起

到这儿来的

如果真是这么不错的话

（短暂静场。）

男孩

但是我还没

女孩

（打断他的话。）

你不想让人看见跟我在一起

（短暂静场。）

男孩

你父母都不在家吗

女孩

哦　妈妈在

不过她出去买东西了

男孩

（站起身来，在房间里游目四顾。）

原来你就是在这儿长大的　是吗

女孩

我不想到这儿来

到这儿来真让我烦透了

男孩

这是

（突然停下来不说了。）

女孩

你要是肯再多为我

费点心该多好啊

我随时都可能

生了

可我却不得不自己一个人到这儿来

而你

（突然停下来不说了。**男孩**来回踱了几步，打量着房间里所有的东西。）

我不想到这儿来

男孩

你来之前给你母亲打过电话吗

女孩

我受不了在这儿待着

而且我就要生了

可你一点儿也不在乎

男孩

这儿真不错

一切都那么冰冷

所有的岩石

石楠花

还有风

还有岛屿那头无边的大海

女孩

是啊

男孩

还有你父母的房子坐落的地方真美

就在悬崖的背风处

女孩

（有点高兴起来。）

我们管它叫小山

男孩

是吗

女孩

还有以前当暴风雨来的时候

我们总是爬到那上面去

风大得你都

站不住

男孩

也许以后我们也可以爬到那上面去

女孩

好啊　为什么不呢

（静场。**男孩**走过去站在壁橱前，拿起**女孩**儿时的照片。）

男孩

（带着询问的神色看着**女孩**。）

你

（**女孩**点点头。）

女孩

我小时候长得不好看

（她短促地笑了一声。**男孩**把照片放下，走到窗前，向外望着。静场。）

我想这孩子也不会

（突然停下来不说了。）

男孩

（注视着**女孩**。）

这么说你母亲出去买东西了

（询问地。）

是在那边的商店里吗

（**女孩**点点头。询问地。）

你母亲用拐杖吗

女孩

这我已经告诉过你

很多次了

可不管我说什么

你从来都不去听

男孩

那我看见的就是她了

我开车的时候从她身边经过了

她正沿着街往南走

我正沿着街往北开

女孩

很可能就是她

男孩

（询问地。）

那你父亲呢

女孩

他跟往常一样上班去了

（短暂静场。）

不过他很快就要回来了

（**男孩**走到墙上挂着的结婚照前，照片就在壁橱上方。他注视着它。）

男孩

（询问地。）

你父母

（**女孩**点点头。）

女孩

（沮丧地说。）

我不明白

他们为什么要把结婚照挂出来

他们的生活里只有吵架

我都不记得它以前是挂在那儿的了

（短暂静场。）

很可能是我妹妹挂上去的

她总是想让一切都尽善尽美

男孩

是吗

（静场。他站在那儿注视着墙上挂的另一幅照片。询问地说。）

你妹妹

女孩

大妹

男孩

不是还在家住的那个

（**女孩**摇了摇头。静场。）

还有你父亲

他在上班

女孩

是啊

（静场。）

不过他很快就要回来了

他累了一天

当他到家的时候

总是很累

（**男孩**点点头。）

男孩

是啊

（静场。）

还有你母亲

（突然停下来不说了。）

是啊　她

（又一次突然停下来不说了。）

女孩

（沮丧地说。）

你从来都不去听

你只是就这么站在那儿

当我跟你说话的时候你从来都不去听

你有用心听过吗

男孩

是的　我有

（拉长着声音。静场。）

你妹妹

她快回来了吗

女孩

我怎么会知道呢

（短暂静场。）

我想她就快回来了

男孩

你母亲看起来人不错

真的

女孩

你怎么会知道呢

男孩

如果我看见的是她

那就是

女孩

是啊　她身上没一点儿不好的地方

（突然捧住肚子。）

男孩

是那小子在踢吗

（她点点头。）

女孩

小子

男孩

是啊　孩子

女孩

你觉得会是个男孩吗

（他耸耸肩。）

我觉得会是个男孩

男孩

我以前从没见过你的家人是不是

女孩

我也没见过你的

男孩

（笑了起来。）

是啊　没有

女孩

（短暂静场。烦躁地说。）

可我不想到这儿来

男孩

只要待到

（突然停下来不说了。）

你母亲快回来了吗

女孩

我怎么会知道呢

她到商店去了

去站着跟人聊天

她总是在跟人聊天

男孩

我有点儿饿了

女孩

爸爸回家我们就开饭

男孩

要等很久吗

女孩

不用

（前门开了，听得到脚步声。）

男孩

（看着**女孩**，有点害怕。）

有人来了

（**女孩**点点头。询问地。）

你父亲

（**女孩**耸耸肩，两人都朝通往前厅的门看着。门开了，一个稍许年轻的女孩，**妹妹**，走了进来。她冲**男孩**点点头。）

妹妹

（看着**女孩**，惊奇地。）

你来了?

太好了

你肚子都这么大了

（她走过去用双臂环抱着**女孩**的脖子，然后在她身边坐了下来。）

你肚子真大

妈妈告诉我你要生小孩了

可她没说你的肚子都这么大了

（她笑了起来。询问地说。）

那你马上就要生了

（**女孩**点点头。询问地说。）

你刚到

我都不知道你要来

（询问地说。）

你刚到是不是

（**女孩**点点头。）

老天你的肚子可真大

（询问地说。）

我能摸摸吗

（**女孩**点点头。**妹妹**把手放在**女孩**的肚子上。短暂静场。）

我什么也感觉不到

女孩

（有点高兴地。）

他踢起来的时候

你就能感觉到了

不过他现在没有踢

妹妹

他经常踢吗

女孩

经常

妹妹

而且你肚子都这么大了

你看起来，好像随时都会

生了

顺便说一句比杨恩向你问好

女孩

（有点矜持地。）

比杨恩

妹妹

是啊

（短暂静场。）

我在卖汉堡的小售货亭那儿碰到他了

他让我问好

他说如果你回来了

应该找个时间顺便去看看他

你一定要下去看看他

他说

女孩

是啊

妹妹

我告诉他你要生小孩了

（咯咯笑了两声。）

我不知道我是不是应该告诉他

因为爸爸都还不知道呢

是啊　我想这你不知道

但是妈妈还没告诉爸爸

你要生小孩了呢

她说她不想

女孩

他没说

妹妹

（有点不解。）

他没说什么

女孩

我怀孕的事

妹妹

（询问地。）

比杨恩

不　他当然没说

（笑了两声。短暂静场。）

他似乎说什么你回来了一切就都像以前一样了

（**女孩**和**妹妹**一起笑了两声。）

女孩

（冲**男孩**的方向点点头。）

不管怎么说，这是孩子的父亲

（短促地笑了一声。**男孩**和**妹妹**站起身来，握握手，又坐了下来。）

他刚到

他还没见过妈妈

男孩

不　我见过了

女孩

（看着**妹妹**，笑了起来。）

是啊　显然他开车的时候从她身边经过来着

在路上

妹妹

（突然地。）

我们打牌好吗

女孩

我太累了

妹妹

（看着**男孩**，询问地说。）

你和我打

（他耸耸肩。静场。她短促地笑了一声，注视着**男孩**。）

我觉得这太傻了

妈妈不告诉爸爸

你要生小孩了

而且这些日子以来爸爸总是很少说话

跟妈妈你又没法说话

她完全疯了

（开始笑起来。）

她干了一件又一件可怕的事

说着那些傻话

她疯了

女孩

她一直是这样的

妹妹

而爸爸就像往常一样

几乎什么也不说

他晚上睡得那么少

天亮就得起来

不过当然他总是很早就去睡了

他说他只是躺在床上

睡不着

他说

女孩

是吗

（短暂静场。）

这么说比杨恩没变

妹妹

他还是老样子

女孩

（看着**男孩**。）

一个儿时的朋友

以前我总是下去找他玩儿

和他还有他弟弟

（突然停下来不说了。）

我跟你说起过他的

（**男孩**点点头。她笑了一声。）

可不管我说什么

你从来都不去听

（短暂静场。）

男孩

那你很久没见过他了吧

女孩

应该有好几年了

妹妹

（开始笑起来。）

他们玩得可疯了

比杨恩和他弟弟

（前门开了，听得到脚步声。**男孩**注视着**女孩**。）

女孩

（对**男孩**说。）

别担心

妹妹

大概是妈妈回来了

女孩

（看着**妹妹**。）

她去买东西了

（**妹妹**点点头。通往前厅的门开了，一个年长女人走进房间。她有一只腿基本上是完全僵直的，她拄着拐杖拖着身体往前走。）

母亲

啊　原来你已经回来了

你猜怎么着

（她开始笑了起来。她冲**男孩**点点头，然后注视着**女孩**。）

你猜我在商店

听到什么了

妹妹

（冲**男孩**点点头，看着**母亲**。）

这是贝厄媞的男朋友

（她又冲**男孩**点点头。）

母亲

你猜我听到什么了

（她用空着的那只手拍着大腿。）

女孩

（听天由命地说。）

是吗　是啊

（静场。）

你不想打个招呼吗跟我的

（突然停下来不说了。）

你以前没见过他

（**母亲**注视着**男孩**。他站起身来，他们握了握手。**男孩**继续站在**母亲**身边。）

母亲

我听到

女孩

（站起身来。）

我知道你要说什么

（**母亲**注视着**女孩**，有点受伤，然后她看看**男孩**，摇了摇头。接着她慢慢转过身，从台左的厨房门下，并关上了身后的门。静场。）

妹妹

（有点着急。）

我们打牌好吗

女孩

省省吧你

妹妹

（有点生气了。）

你这是干什么

我只是问问而已

（静场。**男孩**站起身来，走过去打开旅行袋，拿出一本书。）

我只是问问而已

我还不能说话了吗

（**男孩**在沙发上坐下来，打开书。）

我只是问问而已

你这是干什么

你为什么要这样

女孩

好了好了

妹妹

（站起身来。**男孩**从书上抬起头。）

好吧　如果你要这样的话

我只是问问而已

（**妹妹**走进门厅，砰的一声把门关上。**男孩**看看**女孩**，然后又开始看他的书。短暂静场。）

女孩

那现在你开始了解我的家人了

（**男孩**从书上抬起头，点点头，又继续看书。）

他们和你想象的一样吗

（她短促地笑了一声。）

男孩

（依旧看着书。）

是的

（拉长了声音。）

女孩

这一切都糟透了

爸爸必须工作

可睡不着觉

妈妈到处胡言乱语

在商店里跟人聊天

还想假装幽默

（**女孩**看着**男孩**。）

你就不能听听吗

（**男孩**从书上抬起头。）

你不在乎

我跟你说话的时候你从来都不去听

你

（突然停下来不说了。）

男孩

你父亲什么时候回家

女孩

他就快回来了

（短暂静场。）

他大概

（突然停下来不说了。）

男孩

他们看上去人很好

女孩

你不在乎

（**母亲**又从厨房门走了进来。她走到另一张扶手椅前，费力地坐下来。她注视着**女孩**。）

母亲

现在你也要做母亲了　很快

女孩

（短促地说。）

是的

母亲

我都这么久没见到你了

（**女孩**点点头。）

女孩

这不是没有原因的

母亲

现在你也快要做母亲了

（**母亲**举起拐杖，捅了捅**女孩**的肩膀。）

女孩

幽默

太搞笑了

（**母亲**收回拐杖，叹了口气。）

你不是有话要告诉我们吗

你在商店听到的什么事儿

（**母亲**又叹了口气。）

能让你觉得好笑的事儿

（**母亲**一副听天由命的样子看看男孩，摇了摇头。静场。**男孩**再次低下头开始看书。**女孩**已经快要哭出来了。）

没有人在乎

（**母亲**挣扎着从椅子上站起身来，她走进门厅，关上了身后的门。我们能听到一扇门打开又关上的声音。静场。**女孩**注视着**男孩**。）

你就打算这么坐在那儿看书是不是

你可真的在乎极了是不是

（**女孩**想要站起身来，可是肚子疼，她又坐下了。）

男孩

（叹了口气。）

是的　是啊

女孩

你不在乎

男孩

没有　好了

（短暂静场。他突然生气了。）

可你就

（突然停下来不说了。）

女孩

（好像在询问似的。）

去找比杨恩吧

（**男孩**耸耸肩。）

不管怎么说，他不比你

少在乎我

你就只会坐在那儿看书

（快要哭出来了。）

你就只会坐在那儿

男孩

是吗　是啊

（**女孩**站起身来，在房间里来回踱了几步，而**男孩**依旧坐在那儿低头看着书。然后她从前厅的门下。**男孩**站起身来，也在房间里来回踱了几步。楼梯上有脚步声传来，**男孩**赶紧走过去在沙发上坐下，低头看书。过了一会儿，**妹妹**从门厅上。**男孩**从书上抬起头看着**妹妹**。）

妹妹

她走了

（**男孩**点点头。）

她就是这样

每隔一阵她就这样

有时候她就这样

（**妹妹**又摇了摇头，她走到沙发前在**男孩**身旁坐下来。静场。）

我不明白她为什么要这样

她总是这样

并不只是因为她要生小孩了

她就是这样

（短暂静场。）

不过接着她就又会变好了

然后就会变得非常非常好

（看着**男孩**。）

她也可以很好的

男孩

（点点头。）

是的

妹妹

我不明白她为什么会这样

男孩

是啊

妹妹

每隔一阵她就这样

（**男孩**点点头。）

这你当然知道

（短暂静场。）

我觉得我不会想跟她生孩子

（她短促地笑了一声。）

男孩

我也不想

（**妹妹**开始笑了起来。）

但很多时候她也可以很好的

妹妹

是啊

男孩

你比我更了解她

妹妹

她人很好

男孩

是的

（静场。外面的大门打开了，听得到脚步声。**男孩**看着**妹妹**。）

妹妹

现在爸爸回来了

我听得出是他

（**男孩**低下头去看书。静场。通往前厅的门开了，**父亲**走了进来。他大约五六十岁，外表健康强壮，可看上去疲倦寡言。**男孩**站起身来，但**父亲**假装没看见他。不过他冲**妹妹**点了点头，然后走过去在一张扶手椅上坐了下来。依旧假装没看见**男孩**，他从桌上拿起一份报纸，看了两眼，叹了口气。**男孩**再次在沙发上坐下来，打开了书。）

父亲

（转向**妹妹**。）

又过了一天

（他叹了口气。询问地。）

你妈在休息

妹妹

是吧

男孩

（想找点话说。）

可能她是在

妹妹

（打断他的话。）

不　她是在休息

（对**父亲**说。）

刚才她起来过

（有点热切地说。）

不过贝厄媞回来了

父亲

（注视着**妹妹**。）

贝厄媞

妹妹

（点点头。）

她今天回来的

很突然

父亲

是吗

她出去了吗

妹妹

我不知道

（**父亲**点点头。**妹妹**看向**男孩**。）

他是贝厄媞的男朋友

（**父亲**再次点点头，看了**男孩**一眼，又回去看他的报纸。

静场。父亲站起身来，舒展了一下筋骨，来回踱了两步。

男孩又开始看他的书。)

父亲

是啊　真的

(看着**妹妹**。)

这么说贝厄媞回来了

她已经很久没回来了

(短暂静场。)

不过我最好还是去找点儿吃的

(他也走到窗前，向外望着。静场。他在房间里来回踱了两步，听天由命地摇着头。)

妹妹

今天她好像出什么事了

她出去买东西的时候

父亲

很可能

妹妹

刚才她去睡了

父亲

很可能

（短暂静场。）

不　我最好还是去找点儿吃的

（**父亲**走进厨房，关上了身后的门。）

妹妹

（看着**男孩**。）

你们以前见过面吗

（**男孩**从书上抬起头，摇了摇头。）

你们没有

（他再次摇了摇头。静场。）

男孩

第一次

妹妹

这里一切都糟透了

没希望了

（她从衣袋里拿出一盒糖。）

要吃一个吗

（**男孩**点点头，她把糖盒递给他，他拿了一块。）

你在看什么书

男孩

哦　只是本

（突然停下来不说了。）

妹妹

是吗

（笑了一声。）

听上去挺没劲的

男孩

（微笑了。）

是啊

妹妹

我从来不看书

男孩

以前我也不看

妹妹

我学习很不好

男孩

我也是

妹妹

但不管怎么说你还看书啊

男孩

是啊

（短暂静场。）

妹妹

将来你想干什么

男孩

什么也不想干

（他短促地笑了一声。）

妹妹

我也不知道我将来想干什么

（短暂静场。）

而现在你要做爸爸了

（她短促地笑了一声。）

男孩

是啊

妹妹

你高兴吗

（他摇摇头。）

你不高兴

（他又摇摇头。）

是啊　你还很年轻

（他点点头。）

你们两个都很年轻

男孩

是啊

妹妹

有小孩

会很好玩的

男孩

是的　我肯定

但是

（突然停下来不说了。）

妹妹

而我不知道我将来想干什么

我的意思是

要上什么学校之类的

男孩

做你想做的事

妹妹

可我不知道我想做什么

（她笑了起来。）

男孩

总有什么是你想做的

（厨房门打开了，**父亲**走了进来。**男孩**低头去看书。）

父亲

（对**妹妹**说。）

吃点东西感觉可真好

工作总是让人觉得很饿

（短暂静场。）

这么说贝厄媞今天回来了

（看着**妹妹**。询问地说。）

现在她出去散步了

我想她就快回来了

我都这么久没见过她了

是啊　真的

能再见到她可真是太好了

（**父亲**再次走到扶手椅前坐了下来，然后他拿起一份报纸，从桌上拿起他的眼镜盒，带上眼镜，翻着报纸。）

妹妹

（拿出那盒糖。）

要吃一个吗

父亲

不了　谢谢

（短暂静场，他看着**妹妹**。）

你知道贝厄媞在哪儿吗

妹妹

不知道

（短暂静场。**妹妹**看看**男孩**。她站起身来，走到窗前，站在那儿向外望着。**男孩**从书上抬起头，注视着正在低头看报纸的**父亲**。）

父亲

（依旧坐在那儿看着报纸。）

是啊　真的

（**男孩**再次低头继续看书。）

是啊　是啊　真的

（他把报纸放在一边，站起身来，**男孩**依旧坐在那儿低头看着书。**父亲**开始在房间里来回踱步。然后对**妹妹**说。）

这么说她去睡了

今天她又疼了

妹妹

是吧

父亲

是啊　真的

（**父亲**停下脚步，低头注视着正在看书的**男孩**。）

那这是谁

（**男孩**抬起头。）

妹妹

这是贝厄媞的男朋友

刚才我告诉过你了

父亲

他在看书

妹妹

是啊

父亲

我明白了

他吃过饭了吗

妹妹

你吃过饭了吗

（**男孩**点点头。）

父亲

（对**妹妹**说。）

这么说今天贝厄媞回来了

和他一起

妹妹

是吧

（静场。**父亲**再次走过去在沙发[1]上坐了下来，又一次拿起报纸，翻了两页。**妹妹**走到沙发前坐在**男孩**身旁，而他依旧坐在那儿看着书。**父亲**看着**妹妹**。）

父亲

那是他的行李箱吗

男孩

（看着**父亲**，点点头。）

是的

妹妹

我可以把箱子拿到门厅去

父亲

用不着为了我这么做

1　疑为扶手椅。——译者注

男孩

我来拿吧

父亲

（看着**妹妹**。）

你不知道贝厄媞在哪儿

（她摇了摇头。）

妹妹

不知道　我说了不知道

（**父亲**折好报纸，站起身来，走到窗前向外望着。静场。通往门厅的门开了，**母亲**上，拄着拐杖一瘸一拐地走着。**父亲**看到了她。）

母亲

（对**男孩**说。）

刚才我得去躺会儿

我的脚太疼了

我很容易累

（**男孩**点点头。）

贝厄媞不在吗

妹妹

她走了

父亲

（对**母亲**说。）

我找了点儿吃的

母亲

（对**男孩**说。）

人老了可真可怕

我本来想说

不过其实

我也没那么老

（她笑了起来。）

只是我的身体太讨厌了

（短暂静场。）

不过你这么瘦

你真应该多吃点儿

男孩

是吗

母亲

是啊　都这么瘦了

（静场。）

我可以做顿好吃的晚饭

父亲

（对**母亲**说。）

我碰见斯维尔了

母亲

在镇上

父亲

是啊

我觉得他喝醉了

他看上去糟透了

母亲

是吗　那你有没有

（她笑了起来。）

父亲

我想他也没有工作

母亲

他不是出海的吗

以前

父亲

是啊　是的　以前是

母亲

（询问地对**男孩**说。）

你有兄弟姐妹吗

（**男孩**摇摇头。）

父母

男孩

是的

母亲

你可真瘦

（她笑了起来，转向**妹妹**说。）

贝厄媞在哪儿

妹妹

我不知道

你们都问了好几遍了

母亲

（心照不宣地看看**父亲**。）

今天她脾气可不怎么好

贝厄媞

妹妹

糟透了

（短暂静场。**男孩**合上书，把它放在咖啡桌上。他站起身来，拿起外套搭在手臂上，提起他的行李箱和旅行袋,自门厅下。他小心地关上身后的门。短暂静场。)

父亲

这是谁啊

妹妹

贝厄媞的男朋友

母亲

是啊　我必须得告诉你

(突然停下来不说了。**父亲**转身望着窗外。短暂静场。**母亲**开始笑了起来。)

那个

父亲

(看着**母亲**。)

说吧

母亲

不　还是等等吧

父亲

他什么时候来的

母亲

他和贝厄媞今天来的

父亲

这个我已经知道了

他们要在这儿待很久吗

母亲

我不知道

父亲

他是做什么的

妹妹

我不知道

父亲

是啊　他很可能什么工作都不做

（短暂静场。他看着**母亲**。）

他是哪儿人

母亲

我不知道

（她开始笑了起来。）

父亲

是啊　这种人我了解

母亲

他看上去人挺好

父亲

挺好是吗

母亲

是啊　那个

父亲

他也要在这儿住吗

母亲

我想是吧

父亲

他没工作

母亲

我不知道

妹妹

他看上去人不错

父亲

（讽刺地说。）

是啊　他大概人挺好

妹妹

（看着**父亲**。）

爸爸

父亲

好吧

（短暂静场。他自厨房下。）

母亲

（对**妹妹**说。）

他的事儿你都知道些什么

妹妹

（摇了摇头。）

我只跟他聊了几句

母亲

他不太爱说话

妹妹

是啊

母亲

（平静地。）

可他是孩子的父亲

妹妹

是吧

母亲

这就好

妹妹

我想是吧

（静场。）

母亲

我太累了没法做饭

（短暂静场。她做了个痛苦的鬼脸。）

现在又开始疼了

我想我最好再

去床上躺一会儿

（门厅里传来沉重的上楼梯的脚步声。）

现在你爸好像也要去躺一会儿

（她笑了起来。短暂静场。）

我想我必须得再去躺一会儿

你自己去找点儿吃的吧

妹妹

我可以自己弄点儿吃的

可你不想吃点儿什么吗

母亲

我不怎么饿

你自己

弄点儿吃的吧

自己煎点什么

妹妹

是啊　我想我可以

（短暂静场。）

可是我也

不怎么饿

母亲

（笑了起来。）

是啊　你都吃了那么多糖了

妹妹

不过

我可以做顿好吃的晚饭

母亲

好啊　就这么办吧

（短暂静场。询问地说。）

贝厄媞去睡了

妹妹

我想是吧

（**妹妹**自厨房下。母亲又坐了一会儿，然后站起身来，蹒跚着自前厅下。传来门打开又关上的声音。静场。灯灭。）

II

灯光起。静场。**男孩**再次走进房间。他游目四顾，看上去似乎想为自己的到来道歉似的。他走过去在沙发上坐下，拿起一份报纸，看了两眼，又一次在房间里游目四顾。他站起身来，走到窗前，向外望着。此时天色已全黑了。然后他走过去看了看壁橱和墙上的照片。他侧耳倾听着是否有人来了，然后走到沙发前坐了下来，拿出他的书，翻看着。他再次抬起头，在房间里游目四顾。脚步声传来，通往前厅的门开了，**女孩**上。

女孩

（有点面带愧色地对他微笑着。）

今天

我好像脾气不太好

（**男孩**看着她。）

快要

（突然停下来不说了。）

男孩

是啊

女孩

其他人到哪儿去了

男孩

我不知道

（静场。）

刚才我出去散步了

回来的时候这儿一个人也没有

女孩

我想他们都躺着休息呢

（短暂静场。）

我妹妹大概去小售货亭了

（笑了两声。**男孩**点点头。**女孩**注视着他，微笑着。）

现在我好些了

（**男孩**又点点头，**女孩**走过去在他身旁坐了下来。他低下头去看书。静场。）

男孩

你父亲回来了

女孩

你跟他说话了

男孩

（点点头。）

这要看你管什么叫说话了

我想他不喜欢我

你也不喜欢我

你想让我走

（**女孩**看着他。）

要是你想让我走

就直说吧

让我知道就行

女孩

不

（冷静地说。）

这不是我想要的

（有点沮丧地说。）

可你不在乎我

对你来说什么都无所谓

不管你是不是到这儿来

对你来说什么都无所谓

（短暂静场。）

你从来就没有在乎过我

我只能一个人到这儿来

虽然你知道我有多害怕

到我父母这儿来

我受不了待在这儿

（短暂静场。）

而且本来我好好的

现在我们又开始这样了

（她叹了口气。）

男孩

你父亲不喜欢我

女孩

他也不是针对你

他就是这样

男孩

那我走好了

女孩

（深深地吸了口气。）

如果你想这样做的话

（急促地说。）

那你还等什么

你不在乎我

你也不会

在乎这个孩子

那就走吧

男孩

（听天由命地、冷静地。）

我们一定要这样吗

女孩

是你要这样的

我本来挺高兴的我本来

男孩

是的　是啊　你满心都是轻松甜蜜

女孩

是啊　不管怎么说我是在乎你的

男孩

我们能不能别再说了

女孩

你从来就没有在乎过我

男孩

好吧　我从来没有

（静场。）

现在我们还得到这儿来

而且我不觉得

（突然停下来不说了。）

女孩

接着往下说啊

男孩

好啦　好啦

女孩

本来是你觉得

（突然停下来不说了。）

男孩

是啊　我们总得找个地方落脚吧

女孩

说得没错

（讽刺地说。）

现在你也见过我父母了

（笑了一声。静场。）

他们跟你想象的一样吗

男孩

我不知道

女孩

你永远都说你不知道

（静场。她看着**男孩**。有点高兴地说。）

他又在踢了

（她把手放在肚子上，目光始终注视着**男孩**。他冲她点点头。）

他老是这么踢

你想摸摸吗

（她又回复到原来的坐姿，失望地说。）

你不在乎

男孩

（坐得离她近了一点儿，用手环抱着她的肩膀。）

我们就不能

（她注视着他，而他把她抱得再紧一点儿。她依偎在他怀里。）

女孩

是啊

（短暂静场。）

这太难了

我受不了待在这房子里

回来了

一切就都会像以前一样了

我不能待在这儿

（脚步声传来。**女孩**抬起头，等待着。）

不　没人

男孩

（紧紧地拥抱着她。）

只是有人在走路

（静场。用安慰的语气说。）

我们不会在这儿待太久的

我们只需要在这儿

待到我们可以

有自己的房子住的时候

女孩

可是我们不会有自己的房子住的

我们一分钱都没有

男孩

我们会有办法的

（笑了一声。）

我们总不能

（突然停下来不说了。）

女孩

是啊

（短暂静场。**女孩**抬头看着他。）

可是你想过该给孩子起什么名字吗

（他摇了摇头。她依偎在他怀里，然后挣扎着站起身来，走到窗前，站在那儿向外望着。脚步声传来，他们彼此注视着。静场。然后**女孩**走到墙角放着的一个袋子前，从里面拿出几件婴儿的衣服。）

我们

（突然停下来不说了。她看了看衣服。）

我们有给孩子准备的东西

（她举起婴儿服给**男孩**看。）

男孩

（点点头。）

是啊

女孩

（看着那些婴儿服。）

真好

（静场。）

现在我很快就要生了

（她思索着。）

可能只有一天了

（突然有点高兴起来。）

可能都没这么久了

（热切地。）

可能今天就会生呢

（更热切地。）

可能今天孩子就会出生了

（她想象着。）

羊水

也许我的羊水已经破了

（拉长着声音。）

就是这一秒

此刻

现在

（静场。）

不，不是现在

（静场。她把婴儿服在面前举起来，开始在房间里来回踱步。笑了两声。）

男孩

（有点儿心烦意乱，被她转变这么快的情绪搞糊涂了，与此同时又有点儿高兴。）

会很好玩的

女孩

是的

男孩

可你还没生呢

女孩

还没　不过快了

（有点害怕。）

你知道

到时候你一定得在吧

（她朝他走过去，在他身边坐下来。）

我不想生小孩的时候只有一个人

你

当然

得在

（她又站起身来，走开了两步。）

男孩

（笑了一声。）

可我受不了看见血

女孩

但无论如何你也得在

男孩

是啊

我会在的

女孩

（有点指责地。）

今天你不在的时候

我可能就已经生了

（他点点头。她满是着急地看着他，又一次指责地，但又带着点和解的语气说。）

真的可能

（他再次点点头。短暂静场。）

而且为什么我们今天

不能一起来呢

我只好自己一个人坐大巴来

我受不了到这儿来

而我却只好自己一个人来

和妈妈说话

自己一个人和我妈待在这儿

男孩

可是我得

（突然停下来不说了。）

女孩

是吗　是啊

（她把婴儿服叠好，又走过去把它们放回到袋子里。

他走到窗前，站在那儿向外望着。静场。）

是啊　嗯

（他转身看着她。）

是啊　嗯

男孩

什么

女孩

不　没什么

男孩

说吧

女孩

没什么

（有点拉长着声音。）

男孩

那我说了

（她点点头。）

你有没有又想过

该给孩子起什么名字

你刚才是想问这个吗

（她点点头，注视着**男孩**。他摇了摇头。）

你父亲

女孩

（打断他的话。）

可孩子总得有个名字

你知道

孩子必须得有个名字

孩子总得有个名字

我们总不能

（笑了一声。）

不给他起名字

（男孩也笑了两声。她有点儿烦躁。）

那

男孩

是啊　当然了

女孩

我已经想了一大堆名字

我在纸上

（从衣袋里掏出一张破纸。）

写了几个名字

（她朝他走过去。）

男孩的名字在左边

（她把纸递给他。）

因为我想会是个男孩

女孩的名字在右边

（她注视着他。）

你看

（他点点头。短暂静场。）

你觉得怎么样

男孩

我不知道

女孩

是吗　那你总得说点什么啊

孩子总得有个名字

每个人都得有个名字

我们必须得想个名字

男孩

是啊

女孩

一个好名字

（他点点头。）

男孩

你母亲还没告诉你父亲

你要生小孩了

女孩

她当然告诉了

只是我妹妹以为她没告诉而已

男孩

是吗

女孩

她告诉了

男孩

是吗

女孩

我希望孩子不要

有一个太普通的名字

但也不要有一个

太不普通的名字

男孩

是吗　我不知道

女孩

（有点心烦。）

我知道

可即使是你

也能说点什么吧

就说个名字

不管是什么

男孩

古纳

女孩

（微笑着。）

你不是真的

要让我们的儿子叫古纳吧

（他耸耸肩。她又有点儿悲伤地说。）

你只是敷衍我

你只是

随口说了个名字

（短暂静场。）

男孩

（试着表现出一点儿兴趣。）

但我们可以照着哪位长辈的名字给孩子起一个啊

女孩

（讽刺地说。）

是啊　我想我们可以给孩子

照着我妈妈或者是我爸爸的名字起一个

我想你就是这个意思吧

男孩

不　我不知道

（短暂静场。）

也许可以用我祖母的名字

我和我祖母可亲了

女孩

可那得是个女孩才行

男孩

是啊

女孩

（拉长着声音说。）

安娜

那不就是你祖母的名字吗

不　我不知道

这名字有点儿

（突然停下来不说了。）

男孩

这是个好名字

女孩

是的　是很好

不过

男孩

我只是想到了而已

女孩

是啊　是个好名字

不过克里斯蒂娜怎么样

男孩

不

女孩

可这是我祖母的名字

我只听说过她

从来没见过她

我很小的时候她就死了

可妈妈说她人很好

这名字

男孩

这名字有点儿

（突然停下来不说了。）

女孩

丽芙怎么样

男孩

（询问地。）

丽芙

（**女孩**点点头。）

不　我不知道

（短暂静场。）

女孩

再说肯定会是个男孩

男孩

是吗

女孩

你还有别的建议吗

男孩

现在还没有

不过我肯定能再想到点儿什么的

反正不急不是吗

女孩

但是我们得起个名字

男孩

孩子还没生呢

女孩

是没有　可我们得

确定一个名字

在孩子出生之前

男孩

等看到孩子再说吧

总得是个适合他的名字

（静场。）

就叫比杨恩吧

女孩

别开玩笑了

（静场。）

不过我们可以先确定几个名字

以后再从里面选

我已经写了一大堆名字

（她指指他正坐在那儿举在眼前看着的那张破纸。）

我已经写了很多女孩的名字

汉娜

这其实就跟照着你祖母的名字起差不多

安娜

安妮会更接近一点

不过我不是很

喜欢这名字

不过汉娜

玛丽我想也不错

约翰娜也行

不过又有点太老气了

茜娜

这名字可能怪了点儿

不过我已经写下来了

（她看着**男孩**。）

是啊　你看啊

你可以自己看

（他把名字看了一遍。）

男孩

但是你没写安娜

女孩

（走过去在他身旁坐下来。）

不　我不是很喜欢这名字

男孩

这名字有什么不好

女孩

没什么

（拉长着声音。）

男孩

我祖母就叫这名字

（短暂静场。他看着那张单子。）

没几个我喜欢的名字

女孩

男孩的名字也没有

男孩

不是

克里斯蒂安

也许我会喜欢克里斯蒂安

女孩

你好像什么也不喜欢

男孩

那好吧

奥德纳

或者你觉得奥拉夫怎么样

女孩

奥拉夫　嗯

男孩

这是我祖父的名字

女孩

你不是真的要叫我们的儿子奥拉夫吧

你是开玩笑的吧

（灰心丧气地说。）

你不在乎

男孩

奥拉夫是个好名字不是吗

女孩

你不是说真的吧

（又伤心起来。）

你就不能在乎一点点吗

男孩

为什么不呢

奥拉夫有什么不好

女孩

别傻了

（热切地。）

他又在踢了

（她捧着肚子。）

摸摸

来摸摸看

你一定也要摸摸

（他犹豫着。）

摸摸

来呀

来摸摸看

（他把一只手放在她肚子上，她引导着他的手。）

摸到了吗

（她注视着他。）

没有

再用力点儿

（他点点头。她注视着他。）

你摸到了

（他又点点头。）

你摸到他在踢了

（他点点头，微笑了。他们就这么坐了一会儿，一句话也没说。）

男孩

不过听着

（他把手抽了回来。）

女孩

什么

男孩

我觉得你父亲不喜欢我

女孩

他没有喜欢你也没有不喜欢你

男孩

可是

（突然停下来不说了。）

他不跟我说话

女孩

他就是这样

他只是累了

男孩

他不跟我说话

他说他

他饿了吗

他说

而且他连我的名字都没问

女孩

我们不会在这儿待太久的

男孩

不会

（他注视着她。）

听着

女孩

什么

男孩

我一直在想那些还没出生的小孩

（静场。）

女孩

（笑了两声。）

是啊　我想你会想的

男孩

是吗

女孩

是啊

男孩

是啊

我一直在想

一定有一个地方在那里

孩子们出生前都聚集在一起

在那里孩子们都还只有灵魂

不过反正他们可以用自己的方式

彼此交谈

用他们天使的语言

（**男孩**看着**女孩**，微笑了。）

而且他们还在热切地想着

他们最终会到哪里去

因为他们自己当然决定不了

然后他们要去哪里就决定好了

一个孩子接着一个孩子

都决定好了

我要去挪威

有一个孩子说

女孩

你一直在想

男孩

是啊　我一直在想

然后另一个孩子也决定好了

我要去印度

那个孩子说

还有一个想去瑞典的孩子

结果去了芬兰

女孩

是吗　是啊

男孩

一个想要住在城里的孩子

结果去了乡下

而最后当这个孩子长大的时候

他终于可以去住在城里了

而且所有的孩子都很紧张

不知道他们的父母会是什么样的

是啊　他们紧张极了

女孩

那我们的孩子一定会很失望

男孩

而且他们都害怕出生

因为要给生出来可真是不容易

这件事

困难极了

而且还有父母

也不知道会是什么样

女孩

这事儿没得选择

男孩

还有孩子会长得怎么样

女孩

是啊　有我这么个妈

男孩

而且孩子可能会很穷

或者会很有钱

很美丽或者很丑陋

是啊　他们紧张极了

而且还在子宫里的时候孩子已经注意到了

父母是什么样的

女孩

（笑了起来。）

可怜的孩子

男孩

是啊　孩子已经注意到了

他会不会喜欢自己的父母

他会不会

喜欢

父母的声音和灵魂

（短暂静场。）

就是这样

而且我想

（突然停下来不说了。）

女孩

别说了好吗

其实只是因为你不喜欢我

才会这么想的

男孩

孩子很紧张

我能感觉得到孩子有多紧张

想看看我们会长得什么样

想看看

世界会

女孩

什么

男孩

（继续说。）

他要到来的这个世界会是什么样

女孩

是吗

男孩

他很紧张想看看

我们住的地方是什么样

我们长得什么样是什么样的人

女孩

别再说了

这让我觉得难过

男孩

你能感觉得到孩子有多紧张

女孩

（生气了。）

你说这些是想让我觉得难过吗

（她看着他，他点点头。）

别说了

男孩

所有没出生的孩子都在一个天堂里

那里所有没出生的孩子都在

那里没出生的孩子们紧张死寂

是啊　他们紧张极了

女孩

别说了

你听上去像在写诗

你一定要

（突然停下来不说了。）

男孩

因为没出生的孩子当然也是人

就像死去的人也是人一样

如果你想成为一个人

你一定要能够去想象

所有死去的人

所有未出生的人

所有活在当下的人是如何作为人而存在的

女孩

这你都是从哪儿看来的

（**男孩**注视着她，有点受伤地说。）

男孩

你不觉得这很好吗

女孩

是吗

男孩

我变得这么

（突然停下来不说了。）

女孩

（讽刺地说。）

你可真聪明

是啊　你可真是聪明极了

男孩

我觉得我们在这儿不受欢迎

至少我不受欢迎

女孩

是吗　是啊

男孩

可是

女孩

除此之外我们还能去哪儿呢

男孩

是啊　无处可去

女孩

（想让他高兴点。）

我们出去走走好吗

到小山上去也许

那你就可以感受一下风了　好吗

（短暂静场。）

我们刚才不是还说要去吗

我们去吧好吗

男孩

可是天都黑了又在下雨

女孩

那我们也可以去呀

男孩

是吗

女孩

而且如果我走走路的话

说不定

就会

生了

（她笑了一声。脚步声传来。）

男孩

（注视着她。）

有人来了

（**女孩**点点头。通往前厅的门开了，**母亲**上。她注视着男孩。）

母亲

实在是疼得要命啊

可是

躺着也没用

女孩

我们正想到小山上去

母亲

（微笑了。）

在这种天气里

那你可真能呼吸到新鲜空气呢

（她笑了两声。）

女孩

是的

母亲

从小山上也许你能看到

海面上的一两艘船

（询问地看着**女孩**。）

跟你父亲谈过了吗

（**女孩**摇摇头。）

是啊　他正躺着休息呢

（询问地说。）

你妹妹

你知道她去哪儿了吗

女孩

（摇摇头。）

她大概是到小售货亭去了

（**母亲**点点头。她走到扶手椅前，坐了下来，拿起报纸。）

那我们就出去走走了

到小山上去

母亲

好啊　去吧

（**女孩**和**男孩**自通往前厅的门下，关上了身后的门。

静场。灯灭。）

III

灯光起。静场。**母亲**挣扎着想从椅子上站起身来。

母亲

实在是疼得要命啊

想想看我都这样了

也没个人

来帮帮忙

（她又跌坐回椅子里。）

不　这样不行

（静场。她探身过去，从桌上拿起**男孩**留在那里的书，看了看，翻了两页，又把它放回到桌上。脚步声传来，厨房门开了，**父亲**上。）

父亲

（看着**母亲**。）

我躺了一会儿

好像还有点儿睡着了

母亲

那比我强

今天实在是疼得要命

（**父亲**又自厨房下，然后拿着一个咖啡杯上。他走过去坐在沙发上，拿起**男孩**留在桌上的书，翻了翻，看了两眼，又把它放回到桌上。）

父亲

是啊　真的

母亲

昨天晚上你睡着了吗

父亲

昨晚有点儿

（他摇摇头。）

不　我没睡着

我都有点儿害怕

睡觉了

母亲

是啊　我也睡不着

就只能躺在那儿疼

如果运气好的话

有时候能眯一会儿

父亲

是吗

（静场。）

这么说今天贝厄媞回来了

我还没跟她谈过呢

母亲

是啊　她就这么突然出现在门口了

（她笑了两声。）

她也没事先打电话

就这么来了

（短暂静场。）

父亲

（询问地。）

你知道他叫什么名字吗

（**母亲**摇了摇头。）

你没问

（她又摇了摇头。）

母亲

他看上去人不错

父亲

是啊　是的

（静场。）

贝厄媞还在楼上休息吗

母亲

她到小山上去散步了

他们两个一块儿去了

父亲

是吗　现在那儿风可大了

（静场。**母亲**叹了口气。）

母亲

不行　我最好还是回去躺着吧

（再次静场。）

父亲

贝厄媞出去很久了吗

我也累了

我该去

（突然停下来不说了。）

母亲

是吗　是啊

（静场。她注视着父亲。）

你知道她要生小孩了

（短暂静场。）

父亲

不

母亲

是的

而且很快就要生了

父亲

这么说她要生小孩了

母亲

（笑了起来。）

你要当外公了

父亲

而你早就知道了

母亲

（再次笑了起来。）

她现在随时都可能生

父亲

（询问地。）

而他是孩子的父亲

母亲

（笑了起来。）

是吧　我想是的

父亲

我明白了

母亲

她这孩子能有个父亲还不错

父亲

是啊

母亲

贝厄媞也不容易

父亲

可是

母亲

是啊　不容易

父亲

可是他

（突然停下来不说了。）

母亲

是的　是啊

父亲

他们要在这儿待很久吗

我看见他带了个行李箱

母亲

我不知道

他们是今天到的

贝厄媞先到

他是过了几个小时才来的

（她注视着**父亲**。）

我想那辆旧车就是他的

（**父亲**点点头。）

你看见了

（他又点点头。）

父亲

是的　是啊

（静场。）

可你不知道

母亲

（打断他的话。）

不

她要把孩子生下来

然后他们大概会

（突然停下来不说了。）

父亲

而且我想他们没钱吧

母亲

大概吧

（**父亲**取出钱包，抽出几张钞票。）

父亲

是吗　是啊

母亲

是啊　贝厄媞可真是不容易

父亲

贝厄媞

（**母亲**点点头。）

是啊　她不容易

一点儿也不容易

母亲

那次

他们打电话

是你跟她说的话

父亲

是啊

（慢慢地说。）

母亲

当时到底出了什么事

父亲

不　当时没说这事儿

母亲

可那不是

父亲

是的　是啊

母亲

是啊　你什么也不跟我说

父亲

没什么可说的啊

母亲

是啊　把孩子们拉扯大

你也没怎么管

（**父亲**叹了口气。）

父亲

我累了

母亲

（打断他的话。）

是吗　是啊

父亲

我想他

（突然停下来不说了。）

母亲

他

父亲

是啊　好吧

（**父亲**站起身来，开始来回踱步。）

不　我要去睡了

（脚步声传来。通往前厅的门开了，**女孩**上，头发湿漉漉的。**父亲**注视着她，很高兴地说。）

这么说你来看我们了

这可真是太好了

（短暂静场。）

不过你最好擦擦头发

我去拿毛巾

（**父亲**自前厅下。）

女孩

（对**母亲**说。）

天气糟透了

（**父亲**拿着毛巾上，把它递给**女孩**。她擦着头发。**男孩**上，头发也湿漉漉的。**父亲**看了看**男孩**，自厨房下。）

母亲

是啊　你最好过来坐下吧

（她用拐杖指指沙发。）

女孩

（对**男孩**说。）

你最好也擦擦头发

（**女孩**把毛巾递给**男孩**，他擦着头发。对**母亲**说。）

是啊　天气糟透了

（**男孩**走过去在沙发上坐下来，把毛巾放在沙发上。

女孩走到窗前，注视着窗外的黑暗。短暂静场。）

是的　天哪　风真是太大了

男孩

（点点头。）

是的

（静场。对**母亲**说。）

外面的天气真是糟透了

母亲

（开始笑了起来。）

是啊　外面总是风很大

大风和暴雨

男孩

是吗

母亲

而现在你就要做父亲了

（**男孩**点点头，然后把头低了下来。）

女孩

（走过来坐在沙发上，注视着**母亲**。带着点儿轻蔑，但又有点儿揶揄地说。）

而你是要做外婆了

母亲

是啊　没错　不是吗

（她笑了起来。）

女孩

我妹妹在哪儿

母亲

（笑着说。）

不　我不知道

她去小售货亭了

（她注视着**女孩**。）

你都这么久没回过家了

女孩

这话你今天已经说了太多遍了

母亲

是吗　是啊

女孩

（注视着**母亲**。）

你想让我走吗

母亲

（笑着说。）

看上去好像是

不 不

（她看着**男孩**。）

是啊 这儿总是风很大

男孩

是吗

（静场。他从桌上拿起书，打开。）

母亲

是啊 这儿的天气总是糟透了

男孩

（从书上抬起头来。）

是吗

母亲

是啊　真的

（**男孩**点点头。**父亲**自厨房上，走到窗前，向外望着。对**男孩**说。）

他

（冲**父亲**点点头。）

以前应该也看点儿

（笑了起来。）

书

父亲

（从鼻子里哼了一声，注视着**女孩**。）

是啊　现在雨真的大起来了

（**父亲**走过去坐在那张空着的扶手椅上，**男孩**又开始看他的书。**父亲**注视着**女孩**。）

是啊　你很久都没

回家了

我想你要在这儿待一阵子了吧

这次

女孩

我不知道

父亲

可你有钱吗

女孩

有一点儿

父亲

那他当然也

母亲

（打断他的话。）

是的　是啊

父亲

（对**女孩**说。）

那他和你

一样大

（**女孩**点点头。）

女孩

可他是有名字的

（**母亲**开始大笑起来。静场。）

父亲

不　我还是去睡吧

明天又是漫长的一天

（**男孩**把书放在**女孩**腿上，指指书里的什么东西，她看了看，微笑了。）

母亲

什么

女孩

不　没什么

（**女孩**把书递还给**男孩**，他继续看书。）

父亲

（看着**女孩**，有点儿犹豫地说。）

我想我要去睡了

女孩

是吗　那么晚安

（**父亲**站起身来，走到窗前，向外望着。然后他走过去拿起桌上的咖啡杯，拿着它走进了厨房。又重新上。）

父亲

今天真是漫长的一天

明天也会是漫长的一天

（静场。）

那么晚安

（**父亲**自通往前厅的门下，关上了他身后的门。楼梯上传来脚步声。静场。通往前厅的门开了，**父亲**重又上场。）

贝厄媞

你能过来一下吗

（她站起身来，走到**父亲**身旁。他把手放在她手里，塞给她一点儿东西。）

这是给你的

（她注视着**父亲**。）

你大概不多

女孩

（有点儿窘迫地。）

非常感谢

（**父亲**再次下，没有关上身后的门。**女孩**把拿到的钱放在裤子后袋里，走回沙发坐下。）

母亲

是啊　就是这样

（外面的大门开了，从前厅传来脚步声。）

一定是你妹妹

她大概又去小售货亭了

（**妹妹**上。**母亲**注视着她，笑了起来，摇摇头。）

你又去小售货亭了

妹妹

是啊　你想吃点儿吗

（她朝**母亲**递过去一袋糖，**母亲**摇摇头。然后**妹妹**注视着**女孩**。）

我碰见比杨恩了

他说他想上来

他很久没见过你了

他说

（**女孩**点点头。）

母亲

是啊　比杨恩很久没来了

都好几年了

（**女孩**去摸肚子。）

他在踢吗

女孩

（点点头。）

他踢得很厉害

母亲

你肚子可真大

你很快就要生了

是吗

女孩

（注视着**妹妹**。）

你想摸摸吗

（**妹妹**走过去坐在**女孩**身旁，把一只手放在她肚子上。**女孩**注视着**妹妹**。）

感觉到什么了吗

（**妹妹**点点头。短暂静场。）

妹妹

我想会是个男孩儿

女孩

我也这么想

母亲

因为你们都是女孩儿

三个女孩儿

女孩

你有安妮的消息吗

母亲

我们收到过一张卡片

我去拿卡片

（**母亲**拄着拐杖站起身来，穿过房间走到壁橱前，拉开一个抽屉，翻找着那张卡片。）

女孩

要是能见到她该多好

妹妹

是啊

让我们希望她赶紧回家吧

（**母亲**拿着卡片走过来，把它递给**女孩**。她看着卡片，读着上面写的字，然后把它递给**男孩**。他看着卡片，读着上面写的字。）

女孩

（询问地说。）

她很久没回家了

母亲

是啊　很久了

我想她今年夏天会回来

妹妹

她说了要回来吗

（**母亲**摇摇头。烦躁地说。）

那只是你这么想

女孩

这种事儿你不能就这么乱想的

（**男孩**把卡片递给**妹妹**，可她摇摇头。他把卡片放在桌上。）

母亲

是啊　也许她是这么说过

有一次在电话里

我不记得了

（一声很长的敲门声响起。）

妹妹

（站起身来。）

一定是比杨恩

女孩

（也站起身来。）

我来开门

妹妹

不　我来开

（**母亲**笑了起来。**男孩**再次低下头去看书。**女孩**朝通往前厅的门走去，**妹妹**跟在她身后。）

女孩

（对**妹妹**说。）

不　我想开门

你坐下

（**妹妹**在房间里停下脚步。**女孩**打开通往前厅的门。）

妹妹

别傻了

女孩

不　我要去

（开始笑了起来。）

妹妹

（也笑了起来。）

不　我去

女孩

（笑着说。）

我们可以一起去

（**妹妹**挽起**女孩**的手臂，她们打开通往前厅的门走了出去。）

母亲

（对**男孩**解释说。）

比杨恩和贝厄媞从小就是朋友

（他从书上抬起头，点点头。）

他们很久没见面了

（静场。）

女孩

（声音自前厅传来。）

这么说真的是你

见到你真是太好了

（短暂静场。**母亲**拄着拐杖站起身来，走到窗前，向外望着。）

母亲

（对**男孩**说。）

是啊　现在雨真的大起来了

外面

又冷又黑

比杨恩

（声音自前厅传来。）

好久不见

女孩

（声音自前厅传来。）

来拥抱一下

（短暂静场。）

母亲

（对**男孩**说。）

是啊　雨大得可怕

妹妹

（声音自前厅传来。）

别再亲了好不好

母亲

（赶紧说。）

下啊　下啊

（**母亲**注视着**男孩**，摇了摇头，又拄着拐杖一瘸一拐地穿过房间，在扶手椅上坐了下来。她注视着**男孩**。短暂静场。）

现在我的女儿们都长大了

现在甚至她们之中也有一个要做母亲了

而你要做父亲了

（她笑了一声。询问地说。）

你高兴吗

（他耸耸肩。）

会很好玩的

（**妹妹**上。）

妹妹

（笑着说。）

他们在外面亲个不停

她疯了

女孩

（声音自前厅传来。）

不　我们没有

（**比杨恩**和**女孩**上。他看上去年纪要大一点儿，她挽着他的手臂。**男孩**和**比杨恩**彼此点头致意。）

母亲

（拍着手。）

是啊　这可不是比杨恩来了吗

好久不见

又见到你真是太好了

比杨恩

是啊

从小时候到现在都这么久了

母亲

（笑着说。）

是啊　说的没错

女孩

（看着**男孩**，解释说。）

比杨恩和我以前是最好的朋友

妹妹

可是直到你长大了才

（突然停下来不说了。）

女孩

我们从很小的时候起就认识了

（**比杨恩**走过去在那张空着的扶手椅上坐了下来。**女**

孩走过去坐在椅子的扶手上。她注视着**比杨恩**。静场。)

你还住在这儿

比杨恩

当我回家的时候是

(**女孩**点点头。)

母亲

你能来真是太好了比杨恩

你也不经常回家吧

比杨恩

很少

(短暂静场。)

但是又回家了真好

母亲

哦　突然一阵疼得要命啊

比杨恩

（询问地对**母亲**说。）

你身体不好

母亲

（大声说。）

好

不

（她站起身来。）

女孩

（对**比杨恩**说。）

现在你回家了

还住在你原来的房间吗

比杨恩

是啊

（拉长着声音说。他抬头注视着**女孩**。）

我想是的　没错

女孩

（笑了起来。）

坐在这儿有点儿疼

（注视着**比杨恩**。微笑地。）

我能在你腿上坐一会儿吗

比杨恩

（有点儿打情骂俏地。）

当然能了

不过

（他冲**男孩**点点头。**女孩**坐在他腿上，他用手怀抱着她的脊背。）

这样行吗

（**女孩**点点头。）

母亲

（有点窘迫地说。）

不　我最好还是

（突然停下来不说了。对**比杨恩**说。）

又见到你真是太好了

不过我最好还是去睡了

比杨恩

（看着**母亲**。）

是的　又见到你真是太好了

（他注视着**女孩**，轻柔地把手放在她的肚子上。）

你现在都要做母亲了

女孩

是的

（他轻抚她的肚子。）

不要

比杨恩

（看着**男孩**。）

那你

男孩

什么

比杨恩

你年纪也不大

女孩

跟我差不多大

（她注视着**男孩**。）

比杨恩和我以前经常在一起

（她笑了起来。）

母亲

不　我最好还是去

（静场。她看着**男孩**。）

也许我可以带你去看看房间

就是你们两个要睡的那间

（**男孩**点点头。）

妹妹

（赶紧说。）

我带他去好了

母亲

是吗　那我就不用拖着自己的身体上楼了

（**男孩**再次点点头。**母亲**艰难地站起身来，朝通往前厅的门走去。）

好吧　那么晚安

（她注视着**女孩**。）

不　我可不是每天都能看到你

不是

（她看着**比杨恩**。）

也看不到你

这么说起来

（她笑了两声。）

好吧　那么晚安

（她冲**男孩**点点头，然后下，没有关上身后通往前厅的门。我们可以听到一扇门打开又关上的声音。）

女孩

（笑着说。）

我真高兴她去睡觉了

比杨恩

你母亲没什么不对

女孩

我不是这个意思

妹妹

（看着**男孩**。）

我可以带你去看看房间

（他点点头，站起身来，拿着那本书，走到房间中央。**女孩**用手臂环抱着**比杨恩**的脖子，她注视着**男孩**。）

女孩

（笑着说。）

那比杨恩和我就可以

（突然停下来不说了。）

当你们俩上楼的时候

妹妹

我们会记住的

（看着**男孩**，笑着说。）

是不是

男孩

是的　是啊

女孩

（嘲骂地说。）

那就祝你们愉快吧

（对**比杨恩**说。）

因为我们反正会的

是不是

比杨恩

我们　是啊

男孩

（看着**比杨恩**。）

没关系

女孩

（对**比杨恩**说。）

你好吗

比杨恩

挺不错

（短暂静场。）

妹妹

（挽起**男孩**的手臂，笑着说。）

我们走吧

（**男孩**点点头。）

让他们坐在那儿聊吧

或者不管他们想干什么

（**男孩**依旧站在那儿没动，犹豫着。）

来吧

（**男孩**和**妹妹**自通往前厅的门下，关上了身后的门。我们可以听到他们上楼的声音。**比杨恩**和**女孩**彼此注视着，有点儿窘迫。）

比杨恩

这么说你要做母亲了

（**女孩**点点头。）

你今天来的

（她又点点头。）

女孩

我不怎么喜欢这儿

不过

我们没其他的地方可去而且

（突然停下来不说了。）

是啊　你知道

（**女孩**从他腿上站起来，走过去坐在沙发上。短暂静场。）

我已经告诉妈妈我要生孩子了

比杨恩

是吗

女孩

可她没告诉爸爸

至少我妹妹说她没告诉

不过我想她不管怎样一定已经说了

比杨恩

也许吧

（静场。）

其他的事都还好吧

女孩

是啊

（拉长着声音。）

比杨恩

（指指天花板，笑着说。）

他们还真不紧不慢

女孩

（笑了起来。）

是吗　我希望是

（**比杨恩**站起身来走到沙发前，在**女孩**身旁坐下。她躺了下来，把头放在他大腿上。沉默。过了一会儿我们听到**妹妹**来了的声音。通往前厅的门开了，她走进房间。）

妹妹

他说他想睡了

想看会儿书

（**妹妹**走过去在扶手椅上坐下。沉默。）

我们打牌好吗

女孩

不　别烦我

妹妹

我只是问问而已

比杨恩

他喜欢看书

女孩

他老是在看书

妹妹

（笑了起来。）

他就这么坐着看了一整天的书了

比杨恩

哈　看书

（**女孩**和**妹妹**笑了起来。）

妹妹

可我们打牌不好吗

女孩

省省吧你　行不行

妹妹

我不懂你为什么要这么不开心

（静场。沉默。）

是的　好吧　那我去睡觉了

比杨恩

我们可以打一会儿牌啊

女孩

不　别烦我

妹妹

那我去睡觉了

（**女孩**站起身来。）

好吧　那么晚安

（她自通往前厅的门下，关上了身后的门。长长的静场。）

女孩

我也有点儿累了

比杨恩

（站起身来，走到窗前，向外望着。）

又是刮风又是下雨的

跟往常一样

（静场。）

女孩

过来

（他注视着**女孩**，再次走过去在扶手椅上坐了下来。脚步声传来，还有一扇门打开的声音。过了一会儿厨房门开了，**父亲**上，衣衫不整。**女孩**在沙发上坐了下来。）

父亲

（有点儿窘迫地。）

哦　瞧　是比杨恩来了

我躺在那儿睡不着

我必须得起来喝一杯

这么说你也回家看看来了

是啊　真的

比杨恩

是啊　总得回来看看不是吗

父亲

是的　没错

（静场。）

你能来真是太好了

比杨恩

总得来不是吗

父亲

是啊　真的

（看着**比杨恩**。）

这次你要在家里待一阵子吗

比杨恩

是的　是啊

父亲

总得待一阵子不是吗是啊

（短暂静场。）

不过我最好还是去睡了

我们可以下次再聊

我想我们还会再见面的吧

比杨恩

是的　是啊

这次我要在家里待一阵子

父亲

那好吧

是啊　明天又是另外一天

（**父亲**冲**比杨恩**点点头，下，并关上了身后厨房的门。静场。）

女孩

我有点儿累了

比杨恩

是吗　那我就在这儿坐着好了

要是你去睡觉的话

（他笑了一声。）

女孩

可我不想去睡觉

比杨恩

不　你说好了

如果你想让我走的话

（静场。）

不过很奇怪你母亲

没告诉你父亲你要生小孩了

（**女孩**点点头。**比杨恩**站起身来，走到沙发前在她身旁坐了下来。他用手环绕着她的肩膀，紧紧地拥抱着她。**女孩**把头依偎在他肩上，他们就这样坐着，直愣愣地瞪着前方。静场。他把手拿下来，放在她胸上。）

女孩

不要

（他依旧把手放在那儿不动。）

别

比杨恩

就像以前一样

（她短促地笑了一声。他们在沙发上躺了下来，脸对着脸。他们就这么彼此拥抱着躺在那儿。静场。脚步声传来。

他们坐起身来。**女孩**理理头发。他们看看彼此。通往前厅的门开了，**男孩**上，他穿着外套。他走过去在一张扶手椅上坐了下来。静场。）

女孩

（小心翼翼地说。）

你一直躺在床上看书

男孩

是啊　我想试着看一点儿

（静场。询问地对**女孩**说。）

其他人都去睡了吗

（她点点头。）

比杨恩

是啊　看起来是的

（静场。）

你在看什么书

男孩

只是本书而已

（**男孩**站起身来。）

女孩

你又要去睡了吗

男孩

是啊

（他拉长着声音说。**男孩**走进前厅，关上了身后的门。

比杨恩注视着**女孩**，带着询问的神色。**女孩**耸了耸肩。

比杨恩站起身来走到窗前。前门打开又关上了。）

比杨恩

他走了

女孩

我想我父亲不喜欢他

比杨恩

是吗

（**比杨恩**走到沙发前在**女孩**身旁坐了下来。）

女孩

我想我要去睡了

比杨恩

是吗

女孩

我肯定他会回来的

（她站起身来，走到窗前，站在那儿凝视着窗外的黑暗。）

比杨恩

我

（突然停下来不说了。站起身来。）

女孩

（有点儿害怕，看着**比杨恩**。）

你要去哪儿

比杨恩

不　哦　我想我还是考虑回家吧

（**女孩**点点头。）

不过

（突然停下来不说了。他走过去打开通往前厅的门。）

女孩

我肯定他会回来的

（笑了起来。）

如果他永远都不回来了我就可以给我儿子起名叫比杨恩了

（笑着。静场。）

比杨恩

（自门口说。）

我想也许我最好还是考虑回家吧

（**女孩**点点头。）

女孩

我送你到门口

比杨恩

不用了

女孩

那你走吧

（**比杨恩**点点头。）

比杨恩

是啊

（**比杨恩**走进前厅。我们听到前门打开又关上的声音。**女孩**依旧站在窗前凝视着窗外的黑暗。静场。灯灭。幕落。）

剧终。

译者注

2009 年　秋　上海　初稿

2012 年　料峭春寒　2 月演出版修改

2014 年　春　初版修订

2023 年　冬　再版修订

图书在版编目（CIP）数据

名字 /（挪威）约恩·福瑟著；邹鲁路译. — 南京：译林出版社，2024.5
（有人将至：约恩·福瑟戏剧选；II）
ISBN 978-7-5753-0087-2

I.①名… II.①约… ②邹… III.①剧本 — 挪威 — 现代 IV.①I533.35

中国国家版本馆 CIP 数据核字（2024）第 053284 号

著作权合同登记号 图字：10-2024-120 号

有人将至：约恩·福瑟戏剧选 II
名字［挪威］约恩·福瑟 / 著 邹鲁路 / 译

策　　划　袁　楠
责任编辑　张　睿
装帧设计　韦　枫
校　　对　王　敏
责任印制　闻媛媛

出版发行　译林出版社
地　　址　南京市湖南路 1 号 A 楼
邮　　箱　yilin@yilin.com
网　　址　www.yilin.com
市场热线　025-86633278
排　　版　南京新华丰制版有限公司
印　　刷　南京爱德印刷有限公司
开　　本　787 毫米 ×1092 毫米　1/32
印　　张　6.625
插　　页　4
版　　次　2024 年 5 月第 1 版
印　　次　2024 年 5 月第 1 次印刷
书　　号　ISBN 978-7-5753-0087-2
定　　价　298.00 元（全九册）

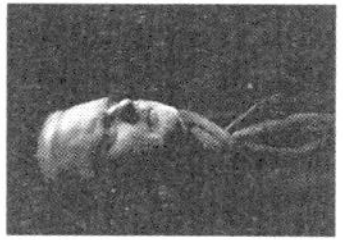

Jon Fosse

有人将至：
约恩·福瑟戏剧选

而我们将永不分离

Og aldri skal vi skiljast

[挪威]约恩·福瑟 著

邹鲁路 译

译林出版社

Og aldri skal vi skiljast

本剧原文台词与舞台提示之间无明显分隔。舞台提示为一种字体，有标点。台词为另一种字体，无标点。——译者注我未曾死去，但也并非活着。

请用心思索，假如你对我的感受

能有些微体会，彼时我曾求生不得求死不能。

——但丁

人物

她

他

女孩

I

暗场。一个女人笑了起来。笑声起得轻柔，继而渐响,然后再次变得轻柔了。光渐起。女人,约四十许，坐在沙发上，斜倚着左边的扶手。她笑啊笑啊。突然停下来不笑了。她游目四顾，仰头看看天花板，然后又垂头盯着地板。她就这么垂着头坐在那儿。然后她又开始笑了起来，这次笑声很短促。然后她又继续垂头盯着地板。

她

下定决心站起身来。

不

她走到房间左边的窗前，站在那儿凝视着窗外。静场。

不　不能再这样了

她转身注视着房间。她就这么站着，游目四顾。然后她又开始笑了起来。她一边就这么笑着一边摇着头，开始在房间里游走。

不　我不能再这样下去了

不能再这样了

我没有理由再继续这样下去了

有点儿气恼地说。

没有理由再这样了

没有理由

这

突然停下来不说了。她停下脚步，垂头盯着地板。她就这么垂着头站了一会儿，然后抬头看着天花板。她的目光顺着天花板的沿线游走着。然后她闭上眼睛，垂下了头。她的身体略微前倾，依然紧闭着双眼。她就这么站了一会儿，然后自顾自微笑起来，仿佛在为自己打气一般。她重重地呼出一口气。

没有理由

乐观地。

这真是太傻了

有点儿气恼地。

可为什么

沮丧地。

不能这样呢

我不能这样

没有人能这样

气恼地，一字一句地说。

没有人能这样

静场。若有所思地。

我也不能这样

更有节奏感地。

因为没有人能这样

非常大声地。

没有人

而我

又一次突然停下来不说了。她走过去在沙发正中坐下，双腿分开。长长的静场。然后，她轻柔地说。

一切都如此宁静

轻佻地。

一切都是我自己的问题

如果没有别人我只是一片虚空

她再次短促地笑了一声。

听上去好像我在用心思考似的

有点儿气恼地。

我没有在思考

更为气恼地。

我他妈的没有在思考

那些在思考的人

其实什么也没想清楚

是啊　我可真聪明啊

她用双手扯着自己的头发。

我可真聪明啊

自我嘲讽地。

而且我又这么坚强

也不是孤单一人

我真是坚强伟大又聪明啊

她再次站起身来，开始在房间里游走。

而且我一个人也能过得很好

虽然我不是孤单一人

我从来就没有孤单一人过

我一直都只有孤单一人

我从来就没有不孤单一人过

绝望地。

可我必须得做点儿什么

我不能就这么走来走去

我必须得做点儿什么

她走到房间右边的橱柜前，橱柜就在前门右侧。她取出一瓶白兰地和一个酒杯，站在那儿盯着酒瓶看了一会儿，然后又把酒瓶和酒杯放回到了橱柜里。静场。她关上橱柜的门，再次开始在房间里游走。又一次静场。然后，她带着点儿嘲讽的语气说。

我一直聪明又坚强

她把目光转向前门，停住脚步，就这么站在那儿注视着那扇门。她低低地说。

我一直聪明又坚强

而且现在他很快就会回来了

她举起左手看看表。

都这么晚了

她再次开始在房间里游走。

他怎么还不回来

他从来都没有这么晚过

而且如果他晚了的话

一般都会打电话说一声的

他很快就会回来了

我不用再等待了

因为他很快就会回来了

他一定会回来的

他怎么会不回来呢

我必须得做点儿什么

她走到窗前，站在那儿凝视着窗外。静场。她直愣愣地瞪着前方说。

我肯定他很快就会回来了

她转过身，注视着前门。

他怎么会不回来呢

她自我安慰地，有点儿沮丧地说。

他很可能只是

耽搁了

他很快就会回来了

他当然可能是耽搁了

这也难免

当然不会是什么危险的事

可他总是会回到我身边的

我肯定他很快就会回来了

她站在那儿侧耳倾听着。

有声音吗

静场。她短促地笑了一声。

也许他永远都不会回来了

他去了

他永远都不会回来了

他去了

就像是死了

她走到沙发旁，在左边的角落坐下，拿起一个靠垫放在腿上。

他永远也不会回来了

我知道

他来不了

他已经去了

她把靠垫拥在胸前，再次注视着前门。

对我来说这没什么区别

她缓缓开始浅吟低唱。

他用不着回来

她依然浅吟低唱着，一边摇晃着胸前的靠垫。

他一定会回来

他一定会回来

现在他很快就会回来了

自我嘲讽地。

我真是坚强伟大又聪明啊

所以他一定会回来

因为我坚强伟大又聪明

他一定会回来

他一定要回来

他一定要回来

回到他的姑娘身边

来吧来吧来吧

回到他的姑娘身边

来吧来吧

来吧

回到他的姑娘身边

来吧

她突然停下来不唱了，仰头注视着天花板，倾听着，然后又垂下头，把目光转向沙发的另一头。她放下靠垫，脸上绽开一个大大的微笑。

原来你在这儿啊

刚才我没看见你

原来你在这儿啊

刚才我怎么会没看见你呢

因为你就在这儿啊

你还好吗

你

她拉长着声音说。

回答我啊

你还好吗

原来你在这儿啊

回答我啊

今天你过得好吗

她满怀柔情地注视着并不存在的男人。

回答我啊

你要是不回答我会不高兴的

请你回答我吧

你回家来不高兴吗

她真诚地说。

我一直在等待

她缓缓开始浅吟低唱。

如此

为你

她继续浅吟低唱着，自我嘲讽地。

尽管我坚强伟大又聪明

却依然如此为你而等待

带着点儿戏谑的语气，依然浅吟低唱着。

你看我这么

坚强伟大又聪明

你看得到的对吗

回答我啊

你过得好吗

她挺起胸膛，微笑着。

难道你看不到我是

她拉长着声音说。

多么地可爱

她把胸再往前挺了一点儿。

是啊　这么这么可爱

她垂下头，有点儿害羞地说。

我真可爱　不是吗

她在沙发上躺了下来，仿佛自己就躺在他腿上一般。

她张开双腿，注视着想象中的他，有点儿嬉皮笑脸地说。

你过得很好

戏谑地。

你一定是想念你的姑娘了

她这么可爱　不是吗

你想念你的姑娘了

我知道

她举起手，在想象中轻抚他的脸颊，对他微笑着。

我的爱人

我想念你了

带着轻柔的责备。

这你知道得很清楚

可你却离开了这么久

她浅吟低唱着。

你离开了这么久

我的爱人

回到你的姑娘身边吧

她在想象中把手放在他的大腿上。带着点儿责备的语气说。

你怎么去了那么久

我一直在等待着你

你以后不能这么晚了

如果你要

这么晚

那你应该打电话给我

回答我啊

你总得说点儿什么

请你回答我吧

回答

她从沙发上坐起身来，注视着前门旁橱柜上摆着的电话。静场。她再次转向身旁想象中的他，微笑了。然后她注视着他，害怕地说。

你要走了吗

不　不要走

你不能走

你不能离开我

你得跟你的姑娘待在一起

我不会再嘲笑你了

我不会再抱怨了

你得坐在我身边

你不能离开我

你得跟你的姑娘待在一起

轻佻地。

你知道的　不是吗　我是这么的

坚强伟大又聪明

她再次带着责备的语气说。

可你怎么去了那么久

她抬起手臂，放在想象中的他肩上，把他拉到自己怀里。

到我身边来吧

我不会再嘲笑你了

现在你可以跟你的姑娘在一起了

你应该跟她在一起

她再次缓缓开始浅吟低唱。

和你的姑娘

在一起

你应该永远

和我在一起

她把另一只手也环抱着想象中的他。她缓缓摇晃着双臂，浅吟低唱。

永远不要离开你的姑娘

永远不要离开你的姑娘

留在你的姑娘身边

永远不要离开你的姑娘

她收回自己的双手，放在膝上。静场。她有点儿害怕地说。

不　我不能再这样下去了

她把目光转向前门，倾听着。然后她站起身来，目光始终注视着门。她再次开始笑了起来。静场。她垂下头，然后又抬起头，直愣愣地瞪着前方。

事情当然就是

这样

只能是这样

而我什么都没做

什么都没做

什么都没做

我什么都没做

现在他很快就会回来了

我知道他会回来的

我知道他一定会回来的

因为我在等待着他

可他已经去了

再也不会回来了

她又笑了起来，一边就这么笑着一边摇着头。她走回到沙发旁，在左边角落坐下，背靠着扶手，腿放在沙发上。她再次拿起靠垫，拥在自己胸前。

他那么好

她紧紧把靠垫拥在胸前。

他那么好那么好

又温柔

从来不发脾气

那么好

她缓缓开始浅吟低唱。

又温柔

那么好那么温柔

她依然浅吟低唱着。

他那么好那么温柔

从来不发脾气

现在他很快就会回来了

她用双唇亲吻着靠垫。静场。她抬起头来。

这么久了　我很了解他

他一定很快就会回来的

这么多年了

我们很了解彼此

她摇晃着胸前的靠垫。

我的爱人

我的爱人

我的爱人快乐吗

我的爱人

她再次缓缓开始浅吟低唱。

要睡去了

她依然浅吟低唱着。一边摇晃着靠垫。

我的爱人要睡去了吗

不再发脾气

不再睡去

不再发脾气

因为我的爱人就要睡去了

我的爱人就要睡去了

跟他的姑娘一起睡去

因为我的爱人就要睡去了

睡去

睡去

睡去了

她突然停止了这浅吟低唱，放下靠垫，站起身来。她向前走了两步，站定，垂头盯着地板，然后她抬起头。脚步声传来，来处模糊。她把目光转向前门，然后是厨房门，继而又转向房间左侧。突然她双眼一亮，自顾自微笑起来，因为此时她看到一个与她年龄相仿的**男人**，身穿浴袍，头发濡湿蓬乱，打开厨房门走了进来。他刚上场时仿佛没有看到她一般，只是自顾自站在房间中央用手指梳理着自己的头发。然后他抬起头注视着她，微笑了。

他

哦

她

是你

你终于回来了

她冲到他身边，张开双臂紧紧拥抱着他。而他只是就这么站在那儿，毫无反应。

你终于回来了

她紧紧拥抱着他。

你去了那么久

她放开他，退后一步，拉起他的手。她就这么站在那儿注视着他，而他依然站在那儿没动，只是轻轻甩着头发，用空着的那只手梳理着头发。静场。她有点儿生气地说。

你怎么去了那么久

她带着点儿责备的语气说。

我一直在等待着你

你应该打个电话的

他

对她微笑着。

是吗　现在我不是来了吗

她

是的　现在你来了

一字一句地说。

现在你来了

你终于

来了

她又一次扑到他怀里，紧紧拥抱着他。

是啊　现在你来了

你真的来了

现在你来了

她亲吻着他的面颊。他用双臂紧紧抱住她，把她拎得双脚离地了一点儿，然后又把她放下。

他

是啊　现在我来了

现在我要好好跟你在一起

他们放开彼此的怀抱。她站在那儿注视着他，然后走到窗前，站在那儿凝视着窗外。静场。

她

转身向着房间说。

他不能就这么走了

他一定得回来

他不能就这么走了

她把目光转向他，注视着他就这么站在那儿甩着自己的头发，用手指梳理着。然后他走到沙发前坐下来，是右手那个角落。她依然站在那儿注视着他，带着绝望的语气说。

他现在应该回来了

他不能就这么离开我

我是如此地想念他

不　我不想念他

我谁也不想念

我坚强伟大又聪明

可他不能就这么离开我

他是我的爱人

我的男人

她走过去在沙发的另一头坐下了来，斜倚着扶手。

静场。

他很快就会回来了

我知道他会的

他会的

缓缓开始浅吟低唱。

会来的

他会来的

她依然浅吟低唱着。自我嘲讽地。

因为我是这么的伟大

而他是我的男人

他很快就会回来了

回到他的姑娘身边

他

缓缓地说，直愣愣地瞪着前方。

我今天过得很糟糕

她

他该回来了

回到他的姑娘身边

他

我很累

她

现在他很快就会回来了

他

漫长的一天

她

突然开心地看着他。

是啊　你回来得实在是太晚了

可你终于回来了

你回来了我真高兴

他

要做的工作这么多

她

欢快地。

可现在你回来了

终于回来了

他

依然直愣愣地瞪着前方，缓缓地说。

你还好吗

她从沙发那头挪过来，坐在他身边，用一只手臂搂

住他。

她

注视着他。

我想你

你回来了真好

你总是离开那么久

可现在你回来了

终于回来了

他

你不该就这么一直等待着

就这么一直等待着不好

她

别这么说

我也不是一直在等待着

我只是一直待在这儿

我也不想待在其他的地方

他

可你不该这样

她

把他抱得再紧些。

是不该

可我有你

他

我又饿又累

她

是吗

他

漫长的一天

她

一如既往的一天

他

是啊　一如既往

她

可很快我们就能躺下休息了

这真好不是吗

一起躺在床上

你和我

紧紧地在一起

紧紧地躺在一起

一起在床上

你和我

紧紧地在一起

他点点头。

他

一如既往

她

总是一如既往

而且也应该一如既往

你和我　每天

每夜

没有别人

就你和我

他点点头。她在沙发上躺下来，把头放在他腿上。她抬头注视着他。

他

依然直愣愣地瞪着前方，缓缓地说。

可我实在是太累了

她

你终于回来了

对他微笑着。害怕地说。

你一定不能离开我

更害怕地说。

他怎么还不回来

我一直在等待着他

下定决心说。

我不能再等待下去了

我不能再这么等待下去了

我坚强伟大又聪明

我不应该就这么等待着

她从沙发上坐起身来，直愣愣地瞪着前方。静场。

我不能再这么等待下去了

他不会来的

他已经去了

就像是死了

静场。她在房间里游目四顾，微笑了。语气轻快了些。

而我自己一个人

也可以很快乐

她站起身来。

我拥有很多东西

很多好东西

这些东西都在我身边

她走到窗前，拿起窗台上放着的一张照片，站在那儿注视着它。静场。她放下照片，走到橱柜前，站在那儿注视着橱柜上放着的一些照片。她轻轻挪动它们的位置，拿起其中一张，仔细地看着。

我拥有这么多东西

我拥有这么多东西

家具

照片

而我就在这里

身处这些东西之中

我拥有每一个白天

我醒来起床

时间过去

而我就在这里

身处我拥有的东西之中

时间过去

我拥有每一个夜晚

当我疲倦了

就去

安眠

在我的床上

陪伴了我这么久的床

她几乎是用喊的说。

我亲爱的床啊

我很好　真的

甚至可以说我很快乐

她宣言般地，带着诘问的语气说。

可谁又真正快乐呢

我只是有时候会想念他而已

不是一直想念

大部分时候我就只是待在这儿

我就只是待在这儿

身处我拥有的东西之中

她带着诙谐的语气说。

我好像也只不过是件东西而已

在其他东西之中

我是一件孤独的东西

在其他孤独的东西之中

不过我不只如此

因为是我把这些东西

联系起来的

她笑了起来，几乎是用喊的说。

是我联系起来的

她有点儿崩溃地说。

可我很孤独

因为他再也不会回来了

我不知道

缓缓开始浅吟低唱。

他

在哪儿

我只知道他去了

我不该再等待下去了

她依然浅吟低唱着，带着自我嘲讽的语气。

我坚强伟大又聪明

再也不会脆弱了

一直都坚强伟大又聪明

再也不会等待了

下定决心地。

我不会再等待下去了

我只有孤单一人

我永远都只有孤单一人

我一个人也可以很快乐

在我拥有的东西们之中

他

疲倦地说。

今天的工作也没做完

她

我不能再等待下去了

他永远也不会回来了

他已经去了

永远地去了

我不会再等待下去了

我无法活着

也无法死去

我在说什么

我很快乐

我拥有很多东西

我的东西们很普通

普通但又美好

可如果我不在这里

把它们联系起来

它们就失去了意义

倔强地，带着微笑。

是我把它们联系起来的

她再次崩溃了。静场。

可是他已经去了

就像是死了

这些东西也死了

或者也许它们还活着

它们有意义有联系

那个联系

就是我

轻佻地。

因为那个联系就是我

静场。她走到窗前，站在那儿凝视着窗外。然后她转过身，注视着电话。

他从来不给我打电话

我想这样也好

他不打电话给我

我也不能打电话给他

我应该就这么过下去

可是我一个人也可以

很快乐

他

注视着她说。

你不过来坐在

我身边吗

她

直愣愣地瞪着前方。

时间都过去这么久了

自我安慰地说。

可是我很快乐

他

直愣愣地瞪着前方。

我只是累了

她

注视着他，开心地说。

可是你来了

你来了

你来了　就像从未离开过

你来了

而我正在这儿盼望着

你会来

我正站在这儿

念叨着我的东西

而你就来了

来到我的身边了

她冲到他身边。

你来了

我都不知道

你到哪儿去了

你来了

我的爱人来了

她坐在他大腿上，用手抱着他的脖子，亲吻着他的面颊。

你来了

我还以为你

永远地去了

就像是死了

可是你来了

她用自己的脸颊紧紧贴着他的脸颊。快乐地说。

可是你来了

回到你的姑娘身边来了

她坐开了一点，淘气地看着他。静场。她害怕地说。

可为什么我会觉得你去了呢

觉得你不在这儿

觉得你

就像是死了

你就在这儿

没骗人

她伸手抚摸着他，以证明他是真实存在的。然后她又抚摸了一下自己，以证明自己也是真实存在的。静场。

她在房间里游目四顾，然后有点儿崩溃地说。

他该回来了

静场。下定决心说。

不　他再也不会回来了

我要一个人过下去了

我只有孤单一人　就只有孤单一人

就是这样

静场。她再次注视着他。

我想你饿了吧

她站起身来，往前走了两步，注视着他，乐观地说。

晚饭已经准备好了

你一定饿了

我准备了吃的还有酒

我们吃饭吧

你一定饿了

晚饭早就

准备好了

现在我们终于

可以吃饭了

回答我呀

你饿了吗

他点点头。

我去拿吃的好吗

她注视着他，期待着他的点头。他点点头。

那我去了

然后我们就吃饭

因为我看得出来你

疲倦又悲伤

你一定饿了

询问地看着他。

你饿了不是吗

他点点头。

我去拿吃的

他

再陪我多坐一会儿

她

带着点儿嘲讽的语气说。

你是不是又害怕又孤单

他点点头。

出事儿了

他摇摇头。她走到他身旁坐下，用两只手紧紧拥抱着他。有点儿害怕地说。

出什么事儿了

他

缓缓地说，直愣愣地瞪着前方。

没出什么事儿

你别说得

这么严重

我只是累了

而且很饿

静场。

现在我们能吃饭了吗

她

吃点儿东西会好的

他

是啊

她站起身来，往前走了两步，又停住了，站在那儿注视着前门。然后她开始笑了起来，一边就这么笑着一边往前门走去。

她

绝望地。

现在他应该很快就会回来了

我只是个脆弱的小女孩

我一个人过不下去

我太脆弱了

静场。她跪了下来，弯下身子在房间里爬着，怪声怪气地模仿着自己。

我坚强伟大又聪明

我自己一个人也能过得很好

每个人都能过得很好

这世界上每个人都能自己一个人也过得很好

我们都很伟大而且非常非常聪明

她缓缓开始浅吟低唱。

又非常非常坚强

她依然浅吟低唱着。

我们都很坚强

我们非常坚强

可我只有孤单一人

静场。她把目光转向前门。

他为什么还不回来

她在地板上坐下，好像有点儿缓过劲儿来了。

我真的不能再这样了

我不能再继续这样下去了

他已经去了

就像是死了

她有点儿生气地说。

他不会回来了

她把目光转向电话。

可是也许他会打电话来

绝望地摇摇头。

不　我不能再这样了

他永远也不会回来了

他已经永远地去了

他不会回来了

她垂头看看地板，就这么坐在那儿低头注视着。她眼含热泪说。

现在他一定很快就会回来了

她摇摇头。静场。

他不能就这么消失了

他一直都跟我在一起的

可现在他走了

他有那么美的眼睛

那么蓬松的头发

她自顾自微笑起来。

他有

她在房间里游目四顾，看到他坐在沙发上。

他一定很快就会回来了

愤怒地，几乎是用喊的说。

他一定很快就会回来了

回来

你一定要回来

要回来

愤怒地。

回来呀

你他妈的回来呀

她重重地喘着粗气，开始笑了起来，一边就这么笑着一边摇着头。她站起身来，走过去躺在沙发上，把头放在远离他的那头扶手上。她就这么躺在那儿，直愣愣地瞪着前方。

他一定很快就会回来了

他不能就这么消失了

他不能就这么走了

就这么消失了

他一定很快就会回来了

以前他一直都在这里的

而以后我也一直都会想念他

他

缓缓地说，直愣愣地瞪着前方。

真是漫长而又艰难的一天啊

她在沙发上坐起身来，开心地注视着他。

她

开心地说。

你饿了吗

他点点头。

我去拿吃的

他再次点点头。她站起身来，往前走了两步。

我得吃点儿东西

可我不喜欢一个人吃饭

而他已经去了

就像是死了

可我得吃点儿东西

她停下脚步，仿佛突然想到了什么。

我可以放两个人的餐具

万一他回来了呢

我要放两个人的餐具

我想他会回来的

我知道他会回来的

她把目光转向厨房门。下定决心说。

他会回来的

我要放两个人的餐具

然后他就会回来了

她再次走到橱柜前，注视着那些照片。然后她走到窗前，拿起窗台上的那张照片，注视着。

而且我拥有很多东西

美好的东西

她把照片放回到窗台上，往厨房门走去，下，并关上了身后的门。光渐暗，直至暗场。

II

暗场。光渐起。她站在那儿注视着一张小圆桌，圆桌在沙发右侧，靠近台前。桌上摆了两个人的餐具。她走过去整理了一下桌上的餐具，又退后了一点儿，依然站在那儿注视着桌子。

她

好了

看上去真漂亮不是吗

我可爱的老瓷器们

有点儿开心地说。

我都用了这么久了

而且我真喜欢

她走到桌前，拿起一只碟子，站在那儿注视着。

这么美的瓷器

我们以前用它

吃过这么多次饭

真美

太美了

而且

突然停下来不说了。她把碟子放回到桌上，再次整理了一下餐具。又退后了一点儿，站在那儿注视着桌子。

晚饭准备好了

酒摆上桌了

酒也打开了

静场。

这酒很好

他可喜欢了

静场。

现在他也该回来了

下定决心说。

他一定会回来的

随时都可能

她再次走到桌前，拿起酒瓶，看着商标。

这酒他可喜欢了

我知道

而现在他很快就会回来了

她自顾自微笑了。

他总是觉得

自己很懂酒

开心地。

每个人都觉得自己很懂

可这酒他真的喜欢

是瓶好酒

他会说

他一直都说

这酒很好

可是当然了

这酒很好

我也这么想

只要是酒都好

她注视着着酒瓶。

可我不能

先喝

她把酒瓶放回到桌上。

我要等他回来了再喝

我要等他

他很快就会回来了

我已经准备好晚饭了

我已经准备好晚饭了因为他说

他会回来的

所以他一定会的

他很快就会回来了

一定会

晚饭准备好了

酒也打开了

就等他了

她笑了起来，开心地说。

可他不会回来的

我只有孤单一人

静场。悲伤地。

他已经去了

就像是死了

他不会回来的

迷惑不解地。

我为什么要摆两个人的餐具呢

静场。她依然站在那儿，注视着桌子。下定决心说。

可是我饿了

我是如此孤单

哀伤地说。

我不喜欢一个人吃饭

沉浸在回忆中。

我们以前总是一起吃饭

她带着哀求的语气说。

现在他一定就快回来了

哀伤地说。

他怎么还不回来

我饿了

必须得吃点儿东西了

她走到桌旁坐下，拿起酒瓶，准备给自己倒一杯，但又把酒瓶放了回去。

不

我得等着

他很快就会回来了

我知道他很快就会回来了

他一定会回来的

一定会

她从桌旁站起身来，走到窗前，站在那儿凝视着窗外。她定定地站了一会儿，然后往房间中央走了几步。站在那儿侧耳倾听着。她把目光转向电话，走过去，拿起听筒，放在耳边，低低地说。

是你吗

静场。

回答我啊

她大声了点儿。

回答我

她轻笑了一声，摇摇头。

那

你就不能回答我吗

静场。拙劣地假装跟自己对话。

你不能

为什么不能呢

真诚地。

你一定要回答我

一定

有点儿生气地。

你从来都不回答我

她把听筒从耳边放下来，按在胸前。她直愣愣地瞪着前方说。

你就不能给我打个电话吗

我就在这里　你知道的

她把听筒在胸前揉搓着。

我就在这里

而且我想告诉你

这酒很好

我准备了

你最喜欢的酒

而且我就在这里

瓷器也还是以前用过的

我知道

你觉得它们很美

而我是如此孤单

静场。她带着点儿吹嘘的语气，自我嘲讽地说。

而且我坚强伟大又聪明

坚强又伟大

这么坚强伟大又聪明

她再次把听筒放在耳边，倾听着。用细细的声音说。

你在吗

请你说句话吧

你死了吗

静场。

回答我啊

请你回答我吧

静场。

没有回答

她把听筒放回去，往前走了两步，再次站在那儿注视着桌子。

桌子摆得多好看

尽管我只有一个人

我为什么要摆两个人的餐具呢

既然我只有一个人

我是为了

要让桌子好看一点吗

沮丧地说。

我在干什么

我为什么要这样

我不能再这样了

静场。下定决心说。

不　现在我必须得吃点儿东西了

静场。

我不能再

这样下去了

我得做点儿什么

她又笑了起来。

得做点儿什么

静场。

我只有一个人

我只能一个人吃饭

他已经去了

就像是死了

而我还在这里

我只有孤单一人

她倔强地说。

我自己一个人也可以很快乐

前厅传来脚步声。她把目光转向前门。

可能是他回来了

静场。她侧耳倾听着。

不可能是他回来了

可的确是有人来了

也许是他

是他回来了吗

我不想让他

回来

有点儿生气地说。

他不能回来

我得一个人

我想一个人

我自己一个人也可以很快乐

我应该永远都

自己一个人

他不能回来

谁也不能回来

我想和我拥有的东西们在一起

我想一个人

前厅传来一个男人和一个女孩说话的声音。她把目光转向前门。有点儿害怕地说。

那是他的声音吗

开心地。

那是他的声音

也许他终于回来了

我摆了两个人的餐具

这一定是他

我知道是他

他回来了

她往前门走了两步，站在那儿注视着门，侧耳倾听着。

女孩

声音听上去很害怕。

终于进屋了可真好

静场。听上去略微镇定了点。

外面雨可真大

他

是啊

雨可真大

她

微笑了。

是的　是啊　那是他的声音

所以是他回来了

我早就知道

所以我才

摆了两个人的餐具

她走到桌前，整理了一下餐具，又拿起一只碟子注视着。

桌子摆好了

酒也打开了

一切都准备好了

我摆了两个人的餐具

而他也回来了

她把碟子放回去，拿起一只酒杯，注视着它。充满热情地说。

最好的酒杯

也摆上桌了

我古老又美丽的杯子

女孩

我有点儿害怕

她

冷静地注视着杯子。

多么美丽的酒杯啊

她小心翼翼地把酒杯放下，往前走了两步。然后站定，

再次把目光转向前门。

这么这么美丽

女孩

我不知道是怎么了

可我有点儿害怕

她

绝望地。

我不能就这么站在这儿

我不想再见到他了

我只有孤单一人

我应该孤单一人

她转身看着桌子，然后把目光转向厨房门。

为什么我要把

那些美丽的酒杯拿出来呢

这么这么美丽的酒杯

他

你害怕

她

最好的酒杯

这么美丽的酒杯

女孩

是有点儿害怕

他

你为什么害怕

女孩

我不知道

她

我真喜欢这些酒杯

我们也不常

用它们

这么美丽的酒杯

他

你就只是害怕

静场。带着抚慰的语气说。

现在我们已经进屋了

开心地说。

终于进屋了可真好

雨可真大

又冷又湿

雨可真大

她

把目光转向前门。

我不能就这么站在这儿

我再也不想

见到他了

我想一个人

我只有孤单一人

女孩

我有点儿害怕

他

不要害怕

她

从前门旁走开，但目光依然没有离开前门。

我再也不想见到他了

女孩

我们为什么不进去呢

他

我们当然要进去

她

转身注视着窗户。

我只有孤单一人

我应该孤单一人

我想要孤单一人

和我拥有的东西们在一起

她走到窗前，拿起窗台上的那张照片，注视着。

女孩

害怕地说。

现在我们必须得吃点儿东西了

他

吃点儿东西喝点儿酒

女孩

是啊　喝点儿酒

她

依然拿着照片站在那儿。她转过身来，注视着桌子，微笑了。

现在他很快就会回来了

开始浅吟低唱着。

因为现在他很快就会回来了

他不能就这么

消失了

嘲讽地。

现在他很快就会回到他的姑娘身边来了

女孩

你为什么站在那儿不动

静场。

不要就这么站在那儿

静场。

你应该高兴才对

至少我们终于可以单独在一起了

只有我们两个人单独在一起

你和我单独在一起

静场。

来抚摸我吧

吻我

来吻我吧

你不爱我吗

来吻我吧

静场。

他

好的

她

注视着照片。

而且我很快乐

他

好的

她

把目光转向前门。微笑了。

他一定很快就会回来了

现在我什么也不用做

他一定很快就会回来了

我已经摆好了两个人的餐具

现在他一定很快就会回来了

女孩

终于进屋了可真好

他

是啊　外面又冷又湿

女孩

我可以把外套挂在这儿吗

他

好的　好的

女孩

你要把你的外套挂在我的上面吗

你好看的棕色外套

现在浸透了雨水

他

把我的外套挂在

你好看的黑色外套上面

她

目光依然注视着前门。

现在他一定很快就会回来了

我再也不能

一个人了

我不能

我一定要到

别的什么地方去

不是一个人的地方

别的什么地方

不是一个人的地方

她把照片放回到窗台上，走到桌旁，站在那儿注视着它。

而且我摆了两个人的餐具

现在我们很快就可以吃饭了

我好饿呀

酒也打开了

一切都准备好了

我已经在桌上摆好了

最好的酒杯

这么美丽的酒杯

我很少用的

她站在那儿注视着桌子。

女孩

我们要进去吗

他

好的　好的

她

还有这美丽的碟子

我们经常用

这么多次我们都用这碟子

一起吃饭

她轻笑了一声。

美丽的碟子

美丽的酒杯

女孩

我们还在等什么

他

没在等什么

女孩

那我们进去吧

他

等一等

她往前走了两步，站在那儿注视着前门。

女孩

让我吻吻你

静场。

难道你不想

抱抱我吗

她

依然站在那儿注视着前门

他很快就会回来了

然后我们就可以吃饭了

晚饭都准备好了

酒也打开了

桌子也摆好了

放着古老又美丽的酒杯

我是在我自己的家里

这么美丽的酒杯

和我拥有的东西们在一起

东西不多

可都是我的

她笑了起来。

而且是我把它们联系起来的

短暂的静场。

现在该吃饭了

我知道他就快回来了

该吃饭了

我最好去把吃的拿出来

我知道他很快就会回来的

因为现在该吃饭了

她向厨房门走去，经过窗台时整理了一下那张照片。

静场。

女孩

我们的外套挂在那儿真好看

他

是啊　真好看

两件外套挂在一起

又这么好看

一件黑色的一件棕色的

她打开厨房门，下，关上了身后的门。

女孩

我们要进去吗

我们为什么要站在

前厅里

他

我们到别的地方去吧

女孩

为什么

他

我不知道

女孩

你也害怕吗

我也害怕

静场。

可是让我们进去吧

前门打开，他走了进来，身穿衬衫长裤，或是类似的休闲服装。他往房间里走了两步，边走边身体略微前倾地探看着。他停住脚步，甩甩自己濡湿的头发，举起双手，用手指梳理着。然后他在房间里游目四顾。

他

转身向着前门说。

你不进来吗

女孩

我不能就这么

进来

他

进来吧

别傻了

他把目光转向桌子，向它走去。他拿起酒瓶，注视着商标。然后他再次转身向着前门说。

桌子摆好了

酒也打开了

静场。

进来吧

他把目光转向厨房门，然后又转向前门，注视着女孩走进来。她大约二十四五岁，长长的头发湿漉漉的。她关上身后的门。他再次把目光转向厨房门。女孩站在那儿注视着他。

女孩

怎么了

他

把目光转向女孩。

什么怎么了

女孩

害怕地说。

桌子摆好了

他点点头。

女孩更害怕地说。

桌子为什么摆好了

他

桌子摆好了

是啊

女孩点点头。她注视着他，然后她走过去在沙发中央坐下。静场。

女孩

我不知道为什么

这么害怕

静场。她恳求着看着他。

到你的姑娘身边来吧

他看看她，然后又看看自己手中的酒瓶。

来吧

他

嬉皮笑脸地说。

到你和你的外套身边来

你和你的外套

女孩

注视着他，怪声怪气地模仿着他的语气。

我和我的外套

注视着桌子。

你已经把桌子摆好了

热情洋溢地说，尽管依然很害怕。

酒也拿出来了

他

我想你一定饿了吧

女孩

你不饿吗

他摇摇头。

你已经把桌子摆好了

而你却不饿

你怎么了

静场。

你想吃点儿东西吗

他

是啊　我想吃点儿东西

静场。他把酒瓶放回到桌上。

女孩

轻佻地说。

你总是一个人吗

你身边没有

爱你的人吗

他正注视着桌子。女孩站起身来，往前走了两步，伸开双臂，抬头看看天花板，然后在房间里游目四顾。她走到窗前，站在那儿凝视着窗外。她转身对他说。

我饿了

静场。她用完全没有必要的大声说。

是的

我饿了

他依然站在那儿注视着桌子。静场。

你不高兴吗

是啊　你不高兴

你从来就没高兴过

你只是就这么站在那儿看着桌子

向他走去。

别不高兴

你不是有我吗

我多么可爱啊

你瞧

她笑了起来。

我这么这么可爱

她用双臂紧紧地拥抱着他。

别不高兴了

她放开他，而他依然站在那儿注视着桌子。她注视着他，焦虑地说。

你怎么了

他依然站在那儿注视着桌子。她拉起他的手。害怕地说。

是我说错话了吗

我很害怕

我很害怕　现在我更害怕了

他抽回自己的手，走过去在沙发左边的角落坐下。她站在那儿，目光追随着他。静场。她焦虑地说。

你怎么了

他

摇摇头。

没怎么

女孩

我看得出来

他

不

静场。他注视着她，绝望地说。

当时你不在

女孩

我在的

她走过去在他身边坐下。

他

是吗　好吧

她伸出一只手臂搂着他的肩膀。

女孩

我在的

他

直愣愣地瞪着前方。

我走了那么远

在漆黑的夜里

穿过冰封的道路

穿过雨雪冰霜

在冰封的道路上开着车

开车去看你

开啊开啊

可你不在

女孩

我在的

他

你不在

女孩

我没想到你会来

我以为

你只是随便说说

你只是随便说说你会来

我没想到你会来

他

是吗

可你为什么要

跟他在一起

你不在

是一回事

可你为什么要

短暂的静场。

跟他在一起

他突然停下来不说了，举起双手，揉搓着脸颊。

女孩

搂着他的肩膀。

好吧　我是很傻

我知道

我自己说好了

我是很傻

真的

真的很傻

她把另一只手也抱住他，紧紧依偎着他。他抬起头，直愣愣地瞪着前方。

他

我们甚至没有

突然停下来不说了。

女孩

什么

他

没什么

女孩

用抚慰的语气说。

我在的

他

可是当时你想

跟他在一起

不是跟我

当时你是

跟他在一起

我去看你而你却跟他在一起

绝望地说。

你为什么要

跟他在一起

女孩

对不起

我知道我错了

可你就不能忘了这件事吗

他

你为什么不在

我等了好几个小时

冷得发抖在街上走着

使劲敲你的门

然后又在街上走着

再回来

使劲敲你的门

一直一直

在雨里

那么冷

在街上

在你的门前

等啊等啊

然后你终于回来了

跟他一起

我们约好了的

而你却不在

然后你就跟他一起回来了

女孩

可最后我还是回来了呀

她开始摇晃着他。

他

是啊　最后

静场。他叹了口气。再次静场。女孩抽回自己的双臂，靠回到沙发上。

女孩

注视着他。

可是现在我在啊

现在你得到我了

我是跟你在一起

我想跟你在一起

我不跟别人在一起了

现在我只跟你在一起

我跟你在一起

他

我很害怕

他抱住她。

我那么想你

我以为再也见不到你了

我很害怕

女孩

带着点儿嘲笑的语气说。

你真傻

他

有点儿害羞地说。

我想是的

自我嘲讽地。

我想我就是这样

女孩

我很高兴你就是这样

我喜欢你这样

非常喜欢

她站起身来。

不过我饿了

她走到桌旁，转身对他说。

你是今天早晨

把桌子摆好的吗

你可真好玩儿

他在沙发上躺下来，直愣愣地瞪着前方。

她有点儿害怕地说。

我们不吃饭吗

我饿了

他

是的　我们吃饭吧

女孩

我们该吃饭了　不是吗

静场。她走到窗前，拿起窗台上的那张照片，注视着。

他

注视着她说。

不要

不要从我身边走开

过来躺在我身边

女孩

注视着他，带着点儿嘲笑的语气说。

你孤单吗

没有人爱你吗

可怜的孩子

这么孤单

静场。

可我饿了

静场。用更欢快的语气说。

我们喝点儿酒吧

他

如果你想的话

她把照片放回到窗台上。

女孩

注视着他。

你不想喝点儿酒吗

她走过去，拿起酒瓶，注视着商标，然后又举起酒瓶，闻闻味道。

是啊　你这瓶酒醒的时间还真长

你可真好玩儿

早晨就把桌子摆好了

酒也打开了

而现在你却

既不肯吃也不肯喝

他

这是瓶好酒

女孩

当然

他

不是很贵

但是很好

女孩

你一直喝这酒吗

他

是啊　经常喝

女孩

你懂酒

他

懂得不多

静场。

你呢

女孩

只懂一点儿

静场。

但我喜欢喝

她用欢快的语气说。

而且我还真想喝点儿呢

她往酒杯里倒了点儿酒，拿着杯子走到沙发前，在他怀里坐下。他用一只手搂住她。她尝了一口酒。

非常好喝

他

是好喝吧

女孩

喝了口酒。

是的

好喝

静场。她注视着他，把酒杯递给他。

你要喝点吗

他摇摇头。

不喝

静场。

为什么不喝

他

不喝

拉长着声音。

女孩

你怎么了

她把酒杯拿了回来。

他

没什么

女孩

我看得出来是有什么

他

没有

拉长着声音。

女孩

告诉我啊

他叹了口气。

你为什么不告诉我呢

他

没什么

女孩

我看得出来是有什么

他

有点儿厌烦地。

没什么

女孩

你生气是因为当时我不在吗

他

不是生气

女孩

但是不高兴

他

是啊　是的

静场。

有一点儿

女孩

为了他不高兴

他

那天晚上

为什么我们要到那里去

女孩

我们还能到哪里去

他

绝望地说。

是吗　好吧

静场。

女孩

我真傻

静场。

我知道我很傻

他叹了口气。静场。

他

若有所思地说。

事情不应该是这样的

女孩

我可以躺在你身边吗

他点点头。女孩把酒杯放在地板上，在他身边躺了下来。他没动，她又坐起身来。

是吗　好吧

他

请

重新躺下来吧

女孩重新躺下来。他们拥抱着彼此。他们就这样躺了一会儿，然后她坐起身来。

女孩

我刚想起来

我饿了

她推推他。

来吧

起来

别闹了

他坐起身来。女孩站起身，拿起酒杯，走到桌前放下。她拿起酒瓶，再次往自己的杯子里倒了点儿酒，然后往另一个杯子里也倒了点儿。她在桌旁坐下。

女孩

把目光转向他。

来吧

他缓缓地坐起身来，又缓缓地走到桌旁，在她对面的椅子上坐下。她举起酒杯。

干杯

他也举起酒杯。他们喝了口酒。静场。

你这么早就把桌子

摆好了

因为今天早晨你一定

走得很早

你可真好玩儿

他

我没有摆过桌子

女孩

别胡说了

我害怕

他

目光直直地看着她。

我一直在想念你

女孩

低头看着桌子。

我也想念你

我也一直在想念你

静场。

可我不喜欢这儿

静场。

我有点儿害怕

他

注视着她说。

你害怕

静场。他们又喝了口酒。她自厨房门上，没有关上身后的门。她把目光转向他们两人坐着的桌旁，但仿佛没有看到他们。她走到窗前，站在那儿凝视着窗外。而他和女孩注视着彼此，然后他们垂下头看着桌子。

静场。

她

不　我不能这么想

静场。

我不能再这样等待他了

因为他不会回来的

摆了两个人的餐具

我为什么要这样做呢

我只有孤单一人

我应该孤单一人

女孩看看她，又看看他，然后再次注视着她。她转过身，

注视着女孩，然后又回转身凝视着窗外。

而现在他很快就会回来了

他怎么会不回来呢

他一定会回来的

我不想一个人吃饭

他很快就会回来了

我不应该把酒打开的

我为什么要这样做呢

而且他为什么还不回来呢

我应该孤单一人

我应该永远都孤单一人

她转过身，注视着他们两人坐着的桌旁。她开始在房

间里游走着，绝望地说。

现在他该回来了

我不知道

该怎么办

我什么也不知道

现在我必须得吃点儿东西了

我必须得做点儿什么

我不明白为什么

他会这么晚

他为什么还不回来

他为什么就这样去了

就像是死了

他为什么还不回来

她走到桌旁，拿起酒瓶。他和女孩都垂头看着桌子。

她举起酒瓶，给他们两人都倒了些酒。

现在酒倒好了

吃的也该

上桌了

然后

缓缓开始浅吟低唱。

他一定就快回来了

自我嘲讽地。

因为我坚强伟大又聪明

现在他很快就会回来了

回到他的姑娘身边

依然浅吟低唱着。

他很快就会回到他的姑娘身边了

回到　回到他的姑娘身边

回到他的姑娘身边

现在他很快就会回来了

她把酒瓶放回到桌上。另外两人彼此对视了一眼，然后又继续垂头看着桌子。她再次开始在房间里游走着。

静场。

现在他很快就会回来了

然后我们就可以吃饭了

我不喜欢一个人吃饭

吃起来不香

她把目光转向桌子。

我知道他会回来的

我听到他的声音了

她向前门走去，站在那儿注视着它。

我听到他的声音了

他一定会回到我身边的

我知道他会的

她走回到桌旁，先是看看女孩，然后再看看他。

你想吃点儿东西吗

他们依然垂头看着桌子。静场。她拿起酒瓶，先是看看女孩，然后再看看他。

再来点酒吗

女孩站起身来，注视着他。她把酒瓶放回到桌上。

不再来点儿酒吗

不再来点儿酒吗

她浅吟低唱着。

你不再来点儿酒吗

不再来点儿酒吗

女孩

注视着他。

来吧

他注视着女孩。

她

走到前门旁。

现在他很快就会回来了

我听到他的声音了

再次开始在房间里游走着。

我听到他说话的声音了

而且我

缓缓开始浅吟低唱。

已经摆好了

两个人的餐具

所以现在他一定很快就会回来的

依然浅吟低唱着。

现在他一定很快就会回来的

回到他的姑娘身边

回到　回到　回到

回到他的姑娘身边

女孩

站在那儿注视着他。

我要走了

他

把目光从桌子转向她。

不　不要走

求你了

不要走

我一直在想念你

静场。他绝望地说。

不要离开我

你说过

你不会离开我的

她

走到电话旁。

至少他可能会打电话给我

他这么晚回来

应该会打电话给我

她拿起听筒，站在那儿注视着它。

女孩

注视着他。

我们该走了

他点点头。

那来吧

她

现在他随时都可能会打电话的

可是那我就该把听筒放回去

不然他怎么

打电话给我呢

自我嘲笑地。

天哪　你可真傻

她摇摇头。

我一定是疯了

她又笑了起来。

女孩

那来吧

你不走的话我走了

他

站起身来。

不要走

绝望地看着她。

不要离开我

我一直在想念你

只要你不在

我就如此地想念你

不要离开我

绝望地说。

不要离开我

他走到女孩身边，紧紧地拥抱着她。

她

走到桌旁。

现在我们很快就可以吃饭了

他随时都可能会回来的

然后我们就可以吃饭了

我都听到他说话的声音了

所以他很快就会回来了

他很快就会回到他的姑娘身边了

然后我们很快就可以吃饭了

她站在那儿，注视着桌子。

我最好去把吃的拿出来

静场。

我这就去

她自厨房门下，没有关上身后的门。女孩挣脱开来，退后两步，注视着他。

女孩

害怕地说。

来吧　我们走吧

他

不要离开我

女孩

那我们走吧

他垂头看着地板。静场。

怎么了

女孩走到前门旁，转身对他说。

我们走吧

他

注视着女孩。

不要离开我

我一直在想念你

他绝望地说。

不要走

女孩

站在那儿注视着他。

来吧

我们走吧

他走到桌旁，拿起自己的酒杯，一口喝干，然后放下，站在那儿垂头看着桌子。然后他又举起酒杯，站在那儿注视着杯子，轻轻地碰碰它，然后又把它放下。他拿起一只碟子，注视着它，然后又把它放下。他就这么站在那儿垂头看着桌子。女孩依然在注视着他，绝望地说。

来吧

她自厨房门上，走到桌旁，站在他身边，拿起酒瓶。

她

注视着女孩。

他一直说这酒很好

她往他的酒杯里倒了点儿酒，又往另一个杯子里也倒了一点儿。她拿起另一个酒杯，喝了口酒。然后她把杯子举在身前，注视着它。

这么古老又美丽的酒杯

这么美丽的酒杯

我以前很少用

这些酒杯

而它们真美

这么这么美丽

注视着他。

这些杯子当然古老又美丽

这么这么美丽

他依然垂头看着桌子。然后他拿起自己的酒杯，举起来，注视着。静场。

他

注视着酒杯。悲伤地说。

是啊

这些酒杯真美

她的脸上绽开一个大大的笑容，放下了酒杯。而他依然拿着酒杯站在那儿。她走到窗前，拿起那张照片，扫了一眼，然后又把它放回到窗台上。她转过身，注视着房间。他放下酒杯，站在那儿垂头看着桌子。她则垂头看着地板，低低地说。

她

可是现在他该回来了

他怎么还不回来

他该回来了

女孩走过去打开前门。

女孩

转过身来，注视着他。

现在你一定要来了

她

欢快又乐观地。

这些酒杯真美

是的　是啊

可是以前

很少用

以前很少用

也许我们该多用用

女孩

注视着他。

现在你一定要来了

来吧

女孩走到前厅里，没有关上身后的门。

她

我应该多用用

这些酒杯

这么美丽的酒杯

这么这么美丽

他向着前门的方向往前走了两步，又停住了。她走到桌旁，他站在那儿注视着她。她拿起自己的酒杯，但酒杯从手中滑了出去，落在地板上摔碎了。她注视着他，笑了起来。

这也难免

她弯腰注视着那些碎片，捡起了几片。

也许还能修补

她向着他微笑了。

他妈的

这些杯子我几乎都没用过

而好不容易就

用了这么一回还把它打碎了

不过我还有好几个呢

她又把碎片放回到地板上，直起身来。

他

注视着她，安慰地说。

一切都会被打碎的

或迟或早

女孩

现在你一定要来了

我要走了

他

冲着门厅说。

不要走

我来了

她

我已经摆好了两个人的餐具

现在碎了一个杯子

我最好再去拿一个

她冲进厨房，下。

女孩

现在你一定要来了

他走到门厅里，关上身后的门。静场。她手拿一只酒杯，自厨房门上。她走到桌旁，把酒杯放下，退后两步，再次注视着桌子。静场。

她

现在桌子已经摆好了

还有最好的酒杯

古老又美丽的酒杯

一直都是他

最喜欢的

他自己说的

这么美丽的酒杯

静场。

而现在我很快就能吃饭了

他也很快就会回来了

可他不会回来的

我知道

而这些酒杯很美

这么美丽的酒杯

而我就在我的东西之中

我很快乐

在我的东西们之中

她走到桌旁,拿起一只碟子,站在那儿注视着它。静场。

她把碟子放下,摞在另一只碟子上,然后又把刀叉摞在上面,捧起它们自厨房门下。光渐暗,直至暗场。

III

暗场。光渐起。她坐在桌旁，面前摆着一杯酒。桌子中央放着一瓶酒，桌子上在她对面也摆着满满一杯酒。桌旁的地板上，酒杯的碎片依然还在。

她

注视着在想象中坐在桌子对面的他，尽管那里空无一人。

我很高兴你回来了

我一直都在等待着你

她喝了口酒。

我做好了晚饭

还买了酒

你最喜欢的酒

她笑了起来。

我甚至摆好了桌子

摆好了最好的酒杯

那些古老又美丽的酒杯

拿起自己的酒杯，注视着他。

这么美丽的酒杯

可你没有来

所以我只好

自己吃饭

她笑了起来。

就是这样

笑了起来。

是啊　这也难免

她注视着他。

可我知道你会回来的

静场。

可你为什么这么晚呢

回答我啊

你为什么这么晚

亲爱的

回答我

她凝视着他。静场。

我想你一定很忙吧

是啊　你一直都

很忙

开心地说。

可我很高兴你回来了

仿佛在说悄悄话一般。

告诉你吧

我不喜欢

一个人吃饭

不过这你也知道

你知道得很清楚我不喜欢

一个人吃饭

她又喝了口酒。

这些我不用

告诉你

说我不喜欢一个人吃饭

这你知道得很清楚

静场。

有酒喝真好

她放下酒杯，站起身来，往窗的方向走了两步。她举起左臂，看了看手表。

他真的该回来了

他实在是太晚了

她注视着前门，然后走到电话旁，拿起听筒，站在那儿注视着它，然后又放了回去。

他真的该回来了

现在他一定很快就会回来了

如果他不回来

至少也该打个电话给我

这很简单

他至少也该打个电话给我

她走到沙发前，在左边角落坐下，斜倚在扶手上。

现在他一定很快就会回来了

缓缓开始浅吟低唱。

回到他的姑娘身边

现在他一定很快就会回来了

她停下来不唱了，拿起靠垫放在腿上，开心地把它抱在胸前。

可我很快乐

和我的东西们在一起

我就在这些日常之中

我就在这些不变的东西之中

我的东西们永远都不会变的

她笑了起来。

而且是我把它们联系起来的

我又那么聪明

我非常聪明

我自己一个人的时候最快乐

我想要一个人

所以他一定会回来的

缓缓开始浅吟低唱，在胸前摇晃着靠垫。

所以他一定会回来的

回到他的姑娘身边

现在他一定很快就会回来了

他一定会回来的

他一定会回到他的姑娘身边来的

他的姑娘身边

回到他的姑娘身边

来吧来吧来吧

回到他的姑娘身边

脚步声传来，来处模糊。她依然浅吟低唱着，在胸前摇晃着靠垫。

来吧

现在他一定很快就会回来了

回到他的姑娘身边

他一定会回到他的姑娘身边来的

他自厨房门上，身穿浴袍。她注视着他，放下靠垫，站起身来，对他微笑了。

原来你在这儿

我一直在等待着你

而你终于来了

就像以前一样

原来你在这儿

她冲到他身边，用双臂拥抱着他。

我知道你会回来的

我知道

若有所思地说。

是啊　也许你一直就在这里

也许只是我以为

你走了

可是原来你在啊

她把他抱得更紧些，吻着他的面颊，又拉起他的手。

来吧　我们吃饭吧

她拉着他往桌子的方向走，注视着他。

你怎么耽搁了这么久

他

我没耽搁

她

可你回来得这么晚

他

你在说什么

她

放开他的手。

你去了那么久

可现在你回来了

你去了

就像是死了

我就坐在这儿等待着

等啊等啊

我坐在这儿等待着

等啊等啊

生命就是等待

她笑了起来。

这话说得可真聪明

我都不会思考了

她带着询问的神色看着他。

生命就是等待　不是吗

人们坐在自己的房间里

坐在自己的房子里

在自己的房间里

他们就坐在那儿等待着

在他们的东西们之中

在东西们带来的安全感之中

他们就坐在那儿等待着

在天空下他们自己的房子里

坐在那儿等待着

在他们自己的房间里

在他们自己的房子里

在他们的东西们之中

他们的生活就是等待

然后他们就不再等待了

静场。她带着询问的神色看着他。

可东西们还在

她笑了起来，依然注视着他。

因为生命就是等待

她对他微笑了。

我真可聪明不是吗

他站在那儿注视着她。她注视着他说。

你明白的

生命就是等待

活着就是等待

她笑了起来。

我真是聪明极了不是吗

她又笑了起来。

而且是我把这一切联系起来的

静场。

是啊　我可真聪明

再次静场。

在他们的房子里人们等待着

在云的下面雨的下面

在土地上

在他们的东西们之中

在天空下

而他们忙这忙那

因为他们不愿意只是等待

可他们的确是在等待

等待

他们所做的一切

就只有等待

她注视着他。

我可真聪明不是吗

她缓缓开始浅吟低唱。

坚强伟大又聪明

非常非常聪明

是我把这一切联系起来的

我在等待

我非常非常聪明

他站在那儿垂头看着地板，然后走到前门旁，打开门，站在门口。

他

注视着她。

生命就是等待

她点点头。

等待什么呢

她

冲着他笑了起来。

没有人知道

真傻

而这就是为什么我们都在等待

他转身背对着她。静场。

是你把这一切联系起来的

静场。

他

冲着门厅的方向说。

我来了

她

注视着他，害怕地说。

你在跟谁说话

他回转身，注视着她，然后垂头看着地板。

女孩

自门厅里说。

现在你一定要来了

他

冲着门厅的方向说。

不要离开我

等等我

我不能孤单一人

你一定要等等我

她

注视着他，微笑了。

你终于回来了

我一直在等待着你

我不想孤单一人

我不能孤单一人

我做不到

孤单一人

我不能再这么等待下去了

我不能就这么一直等待着

生命就是等待

这太痛苦了

然后就不再等待了

静场。她带着询问的语气说。

生命是这样的吗

自我嘲讽地。

我可真会思考啊

她开始笑了起来。

我可真聪明

静场。

而东西们还是会在那里

即使没有什么把它们联系起来

女孩

来吧

他自门厅下，关上了身后的门。她走过去坐在桌旁，拿起酒杯，坐在那儿注视着它，然后喝了一口酒。

她

自顾自微笑起来。

我可真聪明

而且酒也很好喝

她又开始笑了起来。

酒应该和别人一起喝

她注视着想象中的他。静场。

不是吗

酒应该和别人一起喝

你和我

我们应该一起喝这酒

你和我

当我们等待的时候

我们一起喝这酒

真的

我可真聪明

静场。

可你为什么这么晚呢

你为什么不回来

静场。她站起身来，注视着想象中的他。

不　你不能这么快就走

你一定要留下来和我在一起

你不能走

不

不

不要走

她突然垂下头，放下酒杯，下定决心说。

我一定要振作起来

我只有一个人

这里没有别人

从来也没有别人

我只有孤单一人

而他已经去了

就像是死了

我只有一个人

她开心地说。

我和我的东西们

静场。

他已经不再等待了

或许他还在等待

但已经不是在等待我了

我只有

缓缓开始浅吟低唱。

一个人

孤单一人

可是我坚强伟大又聪明

而且我会思考

是我把这一切联系起来的

依然浅吟低唱着。

而我从来就没有孤单一人过

我可以孤单一人

我一个人很快乐

我可以等待

生命就是等待

除了等待我只是一片虚空

她轻笑了一声。

我一个人很快乐

我不是孤单一人

她站起身来，走到橱柜前，拿起一张照片，注视着它。

我很快乐

我在日常之中

又把照片放了回去。

在我的东西们之中

她走到沙发旁，在左边角落坐下，斜倚着扶手。她注视着沙发的另一个角落。

你在吗

静场。她的脸上绽开一个大大的微笑。

是啊　原来你在

你当然在

你就在这里

她笑了起来，笑声渐响，继而轻柔了，然后又大声了起来。光渐暗，直至暗场。她的笑声停了下来。剧终。

译者注：

2015 年　夏　初稿

2015 年　冬　初版修订

2019 年　春　再稿

2023 年 12 月 31 日　再版修订

图书在版编目（CIP）数据

而我们将永不分离 /（挪威）约恩 · 福瑟著 ；邹鲁路译. — 南京 ：译林出版社，2024.5
（有人将至 ：约恩 · 福瑟戏剧选 ；I）
ISBN 978-7-5753-0087-2

I.①而… II.①约… ②邹… III.①剧本 — 挪威 — 现代 IV.①I533.35

中国国家版本馆 CIP 数据核字（2024）第 053752 号

著作权合同登记号　图字：10-2024-120 号

有人将至 ：约恩 · 福瑟戏剧选 I
而我们将永不分离［挪威］约恩 · 福瑟 / 著　邹鲁路 / 译

策　　划　袁　楠
责任编辑　张　睿
装帧设计　韦　枫
校　　对　戴小娥
责任印制　闻媛媛

出版发行　译林出版社
地　　址　南京市湖南路 1 号 A 楼
邮　　箱　yilin@yilin.com
网　　址　www.yilin.com
市场热线　025-86633278
排　　版　南京新华丰制版有限公司
印　　刷　南京爱德印刷有限公司
开　　本　787 毫米 × 1092 毫米　1/32
印　　张　5.25
插　　页　4
版　　次　2024 年 5 月第 1 版
印　　次　2024 年 5 月第 1 次印刷
书　　号　ISBN 978-7-5753-0087-2
定　　价　298.00 元（全九册）